SERESSIA GLASS

SUGAR & SPICE

Glühende Leidenschaft

ROMAN

Aus dem Amerikanischen
von Nicole Hölsken

KNAUR

Die amerikanische Originalausgabe erschien 2014
unter dem Titel »Spice« bei Berkley Publishing Group, New York.

Besuchen Sie uns im Internet:
www.knaur.de

FSC
www.fsc.org
MIX
Papier aus verantwortungsvollen Quellen
FSC® C083411

Deutsche Erstausgabe November 2017
Knaur Taschenbuch

Redaktion: Anita Hirtreiter
Covergestaltung: ZERO Werbeagentur, München
Coverabbildung: FinePic / shutterstock
Blume im Innenteil: zelena / shutterstock.com
Satz: Adobe InDesign im Verlag
Druck und Bindung: CPI books GmbH, Leck
ISBN 978-3-426-52161-8

2 4 5 3 1

KNAUR

Meinem Ehemann, Larry,
für seine Liebe, Inspiration und Unterstützung.
Ohne dich hätte ich es nicht geschafft.
Danke, dass du dein Leben mit mir teilst.

KAPITEL 1

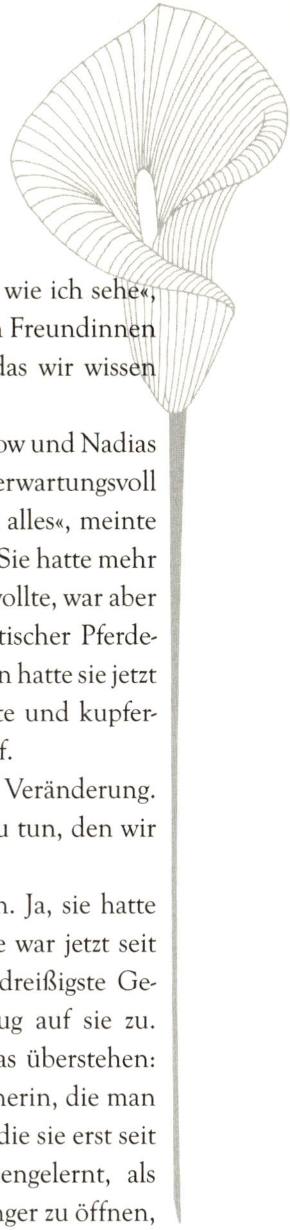

»Unsere Süße hat einen neuen Haarschnitt, wie ich sehe«, neckte Audie Nadia, als diese sich zu ihren Freundinnen an den Kaffeetisch setzte. »Gibt es irgendwas, das wir wissen sollten?«

Die anderen beiden Frauen – Vanessa Longfellow und Nadias Geschäftspartnerin Siobhan Malloy – sahen sie erwartungsvoll an. »Ich hatte Lust auf eine Veränderung, das ist alles«, meinte Nadia und fasste sich mit der Hand an den Kopf. Sie hatte mehr Geld beim Friseur ausgegeben, als sie eigentlich wollte, war aber mit dem Ergebnis durchaus zufrieden. Ihr praktischer Pferdeschwanz gehörte der Vergangenheit an. Stattdessen hatte sie jetzt einen schulterlangen Stufenschnitt, und weinrote und kupferfarbene Strähnchen peppten das Dunkelbraun auf.

»Ja, klar«, sagte Siobhan. »Du brauchtest eine Veränderung. Das hat nicht zufällig was mit dem Geburtstag zu tun, den wir vor kurzem gefeiert haben?«

»Danke, Siobhan.« Nadia verdrehte die Augen. Ja, sie hatte kürzlich ihren vierten »Geburtstag« gefeiert – sie war jetzt seit vier Jahren clean –, aber der tatsächliche, der dreißigste Geburtstag raste wie ein Höchstgeschwindigkeitszug auf sie zu. Doch mit ihren Freundinnen würde sie auch das überstehen: Siobhan »Sugar« Malloy, die beste Geschäftspartnerin, die man sich wünschen konnte, und Audie und Vanessa, die sie erst seit sechs Monaten kannte. Sie hatten sich kennengelernt, als Siobhan und sie beschlossen hatten, dienstags länger zu öffnen, damit sich verschiedene Selbsthilfegruppen im Café treffen konnten. Es war egal, was die Betroffenen durchgemacht hatten – Burn-out, Scheidung, Missbrauch oder, wie bei Siobhan und Nadia, Tablettenabhängigkeit –, jeder war willkommen. Schon bald wurde der Dienstag zum wichtigsten Arbeitstag, der ideale Rahmen, um Dampf abzulassen und über alles zu reden.

»Ich finde einfach, es wird höchste Zeit, dass ich neu anfange«, sagte Nadia schließlich. »Und dazu gehört eben auch ein neuer Style.«

»Was nur eins bedeuten kann!«, rief Vanessa. »Sie ist endlich bereit, wieder Männer zu daten.«

»Das wird aber auch langsam Zeit.« Siobhan nippte an ihrem Tee, und ihre blaugrauen Augen funkelten. »Du bist echt zu jung, um enthaltsam zu leben.«

»Du aber auch«, schoss Nadia zurück. »Besonders, da diese ganzen Vollpfosten mit hängender Zunge in deiner Burlesque-Show herumlungern und sabbern wie ein Rudel Hunde beim Anblick eines saftigen Steaks.«

»Ja, klar«, schnaubte Siobhan. »Beim Anblick eines fünfunddreißig Jahre alten Steaks.«

»Als ob das irgendjemanden interessiert bei deinem heißen Body.« Nadia schüttelte den Kopf. »Aber eigentlich ist es auch gar nicht so tragisch, mal ein paar Jahre nur mit seinem Job verheiratet zu sein. Wir wollten das *Sugar & Spice* ins Leben rufen. Und das war all die Zeit, das Herzblut und die Mühe wert, die wir reingesteckt haben.«

»Da hast du verdammt noch mal recht.« Audie wedelte mit ihrem Erdnussbutter-Bacon-Muffin. »Das ist das Beste, was ich je gegessen habe, und es ist noch nicht mal Schokolade drin!«

»Ja, da wird dir so schnell keiner widersprechen«, sagte Siobhan. »Wir haben getan, was getan werden musste, um unser Café zum Laufen zu bringen. Ich denke, es ist okay, wenn wir es jetzt etwas lockerer angehen lassen. Und für dich ist es definitiv höchste Zeit für eine Beziehung.«

»Nein, nein«, winkte Nadia ab. »Sex, ja. Beziehung, nein. Ich möchte einfach Spaß haben, ohne das ganze Drama. Vielleicht sollte ich mir einen heißen Escort-Typen besorgen.«

Vanessa, die Sachlichste von allen, kniff die Augen zusammen. »Du weißt schon, dass das bei uns illegal ist.«

»Scheiße, ja. Ich bin ja nicht blöd. Ich will mich weder in Gefahr begeben, noch suche ich die wahre Liebe. Ich glaube sowieso nicht daran. Ich finde nur einfach, dass es höchste Zeit für mich ist – für uns alle –, darüber nachzudenken, was uns auf verschiedensten Ebenen glücklich macht, und dann alles daranzusetzen, es uns zu holen. Wenn unsere Erwartungen sogar noch übertroffen werden, ist das sozusagen das Sahnehäubchen.«

»Offensichtlich hast du schon eine Weile darüber nachgedacht«, bemerkte Siobhan. »Jetzt sag schon. Was hast du in deinem Kaffeesatz gelesen?«

Nadia ignorierte den Sarkasmus. »Ja, ich habe lange drüber nachgedacht. Meine Beziehungen bisher waren einfach nur ätzend. Die beste, die ich je hatte, war die zu meinem Therapeuten, aber dem habe ich nur jede Woche eine Stunde lang die Ohren vollgeheult. Ist doch erbärmlich, oder?« Sie seufzte. »Also, lieber keine Beziehungen. Aber Sex? Jederzeit. Je wilder, desto besser.«

Audies Augen blitzten mutwillig. Mit fünfundzwanzig war die Rothaarige die Jüngste und sexuell Freizügigste von allen, manchmal sogar zu freizügig, weshalb auch sie an der Dienstagabend-Gruppe, liebevoll auch Bitch-Talk genannt, teilnahm. »Du willst es also so richtig krachen lassen? Du findest sicher schnell ein paar College-Jungs, die jederzeit für ein wenig Spaß im Bett zu haben wären. Ich könnte dich ja verkuppeln.«

»Nein!«, riefen Siobhan und Vanessa gleichzeitig. Vanessa legte die Hand auf Audies Arm. »Sorry, *chica*, aber dein Männergeschmack lässt ein bisschen zu wünschen übrig. Einen Idioten kann Nadia dafür echt nicht brauchen.«

Nadia lachte über Audies entrüstetes Gesicht. »Ich will einen Mann, keinen Anfänger. Einen *richtigen* Mann, der mehr draufhat als sanften Vanille-Sex. Einen Mann, der mich über die Couch beugt und mich von hinten nimmt.«

»Erzähl uns mehr, Süße.« Alle beugten sich näher zu Nadia hin.

Nadia erhob die Stimme. »Ich will einen Mann, der weiß, dass *Der duftende Garten* nicht der Name einer Boutique in der Mall ist.«

»Da sagst du was!«

»Ich will einen Mann, der ganz genau weiß, wie er seinen Schwanz einzusetzen hat.«

»Oh, ja!«

»Ich will einen Mann, für den es nicht zu viel ist, wenn man ihm den männlichen G-Punkt massiert, während man ihn mit dem Mund befriedigt.«

»Okay, okay! Wir haben's kapiert. O Gott.« Vanessa nippte an ihrem Eistee und schaute dabei ins Glas. »Ich glaube, ein Long Island wär jetzt besser.«

»Sorry, Nessa.« Nadia lächelte ihre Freundinnen an. »Ihr wisst, dass ich mich in den letzten Jahren nur auf meine Phantasie und meinen Dildo verlassen konnte, und so ein batteriebetriebener Freund kann eben nicht alles. Ich will mehr. Ich will ein bisschen Spaß haben, verdammt. Und im Augenblick bedeutet das, keine langweiligen Bilderbuch-Schwiegersöhne mehr.«

»Lass uns darauf anstoßen. Keine langweiligen Bilderbuch-Schwiegersöhne mehr.« Siobhan erhob ihr Glas. »Zumindest wenn es um Sex geht.«

Die anderen erhoben auch ihre Gläser und wiederholten einstimmig: »Zumindest wenn es um Sex geht.«

»Okay, aber ich habe da eine Frage«, sagte Audie, während sie ihr Glas wieder abstellte. »Was hat es mit dem *Duftenden Garten* auf sich? Es hört sich doch wirklich nach einer Boutique in der Mall an.«

»Weit gefehlt.« Nadia schob ihre Stirnfransen aus dem Gesicht. »Das ist ein arabisches Erotikhandbuch aus dem frühen fünfzehnten Jahrhundert. Vergleichbar mit dem *Kamasutra,* in dem alle möglichen Sexstellungen erklärt werden. Das ist ganz leicht nachzumachen, da alles auch in Bildern dargestellt wird. Sehr inspirierend.«

»Das klingt ja vielversprechend.« Vanessa lächelte raubtierhaft. »Und hast du schon jemanden im Visier?«

»Im Moment nicht.« Nadia warf Vanessa einen Seitenblick zu und wunderte sich über ihr listiges Grinsen. »Ich habe mich schließlich gerade erst entschlossen, das Projekt anzugehen. Das weißt du doch.«

»Na schön.« Vanessa rieb sich die Hände. »Ich wüsste da vielleicht jemanden für dich.«

»Das ist aber keiner, den Audie mal gedatet hat, oder?«

»Ich glaube nicht. Wie wäre es denn mit dem sexy Professor da drüben?« Vanessa deutete mit dem Kinn aufs Fenster, an dem einige Sessel und Beistelltische standen für Kunden, die es sich hier länger gemütlich machen wollten. Auf einem der Sessel saß ein dunkelhaariger Mann und hielt ein Tablet in der Hand. Er kam regelmäßig hierher, gehörte seit ein paar Wochen zu den Stammgästen und bestellte immer einen Matcha Latte und eine Zimtschnecke.

»Der ist ein Professor?«, fragte Nadia verblüfft. Vanessa unterrichtete ebenfalls an der Herscher University, jener Hochschule, für die Crimson Bay bekannt war.

»Ja, ist er. Er heißt Dr. Kaname Sullivan. Ich denke, dass er deine Erwartungen mehr als erfüllen kann, wenn man dem Gerede glauben kann.«

Alle lehnten sich näher an Vanessa heran. »Was erzählt man sich denn so?«, fragte Siobhan.

Vanessa tupfte sich mit ihrer Serviette die Lippen. Wie diese Frau mit der bronzefarbenen Haut es schaffte, zu essen und zu trinken, ohne ihren pflaumenfarbenen Lippenstift zu verschmieren, war Nadia ein Rätsel. Sie bewunderte und beneidete ihre Freundin.

»Er unterrichtet Sexualpsychologie, und seine Vorlesungen sind immer rappelvoll. Fast alle Studenten – die weiblichen zumindest – nennen ihn Professor Sex. Anscheinend praktiziert er, was er lehrt.«

»Tatsächlich?« Audie schnurrte wie eine träge Katze, die beschlossen hat, auf die Jagd zu gehen.

Vanessa warf ihr einen mahnenden Blick zu. »Zieh deine Krallen ein, Schätzchen«, befahl sie, bevor sie sich wieder Nadia zuwandte. »Er hat sich durch einen Prozess mit einem bekannten Sexualstraftäter in Los Angeles hervorgetan. Außerdem hat er ein paar erfolgreiche Sachbücher verfasst und dem FBI geholfen, einige der komplizierteren Fälle aufzudecken.«

»Wow«, Nadia lehnte sich zurück, »klingt beeindruckend.« *Der spielt absolut nicht in meiner Liga.*

Vanessa grinste. »Und darüber hinaus scheint er an dir interessiert zu sein.«

»Was?« Nadia prustete in ihren Eistee. »Keine Ahnung, was du damit meinst.«

»Oh, ich glaube, das weißt du sehr genau. Er kommt fast jeden Tag hierher und sitzt immer im gleichen Sessel. Und in den letzten Minuten hat er nicht ein einziges Mal in seine Zimtschnecke gebissen. Das reicht doch wohl fürs Erste, oder?«

Nadia zwang sich, den Mann nicht anzuschauen. Sie erinnerte sich an seinen ersten Besuch im Café. Er war über irgendetwas verärgert gewesen, seine Krawatte war verrutscht und sein dichtes Haar zerzaust, als ob er immer wieder mit den Fingern hindurchgefahren wäre. Sie hatte ihm einen Sessel angeboten und ihm dann einen Matcha Latte und eine Zimtschnecke gebracht, was seine Laune augenblicklich verbessert hatte. Er hatte zwar umwerfend gut ausgesehen, als er sie angelächelt hatte, allzu viel hatte sie damals jedoch nicht hineininterpretiert. Jetzt war die Sache natürlich eine andere.

Vielleicht hatte der Professor seinen Spitznamen ja zu Recht. Aber es war immer noch ein Unterschied, ein Experte *über* Sex oder *beim* Sex zu sein. Sie warf dem Mann, der gerade so tat, als sei er mit seinem Tablet beschäftigt, einen verstohlenen Blick zu. Er war gutaussehend, auf eine etwas nerdige Art. Er schien halb Europäer, halb Asiate zu sein, hatte dichtes zurückgekämmtes dunkles Haar, und sein kantiges Gesicht wurde von einem Kinnbart geziert. Seine Augen waren hinter einer Nickelbrille verborgen. In seinem dunkelblauen Blazer, dem hellblauen Hemd und der khakifarbenen Hose war er alles in allem eigentlich gar nicht ihr Fall, obwohl sie in letzter Zeit auch gar keinen bestimmten Typ mehr gehabt hatte.

Sie schüttelte den Kopf. »Ich weiß ja nicht.«

Audie biss in ihren Muffin und unterdrückte ein lustvolles Stöhnen. »Komm schon, Nadia. Du hast uns gerade von deiner sexuellen Wiedergeburt erzählt. Aus der Nummer kommst du jetzt nicht mehr raus. Schon gar nicht, wenn du bei Professor Sex landen kannst.«

»Ich will ja gar nicht aus der Nummer raus. Es ist nur …« Sie sprach nicht weiter und schaute stattdessen wieder zu dem Professor hin. Diesmal sah er sie an. Sie blinzelte. *Wow.*

Die Intensität seines Blicks überraschte sie und raubte ihr fast den Atem. Die Welt um sie herum verblasste, als sie einander unverwandt anschauten. Obwohl die Brille seine mitternachtsblauen Augen teilweise verbarg, konnte sie sehen, dass seine Miene ebenso provozierend war, wie sie Dominanz ausstrahlte. Aus »eigentlich ist der mir zu nerdig« wurde innerhalb von Sekunden »Mann, ist der geil«, und ihr Körper reagierte instinktiv. Ihre Brustwarzen wurden ganz hart, und ihr Innerstes zog sich zusammen. Verdammt, es war schon zu lange her, dass sie Sex gehabt hatte, und sie war mehr als bereit dafür. Wenn der Professor ihr anbot, mit ihm die Nacht zu verbringen, würde sie auf jeden Fall darauf eingehen.

Er zog die Augenbrauen hoch, und ihr Herz setzte einen Schlag aus. Dann lächelte er sie so sinnlich und verheißungsvoll an, dass sie unruhig auf ihrem Stuhl hin und her rutschte. O ja, das war definitiv ein Angebot. Und sie würde es definitiv annehmen.

»Erde an Nadia. Hast du überhaupt zugehört?«

Siobhan wedelte mit der Hand vor ihren Augen und unterbrach damit den hypnotischen Blickkontakt mit Sullivan. Nadia blinzelte und war überrascht, dass ihre Freundinnen sie angrinsten. »Was?«

»Das weißt du ganz genau.« Ihre Geschäftspartnerin lachte und zog Nadia von ihrem Stuhl hoch. »Professor Sex wartet auf dich. Geh und hol ihn dir.«

Erwischt.

Kane Sullivan scrollte auf seinem Tablet durch Dateien, um seinen Verdruss zu verbergen. Nadias Freundin hatte ihn perfekt beschrieben. Er hatte gewartet, sein Ziel immer im Auge behalten und sich zurückgehalten, bis der richtige Moment gekommen war. Jetzt musste er aber endlich handeln. Wenigstens war es in dem Café inzwischen nicht mehr so voll wie am Nachmittag. Tatsächlich waren nur noch Nadias Freundinnen anwesend.

Nadia Spiceland. Er hatte sie vom ersten Augenblick an begehrt, als er das Café betreten hatte. An jenem Tag war er wegen irgendetwas verstimmt gewesen. Er konnte sich nicht mehr erinnern, was es gewesen war. Sie hatte ihm eine ruhige Ecke zugewiesen und ihm dann eine Zimtschnecke und einen Matcha Latte gebracht. Einen starken, bitteren Tee, der ihn an seine Mutter erinnert hatte. Das und der Geruch nach Gebäck hatten ihn sofort friedlich gestimmt, und nach nur einem Bissen in seine Schnecke war es um ihn geschehen gewesen. Nadias herzförmiges Gesicht, das freundliche Lächeln auf ihren vollen Lippen und die Tatsache, dass sie alle Stammgäste persönlich kannte, hatten ihn direkt für sie eingenommen. Die weichen Rundungen ihrer Hüften und ihre straffen großen Brüste trugen ebenso positiv dazu bei. Er begehrte sie um ihretwillen und wegen allem, was sie nicht war: Studentin, Dozentin, schüchtern oder verheiratet.

Er begehrte sie, weil der Blick in ihren Augen ihn herausforderte, ihn ermutigte, sie zu befriedigen. Ihren sexuellen Phantasien nur zuzuhören, hatte ihn hart werden lassen. In seinem Kopfkino ergriff er ihre weichen Kurven, beugte sie über die Couch und fickte sie von hinten, bis sie beide nicht mehr stehen konnten. Er wollte nichts sehnlicher, als zu spüren, wie ihre innersten Muskeln ihn umfingen und sie sich gegenseitig zum Orgasmus brachten. Oder kurz gesagt: Er wollte sie, mit Haut und Haaren. Punkt.

Er packte seine Sachen zusammen und erhob sich entschlossen. Okay, die süße Nadia Spiceland war also Single und auf Männerjagd. Und was am wichtigsten war: Sie wollte keinen sanften Vanille-Sex. Genauso wenig wie er.

»Guten Tag, Professor Sullivan.« An der Theke lächelte Nadia ihn professionell an. Bis dahin hatte sie ihn stets »Sir« genannt, und er hatte keinen Grund gesehen, das zu korrigieren. »Hat Ihnen die Zimtschnecke geschmeckt?«

»Nennen Sie mich doch Kaname oder Kane«, sagte er, wobei er versuchte, ihr T-Shirt nicht anzustarren. Es war bestimmt ein oder zwei Größen zu klein, so wie es ihren üppigen Busen umspannte und den Blick auf ihren Bauchnabel unter dem Saum freigab. Auf dem T-Shirt prangte gut plaziert das Logo des Cafés: zwei Pin-up-Girls, die die Eigentümerinnen darstellen sollten, saßen auf den Worten *Sugar & Spice*, und darunter stand: »Alles heiß!«

Er lächelte sie an und reichte ihr einen 20-Dollar-Schein. »Mir schmeckt alles, was Sie zu bieten haben.«

»Ach, tatsächlich?« Sie errötete und öffnete die Kasse. »Ich schätze, deshalb sind Sie mittlerweile Stammkunde, stimmt's?«

»Ja, das ist einer der Gründe.« Er nickte und grinste wohlwollend. »Egal wie ich drauf bin, Sie haben anscheinend immer das, was ich brauche.«

Sie ließ sein Wechselgeld zu Boden fallen. Er lächelte, als er hörte, wie ihre Freundinnen am Tisch lachten.

Nadia bückte sich nach dem Geld, und er lehnte sich über die Theke und musterte ihren Rücken unter dem schokoladenfarbenen T-Shirt, die herrliche Rundung ihres Hinterns, die durch die enge, tiefsitzende Jeans noch betont wurde. Verdammt, er wollte ihren Po mit seinen Händen berühren, ihren Körper mit seiner Zunge verwöhnen. »Ach, übrigens. Für Vanille hab ich auch nicht viel übrig.«

Sofort richtete sie sich kerzengerade auf, ihre cognacfarbenen Augen ungläubig aufgerissen. »Wie bitte?«

»Ich habe gehört, wie Sie sagten, dass Sie keine Vanille mögen. Geht mir ähnlich.«

Einen Moment lang brachte sie keinen Ton heraus. »Ach ... nein?«

»Verstehen Sie mich nicht falsch. Gut verarbeitete Vanille kann sehr befriedigend sein. Aber an einer gewissen Würze,

Abwechslung oder außergewöhnlichen Geschmacksrichtungen ist überhaupt nichts auszusetzen. Finden Sie nicht auch?«

Sie umklammerte sein Wechselgeld und senkte den Kopf. Als sie ihn wieder anschaute, glomm ein boshafter, herausfordernder Funke in ihren Augen. Jetzt hatte er ein Problem.

»Auch ich halte Abwechslung für die Würze des Lebens«, sagte sie mit tiefer und plötzlich etwas rauchiger Stimme. »Daher biete ich auch gern etwas Besonderes für jeden Geschmack an.«

Mal schauen, wie weit sie geht, dachte er. Er beugte sich nach vorn und senkte die Stimme, ebenso wie sie es getan hatte. »Ich würde mich freuen, noch mehr von dem zu kosten, was Sie anzubieten haben.«

Ihre Brustwarzen richteten sich auf, als er sie mit seinem Blick fixierte. Er fuhr sich mit der Zunge unwillkürlich über die Lippen und hielt sich an der Theke fest, um nicht die Hände nach ihr auszustrecken. Dabei rief er sich ins Gedächtnis, dass er ein Mann von Welt war – zivilisiert, gebildet und kultiviert. Man warf eine Frau nicht einfach in aller Öffentlichkeit über die Schulter und suchte sich die nächstbeste flache Unterlage. Aber genau das hätte er jetzt am liebsten getan. Oh, und wie.

Er zwang sich, ihr wieder ins Gesicht zu sehen, und entdeckte ein Grübchen an ihrer linken Wange, als sie wissen wollte: »Ist das Ihr Ernst?«

»Absolut. Wären Sie zu einem Geschmackstest bereit?«

Sie verschlang ihn mit ihren Blicken, dann nickte sie zustimmend. »Sprechen wir immer noch über Backwaren?«

»Ganz und gar nicht.«

Am Tisch hinter ihm war es totenstill. Nadias Blick wanderte kurz zu ihren Freundinnen und richtete sich dann wieder auf ihn.

»Ein Geschmackstest, hm?« Sie zog die Augenbrauen in die Höhe. »Ich nehme an, Sie wollen mich davon überzeugen, dass

Sie eine erlesene Zunge haben, die alles zu schätzen weiß, was ich ihr vorsetze?«

»Ich glaube, meine Zunge und ich können alles erkennen und genießen, was Sie uns präsentieren.«

Ihre Augen wurden dunkel vor Lust. »Sehr schön. Wie wäre es mit heute Abend?« Sie hielt ihm sein Wechselgeld hin. »Wir treffen uns im *Pascal's,* und den Rest lassen wir auf uns zukommen.«

Bedächtig nahm er das Geld in Empfang. Seine Finger berührten dabei sanft die Innenflächen ihrer Hand. »Dann bis um sieben. Soll ich meine Ausgabe mitbringen?«

»Welche Ausgabe?«

»Die vom *Duftenden Garten.* Es steckt nämlich mehr dahinter als altertümliche Beschreibungen in blumiger Sprache.«

Sie blinzelte. »Ach ja?«

»Sie werden schon sehen. Bis später.«

Als Sullivan das Café verließ, hörte er noch, wie eine der Frauen murmelte: »Verdammt. Hat jemand mal einen Tequila für mich?«

KAPITEL 2

Ich bin so verdammt nervös!«

Nadia stand im Schlafzimmer ihrer zweistöckigen Eigentumswohnung über dem Café. Bislang war ihr die Lage ihres Zuhauses ideal erschienen, weil sie in den letzten drei Jahren sozusagen mit ihrem Job verheiratet gewesen war und immer früh aufstehen musste, um die Backwaren für ihre Morgenkundschaft vorzubereiten. Jetzt fragte sie sich jedoch, ob es gut war, es hier mit einem Lover zu treiben, während ihre Mitarbeiter unten arbeiteten.

Allerdings musste es natürlich erst mal zum Sex kommen.

Fünf Minuten nachdem Sullivan das Café verlassen hatte, hatten Nadias Freundinnen alles in die Hand genommen. Sie waren entschlossen gewesen, sie auf ihre erste Verabredung entsprechend vorzubereiten. Außer ihrem neuen Haarschnitt hatte sich Nadia um ihr Aussehen nicht sonderlich gekümmert – wenn man jeden Tag bis zu den Ellbogen in Kuchenteig steckte, war es reine Verschwendung, auch noch Geld für eine Maniküre auszugeben. Und leider besaß sie außer den paar Kleidungsstücken, die sie trug, wenn sie mit Freunden abhing, nichts Passendes für ein Date und schon gar nichts, was sie im *Pascal's* hätte anziehen können.

Siobhan hatte sofort das Kommando übernommen, wie immer seit dem ersten Tag ihrer Begegnung in der Reha. Mit fünfunddreißig besaß sie den Körper einer vollbusigen Fünfundzwanzigjährigen, und ihr goldblondes Haar, ihre cremeweiße

Haut und ihre blaugrauen Augen zogen im Café für gewöhnlich die Aufmerksamkeit eines jeden Studenten oder Geschäftsmanns auf sich. Durch ihr Aussehen kam sie auch als »Sugar« Malloy in ihrer Burlesque-Tanzgruppe gut an.

»Kann ich mir vorstellen«, antwortete sie jetzt und legte drei Kleider auf Nadias Bett. »Das ist dein erstes Date seit über vier Jahren. Aber du musst dir bei Professor Sex ganz sicher keine Sorgen machen – außer der, welches Kleid du anziehst.«

Nadia musterte die Auswahl. Die drei Kleider gehörten Siobhan und Vanessa. Sie hatten beide einen vorzüglichen Geschmack, mit dem sie einfach nicht mithalten konnte. Außerdem hatte sie damals alles weggegeben oder verkauft, was sie an ihre Zeit in L.A. erinnerte. Sie hatte sozusagen alle Brücken abgebrochen, damit es keine Verbindung zu ihrem früheren Leben mehr gab. Die erste Option war ein rotes Retro-Sommerkleid mit Tupfen, einem Herzausschnitt und einem weiten Rock im Rockabilly-Stil, was genau Siobhans Kleidungsstil entsprach. Beim zweiten handelte es sich um ein ärmelloses, enganliegendes, knielanges schwarzes Kleid, das jede ihrer Kurven – von ihren Brüsten bis zu ihrem Po – betonen würde und eigentlich viel eher auf Vanessas schlanke Figur zugeschnitten war. Das dritte Kleid war aus blaugrüner Seide, hatte geflochtene Träger, einen tiefen Rückenausschnitt, lag bis zur Taille eng an und mündete in weichen Falten in einem knielangen Rock. Es war schlicht, aber hübsch und würde den warmen Goldton ihrer Haut gut zur Geltung bringen. Nadia gefiel es am besten, doch sie fand, dass es eher für einen Ball als für ein erstes Date mit einem potenziellen Lover passend war.

Aber ein unschuldiges Kleid konnte natürlich auch die gewisse Würze bei einer lustvollen Begegnung sein. »Das rote passt besser zu einer Burlesque-Show, also scheidet das schon mal aus«, sprach Nadia ihre Gedanken laut aus. »Und das schwarze ist zu einschüchternd. Mein Bauch ist ein bisschen zu weich, um ihm gerecht zu werden, und ich trage bestimmt keine Shapewear, falls ich heute Abend Sex habe.«

»Also das blaugrüne.« Siobhan nahm es vom Bett auf und half Nadia, es anzuziehen. Nachdem sie es am Nacken geschlossen hatte, betrachtete Siobhan sie von allen Seiten. »Der Herr Professor wird den Verstand verlieren.«

Nadia begutachtete sich im Spiegel und musste ihr zustimmen. Das Kleid saß ein wenig locker am Körper, betonte aber vorteilhaft die Rundung ihres Busens und ließ ihre Taille schmaler erscheinen. Beim Make-up hatte Siobhan ein kleines Wunder vollbracht. Nadias Augen wirkten dunkel und rauchig. Sie sah selbstbewusst und sexy aus – und zu allem bereit.

»Ich stehe in deiner Schuld, Sugar. Wenn das hier klappt, dann erlaube ich dir sogar, mit mir shoppen zu gehen.«

»Ich kann dich zum Shoppen bewegen?« Ihre Geschäftspartnerin grinste. »Der Professor sollte endlich mal aktiv werden, sonst muss ich ein Wörtchen mit ihm reden. Hast du Kondome eingesteckt?«

Nadia schaute in ihre Handtasche. »Ja.«

»Bargeld und Kreditkarte?«

»Auch.«

»Dein Handy und deinen Führerschein, falls der Sex so gut ist, dass du deinen Namen und deine Adresse vergisst?«

Nadia lachte. »Wenn alles gutgeht, dann kommen wir hierher zurück. Der Herr Professor weiß schließlich, wo ich wohne und arbeite, und außerdem geht nichts über einen Heimvorteil. Hier habe ich die Kontrolle.«

Das musste sie auch. Wenigstens, bis Professor Sex ihr bewiesen hatte, dass er es wert war, sie an ihn abzugeben.

Nadia händigte dem jungen Mann vom Parkservice die Schlüssel ihres Mini Cooper aus und lief die Treppe zur Eingangstür des *Pascal's* hoch. Sie versuchte, das nervöse Flattern in ihrem Magen zu ignorieren. Sie hatte dieses Nouvelle-Cuisine-Restaurant ausgesucht, weil sie gehört hatte, dass es dort eine Live-Band, gute Tapas und hervorragende Cocktails gab, und weil nur Leute im College-Alter dort arbeiteten. Wenn dieses erste Date gut lief, dann wollte sie keine zu mächtigen und fettigen Speisen zu sich nehmen. Falls es nicht gut lief, war ein Schokoladenmartini immer noch besser als Vanilleeiscreme.

Sie hatte nach wie vor ihre Zweifel, ob Professor Kaname Sullivan der Richtige für sie war. Der kleine Flirt war ja ganz lustig gewesen, aber war er auch ein Mann der Tat? Würde er überhaupt auftauchen?

Die Glastür des Restaurants schwang auf. Sie dankte der Bedienung und blieb wie angewurzelt im Eingang stehen.

Verdammt. Der Professor hatte sich ebenfalls in Schale geworfen. Er trug glänzende Schuhe, eine locker sitzende schwarze Hose mit passendem Jackett und ein kobaltblaues Hemd, das seinen schlanken Körper und seine goldfarbene Haut perfekt betonte. Sein Haar schimmerte im Lampenlicht, so dass sie am liebsten die Finger in seinen dichten Locken vergraben hätte. Mit seiner Brille sah er, genau wie Superman, hammermäßig nerdy-sexy aus. Sein heißer Blick wurde durch die Brille jedoch nicht getrübt. Heute Abend verlieh ihm der Kinnbart ein geradezu teuflisches Aussehen. Vielleicht hatte das aber auch mehr mit seinem wissenden, sinnlichen Grinsen zu tun.

Das war nicht der Professor. Das war ein – im besten Sinne – gefährlicher Mann.

»Nadia.« Er ergriff ihre Hand und küsste sie dann auf die Wange, als seien sie alte Freunde und keine potenziellen Lover. Anschließend trat er einen Schritt zur Seite und musterte sie von Kopf bis Fuß. Anscheinend gefiel ihm ihr Anblick. »Sie sehen toll aus.«

Sie strich mit der Hand ihren Seidenrock glatt. Seit den Jahren im Café hatte sie nichts anderes mehr getragen als Jeans und Turnschuhe. Es war gar nicht so einfach, nach so langer Zeit ein solches Kleid mit Würde zur Schau zu stellen. Sullivans Reaktion freute sie und bestärkte sie darin, dass sich der Aufwand, sich zu schminken und sich etwas Eleganteres anzuziehen, gelohnt hatte.

Und mit der richtigen Ermutigung konnte sie es auch blitzschnell wieder ausziehen.

»Sie sind eine wunderschöne Frau, Nadia«, sagte er nach einer kleinen Pause. »Egal ob in diesem Kleid oder in dieser phantastischen Jeans von vorhin.«

Sie runzelte die Stirn. »Meine Jeans hat Ihnen besser gefallen als das Kleid?«

»Verstehen Sie mich nicht falsch. Sie sehen in diesem Kleid atemberaubend aus. Aber die Jeans ... Als Sie sich vorbeugten, um das Wechselgeld aufzuheben, hätte ich fast den Verstand verloren. Gott sei Dank hat mein Jackett meine Reaktion auf diesen Anblick verborgen.«

»Danke. Gut zu wissen, da meine Garderobe fast ausschließlich aus Jeans besteht.« *Seine Reaktion?* Sie hatte im Café schon checken wollen, wie viel er zu bieten hatte, was sich aber leider nicht möglichst unauffällig hatte bewerkstelligen lassen.

An seinem Grinsen erkannte sie, dass er genau wusste, was sie dachte. »Sie leben in einer Stadt am Meer. Wollen Sie mir etwa weismachen, dass Sie keine Bikinis besitzen?«

Sie lachte. »Das ist ja ein Muss hier, oder nicht? Strandklamotten, Surfbretter und blonde Strähnchen.«

Er deutete auf sein dunkles Haar. »Kann nicht jeder haben, oder?«

Die Bedienung lächelte sie an. »Ihr Tisch ist jetzt frei. Ich führe Sie hin.«

»Wollen wir?« Kane legte ihr die Hand ins Kreuz und erstarrte, als er dort nur nackte Haut spürte. Seine Finger glitten an ihrem Rückgrat entlang und blieben dann oberhalb ihrer Taille liegen, brannten einen heißen Pfad auf ihre Haut. Ihre Weiblichkeit erzitterte von seiner Berührung, und ihr stockte der Atem, als er mit dem Daumen über ihre Wirbelsäule strich. Ein braves Mädchen hätte sich ihm jetzt entzogen. Sie jedoch erwiderte den Druck seiner Hand.

Die Kellnerin führte sie an einen Tisch, der in einer ruhigen Ecke und ein Stück entfernt von der Jazz-Gruppe stand, wo sie ungestört waren. Wie ein Gentleman zog Kane den Stuhl für sie zurück und schritt dann gelassen zu seinem eigenen Platz hinüber. *Nicht hinsehen, nicht hinsehen – okay, nur ganz kurz.* Sie strich sich eine nicht vorhandene Strähne aus dem Gesicht und versuchte, einen verstohlenen Blick auf sein bestes Stück zu werfen. *Verdammte locker sitzende Hose!*

»Kann ich der Inspektion standhalten?«, fragte er und grinste sie wieder an.

»Bis jetzt ist alles in Ordnung.« Sie sah sich im Restaurant um, um seinem hypnotischen Blick zu entgehen. Das *Pascal's* besaß einen altmodischen Charme mit seinem dunkelroten Brokat, dem dunklen Holz, den kleinen goldverzierten Lampen auf den Tischen und den schweren weinroten Tischdecken. »Sind Sie oft am Strand?«

»Nicht so oft, wie ich gern möchte, aber von meiner Wohnung aus kann man den Strand ganz gut sehen. Mit dem richtigen Anreiz – zum Beispiel einer gewissen brünetten jungen Dame, die im Bikini Volleyball spielt – würde ich wohl häufiger dort auftauchen.«

Nadia lachte und entspannte sich langsam. »Gegen eine Partie Volleyball hätte ich nichts einzuwenden.«

Nun tauchte ein weiterer Kellner auf und pries ihnen die Spezialgerichte des Tages an. Nadia bestellte einen Granatapfel-Martini und Sullivan ein Glas Rotwein. Nachdem die Bedienung wieder verschwunden war, zog Sullivan die Augenbrauen hoch. »Wenn ich das Volleyballspiel gewinne, was wäre dann die Belohnung?«

Nadia hob die Hand. »Langsam, Professor. Draußen ist es für ein Volleyballspiel noch viel zu kalt, besonders wenn ich im Bikini spielen soll. Außerdem wäre ich zu Unrecht im Vorteil, da Sie viel zu sehr damit beschäftigt wären, meinen Vorbau zu betrachten, um den Ball zu treffen.«

Sein Lachen war warm und herzlich. »Da haben Sie recht, insbesondere da Ihr Vorbau, wie Sie es nennen, einfach göttlich ist.« Er ergriff ihre Hand. »Finden Sie nicht, dass Sie den *Professor* langsam weglassen könnten? Ich bin hier nicht im Dienst, und Sie sind keine Studentin. Oder wollen Sie, dass ich Sie Spiceland nenne? Oder Konditorin?«

»Um Gottes willen, nein.«

Er strich ihr mit dem Daumen über die Fingerknöchel. »Ich könnte Sie Spice nennen, wenn Sie wollen. Das passt zu Ihnen.«

Für sein Lächeln brauchte er eigentlich einen Waffenschein. »Ich bevorzuge Nadia.«

»Nadia.« Er ließ sich den Namen wie einen guten Wein auf der Zunge zergehen. »Kommt das aus dem Russischen?«

»Ja. Es bedeutet *Hoffnung*. Daddy Vics Mutter stammte aus Russland, und sie wünschte mir und meinen Eltern ein langes und glückliches Leben.«

Er runzelte die Stirn. »Sie nennen Ihren Vater Daddy Vic?«

»Ich habe zwei Väter, Nicholas und Victor Spiceland. Sie haben mich und meine beiden älteren Brüder mit Hilfe einer Leihmutter bekommen. Sie sind bald vierzig Jahre zusammen.«

»Dann ist der Wunsch Ihrer Großmutter wohl in Erfüllung gegangen. Nennen Sie mich Kane, eine Kurzform von Kaname.«

»Kane.« Der Name passte zu ihm. Er klang stark, raubtierhaft. »Kaname kommt aus dem Japanischen, oder?«

Er nickte. »Er bedeutet *Kernpunkt*. Meine Mutter ist Japanerin.«

»Und Sullivan?«

»Mein Vater ist Ire. Er ist dreißig Zentimeter größer als meine Mutter, aber sie bestimmt, wo's langgeht. Sie haben sich in Singapur kennengelernt, sind dann nach Hongkong gezogen, wo ich geboren wurde, und jetzt leben sie in einem Vorort von Seattle.«

»Wow, dann sind Sie in der Welt ja richtig herumgekommen. Was hat Sie nach Crimson Bay verschlagen?«

»Ich liebe Seattle, aber ich liebe auch die Sonne. Neben meiner Lehrtätigkeit erstelle ich freiberuflich Gutachten für die Polizei an der Westküste, und da Crimson Bay so schön in der Mitte liegt und eine entspannte Stadt ist, die mir gefällt und mich zum Schreiben inspiriert, habe ich beschlossen, hierzubleiben. Außerdem ist der Lehrstuhl für Sexualpsychologie an der Herscher University sehr renommiert. Und Sie? Sind Sie hier geboren?«

Nadia atmete langsam aus. Sie war fasziniert von der Art, wie er ihre Hand streichelte und ganz bei ihr war. »Ich bin in Sacramento und San Francisco aufgewachsen. Später habe ich mich entschlossen, Köchin und Konditorin zu werden. Ich lernte bei Patissiers in Paris und Chocolatiers in Belgien und habe mich schließlich in Los Angeles selbständig gemacht.«

Der Kellner servierte ihre Drinks. Kane bat ihn, ihnen noch ein paar Minuten Zeit zu geben, und konzentrierte sich dann wieder auf das Gespräch. »Warum haben Sie Los Angeles verlassen?«

Sie spielte mit dem Stiel ihres Glases und sah ihm darauf direkt in die Augen. »Nachdem Siobhan und ich vor einigen Jahren die Entziehungskur hinter uns hatten, beschlossen wir, L.A. den Rücken zu kehren. Sie hat hier in der Nähe Familie, und meine Eltern wohnen nur zwei Stunden entfernt. Also sind wir hierhergekommen, haben unser ganzes Geld ins Café gesteckt, und mittlerweile läuft der Laden echt gut.«

Er starrte sie lange an. Sie erwiderte seinen Blick, eine stumme Aufforderung, entweder aufzustehen und zu gehen oder zu bleiben. Sie schämte sich nicht für ihre Vergangenheit. Nicht wirklich. Höchstens, weil sie sich so lange keine Hilfe gesucht hatte. In der Zwischenzeit hatte sie viele Menschen verletzt.

Er drückte ihre Hand. »Und jetzt fragen Sie sich, ob ich den Rückzug antrete oder Sie weiter mit Fragen quäle, die Sie nicht beantworten wollen.«

Sie atmete hörbar aus. »Ja, so was in der Richtung.« Sie lehnte sich zurück. »Fragen Sie schon.«

»Es war kein Alkohol, oder?« Er deutete mit einem Kopfnicken auf den Martini.

»Nein. Schmerzmittel und Schlaftabletten. Manchmal auch Härteres.«

»Okay, ich verstehe.« Er ließ ihre Hand los, um an seinem Wein zu nippen. Sie trank einen Schluck Martini. Sie hatte seit der Eröffnung des Cafés so gut wie keinen Alkohol mehr angerührt und musste es langsam angehen lassen. Außerdem berauschte Kanes Anwesenheit sie eigentlich schon genug.

»Kane, sind Sie sicher, dass Sie das wollen?«

»Mit einer wunderschönen Frau etwas zu trinken? Natürlich.«

»Danke, aber das meinte ich nicht.« Sie deutete mit der Hand auf sich und ihn. »Ich meine das. Wollen Sie sich wirklich darauf einlassen?«

»Aber sicher. Warum denn nicht?«

»Wegen meiner Vergangenheit.« Sie beugte sich vor und beobachtete, wie sein Blick freimütig erst zu ihren Brüsten und wieder zu ihrem Gesicht wanderte. »Ich habe Ihnen nur von meinem Absturz erzählt. Wenn Sie mehr über mich wissen wollen, ob gut oder schlecht, brauchen Sie nur meinen Namen zu googeln. Danach wissen Sie wahrscheinlich mehr über mich als mein Therapeut.«

Er blickte sie unverwandt an. »Nennen Sie mich altmodisch, aber ich sitze den Menschen gern gegenüber, wenn ich etwas über sie erfahren will. Ich glaube nicht alles, was ich im Internet lese. Außerdem reagieren die meisten Menschen im persönlichen Gespräch weniger ausweichend.«

Nadia schüttelte den Kopf. »Wollen Sie damit sagen, ich sollte Sie auch nicht googeln?«

»Das hängt davon ab, ob Sie etwas über meine berufliche oder meine sexuelle Karriere erfahren wollen.« Er beugte sich noch näher zu ihr hin. »Ich weiß sehr wohl, wie mein Spitzname lautet. Ich bin mir sicher, dass Ihre Freundinnen und Angestellten Ihnen schon einiges über Professor Sex berichten konnten.«

Sie zog die Augenbrauen in die Höhe. »Und? Haben Sie diesen Spitznamen denn nicht verdient?«

»Nein.« Sein Lächeln ließ sie dahinschmelzen. »Ich halte Vorlesungen über Sex. Ich schreibe über Sex. Ich erstelle Verbrecherprofile für die Kriminalpolizei, bei denen es um Sex geht. Und ich schäme mich nicht zuzugeben, dass ich gern Sex habe. Viel Sex, auf unterschiedlichste Art und Weise.« Er klopfte mit einem Finger auf das Tischtuch. »Aber ich habe keinen Sex mit meinen Studentinnen, obwohl das in vielen Blogs anders dargestellt wird.«

Sie seufzte. Sie konnte nicht anders. Dieser Mann wusste genau, was er tat. Ihm war vollkommen klar, wie verführerisch und selbstbewusst er wirkte. »Nur zur Info: Ich habe mich nicht im Netz über Sie informiert. Das brauchte ich auch gar nicht. Nicht mit Freundinnen wie meinen. Sie waren ganz wild darauf, mir von Professor Sex zu erzählen, trotz meiner Versuche, mir ihr Gerede vom Hals zu halten.«

»Warum vom Hals halten?«

»Ich wollte mir meine eigene Meinung über Sie bilden. Sie sind nicht *ihr* potenzieller Bettgefährte, sondern *meiner*.« Sie zog wieder die Augenbrauen hoch. »Sie haben doch noch mit keiner von ihnen geschlafen, oder?«

»Nein.«

»Warum grinsen Sie denn so?«

»Weil Sie sich als meine potenzielle Bettgefährtin bezeichnet haben. Das ist doch mal ein Schritt in die richtige Richtung. Das heißt, ich mache etwas richtig.«

»Das würde ich unterschreiben. Vielleicht sollten wir einen Schritt weiter gehen.« Sie griff in ihre Handtasche.

»Okay.«

»Ich habe etwas für Sie«, sagte sie und schob ihre Hand über den Tisch. Kanes Hand legte sich auf ihre. Sie war warm und groß. Sie spürte seine ungebändigte männliche Energie, die wie ein Blitz ihre Hand durchzuckte und ihr dann über den Arm, in ihren Körper und geradewegs in den Unterleib fuhr. Er nahm das Gerät an sich. Und runzelte die Stirn, als er die drahtlose Fernbedienung eines Vibrators erkannte, dessen funktionales Ende in ihrem Tanga steckte. Ein sexy Lächeln spielte um seine Lippen.

»Nadia Spiceland, Sie stecken voller Überraschungen«, murmelte er. »Soll ich Ihnen sagen, was das bedeutet?«

Durch das tiefe Vibrato seiner Stimme und den wissenden Blick, mit dem er die Fernbedienung betrachtete, wurde ihre Muschi vor Vorfreude ganz feucht. »Ja, bitte.«

»Es ist ein Test. Eigentlich eine Herausforderung. Sie wollen keinen sanften Vanille-Sex mehr, und dies hier bedeutet, dass Sie bereit sind, die Kontrolle abzugeben – die Kontrolle über Ihre Lust, Ihren Körper, Ihre Orgasmen.«

Er schaltete den Vibrator mit dem Daumen ein, so dass er sich kurz an ihrer Klitoris bewegte. Dann stellte er ihn direkt wieder aus. »Aber Sie unterwerfen sich nicht jedem x-Beliebigen, nicht wahr? Sie wollen sicher sein, dass die Person es auch wert ist. Dass sie es wert ist, Sie und das, was Sie zu bieten haben, zu bekommen.«

»Verdammt ri…« Ihre Stimme versagte, als er das Gerät wieder einschaltete und die Vibration auf die höchste Stufe stellte. Sie klammerte sich mit beiden Händen an der Tischkante fest und versuchte, sich nicht zu winden, als ihre Lust sich steigerte. Was sehr schnell geschah.

Er betätigte erneut den Aus-Schalter und legte die Fernbedienung sorgfältig neben sein Messer. »Sie liegen unten, aber Sie bestimmen, wo's langgeht«, bemerkte er und musterte sie eingehend. »Das gefällt mir.«

»Sind Sie sicher?«, fragte sie. Eigentlich wollte sie ja die Kontrolle völlig abgeben, wenn auch nur auf diesem Gebiet. Schon seit ihrer Jugendzeit hatte sie alles in ihrem Leben selbst geregelt und bestimmt. Mit eiserner Disziplin hatte sie bei einigen sehr talentierten Konditormeistern in Europa gelernt und ihre Kenntnisse mit nach Hause gebracht. Der Kontrollverlust hatte ihre Karriere und ihren sehr komfortablen Lebensstil beendet.

Nachdem sie sich wieder in den Griff bekommen hatte, hatte sie auch wieder ein gutes Leben und Erfolg gehabt. Manchmal jedoch, nur manchmal, wünschte sie sich, jemand anders würde die Entscheidungen für sie treffen. Sie träumte davon, den richtigen Mann zu finden, dem sie sich sexuell ganz anvertrauen konnte, aber sie hätte nie geglaubt, dass sie sich das jemals wirklich gestatten würde.

Dennoch war sie hier mit Kaname Sullivan, dem Hochschullehrer und Autor, der als Professor Sex bekannt war, und der ihr angeboten hatte, ihr das zu geben, was sie brauchte. Falls sie es sich sehnlich genug wünschte.

Wieder schenkte er ihr dieses Raubtierlächeln. Kein Wunder, dass seine Studenten zu neunzig Prozent Frauen waren. »Es gefällt mir, aber das heißt noch lange nicht, dass ich es zulasse.«

Sie brauste auf, beruhigte sich aber sofort wieder, als er die Finger erneut auf die Fernbedienung legte. »Sobald ich deinen Test bestanden habe, und das möchte ich unbedingt, wirst du dich mir hingeben«, sagte er und duzte sie plötzlich. »Und wenn du es tust, werde ich dafür sorgen, dass du so viel Lust empfängst, wie du ertragen kannst. Ob wir uns nun am *Duftenden Garten* orientieren oder nicht.«

Sie lehnte sich zurück und schwankte zwischen Neugier und Vorsicht. »So sicher bist du dir deiner Fähigkeiten?«

»Ich bin mir sicher, dass ich dich will. Ich bin mir sicher, dass du neugierig genug bist, Dinge auszuprobieren und deine Lust in meine Hände zu legen.«

Bei der Kühnheit seiner Worte und dem offensichtlichen Verlangen in seinen Augen wurde ihr innerlich ganz heiß. Beinahe hätte sie ihn gebeten, den Vibrator wieder einzuschalten, aber in diesem Augenblick kam der Kellner, um die Bestellung entgegenzunehmen. »Was hältst du davon, wenn wir nur Tapas ordern?«

»Gute Idee. Dann übertreiben wir es wenigstens beim Essen nicht. Darf ich?« Er stellte die Fernbedienung auf die niedrigste Stufe.

Sie biss sich auf die Lippe, während Kane sich in aller Ruhe mit dem Kellner beriet, viele verschiedene kleine Gerichte bestellte und gleichzeitig immer mal wieder diskret die Fernbedienung handhabte. Ob auf der niedrigsten oder der höchsten

Einstellung, ihre Muschi war feucht, ihr Blut in Wallung, und ihr Atem ging stoßweise. Er schien irgendwie zu wissen, wann sie kurz davor war, in den Abgrund zu stürzen, und stellte dann den Vibrator immer wieder aus.

»Mann, spielst du unfair!«, keuchte sie, nachdem der Kellner weggegangen war, nicht ohne ihr zuvor noch einen neugierigen Seitenblick zuzuwerfen.

»Ich sorge nur für ein Gleichgewicht der Kräfte.« Kane lächelte und legte die Fernbedienung neben sein Weinglas.

»Was meinst du mit Gleichgewicht? Du bist im Moment doch offensichtlich im Vorteil.«

»Findest du?« Er drehte die Einstellung auf mittelstark. Sie atmete aus und rutschte unruhig auf ihrem Stuhl hin und her, als es zwischen ihren Schenkeln pulsierte. »Ich kann es steuern, und du kannst es auskosten, ohne allzu viel Aufmerksamkeit zu erregen. Aber für mich ist keine Erleichterung in Sicht. Wenn ich aufstehe, kann jeder erkennen, was für ein Problem ich habe.«

»Stört dich das?«, wollte sie wissen und unterdrückte ein Stöhnen.

»Ganz und gar nicht. So dermaßen heiß, wie du aussiehst, gibt es hier bestimmt noch mehr Männer mit dem gleichen Problem.«

»Danke.« Sie musste sich beherrschen, um sich nicht erneut auf ihrem Stuhl zu winden. Verdammt, war sie scharf auf ihn. Ob sie ihn überreden konnte, seinen Worten Taten folgen zu lassen?

Tief sog sie die Luft ein, was seinen Blick zu ihrem Dekolleté wandern ließ. Ihm entfuhr etwas wie ein leiser Fluch, als er die Steuerung ganz ausstellte.

»Wenn sich deine Lippen so öffnen wie jetzt, denke ich an Dinge, die man in einem gutbesuchten Restaurant besser nicht ausspricht«, gab er reumütig zu. »Ich brauche jetzt dringend eine

Ablenkung. Also, was hat es mit dem Buch *Der duftende Garten zur Erbauung des Gemüts* auf sich? Wieso interessierst du dich für ein arabisches Liebeshandbuch aus dem Mittelalter? Ich hätte dich eher so eingeschätzt, dass das *Kamasutra* oder *The Joy of Sex* von Alex Comfort eher nach deinem Geschmack sind.«

»Die gefallen mir auch, aber ich habe den *Duftenden Garten* in einem Seminar über Weltliteratur auf dem College entdeckt.« Sie nippte an ihrem Drink, und ihr wurde noch heißer dabei, weil er ihre Lippen fixierte. »Mir gefällt der Titel, und ich finde es amüsant, dass die englische Übersetzung Burtons weit über das Original hinausgeht. Aber ganz besonders fasziniert mich daran das Versprechen von sinnlicher Mystik und erotischen Entdeckungen.«

»Sinnliche Mystik und erotische Entdeckungen.« Seine Stimme klang jetzt tief und sexy, und ihre Scham zog sich zusammen. »Das verspricht auch der heutige Abend.«

»Ja.« Hm, offenbar musste sie sich nicht allzu sehr bei ihm anstrengen. »Anscheinend weißt du eine Menge über den *Duftenden Garten?*«

Er sah sie über die Fernbedienung hinweg an. »Ja, unter anderem auch das. Das Buch bedient sich zeitgenössischer sexueller Abhandlungen, die vornehmlich aus Indien stammen, und fügt Geschichten und Abbildungen hinzu, die sexuelle Stellungen beschreiben und empfehlen. Gefällt dir eine Stelle besonders gut?«

»Als Studentin habe ich mich auf Kapitel sechs konzentriert, das sich mit Sexualtechnik beschäftigt. Es könnte amüsant sein, irgendwann einmal alle Positionen auszuprobieren, die dort beschrieben werden. Aber über manche Beschreibungen muss ich als moderne Frau dann doch den Kopf schütteln.«

»Oh, du meinst, wenn es um *perfekte Frauen* geht?« Er ließ sie nicht aus den Augen, während er den Regler der Fernbedienung auf die niedrigste Stufe schob. »Soweit ich mich erinnere, sagt der Scheich so was wie: ›Der Allmächtige tauchte die Frau in ein Meer aus Glanz, Lust und Freude; er hüllte sie in prächtige Gewänder, verziert mit glänzenden Gürteln, und schenkte ihr ein verlockendes Lächeln. Lasst uns ihn lobpreisen, der das Weib und seine Schönheit schuf; er schenkte ihr eine reizende Gestalt, duftendes Haar, sanfte Haut, volle Brüste, und er sorgte dafür, dass sie sich verliebt an den Mann zu schmiegen pflegt und so sein Begehren weckt.‹ Ich glaube, er hatte dich im Sinn, Nadia Spiceland, denn du bist wirklich sehr appetitlich.«

Er stellte die Steuerung wieder aus, lächelte sie an, und schon war sie bereit, es auf der Stelle und sofort hier auf dem Boden mit ihm zu treiben. Oder ihn hinter sich herzuziehen und das Lokal zu verlassen. Sie machte gerade den Mund auf, um genau das vorzuschlagen, als der Kellner mit ihren Vorspeisen erschien. Wer hätte gedacht, dass Tapas so schnell zubereitet werden können? Sie versuchte, den armen Kellner nicht mit ihren Blicken zu erdolchen. Es war ja nicht sein Fehler, dass sie die Kontrolle über ihre Klitoris einem Professor mit sadistischer Ader überlassen hatte. Sie griff nach ihrem Wasserglas, während der Kellner die Speisen vor sie hinstellte und sich schnell wieder zurückzog.

»Du bist ein böser Mann.«

Seine dunklen Augen funkelten. »Nur im besten Sinne. Und du genießt es in vollen Zügen.«

Damit hatte er recht. Einmal nicht im Café zu sein, elegant gekleidet mit einem Mann, der so gar nicht ihrem Typ entsprach, das alles sorgte dafür, dass sie einen wunderbaren Abend hatte. Allerdings war ihr Kane viel zu selbstsicher. Sie wollte den Spieß umdrehen, für Gleichstand sorgen.

Sie bediente sich an einer der Vorspeisen, die eine sautierte Garnele zierte. Als sie hineinbiss, entfuhr ihr ein Stöhnen, da die Aromen auf ihrer Zunge förmlich explodierten. Sie kniff die

Augen zusammen, um den Geschmack noch intensiver auskosten zu können. »Oh, schmeckt das köstlich!«

»Nadia.«

Sie riss die Augen auf. Kane biss die Zähne zusammen, in seinen Augen loderte es.

»Geht es dir gut?«

»Nein.« Er schüttelte den Kopf. »Mir geht es nicht gut. Ich stelle gerade fest, dass es reine Selbstquälerei ist, dich beim Essen zu beobachten. Hast du was für Desserts übrig?«

»Du meinst, sie zu essen? Sehr viel. Aber noch besser bin ich beim Zubereiten.« Sie lächelte und nahm sich mit der Gabel eine weitere Vorspeise. Unverwandt starrte er ihre Lippen an, weshalb sie die Gabel ganz langsam aus dem Mund zog, um ihn weiter zu reizen. »Ich koste sämtliche von mir erfundenen Gerichte, und wenn es mir nicht schmeckt, dann bereite ich es nicht noch einmal zu. Was ist mit dir? Ich wette, du hast einen breitgefächerten Geschmack.«

»Je mehr ich über die Welt lerne, desto mehr lerne ich über mich selbst. Also ja, mein Geschmack ist mehr als ungewöhnlich. Manche können damit nicht umgehen. Meinst du, du kannst es?« Mit dem Daumen trieb er den Vibrator erneut an, erst sanft, dann auf die höchste Stufe, hin und her, immer wieder.

Sie schloss die Augen und umklammerte mit den Händen die Tischkante, während ihre Muschi – wenn das überhaupt möglich war – noch feuchter wurde. »Das würde ich verdammt gern rausfinden.« *Nur noch ein bisschen länger …*

Der Vibrator stellte den Betrieb ein. Sie schlug die Augen auf. Kane schenkte ihr ein erbarmungsloses Grinsen. »Noch nicht. Du musst essen und dir deine Kräfte für später aufsparen.«

Sie presste die Zähne aufeinander. »Klitoris-Peiniger.«

»Tut mir leid«, sagte er ohne jedes Bedauern in der Stimme. »Wenn ich dich zum ersten Mal kommen sehe, will ich meinen Schwanz in dir haben und nicht den Vibrator. Ist das so falsch?«

Seine direkte Art raubte ihr fast den Atem. »N-Nein, aber wenn du glaubst, dass wir es ohne Kondome machen ...«

»Ich glaube auch an Sicherheit«, sagte er, »und das bedeutet, dass man nicht ohne Fallschirm springen sollte. Ich vögele sowieso nicht wahllos durch die Gegend, aber ich lasse mich trotzdem regelmäßig testen. Ich bin sauber.«

»Ich vögele auch nicht wahllos durch die Gegend«, sagte sie. »Nach meiner Entziehungskur wurde ich halbwegs täglich auf alles Mögliche getestet, um zu checken, ob ich auch wirklich clean blieb, in jeder Hinsicht. Mittlerweile lasse ich mich an jedem Jahrestag meines ersten Entzugstages umfangreich testen. Ich zeige dir meine Untersuchungsergebnisse, wenn du mir deine zeigst.«

»Warst du seit deinem Umzug hierher eigentlich mit niemandem zusammen?«

»Das Café stand für mich an erster Stelle«, entgegnete sie.

»Ich habe gerade erst beschlossen, dass es an der Zeit ist, sich mal wieder in eine Affäre zu stürzen. Aber das ist gar nicht so einfach, wenn man den ganzen Tag im Café steht, wo die Kunden vornehmlich Studenten sind.«

Er beugte sich vor. »Jetzt bist du nicht im Café.«

»Ganz recht.«

»Und ich darf dich daran erinnern, dass ich kein Student bin.«

Sie warf ihm einen langen Blick zu. Er gefiel ihr, und sie hätte gern noch mehr gesehen. »Nein, das bist du definitiv nicht.«

Sie musterten einander einen Moment lang schweigend.

»Woran denkst du?«, fragte er sie.

»Ich frage mich, ob du beschnitten bist oder nicht. Und du?«

»Wie du dich anhörst, wenn du kommst.«

Sorgfältig legte sie ihre Serviette auf den Tisch. »Ich denke, es wird Zeit, dass wir unsere Neugier befriedigen, findest du nicht?«

»Absolut.« Er stand auf, zog sein Portemonnaie heraus und warf einige Scheine auf den Tisch. »Zu dir oder zu mir?«

»Mir gehören die beiden Stockwerke über dem Café«, antwortete Nadia. »Nachts ist niemand dort, und die Decken zwischen Wohnung und Café sind schalldicht.«

»Und es ist näher als meine Wohnung.« Er nahm die Fernbedienung an sich und packte mit der anderen Hand ihr Handgelenk. Dann zog er sie hinaus. »Bist du mit dem Wagen hier?«

»Ja.«

»Würdest du mir trotzdem die Ehre erweisen, dich nach Hause zu bringen?«

»Gern.«

KAPITEL 3

In aller Eile verließen sie das Restaurant und liefen zum angrenzenden Parkplatz. Kane schritt auf einen dunklen Sedan zu und entriegelte die Türen. Er wollte gerade die Beifahrertür öffnen, als er plötzlich innehielt. »Eines muss ich noch wissen.«

»Und das wäre?«, fragte sie und hatte Mühe, nicht vor Ungeduld von einem Bein aufs andere zu hüpfen.

»Das hier.« Mit einer fließenden Bewegung legte er ihr den Arm um die Taille, zog sie an sich und küsste sie. Seine Lippen glitten über die ihren, sicher, gekonnt, so dass es bis in ihre Zehenspitzen kribbelte. Sie vergrub die Finger in seinem herrlichen dichten Haar und erwiderte seinen Kuss mit Leidenschaft, Frustration und voller tiefem Verlangen. Der Druck seiner Hände auf ihrer Taille verstärkte sich, und er zog sie dichter zu sich heran. Sie spürte seine Erregung und stöhnte.

Seine Hände pressten sie mit dem Rücken gegen das Auto. Da sie Absätze trug, war sie nun auf Augenhöhe mit seiner Kehle. Vor wilder, ungebändigter Lust hätte sie ihm am liebsten das Hemd aufgerissen und ihre Zähne in seiner Schulter vergraben.

»Jetzt hast du wieder diesen Nadia-Blick«, sagte er mit leiser, warnender Stimme.

»Und was ist das für ein Blick?«

»Dieser Blick lässt mich hier und jetzt Dinge tun, für die wir wegen Erregung öffentlichen Ärgernisses drangekriegt werden könnten.«

Das Blut floss plötzlich heiß durch ihre Adern. »Vielleicht sollten wir uns stattdessen wieder küssen.«

»O ja, unbedingt.« Er presste sich an sie, damit sie seine Erektion an der richtigen Stelle spüren konnte. Ihr Mund wurde ganz trocken vor lauter Verheißung. Dann nahm er ihr Gesicht in beide Hände, spreizte die Finger in ihrem Nacken und vergrub sie in ihrem Haar. Sein rechter Daumen fuhr über ihre Unterlippe, als wolle er ihren Mund auf seinen Kuss vorbereiten. Ihre Lippen teilten sich, ihr Atem ging flach und schnell vor bebender Erwartung.

Und so ließ er seine zarten, aber festen Lippen über die ihren gleiten. Sie bekam weiche Knie, als er sie zu verschlingen drohte. Fieberhaft erwiderte sie seine leidenschaftliche Liebkosung. Sie legte die Arme um seine Mitte, um ihn noch dichter zu sich heranzuziehen. Unwillkürlich entfuhr ihr ein Stöhnen, und er nutzte es, fuhr mit der Zungenspitze an ihrer Lippe entlang und schmeichelte sich hinein. Sie stöhnte erneut: Ihre Zungen verschmolzen miteinander, schmeckten einander, neckten sich, vereinigten sich, trennten sich, immer wieder.

Seine Hände verließen ihre Taille und wanderten ihren Oberkörper hinauf, mit den Daumen strich er sacht über die Unterseite ihrer Brüste. Seine Berührung, sein Kuss, das alles sandte Stromstöße durch ihren Körper. Dieser Mann beherrschte sein Handwerk. Sein Kuss war erst weich, dann hart, erst nachgiebig, dann fordernd. Sie hätte ihn ewig küssen können, sich in seinem Geschmack verlieren, die Liebkosungen seiner Zunge an ihren Lippen, an ihrer Zunge genießen können.

Seine linke Hand wanderte in ihren tiefen Ausschnitt, umfing ihre Brust durch den BH hindurch; geschickt ließ er die Finger über die Brustwarzen gleiten, so dass sie unter dem Stoff schmerzhaft anschwollen. Sie bäumte sich seiner Hand entgegen und gab sich seinem Kuss und seiner Berührung ganz und gar hin. Genau das hatte sie gemeint, als sie heute mit ihren Freundinnen über Sex gesprochen hatte. Sie wollte jemanden, der mit einem weiblichen Körper umzugehen verstand, dem klar war, wie man Lust bereitete und empfing, der genau wusste, was er tat, und sein Wissen gekonnt einsetzte.

Ihre Beine drohten den Dienst zu versagen, aber Kane schob sein Knie dazwischen und stützte sie. Bebend hielten sie sich aufrecht. Seine Erektion, die sogar durch den Stoff ihres Kleides spürbar war, brandete ihr entgegen. Sie drängte sich noch enger an ihn. Der Vibrator in ihrem Höschen war nicht genug, würde nie genug sein. Sie wollte ihn, sie wollte seinen Schwanz in sich spüren, so tief wie möglich. Sie drohte den Verstand zu verlieren, wenn sie ihn nicht haben konnte.

Sie leckte an seinen Lippen, und sein überraschend weicher Bart kitzelte sie. Dann zog sie seine Unterlippe zwischen ihre Zähne und knabberte sacht daran. Er knurrte und umfing mit einer Hand ihren Hintern, was sie seiner stahlharten Lanze noch näher brachte. Mit der anderen Hand erforschte er weiter ihre Brust, und die Lust durchzuckte sie wie ein Blitz.

Der Kuss wurde immer inniger, während sie miteinander verschmolzen. Sie vergaß, dass sie auf einem Parkplatz standen. Sie vergaß, dass sie Szenen aus dem *Duftenden Garten* nachstellen wollten. Sie konnte keinen klaren Gedanken mehr fassen, außer dass sie nackt sein und von ihm genommen werden wollte. Er hätte sie auch gleich über die Motorhaube beugen, ihren Rock hochheben und von hinten in sie eindringen können, sie hätte jeden Moment genossen.

Sie hörten ein Auto hupen, dann schallendes Gelächter, und jemand rief: »Habt ihr kein Zuhause?« Erst da ließen sie voneinander ab. Nadia schnappte nach Luft, ihre Brustwarzen spannten schmerzhaft, ihr Höschen war mittlerweile komplett durchnässt, ihre Muschi mehr als bereit, sie selbst wie von Sinnen.

Kane löste sich von ihr und nahm so langsam seine Hände fort, als klebten sie an ihrer Haut fest. Er atmete ein, seine Erektion drückte immer noch gegen ihr Kleid, und er war ihr so nah, so unglaublich nah. Er atmete nochmals ein, sein Atem ging laut. Schließlich trat er einen Schritt zur Seite, als kostete ihn das alle Kraft der Welt.

»Nadia, verdammt.« Er machte einen weiteren Schritt zurück und fuhr sich mit den Fingern durchs Haar. »Normalerweise hab ich mich besser im Griff.«

Sie lachte gequält. »Wenn du noch besser wärst, dann käme ich schon nur von deinem Kuss.« Ihr Lachen erstarb, als sie in sein Gesicht sah, den sinnlichen Schwung seines Mundes, das Verlangen, das sich in seinen dunklen Augen widerspiegelte, die Wölbung seiner Erektion in seiner Hose. »Wir müssen gehen, Kane.«

»Ja.« Kane öffnete ihr die Beifahrertür und konnte der Versuchung nicht widerstehen, seine Hand beim Einsteigen auf ihren Rücken und ihre Hüfte zu legen. Ihre Haut war seidig und weich, und seine Fingerspitzen kribbelten. Nadia Spiceland wurde ihrem Namen gerecht. Sie war würzig, köstlich, ein Leckerbissen, den er hoffentlich verdammt bald kosten würde. Er wollte ihre Beine um seine Hüften und ihre Brustwarzen in seinem Mund spüren und ihre Lustschreie hören.

Er ging ums Auto herum und schaffte es, einigermaßen grazil einzusteigen. Nadia sah so dermaßen heiß aus in ihrem Kleid, das ihre üppigen Kurven betonte. Als sie eben im Restaurant erschienen war, hätte er sie am liebsten gleich bei der Hand genommen und sie nach Hause gebracht – in seine Wohnung, in ihre, ins Café – völlig egal, nur eben irgendwohin, wo er sie mit Haut und Haaren haben konnte. Er hatte sie in Jeans und engem T-Shirt schon wunderschön und verführerisch gefunden. Aber in diesem Kleid mit den langen, wohlgeformten Beinen, den schwarzen Riemchenpumps, aus denen ihre pinkfarben lackierten Zehennägel hervorschauten, hatte sie ihn umgehauen, und sein Körper wurde von einem ungeheuren, fast zerstörerischen Hunger nach ihr erfasst. Er hatte ein paar Sekunden gebraucht, um sich daran zu erinnern, dass er sich ja mit ihr heute Abend traf, um sie für sich zu gewinnen und sie in Besitz zu nehmen. Seine Schmeicheleien und seine Berührungen hatten nur das eine Ziel gehabt: sie zu verführen.

Ihr Abstecher in eine Entzugsklinik machte ihm tatsächlich nichts aus. Das war lang her, und heute war sie eine andere. Als er damals zum ersten Mal in ihr Café gekommen war, hatte ihr Anblick ihn sofort beruhigt, und das vielsagende Funkeln ihrer Augen sowie ihr herausforderndes Grinsen hatten ihn fasziniert. Mehr brauchte er über sie nicht zu wissen.

Und als er heute glaubte, einen hervorragenden und auch durchaus dominanten Eindruck hinterlassen zu haben, hatte sie ihm die Fernbedienung für ihren Vibrator hingeschoben. Er war so hart geworden, dass es weh tat. Wieder war er von jenem animalischen Trieb mehr als besessen gewesen. Er hätte sie am liebsten auf den Boden geworfen, ihre Kleidung zerrissen und sie auf der Stelle genommen. Keine Frau, mit der er bisher zusammen gewesen war, hatte je so offen über ihre Bedürfnisse gesprochen und ihn dermaßen herausgefordert. Sie hatte ihm ein Geschenk gemacht, indem sie ihm die Kontrolle über ihre Lust überlassen hatte, und er würde alles dafür tun, um sich dessen als würdig zu erweisen.

»Zieh dein Höschen aus.«

In dem engen Auto klang seine Stimme wie ein lautes Knurren. Er sah, wie überrascht sie war, als sie sich ihm zuwandte. »Wie bitte?«

»Zieh dein Höschen aus.«

Sie rutschte auf dem Sitz hin und her. »Ich bin wirklich sehr feucht, Kane«, sagte sie schlicht, und er stöhnte. »Ich will deine Ledersitze nicht ruinieren.«

»Das wirst du nicht«, versprach er, denn es war ihm sowieso egal. Er wollte sie ohne Höschen, denn so hatte er später weniger auszuziehen. Außerdem wollte er wieder die Kontrolle übernehmen.

»Zieh dein Höschen aus, süße Nadia. Ich will wissen, wie heiß du bist.«

Stille. Dann hob sie die Hüften an und griff unter ihr Kleid. Er vergaß fast zu atmen, als sie einen wunderschönen Slip hervorzog, dessen Anblick ihm das Blut durch die Adern jagte. Er konnte ihr herausforderndes Grinsen fast spüren, als sie den schwarzen Spitzentanga auf den Schaltknüppel legte. »Und jetzt?«

Kane atmete tief ein, und der Geruch ihrer Erregung durchfuhr ihn. Er umklammerte das Lenkrad fester. Warum, zur Hölle, mussten die Ampeln in dieser verdammten Stadt so lange rot bleiben? Nadia wohnte nur zwei Straßen vom Restaurant entfernt, aber es kam ihm vor wie zweihundert Meilen, weil es so lange dauerte. »Danke«, sagte er, und mit etwas Mühe gelang es ihm sogar, einen amüsierten Ton anzuschlagen. »Jetzt öffne die Beine und schieb deinen Rock hoch.«

Sie folgte seinen Anweisungen und besaß sogar die Kühnheit, ihren Sitz zurückzuschieben, um ihre Beine aufs Armaturenbrett zu legen. »Willst du, dass ich mich berühre?«

Wenn es so weiterging, würde er die Nacht nicht überleben. »Werd nicht vorlaut«, warnte er sie. »Deine Orgasmen gehören mir, erinnerst du dich?«

»Den Vibrator …«

»Den brauchen wir nicht«, unterbrach er sie. »Ich brauche keine Hilfsmittel, um dir das zu geben, was du dir wünschst.«

Wieder eine Ampel, noch eine Straßenecke. Verdammtes Crimson Bay. »Heute Nacht will ich unsere Körper miteinander vertraut machen. Wir müssen sehen, wie wir zusammenpassen.

Wenn wir beide zufrieden sind, können wir ab morgen die Szenen aus dem *Duftenden Garten* ausprobieren. Ist das okay für dich?«

»Ja.« Sie holte zitternd Luft. »Ich glaube sowieso nicht, dass ich heute Abend die Geduld hätte, mich auf das Buch zu konzentrieren.«

»Gut.« Sie fuhren auf das Parkdeck des Gebäudekomplexes, in dem sich Nadias Café und ihre Wohnung befanden. Sie gab ihm den Code und führte ihn dann zum Besucherparkplatz. Er unterdrückte seine Ungeduld und ging ums Auto herum, um ihr beim Aussteigen zu helfen. Sein Blick ruhte auf ihren Beinen, als sie sie herausschwang und sich aufrichtete. Sie wollte nach ihrem Spitzentanga greifen, aber er sagte: »Lass ihn liegen. Ich brauche einen handfesten Beweis, dass diese Nacht tatsächlich stattgefunden hat.«

Ihre Augen funkelten, als sie zum Aufzug hinübergingen. »Mir kommt das alles so unwirklich vor. Aber ich weiß, dass ich wahnsinnig werde, wenn ich noch länger darauf warten muss, dass du mich wieder küsst.« Sie drückte auf den Aufzugknopf.

Die Türen öffneten sich sofort, wofür er unendlich dankbar war. »Darauf musst du nicht warten.« Er umfing ihre Wangen, und zusammen stürzten sie beinahe in den Lift. Er küsste sie wie ein Ertrinkender, für den sie die Luft zum Atmen war. Er verschlang ihren Mund, schmeckte die Süße ihrer Lippen. Sie legte die Arme um seinen Hals, presste sich an ihn und rieb sich an seinem Schwanz, als könne sie nicht anders.

»Du Arme.« Er umfasste ihre Taille mit der einen Hand und ließ die andere unter ihren Rock gleiten. Sie stöhnte in seinen Mund, als seine Finger ihren feuchten Hügel berührten und dann ihre geschwollene Klitoris erforschten. Er stieß tiefer in sie hinein, den Finger zwischen die Schamlippen, und keuchte, als er die Hitze ihrer Weiblichkeit zum ersten Mal spürte. »Reite meine Hand, bis sich die Aufzugtür öffnet«, raunte er an ihren Lippen. »Befriedige deine Lust.«

Ohne zu zögern, tat sie wie befohlen und bewegte sich auf seiner Hand, während er sie weiter küsste und ihr ein atemloses Stöhnen entfuhr, als er sich von ihrer Klitoris zurückzog. Denn er wollte diese süße Muschi um seinen Schwanz spüren, wenn Nadia zum ersten Mal für ihn kam. Und zum zweiten Mal. Und vielleicht auch noch zum dritten Mal.

An den Weg vom Lift zu Nadias Wohnungstür konnte er sich später nicht mehr erinnern. Allerdings sehr wohl daran, dass er hinter ihr gestanden und ihre Schultern und ihren Nacken mit Küssen bedeckt hatte, während sie versucht hatte, die Wohnungstür aufzuschließen. »Ich kann es kaum abwarten, dass du unter mir kommst«, flüsterte er ihr ins Ohr und nagte zärtlich an ihrem Ohrläppchen.

Sie gab einen quiekenden Laut von sich und ließ den Schlüssel fallen. »Verdammt!«

»Ich hebe ihn auf.« Er beugte sich herunter, um die Schlüssel aufzuheben, und konnte dabei einen Blick auf ihre wohlgeformten Beine, ihre Riemchenschuhe und ihre perfekten Zehen erhaschen. »Ich möchte, dass du die Schuhe gleich anlässt«, sagte er heiser und ließ die Finger vom Knöchel aufwärts bis zum Oberschenkel wandern. »Und zwar nur die Schuhe.«

Nadia konnte nur noch nicken, als er die Tür aufschloss und ihr den Vortritt ließ. Sie schaffte es gerade noch, den Alarm auszuschalten und den Schlüssel und ihre Handtasche auf das Tischchen im Flur zu werfen. Sie drehte sich zu ihm um und griff nach den Trägern ihres Kleides, um sie abzustreifen. Dann glitt ihr Kleid zu Boden, gefolgt von ihrem BH. Ihr ganzer Körper sehnte sich nach ihm.

»Du bist so wunderschön.« Heißes Verlangen glomm in den Tiefen seiner Augen, als er sie von oben bis unten betrachtete.

»Oder wie die alten Ägypter sagten: ›Sie ist die eine, keine ist wie sie. Sie ist schöner als jede andere. Schaut nur, sie ist wie eine Sternengöttin, die zu Beginn eines glücklichen neuen Jahres zum Himmel aufsteigt.‹«

Gott. Wer hätte gedacht, dass erotische Lyrik sie so antörnte? Sie streckte die Arme nach ihm aus. »Ich brauche dich, Kane. Jetzt.«

»Du hast mich schon.«

Sie stürzte sich auf ihn und bedeckte sein Gesicht mit Küssen. Während sie den Gürtel öffnete, knöpfte er sein Hemd auf. Es dauerte viel zu lange, aber auf dem Nachhauseweg musste er die Klamotten nun mal wieder tragen.

Kane griff nach seiner Brieftasche, bevor er die Hose von sich schleuderte und Nadia ihm das Hemd auszog. Er holte ein paar Päckchen heraus und warf die Brieftasche in Richtung Tür.

Sie schloss die Augen, als seine nackte Haut zum ersten Mal auf die ihre traf. Seine Hand umschloss ihre Brust, und sein Daumen strich über ihre harte Brustwarze. Sie schnurrte leise, als sie die Hände in seinem Haar vergrub und seinen Mund zu ihrer anderen Brust führte. Er kam ihrer stillen Bitte nach und leckte die harte Knospe mit seiner Zunge. Das Schnurren verwandelte sich in ein Seufzen, denn nun nahm er die Brustwarze in seinen warmen Mund. »Kane.«

Er hob sie hoch und trug sie weiter ins Wohnzimmer. Dort schlang sie ihre Beine um seine Mitte, küsste ihn, als ginge es um Leben und Tod.

Er verschlang ihren Mund und legte sie rücklings aufs Sofa. »Ich kann es nicht langsam angehen lassen«, murmelte er an ihren Lippen und riss eine Kondompackung auf.

»Du machst mich schon den ganzen Abend so heiß«, stöhnte sie. »Ich will es nicht langsam. Fick mich einfach.«

»Dann dreh dich um«, raunte er. »Beug dich über die Couch.«

Leise seufzend folgte sie willig seinen Anweisungen und spreizte die Beine. Sie bebte vor Erregung, während sie darauf wartete, dass er das Kondom übergestreift hatte.

»Nadia.« Langsam ließ er die Hand ihren Rücken hinabgleiten und hielt an der Taille inne. »Du bist so wunderschön, alles an dir. Aber besonders das hier.«

Seine Eichel glitt zwischen ihre Oberschenkel. Sie war so feucht, dass er mühelos in sie eindringen konnte. Er dehnte sie bis zum Übermaß, und dass er so tief in sie eindrang, erschütterte sie bis ins Mark. »O Gott, Kane, das ist so gut«, keuchte sie.

»Mehr als gut. Mehr als der Wahnsinn«, erwiderte er, zog seinen Schwanz zurück und trieb ihn erneut in sie hinein. Er brandete ihr entgegen, die Hände an ihren Hüften, um sie bei jedem sinnlichen Zusammenstoß ihrer Körper festzuhalten. Er wogte, wogte, wogte, dann übermannte sie die Lust, so sehr, dass sie noch nicht einmal mehr schreien konnte. Ihre Hände vergruben sich in den Sofakissen, während sie sich immer fester und schneller an ihm rieb.

»Nadia.« Eine Hand glitt um ihre Hüfte herum, und treffsicher fanden seine Finger das Zentrum ihrer Lust. Mit der anderen Hand stützte er sich an ihrer Schulter ab, während er Tempo und Intensität seiner Stöße steigerte und auf der erbarmungslosen Suche nach Ekstase in sie hineintrieb. Seine Stimme – ganz leise, atemlos und hypnotisch – hüllte sie ein, sagte ihr, wie gut sie sich anfühlte, wie eng sie war und dass er bald kommen würde. Sie konnte nur zustimmend stöhnen, während sie immer tiefer in seinen sinnlichen Bann hinabgezogen wurde.

Zahllose Wellen der Lust erfassten jeden Teil ihres Körpers, sie tanzte auf Messers Schneide zwischen dem Augenblick selbst und dem Abgrund. So dicht davor ... so dicht ...

»O Gott, Kane. O Gott, o Gott, o Gott …« Der Orgasmus traf sie wie ein gewaltiger Schlag. Mit einem kehligen Schrei warf sie den Kopf in den Nacken, bäumte sich auf und rieb ihren Po an seinen Lenden, um ihr Lustempfinden noch zu intensivieren.

Kane packte ihre Schultern und stieß noch einmal so schnell und hart in sie hinein, dass man ihre Körper in dem offenen Wohnzimmer laut aneinanderschlagen hörte. »Gott, Nadia«, stieß er hervor. »Ich will … aber ich kann nicht länger. Kann es nicht zurückhalten. Kann es einfach nicht. Ich muss, muss …«

Seine Hände vergruben sich in ihrer Schulter, als er zum letzten Mal in sie hineinstieß, wodurch sich die Couch um einige Zentimeter nach hinten verschob. Er kam mit einem grollenden Knurren, das tief aus seiner Kehle kam, pulsierte tief in ihrem Inneren und löste ein weiteres glückseliges Erschauern in ihr aus.

Erschöpft und überwältigt brach sie über der Sofalehne zusammen, nur schemenhaft wahrnehmend, dass Kane sich aus ihr zurückzog. Sie rang um Luft und konnte nur eines denken: Professor Kaname Sullivan hatte den Test definitiv bestanden.

KAPITEL 4

Nadia schob die letzten Guten-Morgen-Muffins in den Ofen und tanzte zu der Musik, die sie auf ihrem Tablet in der Playlist »Shake and Bake« abgespeichert hatte. Ihr Assistent Jas und sie hörten am frühen Morgen immer beschwingte Musik, denn sie glaubte, dass schlechte Laune sich negativ auf ihre Backkünste auswirkte. Ein dummer Aberglaube vielleicht, aber sie hatte ihn von ihrer Großmutter übernommen, und an Nana Elenas Worten zweifelte man nun mal nicht. Genauso sollte niemand das Café mit schlechter Laune verlassen.

Sie trällerte ein Lied von Bruno Mars mit, das von Sex und dem Paradies handelte, während sie den Teig für Bio-Obstteigtaschen zurechtschnitt. Jas betrat die Küche und grinste ihr zu, während er sich die Schürze umband und seine schwarzen Zöpfe unter einem Haarnetz versteckte. »Morgen, Boss! Ich schätze, ich muss gar nicht erst fragen, wie es gestern Abend gelaufen ist, oder?«

»Woher weißt du davon?«, fragte sie, war ihm aber nicht wirklich böse. »Gestern warst du doch nicht mal hier!«

»Wenn es zwei von der Lokalprominenz miteinander treiben, sind das immer große Neuigkeiten in so einer kleinen Collegestadt wie Crimson Bay«, antwortete ihr Gehilfe und drehte den Wasserhahn der Spüle auf. »Ihr wurdet gestern Abend im *Pascal's* gesichtet.«

»Ich bin doch nicht von der Lokalprominenz«, wehrte Nadia ab, und ihr drehte sich der Magen um. Sie wollte keinesfalls zum Stadtgespräch werden. Das hatte sie schon mal erlebt und dafür bezahlt.

Jas musterte sie verwundert. »Natürlich bist du das. Du bist die Göttin der Süßigkeiten, die Königin der Croissants, die Prinzessin des Gebäcks, der Star aus *Die Würze des Lebens*. Und der Professor, na ja, du weißt ja, wie seine Studentinnen ihn nennen.«

Die Würze des Lebens mit Nadia Spiceland. Das war vor Jahren ihre eigene Kochshow gewesen, in der zusätzlich die Partyszene der Um-die-Zwanzigjährigen in Los Angeles beleuchtet wurde. Die Show war ihr Preis gewesen, nachdem sie einen Kochwettbewerb im Reality-TV gewonnen hatte, und sie hatte Nadias jüngerem und dümmerem Ich zu einer Berühmtheit verholfen, auf die sie wenig vorbereitet gewesen war. »Ach, das ist lange her, Jas«, sagte sie und versuchte, unbeschwert zu klingen. »Diese Nadia bin ich nicht mehr. Jetzt bin ich nur noch eine Café-Besitzerin.«

Jas kniff die Augen zusammen. »Das ist zwar *fishing for compliments,* aber dann sollst du auch welche kriegen. Selbst wenn du diesen Wettbewerb damals nicht gewonnen hättest, wärest du nicht bloß eine ›Café-Besitzerin‹. Dafür bist du viel zu talentiert. Wenn ich später mal nur halb so gut werde wie du, kann ich von Glück sagen. War das jetzt genug Arschkriecherei?«

Nadia lachte und schlug mit dem Handtuch nach ihm. »Ja, das reicht wirklich völlig. Jetzt geh und mach deine Brizzas.« Diese besondere Form von Frühstückspizza war bei allen Studenten, die nicht viel Geld hatten und dennoch morgens etwas Gesundes zu sich nehmen wollten, sehr beliebt.

Nadia schob die Fragen, die sie zu beantworten noch nicht bereit war, erfolgreich beiseite und konzentrierte sich ganz auf die Zubereitung, aufs Backen und aufs Arrangieren. Bevor sie das Café öffnete, zog sie ihr Handy hervor, machte ein Foto von den Guten-Morgen-Muffins und schickte es ihrem Vater Victor mit der Nachricht:

Die sind super geworden! Danke für die Idee mit dem Namen. Bis bald. Küsschen!

In weniger als einer Minute antwortete er ihr.

Hab ich Dir doch gesagt. Freue mich schon auf mehr. Küsschen zurück.

Lächelnd steckte Nadia ihr Handy wieder in die Tasche und ging hinaus, um das Café zu öffnen. Papa Vic hatte schon in der Küche mit ihr herumexperimentiert, als sie kaum einen Löffel halten konnte. Als Siobhan und sie die Speisekarte für das Café zusammengestellt hatten, hatte sie beiden Vätern Fotos und Listen der Zutaten geschickt. Damit wollte sie zum einen erreichen, dass sie ihr Vorschläge machten, und ihnen zum anderen zeigen, dass Siobhan und sie mit dem Druck der Selbständigkeit umgehen konnten. Beide Väter hatten sich immer Sorgen um sie gemacht – und dazu hatten sie weiß Gott auch allen Grund gehabt –, aber wenigstens hingen sie nicht andauernd im Café herum oder standen unangekündigt auf der Matte.

Um acht Uhr, als der erste Andrang vorbei war, kam Siobhan ins Café. »Du darfst mir erst noch eine Tasse Kaffee kochen, aber dann musst du mir alles erzählen«, sagte ihre Geschäftspartnerin und umrundete die Theke.

Nadia verdrehte die Augen. »Guten Morgen. Wie geht es dir? Mir geht es gut, danke der Nachfrage.«

»Ich muss dich nicht fragen, wie es dir geht. Man wird von dem Glanz, der dich umgibt, ja förmlich geblendet.«

»O Gott.« Peinlich berührt betrachtete Nadia ihr Spiegelbild in der Chromoberfläche der Espresso-Maschine. »Ist es so offensichtlich?«

»Nur für diejenigen, die wissen, dass du gestern Abend ein heißes Date hattest«, neckte ihre Freundin sie. »Also, erzählst du jetzt, wie es war, oder nicht?«

Nein, das würde sie nicht. Nicht, solange sie es verhindern konnte. »Ich weiß nicht, wie es bei dir ist, aber ich muss mich um ein Café kümmern. Musst du nicht Suppe vorbereiten und Brotschalen backen?«

»Also, glaubst du etwa nicht, dass ich gleichzeitig kochen und zuhören kann?« Siobhan schnaubte und nahm ihren ersten Schluck Koffein zu sich. »Rosie löst dich in einer halben Stunde an der Kasse ab. Komm in die Küche, wenn sie da ist. Audie und Vanessa wollen, dass ich sie anrufe. Dann kannst du uns allen gleichzeitig die schmutzigen Details erzählen.«

Nadia wusste, dass ihre Freundinnen nicht lockerlassen würden, und gab sich seufzend geschlagen. Zunächst kümmerte sie sich jedoch um die Kunden, während Jas die Regale auffüllte und die Getränkelieferung entgegennahm. Die dreißig Minuten gingen viel zu schnell vorüber, und sie hätte der armen Rosie fast den Kopf abgebissen, als diese sie begrüßte. Nachdem sie sich einen Chai Latte gemacht hatte, betrat sie die Küche. Es hinauszuzögern, hatte keinen Zweck, Siobhan wäre sonst wieder zu ihr gekommen. Und vor den Angestellten und Kunden von ihrem Abend zu berichten, war mit Sicherheit das Letzte, was sie wollte.

Wie immer seufzte sie befriedigt, als ihr der Duft nach frisch gebackenem Brot, vor sich hinköchelnden Suppen und Kuchen in die Nase stieg. Der Weg bis hierhin war weder für sie noch für Siobhan einfach gewesen, und beide waren sie unglaublich stolz auf ihren Erfolg.

»Hör auf, vor dich hinzuträumen, und schwing deinen Hintern hierher«, befahl ihr Siobhan, während sie in einem großen Topf die Suppe des Tages umrührte. Wie immer trug sie ihr goldblondes Haar zu einer kunstvollen Frisur aufgetürmt und hatte heute ein leuchtend blaugrünes Bandana darum geschlungen. Ihr *Sugar & Spice*-T-Shirt steckte in einer türkisfarbenen Caprihose. Weiße Füßlinge und türkisfarbene Turnschuhe rundeten den Look ab. Bei jedem anderen hätte dieses Outfit lächerlich ausgesehen. Aber Siobhans Kurven und ihr cooler Retro-Stil passten einfach perfekt zu ihr. An ihr sah selbst eine Schürze nach Haute Couture aus.

»Wenn du mich weiter so herumkommandierst, erzähle ich dir gar nichts«, protestierte Nadia und ging zur Spüle, um sich die Hände zu waschen. Sie musste noch Kuchen und Torten vorbereiten. Jas hatte schon eine ganze Ladung Cupcakes gemacht und verziert, und verschiedene Brote lagen zum Abkühlen auf dem Rost.

»Komm schon, Nadia, du kannst es doch in Wahrheit gar nicht abwarten, uns davon zu erzählen. Außerdem, warum willst du es deiner besten Freundin nicht gönnen, durch dich am Leben teilzuhaben?«

»Weil meine beste Freundin sich da draußen selbst jemanden suchen sollte.«

Siobhan winkte ab. »Egal. Heute geht es um dich.« Sie zog ihre perfekt geschwungenen Augenbrauen hoch. »Wie gut war er? Hat Professor Sex seinem Namen Ehre gemacht?«

Nadia sah sich kurz in der Küche um, aber wie durch ein Wunder waren sie gerade allein. Sie rückte näher an ihre Partnerin heran und ließ dem Grinsen freien Lauf, das sie den ganzen Morgen lang unterdrückt hatte. »Auf jeden Fall, das hat er. Ich habe mich irgendwann wie im Paradies gefühlt.«

Siobhan kreischte wie ein Teenager bei seiner Lieblings-Boygroup. »Uh, lass mich die Mädels anrufen!«

Innerhalb weniger Augenblicke hatten sie eine Telefonkonferenz mit Audie und Vanessa einberufen. »Das wurde aber auch Zeit«, rief Audie. »Ich bin extra lange aufgeblieben, damit du mir gleich alles erzählen kannst.«

»Wie war dein Date, Nadia?«, fragte Vanessa höflich und sachlich wie immer.

Jetzt konnte Nadia nicht mehr an sich halten. Immerhin waren die Mädels ihre Freundinnen und ihre Verbündeten in jeder Lebenslage. Sie erzählten sich alles, und sie wollte ihnen nichts mehr verschweigen. »Ich hatte die beste Zeit meines Lebens«, brach es aus ihr heraus, und dann berichtete sie ihnen von allen pikanten Details des Abends. »Es war so perfekt, dass ich mich frage, ob es *wirklich* so gut oder ich nur völlig ausgehungert war.«

Audie lachte. »Ich denke, da brauchst du wohl eine zweite Runde, um das herauszufinden. Vielleicht auch drei oder vier. Das ist meine Methode, um festzustellen, ob ich einen Typen wirklich mag oder nicht.«

Siobhan schüttelte den Kopf. »Audie, alles klar mit dir?«

Die Stille in der Leitung war Antwort genug. Nadia seufzte. »Audie, du hast uns versprochen, dir erst zu überlegen, ob du einen Kerl überhaupt magst, bevor du mit ihm in die Kiste gehst.«

»Ich kann mich nicht erinnern, das versprochen zu haben.«

»Doch, dafür gibt es Zeugen«, widersprach Vanessa. »Das war letzten Dienstag, bei unserem Bitch-Talk.«

»Na ja ...«

Nadia beugte sich dichter über das Mikro ihres Handys. »Erinnerst du dich, dass du gesagt hast, dass ich dir den Nachtisch streichen darf, wenn du dein Versprechen brichst?«

Audie atmete hörbar ein. »Das würdest du nicht tun, oder?«

»Aus der Nummer kommst du nicht mehr raus, Baby.« Siobhans strenge *Red keinen Unsinn*-Stimme erstickte jedes Widerwort im Keim. Schon vor langer Zeit hatten sie beschlossen, sich gegenseitig den Rücken zu stärken, was auch bedeutete, sich ab und zu mal kräftig in den Arsch zu treten. Audie hatte die Angewohnheit, Sex mit jeder Menge Typen zu haben und sich hinterher erst nach ihrem Namen zu erkundigen. Nadia und die anderen machten sich, abgesehen von der Sicherheitsfrage, auch Sorgen, wohin es führen konnte, wenn Audie sich ihrer Sexsucht nicht stellte. Denn das war mehr als ein aktives Sexleben, was sie an den Tag legte.

»Und was dich angeht«, fügte Siobhan hinzu und wandte sich wieder an Nadia, »so war das erst dein erstes Date. Ein verdammt geiles zwar, aber es ist noch viel zu früh, um sich über irgendwas Sorgen zu machen. Mach einfach Schritt für Schritt weiter.«

Schritt für Schritt. Das konnte sie. So hatte sie ihr Leben in den letzten paar Jahren bewältigt. Sie hatte immer einen Tag nach dem anderen hinter sich gebracht, nach vorn geblickt und versucht, die hässliche Vergangenheit hinter sich zu lassen. Gestern hatte Kane ihre Sex-Erklärung mit angehört. Er wusste, dass sie keinen Druck, keine Verwicklungen und ganz bestimmt kein Drama wollte.

»Wo wir gerade davon reden«, sagte Vanessa. »Wie sieht denn der nächste Schritt aus?«

»Keine Ahnung«, antwortete Nadia. »Darüber haben wir noch nicht gesprochen.«

Jas öffnete die Tür zum Café. »Ähm, Nadia? Wir brauchen dich mal hier.«

»Ich sehe besser nach, was da los ist. Wir reden später.« Nadia legte auf und gab Siobhan das Handy zurück. »Ich mache mir Sorgen um Audie.«

»Ich mir auch.« Siobhan steckte ihr Handy ein. »Sie ist die Jüngste von uns. Aber wir können nicht mehr tun, als für sie da zu sein und sie zu unterstützen, wenn sie ihr Problem endlich angeht. Und jetzt schauen wir mal, wo's brennt.«

Neugierig öffnete Nadia die Tür zum Café und fragte sich, welches Problem Jas wohl nicht lösen konnte. Siobhan folgte ihr. An den meisten Tagen wurde es gegen zehn Uhr ruhiger, bevor es dann zur Mittagspause wieder hektisch zuging, und der heutige Tag war da keine Ausnahme. Doch draußen stand lediglich ein Kurier mit einem riesigen bunten Blumenstrauß.

»Nadia Spiceland?«, fragte der circa zwanzig Jahre alte blonde Surfertyp, der eine Radlerhose und das dunkelblaue T-Shirt des Kurierdienstes trug. Er schaute zwischen Nadia und Siobhan hin und her, um sich dann für Siobhan zu entscheiden wie die meisten Männer.

»Das bin ich«, meldete sich Nadia.

»Eine Sonderzustellung. Wenn Sie bitte hier unterschreiben würden …« Er hielt das Handy ungefähr in ihre Richtung, fixierte jedoch weiterhin Siobhan, die ihn ignorierte.

Amüsiert quittierte Nadia den Empfang und nahm dem Kurier den Strauß ab, damit er ihre Partnerin ungehindert anstarren konnte. »Danke. Sie heißt übrigens Siobhan.«

Nadia trug den Strauß hinüber zu einem Tischchen, das ihre Angestellten als »Cheftisch« bezeichneten. Sie hatte keine Ahnung, welche Blumensorten in dem Strauß waren, aber Rosen waren auf jeden Fall nicht dabei. Das letzte Bouquet hatte sie während ihres Krankenhausaufenthalts vor der Reha bekommen, aber das konnte man mit dem außergewöhnlichen Blumenarrangement in der rubinroten Vase, die sie jetzt in der Hand hielt, nicht vergleichen. Sie fragte sich, ob Kane wohl jede einzelne davon eigenhändig ausgesucht hatte.

Siobhan gesellte sich zu ihr, nachdem sich der etwas benommen wirkende Kurier mit einem Sandwich und einigen Cupcakes wieder auf den Weg gemacht hatte. »Scheint, als hättest du nicht als Einzige eine tolle Nacht gehabt.«

Verlegenheit und Hitze durchfluteten Nadia, als sie den berauschenden Duft einatmete, der sie an Gewürze, Süßspeisen und Sex erinnerte. »Vielleicht, aber der Kurier hatte doch eigentlich nur Augen für dich.«

Siobhan zuckte elegant die Achseln. »Du meinst wohl: Er hatte nur Augen für meine Möpse.« Sie legte die rechte Hand auf ihren Ausschnitt. »Er ist ungefähr in dem Alter meiner Tochter. Außerdem reden wir gerade nicht über mein vorhandenes oder nicht vorhandenes Liebesleben, sondern über deines. Lies mal die Karte.«

Nadia griff in den farbenfrohen Strauß nach der in einem Plastikumschlag verstauten Karte. Sie öffnete den Umschlag und zog die Karte heraus. Eine kühne Handschrift in schwarzer Schrift auf schwerem elfenbeinfarbenem Papier.

Für eine atemberaubende Frau. Danke für eine atemberaubende Nacht. Bis später. Kane.

Nadia konnte weder das Grinsen auf ihrem Gesicht noch das Kribbeln in ihrem Bauch unterdrücken, das sich wie Champagner am Silvesterabend anfühlte. Kane hatte alle ihre Knöpfe gedrückt. Und was noch wichtiger war, er wusste, *wo* diese Knöpfe waren und *wie* man sie drücken musste.

Sie hielt Siobhan ihren Arm hin. »Zwick mich mal.«

Siobhan tat wie befohlen und kniff sie in den Unterarm. »Du träumst nicht, Süße. Du strahlst ja förmlich.«

Nadia zog ihr Handy aus der Hosentasche und reichte es Siobhan. »Würdest du bitte ein Foto von mir und dem Strauß machen, damit ich es Kane schicken kann?«

Siobhan tat ihr den Gefallen, und Nadia sandte Kane das Foto zusammen mit einer Textnachricht.

Danke, die Blumen sind wunderschön.

Die Antwort kam sofort.

Nicht so wunderschön wie Du.

Das war etwas kitschig, aber trotzdem grinste sie wie ein Idiot.

Sehr glattzüngig, Professor.

Ja, ab und zu schaffe ich das. Wie geht es Dir heute?

Diese Frage konnte sie ausnahmsweise in einem Wort beantworten.

Phantastisch.

Willst Du mehr?

Wollte sie das?

Unbedingt.

Die Antwort ließ jetzt eine Ewigkeit auf sich warten.

Ich komme heute um fünf Uhr zu Dir und bringe Abendessen mit. Sei bereit für mich.

Es waren nicht mehr als ein paar Worte auf ihrem Display, trotzdem zog sich ihr Magen vor lauter Vorfreude zusammen. Sie konnte sich den sinnlichen Befehlston in seiner Stimme und seinen verruchten Blick beim Verfassen dieser Nachricht vorstellen, sogar so lebhaft, dass ihre Nippel hart wurden.

Ja, Sir.

Böses Mädchen. Jetzt muss ich mit einem Ständer ins Seminar. Denk mal darüber nach, wie du das wiedergutmachen kannst, während ich versuche herauszufinden, wie ich die Zeit schneller vergehen lassen kann. Bis später.

»Du solltest dein Gesicht sehen«, neckte Siobhan sie. »Du wirst ja sogar rot. Was immer er tut, er sollte keinesfalls damit aufhören, sonst werde ich ihm was erzählen.«

»Ich werd's ihm ausrichten.« Nadia seufzte, als sie ihr Handy wieder in ihre Gesäßtasche steckte und die beiden Frauen sich vielsagend anschauten. »Wenn ich ihn heute Abend sehe. Wir treffen uns um fünf.«

Siobhan versetzte ihr einen Klaps auf den Arm. »Kein Wunder, dass du grinst wie ein Honigkuchenpferd. Wenn du dich so auf euer Wiedersehen freust, liegt das wohl nicht an deiner langen Enthaltsamkeit, sondern daran, dass es zwischen euch beiden funkt.«

Nadia zog die Augenbrauen hoch. »Woher weißt du, dass es zwischen uns funkt?«

»Schätzchen, bitte!« Siobhan verdrehte die Augen. »Ich bin vielleicht eine alte Lady, aber meine Augen funktionieren noch recht gut. Man hätte schon im Koma liegen müssen, um die sexuelle Spannung zwischen euch gestern nicht mitzubekommen. Oder zu übersehen, wie du gerade auf seine Nachrichten reagiert hast.«

Die blonde Frau legte eine Hand auf Nadias Schulter. »Ich freue mich für dich, Nadia. Und ich bin stolz auf dich. Seit wir uns kennengelernt haben, hast du jede Menge geschafft. Du hast hart gearbeitet, bist clean geblieben und hast dafür gesorgt, dass ich es auch bleibe. Du machst das super, und deshalb steht dir etwas Spaß zu. Du verdienst ihn. Genieß es einfach.«

Gerührt tat Nadia es Siobhan gleich und lehnte die Stirn an den Kopf ihrer Freundin. Seit ihrer Entziehungskur in Los Angeles hatten sie so viel zusammen durchgestanden. Für Nadia war Siobhan, die ein paar Jahre älter war als sie, mehr als nur ihre Geschäftspartnerin. Sie war ihre beste Freundin und wie die Schwester, die sie nie gehabt hatte. Sie stand hinter ihr wie ein Familienmitglied – oder, wie Siobhan selbst es formulierte, stärker als ein Familienmitglied –, und Nadia vertraute ihr bedingungslos.

»Danke, Sugar«, sagte Nadia und umarmte sie. »Ich verspreche dir, mich zu amüsieren.«

»Bestens.« Siobhan wich einen Schritt zurück und lächelte. In ihren Augen standen Tränen. »Apropos Sugar: Du solltest Kane von der Show erzählen und ihn für Freitag einladen.«

Nadia starrte sie an. »Ich soll Kane zu deiner Burlesque-Show einladen? Bei einem Date?«

»Ja, warum denn nicht? Gestern Abend wart ihr doch auch zusammen aus.«

»Das war etwas anderes.«

Siobhan runzelte die Stirn. »Wieso das denn?«

»Weil wir da zusammen essen gegangen sind. Das ist deine Show. All deine Freunde werden da sein.«

»Willst du damit andeuten, dass Kane kein Freund ist? Wenn auch ein spektakulärer Sexfreund?«

»Nein, das meine ich nicht, aber ...«

»Schämst du dich für unsere Freunde?«

»Natürlich nicht.«

»Dann kapier ich's nicht. Was ist es dann?«

Nadia atmete hörbar aus. Sie konnte es nicht erklären, ohne sich dabei dämlich anzuhören. Siobhan trat als »Sugar Malloy« mit einer Burlesque-Tanzgruppe, die sich die Crimson-Bay-Sexbomben nannten, auf. Diese Abende waren eine Gelegenheit, sich schick zu machen und mit ihrem Freundeskreis abzuhängen. Sie waren die einzige Möglichkeit, um sich zu entspannen und Spaß zu haben, ehe sie wieder in die Arbeitswoche starteten.

Kane in diesen verrückten, lauten Laden einzuladen, setzte eine gewisse Vertrautheit voraus, und Nadia wusste nicht so genau, ob sie dazu schon bereit war. Das war ja das Verrückte an der Sache. Sie hatte ihren Tanga auf seinem Schaltknüppel zurückgelassen, im Aufzug seine Hand geritten und zugelassen, dass er sie über das Sofa gebeugt und von hinten gevögelt hatte. Sie waren extrem intim miteinander gewesen. Doch Nadia hatte deshalb alles so gut im Griff, weil sie ihre einzelnen Lebensbereiche klar voneinander abgrenzte, und sie sah keinen Grund, warum sie beim Sex nicht ebenfalls eine Grenze ziehen sollte. Sie hatte diese imaginäre Grenze ja im Grunde schon dadurch überschritten, dass sie mit einem Kunden ausgegangen war. Aber diesen Ex-Kunden und Jetzt-Lover in diese Lasterhöhle mitzunehmen und ihn ihren Freunden vorzustellen? Das konnte sie ihm nicht antun.

»Unsere Freunde auf Kane loslassen?«, fragte sie mit einem Lachen. »Willst du, dass die Sache beendet ist, bevor sie überhaupt begonnen hat?«

»Ach, so schlimm kann es doch gar nicht sein. Außerdem habe ich das Gefühl, dass dein Professor sich in unserer Gruppe ganz gut behaupten würde.«

Ihr Professor. Nadia war sich nicht sicher, ob er ihr gehörte oder nicht. Ein Date und mehrere Orgasmen bedeuteten noch lange nicht, dass sie ein Anrecht auf ihn hatte, oder? Vielleicht doch, aber seit ihrer Zeit in L.A. hatte sie eine andere Einstellung zu Sex und Beziehungen als normale Leute. Nur eine Nacht, und schon war die Sache viel komplizierter, als sie es erwartet hatte oder wollte.

Siobhan kniff ihr ins Ohr.

»Aua, wofür war das denn?«

Ihre Partnerin machte keinerlei Anstalten, sich zu entschuldigen. »Du hast geschworen, Spaß zu haben und dich mit dem Professor zu amüsieren, oder?«

»Okay. Warten wir ab, wie's läuft. Wenn alles in Ordnung ist, frage ich ihn wegen Freitag. Aber ich verspreche nichts.«

Nadia entschloss sich, die Blumen an einen sicheren, jedoch gut sichtbaren Platz neben die Kasse zu stellen, bis sie nach Hause ging. Es gefiel ihr, dass der Strauß dem Café eine heitere Note verlieh. Es musste ja gar nicht kompliziert werden. Sie musste sich einfach nur von ihrem Körper leiten lassen und sich ausschließlich auf das erotische Feuerwerk konzentrieren. Kompliziert bedeutete Probleme, und Probleme führten zu Katastrophen. Und die brauchte sie in ihrem Leben definitiv nie wieder.

KAPITEL 5

Sullivan, kann ich kurz mit Ihnen sprechen?«

Kane unterdrückte ein Stöhnen. Nein, er hatte keine Zeit, aber wer schlug schon eine Bitte von Dr. Theodore Marshall, dem Fachbereichsleiter, aus. Also setzte er ein professionelles Lächeln auf und folgte dem älteren Mann in sein geräumiges chaotisches Büro, statt direkt nach Hause zu fahren, wie er es eigentlich vorgehabt hatte.

Drinnen angekommen, eröffnete er sogleich das Gespräch. »Was kann ich für Sie tun, Dr. Marshall?«

Marshall musterte ihn über seine silbergerahmte Brille hinweg, wie es nur ein Fachbereichsleiter tut. Nicht nur, dass die Herscher University unter den geistes- und sozialwissenschaftlichen Fakultäten einen der ersten Ranking-Plätze belegte, sie beherbergte auch die besten Forschungsinstitute und profitierte von Zuwendungen seitens der Regierung und privater Thinktanks. Wahrscheinlich wollte Dr. Marshall mit ihm über Geld reden, was bedeutete, dass sie wieder einmal um die Alumni herumscharwenzeln sollten, um denen in die Tasche zu greifen.

»Setzen Sie sich, Professor Sullivan«, sagte Marshall und deutete auf einen dick gepolsterten dunkelroten Sessel, der vor seinem prunkvollen Schreibtisch stand. »Wir müssen uns unterhalten.«

Super. Kane verkniff sich eine Grimasse, als er sich setzte. Marshall gefiel sich in der Rolle als großmütiger Despot. Diese Art der Unterhaltung sollte seinen Mitarbeitern in der Regel demonstrieren, dass er sich für die Fakultät interessierte und dabei weder herrisch noch allzu neugierig auftrat. Außerdem hörte er sich gerne reden.

Das würde jetzt Zeit in Anspruch nehmen, Zeit, die Kane nicht hatte. Nadia wartete auf ihn und auf weitere lustvolle Explosionen wie die in der letzten Nacht, und er war entschlossen, ihr diese wieder zu bereiten. Er musste die Unterredung mit Marshall so schnell wie möglich hinter sich bringen, um die Prentiss Hall verlassen zu können.

Der Fachbereichsleiter ging auf die siebzig zu und wog fast zwei Zentner. Früher war er sicher ein durchtrainierter Mann gewesen, aber die Zeiten waren lange vorbei. Anscheinend war sein weißer Haarschopf früher braun gewesen, worauf die buschigen dunklen Augenbrauen über seinen blassgrauen Augen hindeuteten. Dr. Marshall besaß das Aussehen und das Temperament eines fettsüchtigen Shih Tzu.

»Ich werde gleich zur Sache kommen, Professor«, sagte der Fachbereichsleiter. »Sie wissen, dass Sie bei den Studenten einen gewissen Spitznamen und einen dementsprechenden zweifelhaften Ruf haben.«

Das schon wieder. Kane rückte seine Brille zurecht, um seinen Zorn darüber zu verbergen. »Ich gehe davon aus, Sie wissen, dass ich dies weder hinnehme noch fördere.«

»Dennoch gibt es Gerüchte.«

»Ich frage mich, warum«, murmelte Kane. »Ich frage mich auch, wer diese Gerüchte in die Welt setzt und verbreitet, denn ich bin es sicher nicht.« Marshall selbst vermied, wenn möglich, jegliche Unterhaltung mit seinen Studenten. Er sprach nur mit dem Lehrkörper. Kane vermutete, dass es einer seiner Kollegen war, der diese haltlosen Geschichten verbreitete. Er hatte sogar zwei Kandidaten im Visier, von denen keiner ihm eine Träne nachweinen würde, falls er die Universität verließ.

Wässrige Augen beobachteten ihn. »Obwohl Ihr Ruf und Ihre Fachkenntnisse unserer Einrichtung und dieser Fakultät im Besonderen viel positive Aufmerksamkeit einbringen, wirkt Ihr Ruf auf dem Campus doch langsam abschreckend.«

Kane atmete langsam aus und trug eine unbeteiligte Miene zur Schau. Zwar war er derjenige, der hier verleumdet wurde, aber Marshall würde jeglichen Wutausbruch seinerseits nur als Schwäche interpretieren. »Ich möchte Sie daran erinnern, dass ich mich außerhalb des Hörsaals noch nie mit einer Studentin getroffen habe. Meine Tür bleibt während meiner Sprechstunden geöffnet, und ein Student im Hauptsemester ist in prekären Situationen zusätzlich anwesend. Ich informiere die Studenten sogar darüber, dass unsere Unterhaltung aufgezeichnet wird. Diese Maßnahmen wurden allesamt mit Ihnen abgestimmt.«

Kane war nicht dumm. Er wusste, dass es nur eines fragwürdigen Fotos in den Social Media oder auf Torpedo, der Campus-Webseite, bedurfte, um seine Karriere zu zerstören. Also tat er sein Möglichstes, um sich zu schützen, für seine Studenten da zu sein und gleichzeitig seinen Verleumdern keine Munition zu liefern.

Der einzige Schandfleck war vielleicht seine sechsmonatige Beziehung mit einer Dozentin für Weiterbildende Studien gewesen, die seit einem Jahr vorbei war. Sie waren zwar nicht im Guten auseinandergegangen, aber einen Skandal hatte es trotzdem nicht gegeben. Jetzt wollte er sich auf seine neue Beziehung konzentrieren, wenn Dr. Marshall doch nur mal endlich zum Punkt gekommen wäre.

»Sie haben mich um eine Unterredung gebeten, bisher allerdings nur über bereits geregelte Themen gesprochen, die ich für erledigt hielt.« Kane lehnte sich im Sessel zurück. Seine Sitzhaltung sollte entspannt wirken, obwohl er sich nicht so fühlte.

»Ich nehme also an, Sie möchten mir einen weisen Ratschlag geben, nicht wahr? Unsere nächste Unterredung sollte doch erst nächste Woche sein.« *Und ich hoffe inständig, dass ich dann zu einem Fall hinzugezogen werde, bei dem ich die Polizei beraten soll.*

»Ja, in der Tat.« Marshall beugte sich nach vorn, und sein Gesichtsausdruck entspannte sich etwas. »Hören Sie, ich weiß, dass das nicht leicht für Sie ist, und es ist auch nicht fair. Ich glaube jedoch, dass Ihr Aussehen und Ihr Charme sowie die Tatsache, Junggeselle zu sein, Sie immer zum Objekt der Begierde für die Studentinnen macht.«

Kane blinzelte, da ihn die Stimmungsänderung und Marshalls veränderter Tonfall überraschten. Vielleicht hörte sich der Fachbereichsleiter ja doch nicht nur gern selbst reden. Kane wusste, dass sein Single-Dasein die Gerüchteküche anheizte und die Chancen für eine Festanstellung nicht gerade erhöhte, aber er glaubte nicht, dass Marshall das sonderlich störte.

»Wollen Sie mir gerade nahelegen zu heiraten?« Er hätte überrascht sein sollen, doch das war er nicht. Mit siebenunddreißig war er immer noch nicht unter der Haube, eine Tatsache, die auch seine Mutter zur Verzweiflung trieb. Seit seinem College-Abschluss hatte er sich auf seine Karriere konzentriert, so dass er immer nur Zeit für flüchtige Beziehungen gehabt hatte.

Um die Wahrheit zu sagen, er hatte nie jemanden gefunden, auf den er sich langfristig hatte einlassen wollen. Für ihn war das okay, für seine Umgebung anscheinend nicht. In den USA war die Ehe im Grunde immer noch ein Muss. Niemand dachte dabei an die fünfzigprozentige Scheidungsrate. Wer ledig oder nicht zumindest in einer festen Beziehung war, mit dem stimmte wohl etwas nicht.

»Ich sage nur, dass Sie konkretere Schritte unternehmen müssen, um Ihre Karriere nicht zu gefährden«, sagte Marshall freundlich. »Im Moment sind Sie so etwas wie eine verbotene Frucht, und manchmal verfügen unsere Studentinnen nicht gerade über Selbstbeherrschung. Sie müssen etwas dafür tun, damit diese verbotene Frucht weniger begehrenswert erscheint.«

Kane lachte schallend. Die ganze Situation, die Unterhaltung, das alles war einfach zu lächerlich, um wahr zu sein. »Also, um meinen Job als Professor hier an der Herscher University zu behalten, muss ich heiraten. Raten Sie mir das, Dr. Marshall? Ich möchte sicher sein, dass ich Sie richtig verstanden habe.«

»Professor Sullivan!«, rief Marshall, und seine Wangen zitterten regelrecht vor selbstgerechter Empörung. Kane sah ihn nur ruhig und abwartend an. Der ältere Mann atmete hörbar aus und lehnte sich wieder zurück. »Professor Sullivan«, wiederholte er, »ich gebe Ihnen keine Anweisung zu heiraten. Das würde gegen die Regeln verstoßen, und da ich selbst nie geheiratet habe, kann ich es auch nicht empfehlen. Dennoch, ob Sie es mir glauben oder nicht, ich will doch nur das Beste für Sie.«

»Und für den Fachbereich«, betonte Kane.

Marshall unternahm gar nicht erst den Versuch, das abzustreiten. »Ja, der Erfolg und der Ruf unserer Abteilung liegen mir am Herzen. Ebenso unsere Zukunft. Ich möchte sichergehen, dass die Abteilung in guten Händen ist, wenn es mich nicht mehr gibt.«

Ah, er winkt mit der Aussicht auf Festanstellung. »Natürlich«, sagte Kane, weil es die einzig angemessene Antwort war.

»Der Dekan würdigt die Anerkennung, die die Herscher University Ihren Fähigkeiten und Ihrer Expertise zu verdanken hat«, sprach Marshall weiter. »Ihre Bücher und Artikel in Fachmagazinen haben einen nationalen Bekanntheitsgrad. Wir wissen, was für ein Gewinn Sie für dieses College sind.«

Aber ..., fügte Kane im Geiste hinzu.

»Aber Sie möchten doch sicher nicht, dass dem Dekan irgendein Fehlverhalten zu Ohren kommt, egal ob es begründet ist oder nicht. Es gibt einen Ehrenkodex, den wir alle beachten müssen, und ich würde es sehr bedauern, wenn der Vorstand des Universitätsausschusses annähme, dass Ihre vermeintlichen Neigungen schwerer wiegen als die Vorteile, Sie im Lehrkörper zu haben.«

»Ich verstehe.« Und das tat er. Trotz allem, was er für die Universität getan hatte, trotz aller positiven Aufmerksamkeit und aller finanziellen Zuwendungen, den Seminaren und Konferenzen und dem Zustrom von Studenten reichte es nicht. Seine Position war immer noch unsicher und hing von Dingen ab, die außerhalb seiner Kontrolle lagen, und das war ihm verdammt noch mal verhasst.

Er erhob sich. »Wenn das alles ist, würde ich mich gern verabschieden, ich habe eine Verabredung.«

»Nur noch eins, Sullivan.« Der korpulente Fachbereichsleiter hievte sich wie ein Walross aus dem Sessel. »Bald steht die Benefizveranstaltung für unsere Abteilung an. Der Präsident und die Vorstandsmitglieder werden daran teilnehmen. Falls Sie eine Begleitung mitbringen könnten, wäre das nicht nur eine erfrischende Veränderung, sondern es würde auch den negativen Spekulationen über Sie Einhalt gebieten.«

Die Benefizveranstaltung für die Fakultät. Derlei politisches Getue war für Dozenten an der Universität ein notwendiges Übel. Meist schob Kane seine Tätigkeit als Berater vor, um nicht an derlei Veranstaltungen teilnehmen zu müssen. Er bezweifelte aber, dass Marshall oder Dekan Lansing diese Ausrede dieses Mal akzeptieren würden.

Kane nickte Marshall zu. »Ich werde sehen, was sich machen lässt. Ich wünsche Ihnen einen schönen Abend, Sir.«

Schnell verließ er Marshalls Büro und die Prentiss Hall und trat in die frische Frühlingsluft hinaus. Er atmete mehrmals tief ein und aus, um den Zorn darüber, dass er von dem Fachbereichsleiter wie ein Gymnasiast vorgeführt worden war, abklingen zu lassen.

Die Hände tief in den Hosentaschen vergraben, überquerte er den Hof und ging zum Mitarbeiterparkplatz der Herscher University. Zwar waren ihm Vetternwirtschaft und Gemauschel, was beides am College gang und gäbe war, verhasst, doch er liebte seine Tätigkeit als Dozent auf seinem Fachgebiet. Es bereitete ihm Vergnügen, seine Studenten zu fesseln und herauszufordern, ihren Horizont zu erweitern und ihre Einstellung zur Welt zu verändern, indem er ihnen andere soziale Konstrukte vorstellte und neue Sichtweisen vermittelte. Er glaubte, im Kleinen etwas bewirken zu können, aber wenn der Dekan und der Präsident dies nicht so sahen, musste er andere Möglichkeiten in Betracht ziehen.

Er ging zu seinem Auto, sah im Davonfahren die Herscher University nur noch im Rückspiegel und dachte fieberhaft über eine berufliche Neuorientierung nach. Er konnte den Lehrberuf an den Nagel hängen und ausschließlich als Berater arbeiten. Er konnte seine Fähigkeiten und sein Fachwissen dem Strafvollzug auf lokaler und bundesweiter Ebene zur Verfügung stellen. Diese Arbeit war wichtig, allerdings hatten einige Fälle ihren Tribut von ihm verlangt und ihn mental und emotional völlig ausgelaugt, so dass er sich sozial zurückgezogen hatte. Er hatte es absolut nicht genossen, sich mit der hässlichen Seite sexueller Abnormitäten zu befassen, egal wie notwendig diese Arbeit sein mochte. Deshalb bewunderte er die Männer und Frauen bei der Polizei, die täglich mit derlei Verbrechen konfrontiert waren. Doch falls an der Herscher University alles den Bach runterging, musste er diese Option in Erwägung ziehen.

Er konnte auch als Autor arbeiten. Mit drei Sachbüchern auf dem Markt und einer Idee für eine Krimiserie, war das ebenfalls eine realistische Alternative. Da er über ein ausreichendes finanzielles Polster verfügte, konnte er sich dafür sogar Zeit lassen. Aber der Gedanke, die Universität zu verlassen, gefiel ihm ganz und gar nicht. Er mochte diese quirlige Collegestadt und die Arbeit mit den Studenten. Er wollte nicht fort von hier.

Wenn er Marshalls Worten Glauben schenkte – und es gab keinen Grund, daran zu zweifeln –, bestand seine einzige Option darin, die Konservativen glücklich und die Studenten traurig zu machen, indem er sich öffentlich zu einer Frau bekannte. Nur so hatte er die Chance auf eine Festanstellung.

Plötzlich hatte er Nadias hübsches Gesicht vor Augen. Er schob den Gedanken beiseite, bevor er ihn zu Ende denken konnte. Auf keinen Fall würde er Nadia oder sonst irgendjemanden heiraten, nur um an der Universität bleiben zu können. Sie würde ihn öffentlich auslachen, wenn er es nur ansprach. Und das, *nachdem* sie ihm in die Eier getreten hatte.

Einige Meilen nördlich der Herscher University bog er zur Bay View Terrace ab. Die Sonne bot jenes spektakuläre abendliche Farbenspiel, das der Stadt Crimson Bay – purpurfarbene Bucht – ihren Namen gegeben hatte. Von seiner geräumigen Eigentumswohnung aus hatte man eine wunderschöne Sicht auf die Bucht, und er stellte sich Nadia auf seinem Balkon vor, eingehüllt in den Schein der untergehenden Sonne wie eine Feuergöttin.

Nadia. Schon allein an sie zu denken, hob seine Stimmung und erregte ihn. Sie ging ihm einfach nicht mehr aus dem Sinn. Er konnte sich auf nichts anderes mehr konzentrieren, dachte ständig daran, wie es mit ihr zusammen gewesen war. Die letzte Nacht hatte seine Erwartungen mehr als erfüllt. Das Foto, auf dem sie mit dem Blumenstrauß zu sehen war, war nun das Hintergrundbild auf seinem Handy. Er wusste, dass er sich wie ein geiler Teenager verhielt, der das erste Mal verknallt war, aber nach dieser einen explosiven Nacht war er süchtig nach ihr und wollte mehr.

Von Anfang an hatte er sie für sexy und süß gehalten. Einige Wochen lang hatte er beobachtet, wie sie sich Kunden, Angestellten und Freunden gegenüber verhielt. Ihr sarkastischer Humor, das ständige Lächeln auf ihren Lippen und die offensichtliche Freude an ihrer Arbeit hatten ihn genauso überzeugt wie ihre Zimtschnecken.

Nachdem er geparkt hatte, eilte er in seine Wohnung. Durch Marshalls Vortrag hatte er sich verspätet. Er hatte keine Ahnung vom Tagesablauf eines Konditors, doch er nahm an, dass Nadia vor Sonnenaufgang aufstehen musste. Er wollte nicht, dass sie Probleme bekam oder irgendwann glaubte, sie könne ihn nicht in ihren Alltag integrieren.

Er duschte in Windeseile und schlüpfte dann in eine locker sitzende graue Hose und einen schwarzen Pulli. Bevor er die Wohnung verließ, ging er noch kurz in sein Büro, das wie eine dreidimensionale Manifestation seines Gehirns anmutete. In diesen Raum zog er sich zum Schreiben zurück, tauchte in die Untiefen krimineller Denkweisen ab, um psychologische Profile zu erstellen. Er grinste, als er seine diversen Ausgaben vom *Duftenden Garten* betrachtete. Zum einen besaß er die frühe französische Übersetzung der Kamashastra-Gesellschaft und zum anderen eine präzisere englische Übersetzung aus späteren Jahren. Er freute sich darauf, alle verschiedenen Positionen mit Nadia auszuprobieren und ihre Vorlieben zu entdecken. *Sie* zu entdecken.

Er hatte es vielleicht etwas übertrieben, als er ihr befohlen hatte, bereit für ihn zu sein, aber er hatte das Gefühl gehabt, dass sie dafür empfänglich war, besonders weil sie sich am Vorabend darauf eingelassen hatte. Ihr »Ja, Sir« als Antwort auf seine Nachricht hatte ihn steinhart werden lassen, und er hatte sich verzweifelt gewünscht, tief in ihr zu sein. Die Begierde brannte in ihm, und er konnte nur daran denken, so schnell wie möglich zu ihr zu gelangen. Sie hatte die vergangene Nacht schon für gut gehalten. Doch er würde ihr beweisen, dass es beim zweiten Mal sogar noch besser werden konnte.

KAPITEL 6

Für Nadia konnte es nicht schnell genug Abend werden. In Windeseile bereitete sie alles für den nächsten Morgen vor, verabschiedete sich von Siobhan und der restlichen Belegschaft, nahm dann ihren Blumenstrauß und verließ das Café. Voller Vorfreude trat sie in die Spätnachmittagssonne hinaus und schritt zum Eingang ihres Wohnhauses.

Summend und beinahe tanzend betrat sie die zweigeschossige Wohnung und errötete beim Anblick des Sofas. Die Erinnerung, wie Kane sich über sie gebeugt hatte, sandte einen Funken des Verlangens durch ihr Innerstes. Gott, dieser Mann war gut. So gut, dass sie es sich nicht zweimal hatte überlegen müssen, mit ihm ins Schlafzimmer zu gehen, ihn zu reiten und in ein fulminantes Finale zu führen. Einige Sekunden war sie wie besinnungslos gewesen, nur um von seinen Lippen an ihrer Brust und seinen Fingern, die geschickt ihre Klitoris streichelten, wieder zum Leben erweckt zu werden.

Beim dritten Mal hatte Kane über ihr gelegen, sie beherrscht, Stoß um meisterhaften Stoß, und ihr gezeigt, dass er der perfekte Lover sein konnte. Mehr noch, sie hielt es für möglich, dass er alles war, was sie brauchte.

In ihrem Kopf schwirrte es, als sie für den Blumenstrauß einen Ehrenplatz auf der Granitbar fand. Dann räumte sie das Wohnzimmer auf. Dass Kane sie nach nur einer Nacht so gut kannte, hätte ihr eigentlich Kopfzerbrechen bereiten sollen, aber sie wusste nicht recht, ob es sie störte oder nicht. Vielleicht war er einfach nur ein Meister seines Fachs. Immerhin war er Professor für Sexualpsychologie. Er hatte eine beeindruckende Karriere hinter sich, untersuchte Menschen und ihre Einstellung zum Sex. Ihr leichter Flirt im Café und ihr Geplänkel im Restaurant hatten ihr gezeigt, dass Kane sich wahrscheinlich einen ultimativen Verführungsplan ausgedacht hatte und nun schrittweise vorging, um sein Ziel zu erreichen. Und das bestand darin, sie sich zu Willen zu machen.

Das hörte sich irgendwie emotionslos und schematisch an, doch Kane war alles andere als das, dachte sie, als sie nach oben ging, um sich auszuziehen und das Bett neu zu beziehen. Das Glühen in seinen dunklen Augen und die Art seiner Berührungen konnte man nun wirklich nicht als emotionslos beschreiben. Als berechnend vielleicht. Aber wennschon. Sie war auch berechnend gewesen, als sie ihm die Fernsteuerung für ihren Vibrator gegeben hatte. Sie hatte ihn testen wollen, und er hatte den Spieß umgedreht und ihr den Orgasmus ihres Lebens beschert. Sie hatte jemanden mit Ahnung gewollt und bekommen.

Ihre gemeinsame Zeit war verdammt heiß gewesen. Dieser Mann schien ein verkappter Sexgott zu sein, der sich als nerdiger Professor tarnte. Damit hatte sie kein Problem, rief sich Nadia in Erinnerung, während sie die schmutzige Bettwäsche in den Wäschekorb warf und ins Bad ging. Berechnend oder nicht, der Sex war unglaublich gewesen. Und sehr bald schon würde sie ihn wieder haben.

Verlangen pulsierte in ihren Adern. *Das* war es, was ihr Sorgen bereitete. Eine Nacht, nur eine Nacht sehr guter, heißer Sex, und alles, woran sie denken konnte, war, wann sie es wieder miteinander treiben würden. Sie sehnte sich nach diesen Empfindungen, der Lust, der Erleichterung, es war wie ein Heißhunger.

Sie kannte diese Art von Hunger, das Gefühl, etwas unbedingt und sofort zum Überleben zu brauchen. Damals waren es ihre Pillen gewesen, die sie zu sich nehmen musste, um überhaupt morgens aufstehen zu können, dann wiederum Pillen, die ihre Schmerzen linderten, damit sie den Tag mit Kochen, Filmen, Feiern und Dreharbeiten durchstehen konnte, denn damit verdiente sie ihr täglich Brot. Am Abend nahm sie dann Pillen, um einschlafen zu können, und am nächsten Tag ging das Ganze wieder von vorne los. Es war wie eine Endlosschleife und ein Sog der chemischen Abhängigkeit, aus dem sie sich nicht hatte befreien können, bis es fast zu spät gewesen war.

Wie tatsächlich für manch andere, die sie kannte.

Das durfte nie wieder passieren. Sie durfte nie wieder von etwas abhängig werden. Sie konnte Sex mit Kane haben, Spaß haben und sich trotzdem nicht verlieren.

Sie atmete tief ein und aus, um ihre negativen Gedanken zu verscheuchen. Als sie unter der Dusche stand, schloss sie die Augen, ließ das dampfende Wasser an sich hinabrinnen und die letzten vierundzwanzig Stunden Revue passieren. »Kaname«, flüsterte sie und erfreute sich am Geschmack jeder einzelnen Silbe in ihrem Mund. Kane war ein starker Name, perfekt fürs College, um Studenten zu unterrichten und um die Polizei zu beraten. *Kaname* ... das war ein Name, den man stöhnte, kurz bevor man einen einzigartigen Orgasmus bekam.

Sie gab etwas Duschgel mit Jasmin- und Vanille-Aroma auf ihren Badeschwamm und wusch ihren heißen Körper damit ab, wobei sie auf ihren Brüsten verweilte. Erneut überkam sie ein Hunger, der mit Nahrung nicht zu stillen war. Sie sehnte sich nach ihm. Sie wollte, dass seine Hände ihre Brüste umfassten und mit ihren Nippeln spielten. Sie wollte seinen Mund über ihren Körper gleiten spüren. Sie wollte seine Zunge an ihrer Klitoris, während seine Finger in sie hineinpumpten. Sie wollte, dass er sie in Besitz nahm, sie in sinnliche Höhen der Lust entführte, bis sie kam, sobald er es ihr befahl.

»Du meine Güte«, hauchte sie und zog ihre Hand von ihrer sehnsüchtigen Muschi fort. Wenn sie an ihn dachte, dachte sie nur an Sex, und ihr Körper war wie auf Knopfdruck zum Orgasmus bereit. Ihre Hand glitt wieder an ihrem Körper entlang, und erneut zog sie sie weg. Sie würde sich ja wohl zumindest noch so lange beherrschen können, bis Kane da war. Außerdem, so erinnerte sie sich erregt, hatte sie ihre Orgasmen ihm versprochen. Ihr Warten würde sich also auf die köstlichste Weise auszahlen. Und sie würde ihm auf jeden Fall versichern können, dass sie ein braves Mädchen gewesen war.

Als sie aus der Dusche kam, klingelte das Telefon. Ihr Magen machte einen kleinen Satz, als sie Kanes Namen auf dem Display sah. Sie wickelte sich in ein Handtuch und ergriff das Handy. »Kane.«

»Nadia.« Selbst durchs Telefon klang seine Stimme tief und heiser, ging ihr durch und durch und ließ sie erbeben. »Du bist mir den ganzen Tag nicht aus dem Kopf gegangen. Weißt du, wie lästig es ist, mitten in der Vorlesung eine Erektion zu haben?«

Da sie wusste, welches Ausmaß seine Erektion annehmen konnte, konnte sie sich das durchaus vorstellen. Sie lehnte sich gegen das Waschbecken, und ihr Atem beschleunigte sich. »Muss ich mich dafür entschuldigen? Ich habe beinahe ein paar Dutzend Cupcakes verbrannt, nachdem ich deinen Strauß und die Karte bekommen habe.«

»Gut so.«

»Gut? Wieso ist das gut?«

»Das bedeutet, dass es mir nicht allein so geht. Dass es für dich genauso befriedigend war wie für mich und dass du mehr willst von mir.«

»Kaname«, wisperte sie und fragte sich, ob sie diesem Mann je würde widerstehen können.

Er atmete hörbar aus. »Ich liebe es, wie du meinen Namen sagst, süße Nadia. Ich möchte ihn dich genauso sagen hören, wenn ich später in dir bin.«

Ihre Brustwarzen verwandelten sich in harte Perlen. »Also hältst du die letzte Nacht nicht nur für einen Glückstreffer? Oder für das Ergebnis von Martinis und Vibrator?«

Er musste lachen. »Da gibt es nur eine Möglichkeit, um das herauszufinden, oder?«, fragte er dann mit belegter Stimme. »Bist du für mich bereit, Nadia?«

»Fast. Ich komme gerade aus der Dusche und habe mir nur ein Handtuch umgeschlungen.«

»Ach ja?« Seine Stimme sank um eine weitere Oktave. »Du hast es dir unter der Dusche doch nicht selbst besorgt, oder?«

»Ich wollte es, habe es aber nicht getan«, gestand sie. »Woher wusstest du das?«

»Weil ich selbst unter der Dusche auch mit dem Gedanken gespielt habe. Aber ich bin froh, dass du es gelassen hast. Deine Orgasmen gehören mir.«

Sie öffnete den Mund, um zu protestieren, doch es kam nur ein Stöhnen heraus. »Ich erinnere mich«, antwortete sie dann, ihre Stimme kaum mehr als ein Flüstern. Sie räusperte sich und sprach wieder lauter. »Ich glaube, für meine Selbstbeherrschung habe ich eine Belohnung verdient.«

Er lachte wieder, und wieder fuhr ihr das direkt in den Magen. »Und woran genau hast du gedacht?«

Sie umklammerte ihr Handy fester. »*Deine* Orgasmen. Ich will, dass sie *mir* gehören.«

Am anderen Ende herrschte Schweigen, und sie fragte sich mit einem Mal, ob sie es in ihrem sexy Talk zu weit getrieben hatte. »Willst du das – jetzt?«

Sie schloss die Augen. Ihr lief ein Schauer über den Rücken, als sie die gefährliche Sanftheit in seiner Stimme hörte. »Ja.« Sie atmete tief ein. »Ja, Sir.«

Wieder Stille. »Ich komme sofort, Nadia. Zuerst vernasche ich dich, dann werde ich für dich kochen, und schließlich widmen wir uns dem *Duftenden Garten*. Zieh etwas Einfaches an, damit ich es dir nicht vom Leib reißen muss. Hast du verstanden?«

Sie unterdrückte ein wohliges Wimmern. »Ja, Sir.«

»Gut. Wie wäre es mit Meeresfrüchten?«

»Wunderbar«, antwortete sie. »Ich esse alles außer Austern. Überrasche mich.«

»Ich glaube, ich bin derjenige, der überrascht ist. Und zwar positiv. Ich bin in einer Viertelstunde da. Sei bereit für mich.« Er legte auf.

»Oh, mein Gott.« Nadia hatte den Atem angehalten. Jetzt stieß sie die Luft aus, legte das Handy beiseite und griff zum Föhn. Gott sei Dank lehnte sie schon am Waschbecken, denn ihre Knie waren ganz weich. Während sie ihre Haare föhnte, konnte sie nur an eines denken: Auch in tausend Jahren wäre sie sicher noch nicht wirklich »bereit« für Professor Sex.

Sie hatte gerade noch Zeit, sich die Haare anzutrocknen und in ihr karamellfarbenes Mikrofaserkleid zu schlüpfen, das ihren Brüsten kaum Halt gab, als es auch schon an der Tür klingelte. Barfuß lief sie nach unten, um Kane zu öffnen. Einen Moment lang konnte sie ihn nur bewundernd anstarren. Kane sah einfach zu gut aus, um wahr zu sein. Er trug keine Brille, wodurch das Glimmen seiner mitternachtsblauen Augen noch intensiver wirkte. Der schwarze Kaschmirpullover umspannte seine breiten Schultern und Arme, und unter seiner Hose war die Erektion deutlich sichtbar. Seine dunklen Haare fielen ihm in die Stirn – und verliehen ihm ein verruchtes Aussehen.

Endlich fand sie ihre Stimme wieder. »Hi.«

»Selber hi.« Mit heißem Blick musterte er sie, drängte sie über die Schwelle zurück in die Wohnung und schloss die Tür. Sie streckte die Arme nach ihm aus, flüsterte seinen Namen, die Stimme voller Verlangen.

»Noch nicht«, sagte er, und seine Worte waren wie ein Stich ins Herz. »Sosehr ich dich auch begehre, wenn du mich jetzt berührst, ist das Spiel im Nu vorbei und das Abendessen ruiniert.«

Erst da bemerkte sie, dass er in der einen Hand einen Leinenbeutel mit Einkäufen hielt und in der anderen eine lederne Aktentasche. Sie trat einen Schritt zurück, um ihn vorbei und in ihre Gourmetküche zu lassen. Während sie ihm folgte, fragte sie sich, ob sie die einzige Frau in der Stadt war, die Kaname Sullivan irrtümlich für einen harmlosen, wohlerzogenen Mann gehalten hatte. Nie war sie über einen Irrtum glücklicher gewesen.

»Was willst du uns kochen?«, fragte sie, um die sexuelle Spannung in ihrem Innern zu bändigen. Dass sie ihn nicht berühren durfte, hatte ihr Verlangen umso mehr angeheizt.

»Ich habe gestern gesehen, dass du einen Grill hast«, antwortete er und deutete mit einem Kopfnicken auf den Ofen, während er den Inhalt seiner Einkaufstasche in den Kühlschrank räumte. »Also dachte ich an Gemüse und gegrillte Schwertfischsteaks. Aber zuerst brauche ich eine Vorspeise.«

»Klar. Mein Kühlschrank ist immer gut gefüllt. Ich bin sicher, dass ich schnell etwas zubereiten kann. Worauf hast du Lust?«

»Auf dich.« Er drehte sich zu ihr um und streckte ihr seine Hand entgegen. »Komm her.«

Seine sanfte Stimme stand in krassem Gegensatz zu dem Hunger in seinen Augen. Wie hypnotisiert ging sie auf ihn zu, alle ihre Sinne ganz und gar auf Kane konzentriert und was er ihr zu bieten hatte.

Er nahm ihre Hand, hob sie an die Lippen und drückte einen zärtlichen, langen Kuss auf ihren Handrücken, dann einen weiteren in ihre Handfläche. »Im *Duftenden Garten* beschreibt Scheich Nafzawi das Lustempfinden der Frauen und betont, wie wichtig es für Männer ist, ihre Bedürfnisse wahrzunehmen, um die eigenen zu befriedigen.«

»Tu-Tut er das?«, stieß Nadia mühsam hervor und beobachtete atemlos, wie Kane einen feurigen Pfad aus Küssen von ihrem Handgelenk bis hin zu ihrem Ellbogen beschrieb. Sie hatte den *Duftenden Garten* komplett gelesen, aber im Augenblick erinnerte sie sich an kein einziges Wort.

»In der Tat.« Er verharrte an der weichen Haut ihrer Armbeuge, nippte und leckte daran. Nadia hätte diese Stelle niemals für eine erogene Zone gehalten, aber bei Kanes fachmännischer Berührung zogen sich ihre Brustwarzen zu harten Knospen zusammen, und zwischen den Schenkeln wurde sie ganz feucht.

Er sprach weiter und gab jedem Satz durch Küsse, die er ihren Arm hinaufwandern ließ, besonderes Gewicht. »Errege sie, indem du ihre Wangen küsst, an ihren Lippen saugst und sanft in ihre Brüste beißt. Bedecke ihren Bauchnabel und ihre Oberschenkel mit Küssen, und verwöhne auch die unteren Partien. Beiße in ihre Arme, und widme dich jedem ihrer Körperteile.«

»Ich glaube, dieser Scheich gefällt mir«, keuchte sie, als Kane an ihrem Ohrläppchen knabberte.

»Und ich glaube, mir gefällt diese Stelle hier«, antwortete er, und seine Lippen streiften ihr Schlüsselbein, ihren Hals und ihr Kinn. »Du schmeckst nach den süßesten Gewürzen, Nadia Spiceland. Ich möchte mir Zeit nehmen, dich zu erkunden, und keinen Teil deines wunderschönen Körpers auslassen.«

Er küsste sie innig auf den Mund.

Endlich. Nadia schlang die Arme um Kanes Hals und erwiderte seinen Kuss voller Leidenschaft. Seinem stummen Drängen nachgebend, teilte sie die Lippen, gewährte seiner Zunge Einlass. Beide stöhnten, animalische Laute voller Sehnsucht und Verlangen.

Seine Hand wanderte ihren Rücken hinab und umfing ihren Hintern, presste ihren Unterleib gegen seine Erektion. Sie erwiderte den Druck mit lustvollem Wimmern. Schmetterlinge tanzten in ihrem Bauch, und sie wollte ihm so nahe sein wie nur möglich. Er hinterließ eine Spur aus heißen Küssen von ihrem Mund zu ihrer Kehle und drängte sie mit dem Rücken an die Küchentheke. Seine Hände streichelten ihre Arme und ihre Schultern, dann schob er die Träger ihres Kleides hinab. Das glatte Gewebe glitt an ihrem Körper hinunter, die Träger blieben in den Armbeugen hängen, so dass ihre vollen Brüste entblößt wurden.

Er betrachtete sie in stummer Faszination, als hätte er nie zuvor einen Busen gesehen. Die sexuelle Spannung in ihrem Innern wurde schier unerträglich. Er umfasste ihre Brüste bedächtig. Die Berührung war wie ein elektrischer Schlag, und sie schnappte nach Luft. Sie keuchte und stöhnte genüsslich, als seine Daumen langsam und federleicht über die harten Perlen fuhren.

Dann nahm er ihre Brustwarzen zwischen Daumen und Zeigefinger. Sie hielt sich an der Küchentheke fest, traute ihren Beinen nicht mehr. »Dein Mund«, sagte sie, und ihre Stimme klang rauh, laut und befremdlich in ihren Ohren. Sie presste sich an ihn, so dass nun ihre Brüste in seinen Händen lagen. »Ich brauche deinen Mund auf mir. Bitte, Kane.«

»Wie kann ich dir einen solchen Wunsch abschlagen? Aber ich will dich sehen. Ganz.« Er zog ihr die Träger des Kleides über die Arme, und sie ließ die Küchenablage los, um es ihm zu erleichtern. Das dünne Kleid rutschte an ihrem Körper herab und fiel zu Boden. Sie stand jetzt nackt vor ihm.

Er trat einen Schritt zurück, um sie lange und ausgiebig zu betrachten. Sie reckte das Kinn und hielt seinem prüfenden Blick stand trotz des plötzlichen Bedürfnisses, die Arme vor der Brust zu kreuzen. Wie viele Frauen fühlte auch sie sich auf einmal unsicher, weil ein Mann sie ohne Kleidung aufmerksam ansah. Richtig, sie waren gestern Abend auch beide nackt gewesen, aber da hatten sie sich so verzweifelt aufeinandergestürzt, dass keine Zeit für eine derartige erotische Musterung gewesen war.

Ihre Brüste waren nicht so groß und fest wie die von Siobhan, aber wenn sie es darauf anlegte, war ihr Dekolleté durchaus ansehnlich. Was den Rest ihres Körpers anging, so hatte sie durch den Stress der TV-Produktionen, die Pillen, ihren Aufenthalt in der Entzugsklinik und die vielen Stunden Arbeit, um das Café zum Laufen zu bringen, an Gewicht verloren. Sie war immer noch dabei, wieder etwas zuzulegen, und bis zu ihren wohlgerundeten Hüften und einem knackigen Hintern fehlte nicht mehr allzu viel.

»Nadia«, sagte er, und ihr Name hörte sich aus seinem Mund wie ein Gebet oder eine Bitte an. Ihre Augen leuchteten auf, als sie sein anerkennendes, glühendes Lächeln sah. »Alles an dir ist wunderschön.«

»A-Alles?«

»Alles.« Er trat näher, um ihren Hals erneut zu küssen, und seine Zähne verweilten an ihrem Schlüsselbein. »Dein Lächeln, dein süßer, würziger Geruch, deine Erregung. Das Geräusch deines Atems, wenn du Luft holst, dein Stöhnen und dein Wimmern, deine Ohrmuschel, deine Brustwarzen, dein Bauchnabel und dein rechter Zeh. Alles ist für mich wunderschön.«

Sie wollte lachen, um die Intensität des Augenblicks zu relativieren und ihre angespannten Nerven zu beruhigen, doch der Ernst in seiner Stimme raubte ihr den Atem. Er packte ihre

Hüften und hob sie auf die Küchentheke. Die kalte Granitplatte stand in krassem Gegensatz zu seinen warmen Händen und dem Feuer in ihrem Körper. Wieder streichelte er ihre Brüste. Seine Berührung war fast ehrfürchtig, entspannte sie und entflammte ihre Sinne. Sie lehnte sich vor, ihre Brüste schwer und voller schmerzhafter Sehnsucht nach seinem Mund.

Sie öffnete die Lippen, um ihre Forderung zu wiederholen, da beugte er sich auch schon vor, leckte ihre rechte Brustwarze und blies sie sanft an. Doch ehe sie der Empfindung nachspüren konnte, schloss sich sein Mund um sie. Sie stöhnte laut auf vor Dankbarkeit und zog seinen seidig glänzenden Kopf dichter zu sich heran. Als er an ihrem Nippel saugte, spürte sie das bis in ihren Schoß. Dann biss er zu in einer perfekten Kombination aus Schmerz und Lust.

Sie schrie auf, und ihre Hüften drängten ihm entgegen. »Oh, ja! Mehr!«

»Dein Wunsch ist mir Befehl«, sagte er lachend und wiederholte das Lecken, Saugen und Beißen bei ihrer linken Brustwarze. Feuchtigkeit sammelte sich in ihrer Scham, die ihre Schenkel und die Küchenablage zu benetzen drohte, aber das war ihr egal. Stattdessen schlang sie die Beine um ihn und zog ihn dichter zu sich heran.

Er begann erneut, ihren Körper mit seinen bedächtigen Küssen zu erkunden, labte sich an ihrer nackten Haut. In ihrem Bauch kribbelte es, als er sich langsam seinen Weg ihren Bauch hinab bahnte. Trunken von seinen Zärtlichkeiten, lehnte sie sich auf die Ellbogen und sah zu, wie er ihren Körper mit seinen Lippen, seiner Zunge und seinen Zähnen in Besitz nahm.

Ein leichter Protestlaut entfuhr ihr, als er das offensichtlichste Ziel ausließ und sich stattdessen über die Innenseite ihrer Schenkel, über die Knie, ihre Waden, ihre Fesseln bis hin zu den Zehen vorarbeitete. Seinen Worten oder denen des Scheichs folgend, ließ er keinen Teil ihres Körpers aus. Als er wieder an ihrer Mitte angekommen war, bebte und keuchte sie und war vor Lust fast besinnungslos.

»Auch da bist du wunderschön«, sagte Kane und legte seine Hand auf ihren Venushügel. »Wunderschön und feucht. Und ich wette, voller Sehnsucht.«

»Ja«, seufzte sie.

»Was brauchst du, Nadia? Sag es mir.«

Sie war nie zu schüchtern gewesen, das zu verlangen, was sie brauchte, oder sich im Schlafzimmer das zu nehmen, was sie wollte. Sie sah nicht ein, warum sie es jetzt anders handhaben sollte. »Ich will deinen Mund auf mir, Kane. So wie du es auch mit meinen Brüsten gemacht hast.«

Er fuhr ganz leicht mit dem Daumen über ihre Schamlippen, den Blick voller Leidenschaft. Wieder schlang sie ihre Beine um ihn, weil sie sich fast schmerzhaft nach ihm sehnte, hätte am liebsten darum gebettelt, dass er ihr endlich gab, was sie brauchte.

»Dein Wunsch ist mir Befehl«, wiederholte er und beugte sich vor. Er ließ die Arme in ihre Kniekehlen gleiten und schob ihre Beine nach hinten, damit sie sich ihm öffnete. Nadia war so scharf auf ihn, dass sie bezweifelte, es wäre mehr als nur ein Lecken seiner Zunge vonnöten, bis sie kam.

Ein langer Klagelaut der Lust entfuhr ihr bei seiner ersten bedächtigen Liebkosung. Sie spürte, dass er erschauerte, als seine Hände sich um ihre Schamlippen legten und sie seiner forschenden Zunge weiter öffneten. Die Lust durchfuhr sie und prickelte auf ihrer Haut. Sie tastete auf der Küchentheke um sich, suchte nach Halt, fand ihn in seinem Haar.

Heftige Leidenschaft erfasste sie, und sie zog an seinem Haar, wünschte sich, er möge sich beeilen. Er biss sanft in die Innenseite ihres Schenkels. Sie hielt die Luft an, und eine Hitzewelle wogte über sie hinweg, als er sie dicht an den Abgrund führte – so unglaublich dicht –, um sie dann wieder zurückzuziehen, sie mit seinen Lippen, seiner Zunge und seinen Zähnen zu quälen, leckend, saugend, beißend. Er labte sich an ihr mit sachkundiger Begeisterung und trieb sie zum Wahnsinn. Ihre Welt bestand nur noch aus ihrer Muschi und seinem wunderschönen, so erfahrenen Mund.

Ihre Oberschenkel erbebten, und sie verzehrte sich nach Erleichterung von der Leidenschaft und dem Druck, die ihren Körper erfasst hatten. Wiederholt stöhnte sie seinen Namen und bettelte um Erlösung. Und als sie schon glaubte, es nicht mehr auszuhalten, saugte er an ihrer Klitoris.

Mit einem Schrei kam sie in seinen Mund, ihre Füße pressten sich gegen seine Schultern, und sie bäumte sich auf. Der Orgasmus schien kein Ende nehmen zu wollen, und sie wand sich hin und her, wurde in höhere Sphären katapultiert.

»Nadia? Geht's dir gut?« Kanes Stimme kam wie von weit her.

Sie starrte die Hängelampe über ihr an. »Jaaaa.« Das Wort klang undeutlich und gedehnt.

»Kannst du dich hinsetzen?«

»Nein.«

»Ich helfe dir.« Er legte die Arme um sie und richtete sie auf.

Sie schlang ihrerseits die Arme um seinen Hals, gab ihm mit offenem Mund einen trunkenen, wilden Kuss, wobei sie ihre eigene Erregung auf seinen Lippen schmeckte. »Du musst mich nun ficken.«

»Verdammt, Nadia.« Mit brennendem Blick hielt er sie noch fester. »Meine Selbstkontrolle ist dahin. Ich will nichts anderes als in dir sein. Aber ich schaffe es jetzt nicht vorsichtig und langsam.«

»Gut, ich brauche es nämlich hart und heftig.« Ihre Finger krallten sich in seine Schultern. »Bitte, Kaname.«

»Gott, Nadia.« Mit einer schnellen Bewegung zog er ein Kondom aus seiner Hosentasche, ließ seine Hose zu Boden gleiten und riss die Verpackung auf. Sie beobachtete ihn, während er den Gummi überstreifte.

Sie leckte sich die Lippen. »Ich kann es nicht erwarten, dich zu lecken, so wie du es für mich getan hast. Du sollst es ebenso spüren wie ich.«

»Ich glaube, das werde ich.« Er umfing ihre Pobacken. »Besorg es mir, Baby.«

Sie griff zwischen ihre Beine und führte seine Eichel in ihre vor Erregung feuchte Öffnung. Er drang mit einem Knurren in sie ein und durchbohrte sie förmlich. Sie seufzte vor Erleichterung, dass sie ihn in sich spürte, so heiß, ganz hart und dick.

»Fuck, Nadia.« Er lehnte seine Stirn an ihre und atmete stoßweise aus. »Du bist wie flüssiges Feuer, und ich lasse mich bereitwillig von dir bei lebendigem Leib verbrennen.«

Er zog sich etwas aus ihr zurück, dann drang er immer und immer wieder in sie ein. »Ich weiß nicht, wie lang ich es zurückhalten kann.«

»Wir haben die ganze Nacht für die zweite Runde Zeit«, erinnerte sie ihn. »Wir brauchen das jetzt, genau so.« Ihre inneren Muskeln umklammerten seinen Schaft, so fest es ging.

Das trieb ihn an. Mit lautem Stöhnen ließ er jegliche Zurückhaltung fallen. Sie spürte seinen muskulösen Körper, und er stieß immer wieder in sie hinein, jedes Mal noch tiefer. Nadia hielt sich verzweifelt fest, als er sie mit den Zähnen zwischen Ohr und Schulter leicht biss, um sie auf seinen sinnlichen Angriff vorzubereiten. Die Reibung ihrer nackten Haut an seinem weichen Pullover, das harte Material der Granitablage unter ihr und sein stählerner Schwanz raubten ihr fast den Verstand.

Sie hätte nicht gedacht, noch einmal zum Höhepunkt zu gelangen, weil sie eben schon so intensiv und lang gekommen war. Aber Kane befreite sie von jeglicher Befangenheit, schürte ihre Erregung, und sie spürte, wie ihr Körper sich auf einen weiteren Orgasmus vorbereitete. Sie griff zwischen ihre Beine, spreizte ihre Finger um seinen Schwanz und stimulierte ihre Klitoris mit dem Daumen.

»Ja, Baby, ja«, raunte er an ihrem Hals. »Komm für mich, Baby. Lass mich fühlen, wie du dich um meinen Schwanz zusammenziehst.«

Es war unglaublich, ihr Körper gehorchte und wurde bis ins Mark erschüttert. Sie vergrub ihre Nägel in seinen Schultern, bäumte sich ihm entgegen und krampfte sich um sein Glied.

»Fuck.« Es grenzte an ein Wunder, dass Kane nicht die ganze Küchenzeile aus den Angeln hob – so brutal nahm er sie jetzt. Dann warf er den Kopf zurück, das Gesicht vor Anstrengung verzerrt, und kam mit einem kehligen Laut. Schließlich sackte er in sich zusammen und ließ den Kopf auf ihren Schultern ruhen.

KAPITEL 7

Oh, mein Gott.« Nadia sackte ebenfalls in sich zusammen, jede Energie wich aus ihrem Körper. »Wir hatten gerade Sex auf meiner Arbeitsplatte.«

»Verdammt richtig«, antwortete Kane mit vor Glück und Befriedigung warmer Stimme. Er leckte ihren Hals, süchtig nach ihrem Geschmack. »Ich hoffe, du weißt jetzt, dass das gestern Abend kein Glückstreffer war.«

»Ich war in meinem ganzen Leben noch nie von etwas so überzeugt.« Sie setzte sich aufrecht hin und stöhnte, als er sich ihr entzog. »Aber das hier ist meine Arbeitsfläche. Auf dieser Granitplatte rolle ich jeden Tag meinen Teig aus!«

Er entfernte das Kondom und schnappte sich ein Papierküchentuch, um es darin einzuwickeln. Er wollte nicht von ihr fort, deshalb wusch er sich an der Küchenspüle und zog sich wieder an. »Ich werde dir helfen, sie zu scheuern«, antwortete er und half ihr von der Platte herunter. »Sag mir nur, wo die Reinigungsmittel sind. Und der Mülleimer.«

»Unter der Spüle. Aber scheuern darfst du die Fläche nicht. Ist immerhin Granit!«

Er hatte gerade zur Spüle hinübergehen wollen, drehte sich jetzt allerdings zu ihr um. Wieso war sie plötzlich so außer sich?

»Nadia?«

Sie klammerte sich an ihn und sah ihn an, ein Anflug von Panik in den cognacfarbenen Augen, die die satte Leidenschaft zu verdrängen drohte. »Ich glaube, ich drehe gerade durch.«

Er streichelte ihre Wange. Er kannte sie erst vierundzwanzig Stunden, aber er konnte nicht in ihrer Nähe sein, ohne sie zu berühren. Er war verrückt nach ihr, und es war ihm egal. Doch ihre Zweifel machten ihm Sorgen. »Wegen des Sex oder weil wir es auf deiner Küchentheke getrieben haben, auf der du sonst Teig ausrollst?«

Sie war immer noch nackt, ihr Kleid lag auf dem Boden. Ihr Körper war einfach vollkommen – die Proportionen stimmten, und sie war kurvig an den richtigen Stellen – und vernebelte seine Sinne. Sie zog die Unterlippe zwischen die Zähne, und er spürte verdammt noch mal, wie sein Schwanz schon wieder hart wurde.

»Hm, ist es schlimm, wenn beides zutrifft?«, fragte sie, griff nach ihrem Kleid und zog es über.

»Ich finde es nur schlimm, wenn du dich schlecht fühlst.« Er beschloss, ihr etwas Freiraum zu gewähren, und wühlte unter der Spüle nach einem Reinigungsmittel. Als er es gefunden hatte, richtete er sich auf und zog die Augenbrauen in die Höhe. »Warte mal. Reinigst du deine Küchenablage etwa mit Wodka?«

Sie griff nach der großen Plastikflasche mit Alkohol. »Dieses Zeug ist kein echter Wodka. Ein waschechter Russe würde keinen Tropfen davon anrühren. Seit meinem fünften Lebensjahr ließ Nana Spiceland mich mit dem Fusel immer die Küche putzen, wenn ich ihr und meinem Daddy Vic beim Kochen half.«

Sie gab ihm die Flasche zurück und nahm dann ein dickes weißes Tuch aus der Schublade. »Aber ich verdünne meinen Wodka mit flüssiger Seife und Rosmarinöl. Das macht alles streifenfrei sauber und greift die Oberfläche nicht an. Außerdem mag ich den Duft von Rosmarin. Gieß es einfach auf den Lappen.«

Er tat wie befohlen und beobachtete dann, wie sie mit beiden Händen auf dem weißen Tuch über die Fläche fuhr. Ihre Oberarmmuskulatur spannte sich durch den Druck an. Sie war eine starke Frau, das wusste er, aber er fragte sich, ob sie jetzt so viel Kraft ausübte, weil sie es gewohnt war, den ganzen Tag Teig zu kneten, oder um ihre Nerven zu beruhigen. »Willst du mir sagen, was gerade so schlimm war?«

Sie seufzte, lehnte sich an die Theke und gewährte ihm dabei einen wundervollen Einblick in ihren Ausschnitt. »Ich weiß, dass ich laut und deutlich darum gebeten habe. Und es gefällt mir. Es gefällt mir sehr. Ich glaube, na ja, ich glaube, ich habe nicht erwartet, dass es so verdammt gut sein würde. Ich meine, ich weiß, dass du daran gewöhnt bist, aber ich hatte seit über drei Jahren keine Dates und keinen Sex. Ich bin eben eingerostet.«

Was, zum Teufel, wollte sie damit sagen? Er packte ihr Handgelenk, damit sie ihn ansah. »Woran bin ich angeblich gewöhnt?«

»An das hier.« Sie deutete erst auf ihn, dann auf sich, und Rosmarinduft stieg ihm in die Nase. »Ich weiß, dass du das schon oft gemacht hast, und ich hatte durchaus auch schon den ein oder anderen Partner, aber diese Intensität ist eine völlig neue Erfahrung für mich.«

»Würde es dich beruhigen, wenn ich sagen würde, dass das für mich auch neu ist?«

»Wirklich?« Ihre Stimme klang zweifelnd.

»Nadia.« Er tippte ihr auf die Hand, damit sie ihn ansah. »Ich hatte schon oft Sex. Der meiste war gut, und mancher war phantastisch, weil mir daran liegt, dass meine Partnerin und ich das bekommen, was wir wollen und brauchen. Wenn du willst, können wir uns hinsetzen und uns von unserer sexuellen Vergangenheit berichten und die medizinische Seite dabei auch gleich abklären. Ich möchte einfach nur, dass du das Gefühl hast, mir vertrauen zu können.«

»Ich vertraue dir, Kane.« Sie hielt inne, blinzelte, als sei sie selbst erstaunt über ihre Worte. »Ich vertraue dir wirklich. Ich habe einfach nur ein bisschen Angst.«

Das war deutlich mehr als nur ein bisschen, und er fragte sich, ob sie in früheren Beziehungen Enttäuschungen erlebt hatte. »Das verstehe ich. Ich war auch nicht darauf gefasst, wie instinktiv ich auf dich reagieren würde. Es ist okay, vorsichtig zu sein. Ich möchte, dass du dich bei mir sicher fühlst.«

»Das tue ich.«

Er schüttelte den Kopf. »Dann hättest du keine Panik gekriegt.«

Sie errötete und blickte zu Boden. »Kane ...«

»Es ist okay, Nadia.« Er streckte die Hand aus und schob ihr Kinn hoch. »Ich bin dafür verantwortlich, dass du mir trauen kannst, denn nur so kannst du loslassen und wirklich alles genießen. Egal, ob wir Szenen aus dem *Duftenden Garten* nachstellen oder sonst was treiben. Diese Verantwortung nehme ich ernst. Glaubst du mir das?«

Sie versuchte, in seinem Gesicht zu lesen. Er hoffte, dass sie sah, wie ernst er es meinte. Endlich wich die Unsicherheit aus ihrem Blick. »Ich glaube dir.«

Er atmete hörbar aus. »Vertraust du mir, dass ich deine Lust steigern und trotzdem auf dich aufpassen werde?«

Wieder zog sie die Unterlippe zwischen die Zähne. »Steigern?«

Er war so fasziniert davon, wie sie auf ihre volle Unterlippe biss, dass er ein paar Sekunden brauchte, um ihre Frage richtig zu verstehen. »Du hast noch andere Dinge erwähnt als den *Duftenden Garten*.«

»Ja, das ist wahr.« Er konnte sehen, wie es in ihr arbeitete. »Vielleicht brauche ich eine Art Safeword«, schlug sie vor. »Dadurch kann ich mich auf alles einlassen, du kannst mich drängen, aber wir werden beide wissen, wann meine Grenze erreicht ist.« Sie zuckte die Achseln. »Ich meine, nicht dass ich es mit Schmerzen hätte oder so was. Vielmehr habe ich genug gesehen und gelesen, dass mich auch außergewöhnliche Dinge reizen. In Los Angeles haben irgendwie alle einen Sex-Tick, weißt du?«

Kane lächelte. Etwas Ähnliches hatte er selbst schon vorschlagen wollen. Eine offene Unterredung über strikte Grenzen war zwar nicht sexy, trotzdem war es viel leichter, am Anfang ein paar Regeln festzulegen, statt dies erst im Nachhinein zu tun. Nadia war von Natur aus sinnlich und leidenschaftlich, das war offensichtlich. Und diese Eigenschaften machten sie wagemutig. Er wollte derjenige sein, der ihr beim Ausprobieren und Erweitern ihrer Grenzen half. Er wollte derjenige sein, der ihre Sinnlichkeit voll zur Entfaltung brachte.

»Gute Idee«, antwortete er also. »Schwebt dir schon irgendein Safeword vor, oder willst du noch mal drüber nachdenken?«

»Ich glaube, ich weiß schon, was ich nehmen möchte.« In ihren Augen blitzte es spitzbübisch. »Zimtschnecke.«

Er fuhr mit dem Zeigefinger über ihre Wange bis zu ihrem Kinn und schob ihr Gesicht nach oben. Sie hatte sich nicht die Mühe gemacht, Make-up aufzutragen; aber mit ihren vom Sex geröteten Wangen und dem Glanz in ihren Augen sah sie wunderschön aus. »Perfekt.«

»Finde ich auch.« Sie streichelte seine Schultern. »Sorry, dass ich in Panik geraten bin.«

»Für so was musst du dich nie bei mir entschuldigen. Gefühle kann man nun mal nicht steuern. Wir haben darüber gesprochen, und jetzt ist alles wieder gut. Und deine Küchenablage ist nun betrunken.« Er küsste sie flüchtig. »Bist du bereit fürs Abendessen?«

In diesem Moment knurrte ihr Magen laut, und beide mussten lachen. »Anscheinend hat der Sex meinen Appetit angeregt. Ich will mich eben nur waschen, dann helfe ich dir.«

»Klar.« Er ließ sie los und warf ihr einen bewundernden Blick hinterher, als sie die Küche verließ und die Treppe in die erste Etage erklomm. Er grinste etwas dümmlich vor sich hin, wischte noch einmal über die Arbeitsplatte, räumte ihre Reinigungsmittel in den Schrank und begann, ihre gut ausgestattete Profiküche zu durchstöbern, um mit der Zubereitung des Abendessens anfangen zu können. Er war plötzlich ungeheuer erleichtert. Er konnte verstehen, dass es Nadia etwas mulmig geworden war: Ihre Verbindung war einfach wahnsinnig explosiv, insbesondere für sie, die so lang schon keine Beziehung mehr gehabt hatte. Aber ihn hatte das genauso überrascht. Sie hatte ihn vom ersten Tag an fasziniert. Sie war die Antwort auf eine Frage, von der er bislang gar nicht gewusst hatte, dass er sie sich überhaupt stellte.

Er erkannte, dass er jemanden wie sie brauchte. Jemanden, der ihn den Druck, der auf ihn als Professor ausgeübt wurde, vergessen ließ, ebenso wie das Deprimierende an seiner Beratertätigkeit. Jemand, der bereit war, auf sexueller Ebene mit ihm herumzuexperimentieren, ohne es für schmutzig oder pervers zu halten.

Nadia würde seinen Hunger stillen. Obwohl der Sex mit ihr so heiß war, dass es eigentlich gar keiner weiteren Experimente bedurfte. Er bezweifelte, dass er in Zukunft ihr Sofa oder ihre Küchentheke würde ansehen können, ohne sich daran zu erinnern, wie sie für ihn gekommen war.

Während er sich am Abendessen zu schaffen machte, hatte er Zeit, sich den Raum genauer anzusehen. Letzte Nacht waren sie so übereinander hergefallen, dass er an seine Umgebung keinen Blick verschwendet hatte. Die untere Etage war vollkommen offen – mit Ausnahme eines kleinen Zimmers, das sie als Büro nutzte. Es lag direkt am Eingang gegenüber der Gästetoilette und der Garderobe. Im Wohnzimmer standen gemütliche

Sofas zum Entspannen. Sie waren aus Alcantara und in verschiedenen Brauntönen, Kupfer und Apfelgrün gehalten. Hell gemusterte Kissen und Strickdecken, die aussahen, als hätte ihre Großmutter sie ihr vererbt, rundeten das Bild ab. Ein Sideboard stand an der Wand und darauf der obligatorische Flachbildfernseher und andere technische Geräte, darunter überraschenderweise eine Spielekonsole.

Nadia hatte wahrscheinlich gern Freunde zu Besuch und amüsierte sich mit ihnen. Er kannte keine andere Single-Frau Ende zwanzig, die einen rustikalen Tapeziertisch, an dem acht Personen Platz fanden, als Esstisch benutzte. Dieser stand in dem offenen Essbereich vor der Küche. Obwohl sie sicher in aller Herrgottsfrühe aufstehen musste, um ihre Backwaren vorzubereiten, hatte er das Gefühl, dass Freunde ihr wichtig waren und sie sich oft mit ihnen traf.

Große Fenstertüren führten auf den Balkon hinaus, der den Blick auf die mondäne Geschäftswelt freigab, die Crimson Bay zu einem beliebten Reiseziel für Leute gemacht hatte, die am Wochenende den großen Städten entfliehen wollten. Obwohl es jetzt Abend war, konnte er sich vorstellen, dass die Wohnung tagsüber lichtdurchflutet und freundlich war. Nichts hier wirkte kalt oder steril. Es war hell, warm und auf bequeme Weise sexy, ohne dass es gewollt aussah – genau wie die Bewohnerin.

Nadia kam einige Minuten später lächelnd und strotzend vor Energie wieder herunter. Ihre vorherige Unsicherheit war wie weggeblasen. Mit einem Kopfnicken deutete er auf die Karteikarten in ihrer Hand. »Wofür brauchen wir die?«

»Ich dachte mir, dass ich alle verschiedenen Positionen, die in Kapitel sechs erwähnt werden, mal notiere«, antwortete sie ihm. Sie legte die Karten und einige Stifte auf die Frühstücksbar und ging dann wieder zu ihm in die Küche. Dort musterte sie seine bisherigen Ergebnisse und holte eine Packung mit Metallspießen für das Gemüse heraus, das er bereits klein geschnitten hatte. »So können wir den Zufall entscheiden lassen, welche wir ausprobieren.«

»Gute Idee.« Er deutete auf seine Ledertasche. »Ich habe verschiedene Ausgaben des Buches dabei. Such dir einfach eine aus. Oh, und vergiss die Joker nicht.«

»Die Joker?«

Er spießte das Gemüse auf, während sie die Tasche holte. »Wer einen Joker zieht, darf alles wählen, was er will – ob es nun in dem Buch steht oder nicht.«

Ihre Augen funkelten nachdenklich, als sie sich auf einen Barhocker setzte. »Egal was?«

»Ja, aber in angemessenem Rahmen. Und im Zweifel benutzt du dein Safeword.«

Sie nickte, während sie darüber nachdachte. »Was ist mit dir? Hast du auch ein Safeword oder Grenzen, die nicht überschritten werden sollten?«

Er bestrich die Gemüsespieße mit einer Balsamico-Marinade. »Ich mag kein Blut, also keine Nadeln oder Messer. Und was das Safeword angeht ... warum benutze ich nicht deins? Das wäre für uns beide einfacher.«

»Okay.«

Er sah sie an, als er das Gas für den Grill einschaltete. Der Mutwille in ihren Augen machte ihn wie auf Knopfdruck wieder hart. »Ich frage mich, ob ich jetzt wissen will, was dir so im Kopf rumspukt.«

Sie schenkte ihm ein aufreizendes Lächeln. »Wahrscheinlich nicht.«

»Wenn ich an unser erstes Date denke, kann ich nur hoffen, dass du so früh wie möglich so einen Joker ziehst.« Er legte den Schwertfisch auf den Grill. »Ich hoffe, du hast nichts dagegen, dass ich mich in deiner phantastischen Küche wie zu Hause fühle.«

»Überraschenderweise nicht.« Sie schlug die Burton-Übersetzung des *Duftenden Gartens* auf, dann zog sie die Karten näher an sich heran. »Aber wahrscheinlich nur deshalb, weil du mich flachgelegt hast. Obwohl ich es sehr sexy finde, wenn ein Mann, der nicht mein Vater ist, mich bekocht.«

»Gebongt. Ich freue mich darauf, dich mit meinen kulinarischen Künsten zu beeindrucken und zu erregen.«

»Hab Erbarmen!«, erwiderte sie lachend und fing an, sich Notizen zu machen. »Deinetwegen bin ich im Fachbereich Sex von null auf zweihundert gesprungen. Ich will mich keineswegs beklagen, aber irgendwie muss ich ja auch noch meinen Alltag bewältigen. Ich habe ein Café zu führen, weißt du?«

Ja, das wusste er, und keinesfalls wollte er ihr im Weg stehen. »Von wann bis wann arbeitest du denn? Wahrscheinlich musst du ja immer ziemlich früh aufstehen.«

»Ja, stimmt«, nickte sie. »Wir öffnen um sieben. Normalerweise bin ich um vier unten, um das Frühstücksgebäck zu machen, das ich am vorherigen Nachmittag vorbereitet habe. Ich habe einen Assistenten, der eine Stunde später kommt. Nach Brötchen und Croissants backen wir unsere Cupcakes und das andere Gebäck sowie das Brot, das Siobhan für ihr Mittagsmenü benötigt. Hier im Geschäftsviertel wird es dann gegen zwei ruhiger, und um drei schließen wir. Samstags haben wir nur eine begrenzte Frühstücksauswahl von neun bis elf, und Mittagessen gibt es von elf bis eins. Am Sonntag kann ich ausschlafen, da haben wir zu. Das bedeutet, ich schlafe bis sieben, denn dann muss ich die Woche planen und vorbereiten.«

Das wollte er sich merken. »Warum habt ihr euch für eine Bäckerei mit Café entschieden statt für ein Restaurant?«

»Restaurants gehen schneller pleite als Cafés, aber so viel besser ist es bei Cafés eigentlich auch nicht. Doch wir kennen unsere Grenzen. Das Letzte, was wir beide gebrauchen können, sind Stress und Hektik bis spät in die Nacht, um ein Restaurant zum Laufen zu bringen. Mit einem Café können wir unsere Liebe zum Kochen und Backen ausleben und neue Rezepte ausprobieren und haben abends nicht auch noch das Haus voller Gäste. So überfordern wir uns nicht und haben noch ein Leben außerhalb des Cafés. Meistens jedenfalls.«

»Warum hast du nach der Entziehungskur nicht versucht, wieder eine Kochshow zu machen oder Kochbücher zu schreiben? Für manche dieser Hollywood-Typen gehört so ein Entzug doch schließlich fast schon zum guten Ton.«

Ein Schatten überzog ihr ausdrucksvolles Gesicht, als sie vom Barhocker herunterrutschte. »Für manche vielleicht. Die Entziehungskur kann ihre Karrieren sogar vorantreiben und gibt ihnen eine merkwürdige Art von Glaubwürdigkeit. Aber manche erholen sich eben nie. Und dann ist es das Beste, alle Brücken hinter sich abzubrechen und die Stadt zu verlassen.«

Er schwieg einen Augenblick und beobachtete, wie sie eine Flasche Rotwein aus ihrem Weinkühlschrank nahm und entkorkte, damit der Wein atmen konnte. »Du glaubst also, du hättest nicht weitermachen können?«

Sie stellte zwei Gläser auf den Tisch und dachte nach.

»Ganz ehrlich?«

»Immer.«

»Ich habe es nicht versucht. Ich hatte so eine böse Vorahnung. Aber selbst, wenn ich die nicht gehabt hätte, wäre ich dazu wahrscheinlich nicht in der Lage gewesen. Es war ein mörderischer Job, und ich war ganz und gar darin gefangen und habe mich selbst dabei verloren. Ich wollte mich diesem Stress und der Versuchung nicht noch mal aussetzen.«

Er musterte sie nachdenklich und prüfte, ob der Fisch gar war. Nadia war eine Überlebende. Er erkannte es an der sachlichen Art, wie sie über ihre Fehler sprach und wie sie für ihr Tun die Verantwortung übernahm. Hinter ihrer Leidenschaft versteckte sich ein eiserner Wille. Sie lernte aus ihren Fehlern und geriet danach nie wieder in dieselbe Falle.

»Du hast also entschieden, dass Hollywood eine Nummer zu groß für dich ist, und stattdessen ein kleines Café eröffnet. Wahrscheinlich kannst du mehr, als du dir zutraust.«

Ihr Lächeln war hell und strahlend. »Danke dir. Aber allein hätte ich das sicher nicht auf die Beine gestellt. Das Wichtigste sind Menschen, die einen unterstützen. Ich glaube nicht, dass Siobhan und ich so erfolgreich gewesen wären, wenn unsere Freunde und unsere Familien nicht hinter uns gestanden hätten.«

»Ihr habt also nicht vor zu expandieren, vielleicht außerhalb des Geschäftsviertels?«, fragte er, als er das Essen auf den Tellern anrichtete.

»Um Gottes willen, nein«, antwortete sie lachend, während sie die Weingläser nahm und sie zusammen mit Wein und Besteck auf den Tisch stellte. »Wir lieben unser kleines Café, unser Team und unsere Stammgäste. Vielleicht werden wir samstags ja mal länger aufmachen, aber das ist auch das Einzige, was wir noch planen. Wir verdienen genug Geld, um das Café und uns selbst über Wasser zu halten, und sind damit glücklich, so wie es ist. Ich habe genug davon, dass mein Ehrgeiz mein Leben und meine Entscheidungen bestimmt. Jetzt achte ich nur noch darauf, was für mich und Siobhan richtig ist und womit wir klarkommen können. In den letzten Jahren ist dieser Plan für uns aufgegangen.«

»Scheint so.« Er schaltete den Grill aus und folgte ihr mit den Tellern. »Ich bin nicht beleidigt, wenn es dir nicht schmeckt. Höchstens ein bisschen.«

Nadia schnaubte. »Ich glaube nicht, dass Ihr Ego so anfällig ist, Professor Sullivan.«

»Da hast du recht«, entgegnete er, als sie sich an den Tisch setzten. »Ich weiß doch, was ich kann.«

»Soso?«

Er schaute sie lange an. »Wenn ich etwas wirklich will, kann ich es auch.«

Sie hielt die Weinflasche in die Höhe und schenkte ihm ein schiefes Grinsen. »Darauf stoßen wir an: dass wir alles entdecken, was wir können.«

»Darauf trink ich.«

KAPITEL 8

»Also warum befasst du dich beruflich mit Sexualpsychologie, wenn du genauso gut Koch hättest werden können?«, fragte Nadia, während sie das köstliche Essen verspeiste. »Schließlich wird man nicht so einfach eines Morgens wach und denkt: ›Hey, ich will erforschen, was Menschen von Sex halten.‹ Ich wusste noch nicht mal, dass man so was überhaupt studieren kann.«

»Stimmt, und danke für das Kompliment«, erwiderte er, während er sie beim Essen beobachtete. Es freute ihn, dass sie die Mahlzeit genoss, die er für sie zubereitet hatte. »Aber keine Sorge: Ich habe keine großen Tragödien erlebt, die mich zu diesem Fachbereich geführt haben. Nicht wirklich.«

»Nicht wirklich?« Sie kaute an ihrem Gemüsespieß und hielt die Hand darunter, um den Saft aufzufangen, der heruntertropfte, als sie in eine Tomate biss. »Was soll das heißen?«

»Meine Eltern und ich sind ständig um die Welt gereist, bevor wir uns in Seattle niederließen, als ich dreizehn war. Daher lernte ich viele Kulturen und Menschen kennen. In manchen Regionen können die Menschen ihre Sexualität nicht so ausleben wie in den USA, aber in vielen anderen geht das durchaus. Manche Kulturen beispielsweise erkennen sogar ein drittes Geschlecht an. Mitten in meinem ersten Semester hatte ich so was wie eine Erleuchtung. Vielleicht war ich inspiriert vom Alkohol, vielleicht aber auch von einer lebhaften Diskussion über Männer, Frauen, Dating und Sex und über das, was akzeptabel war und was nicht. Ich erkannte, dass eine vernünftige sexuelle Erziehung nicht nur aus Lippenbekenntnissen bestehen darf, damit die sexuelle Akzeptanz in der Gesellschaft wächst. Wir sollten uns generell darauf einigen, dass zwei erwachsene Menschen selbst bestimmen können, was sie im Schlafzimmer ausprobieren möchten.«

»Oder in Küchen«, fügte sie mit einem durchtriebenen Grinsen hinzu.

Er zwinkerte ihr zu. »Oder in ihren eigenen Küchen.«

»Also hast du einen Abschluss in Sexualpsychologie gemacht und bist Dozent geworden. Aber du unterrichtest nicht nur, oder? Du schreibst auch.«

»Eigentlich war ich als Autor und Profiler tätig, bevor ich meine Lehrtätigkeit aufnahm«, antwortete er, hielt inne und nahm noch etwas Gemüse. »Ich habe bei einem Thinktank in D.C. mitgemacht, einige Bücher veröffentlicht, und dann sprach mich die Dekanin von der Herscher University, Mrs. Campbell, an. Sie bot mir an, für das neu gegründete Center for Human Studies zu arbeiten. Dann schlug der Rotlicht-Vergewaltiger zu.«

Sie nickte. »Daran erinnere ich mich. Jede blonde, dünne Frau zwischen achtzehn und dreißig befürchtete, dass sie das nächste Opfer sein könnte. Was hattest du damit zu tun?«

Er drehte das Weinglas in den Händen und sah dabei etwas betreten aus. »Ich besaß die Frechheit, dem FBI zu sagen, dass ihr Täterprofil falsch war. Von da an ging alles ziemlich schnell.«

Sie sah ihn ungläubig an. »Du hast das FBI herausgefordert? War das Medieninteresse deshalb so groß?«

Er zog eine Grimasse. »Ja, es gab wohl sonst keine Neuigkeiten in jener Woche. Na ja, aufgrund der Publicity wurde ich jedenfalls zu zahllosen Vorträgen eingeladen, bekam einen Buchvertrag, und auf einmal suchte die Herscher University dringend Verstärkung für die Fachabteilung. Immerhin klingt Dr. Kaname Sullivan, Professor für Sexualpsychologie am Center for Human Studies, Herscher University, schrecklich beeindruckend für die Medien. Jetzt hatten die Leute das Gefühl, dass ich tatsächlich wusste, wovon ich sprach.«

»Das war doch auch eine Tatsache.«

»Stimmt.« Er sagte es sachlich. Offensichtlich hatte er keinen Grund, nicht stolz auf seine Karriere zu sein. »Der Medienrummel hatte einen Rekordanstieg an Einschreibungen für unseren Studiengang zur Folge, was alle an der Herscher University glücklich machte.«

Sie nippte an ihrem Wein. »Vielleicht rührte das Interesse der Medien ja tatsächlich daher, dass es keine sonstigen Neuigkeiten gab, über die man damals hätte berichten können, aber dass du umwerfend gut aussiehst, hat sicherlich auch dazu beigetragen.«

»Du hast mich gerade als gutaussehend bezeichnet. Das muss ich mir merken.«

»Das sollte Ihnen aber nicht zu Kopf steigen, Herr Professor. Ich bin umgeben von gutaussehenden Menschen.«

»Aber nicht von *umwerfend* gutaussehenden«, antwortete er grinsend. »Ich bin sicher, dass meine Gene viel zu meiner Popularität beigetragen haben, aber Gott sei Dank bin ich auch nicht total auf den Kopf gefallen. Jedenfalls veröffentlichte ich mein Buch, und die Fakultät platzte mit einem Mal aus allen Nähten. Die Vorlesungen machen mir viel Spaß, und jetzt hoffe ich auf eine Festanstellung.«

»Vielleicht bilde ich mir das nur ein, aber habe ich da ein *aber* herausgehört?«

»Ja, hast du.« Er nahm ihre Hand und küsste ihre Finger. »Die Kehrseite der Medaille ist, dass ich mich mit ehrgeizigen

Kollegen herumärgern muss und mit jungen Studentinnen, die eine viel zu blühende Phantasie haben.«

»Der Spitzname.«

»Ja, der Spitzname«, stimmte er zu. »Der Weg zu einer Festanstellung ist immer steinig. Ich habe aber auch andere Optionen. Irgendwas wird sich schon ergeben.«

»O Mann, Kane. Kollegen und Studentinnen?« Plötzlich hätte sie ihn gern in den Arm genommen und ihm beigestanden. Mit Ausnahme jenes ersten Tages im Café hatte sie noch nie erlebt, dass er außer sich war. Er wirkte fast immer cool, beinahe distanziert, doch sie wusste jetzt, dass das nur Fassade war. Sie hatte keine Ahnung gehabt, womit er sich tagtäglich herumschlagen musste.

»Aber jetzt genug von mir. Ich spreche viel lieber über dich.«

»Über mich?« Mit einem Lachen entzog sie ihm ihre Hand und winkte ab. »Über mich haben wir doch schon geredet.«

»Ich möchte dich besser kennenlernen, Nadia.«

»Da gibt es nicht viel zu erzählen. Mein Leben ist ziemlich langweilig.«

Er schnaubte. »Mit deinem Café und deinen Freunden kann ich das kaum glauben.«

»Okay, vielleicht nicht langweilig«, gab sie zu. »Aber eben längst nicht so wie früher.«

Er hielt wieder ihre Hand, und sie genoss seine tröstliche Wärme. Sie war überrascht, wie sehr sie ihm vertraute. Nach den ganzen Erfahrungen ihres früheren Lebens fiel ihr das nicht mehr allzu leicht. Doch etwas an Kane und seiner ruhigen, aber bestimmenden Art und seiner Fähigkeit, die Kontrolle zu übernehmen, sagte ihr, dass sie *ihm* vertrauen konnte. Er konnte sie über ihre Grenzen hinausführen und ihr dennoch die notwendige Sicherheit geben. Ihm dafür von sich zu erzählen, kam ihr im Gegenzug nur recht und billig vor.

»Vermisst du es? Dein früheres Leben?«

Sie senkte den Blick. »Manchmal«, bekannte sie leise. »Es war cool, eine Zeitlang im Rampenlicht zu stehen. Da schadete es auch nicht, dass ich jung, hübsch und ein bisschen schräg war. Ich hatte die Show und die Kochbücher, und darüber hinaus bekam ich jede Menge Aufträge für Geburtstags-, Hochzeits- und sonstige Torten für Musiker und Hollywood-Stars, weshalb ich auf vielen Partys war. Aber gerade dort merkt man oft gar nicht, wie stressig das Leben sein kann. Die Partys und die Fernsehaufzeichnungen waren energieraubend, und ich verließ mich immer mehr auf meinen Manager, mehr, als gut für mich war. Wenn man eine Kerze an beiden Dochtenden anzündet, ist sie viel zu schnell abgebrannt. Und das war bei mir der Fall. Obendrein versetzte mir das wirkliche Leben dann noch einen zusätzlichen Schlag, und ich musste dafür zahlen.«

»Möchtest du darüber reden?«, fragte er und strich mit dem Daumen leicht über ihre Hand.

Sie straffte die Schultern. Einerseits hätte sie ihm ihre Hand jetzt gern entzogen. Andererseits wollte sie sie für immer liegen lassen. »Nein, das möchte ich nicht. Nicht mit dir.«

Ein Muskel zuckte in seinem Gesicht. Sie wusste, dass sie seine Gefühle verletzt hatte, als er seinen Griff lockerte. »Okay.«

»Kane.« Sie atmete tief aus, nahm seine Hand und führte sie an ihre Brust. »In Los Angeles war ich ein ganz anderer Mensch als hier in Crimson Bay. Ich bin froh, dass du mein anderes Ich nicht kennst. Dass du nur Nadia, die Café-Besitzerin, kennst. Die Nadia, die die Reality-Show gemacht hat, war am Ende nicht mehr sehr nett, und ich möchte nicht, dass du zu viel von ihr weißt und mich mit anderen Augen siehst. Verstehst du das?«

»Ja.«

Sie drückte seine Hand an ihre Brust und spürte wieder dieses warme Prickeln in ihrem Körper, wann immer er sie berührte. »Ich mag mich so, wie ich jetzt bin. Das ist die echte Nadia, so wie sie war, bevor sie nach Hollywood ging. Und ich mag, wie du mich jetzt ansiehst.«

Es schien ihn alle Mühe zu kosten, den Blick von seiner Hand abzuwenden, die in ihrem Ausschnitt lag. »Und wie sehe ich dich an?«

»Als hättest du mich zum Fressen gern.«

»Das stimmt auch. Du steckst voller sehr angenehmer Überraschungen, Nadia, und ich möchte mir Zeit für dich nehmen.« Er führte ihre Hand zum Mund. »Verbring das Wochenende mit mir.«

Diese Bitte traf sie wie ein Schlag in die Magengrube. Am liebsten hätte sie sofort zugestimmt, aber gerade das machte ihr schon wieder Sorgen. »Das Wochenende mit dir verbringen? Bei dir?«

Er nickte. Sie hatte sich also nicht verhört. »Wenn du am Freitagabend nicht kannst, weil du am Samstagmorgen früh aufstehen musst, dann verbring eben den Samstagnachmittag und den ganzen Sonntag mit mir. Ich verspreche, dass ich dir genug Schlaf gönnen werde. Und falls ich dich doch zu lange wach halte, wirst du immerhin so erschöpft sein, dass du sofort einschläfst.«

»Kane …« Ihre Stimme klang kläglich.

»Möchtest du das Wochenende mit mir verbringen?«

»Machst du Witze? Mein ganzer Körper verlangt nach dir und sagt *Ja, verdammt noch mal.* Aber andererseits befürchte ich, dass ich das nicht durchhalte. Ich brauche wahrscheinlich mehr als nur Multivitaminsaft, um mich zu dopen – vielleicht sogar ein paar Austern.«

Er lachte. »Ich glaube, die wirken nur bei Männern potenzfördernd, aber warum nicht? Ist ein interessantes Experiment.« Er knabberte an ihren Fingerspitzen, bevor er fortfuhr: »Ich weiß nicht, ob es dir aufgefallen ist, aber ich habe weder die

Worte *Sex* noch *Orgasmus* oder *Garten* fallen lassen. Vielleicht will ich dir ja auch einfach nur meine Küche zeigen. Meine Mutter hat ein Rezept für eine japanische Nudelsuppe, das dich zu Tränen rühren wird und nicht wie die billigen Tütensuppen schmeckt, die jeder Student in seinem Küchenregal stehen hat.«

Mit Kane kochen. Die Vorstellung war durchaus ebenfalls verlockend. Wenn er sich den Kochkünsten mit der gleichen Hingabe widmete wie den sexuellen Freuden, würde diese Zeit eine dekadente, erfüllende Erfahrung werden. Der Mann verstand es, ihre Grundbedürfnisse zu befriedigen. Und trotzdem. »Ich glaube aber irgendwie nicht, dass wir länger als eine halbe Stunde im gleichen Zimmer sein können, ohne miteinander zu schlafen.«

Er saugte jetzt an ihrem Zeigefinger, und sie wäre beinahe vom Stuhl gerutscht. »Da hast du vielleicht recht. Wir könnten uns ja vornehmen, es nur im Stundentakt miteinander zu treiben. Heißt das also ja?«

Sie schloss die Augen, um ihrer Erregung Herr zu werden. »Es heißt, ich wünschte, ich könnte, aber ich habe schon andere Pläne.«

»Oh.« Er klang enttäuscht.

Schuldgefühle machten sich in ihr breit. Oder war sie doch selbst enttäuscht? »Wir kennen uns schließlich erst seit ein paar Tagen.«

»Stimmt.« Er küsste ihr Handgelenk, und sie erschauerte. »Ich schätze, ich bin ziemlich fordernd. Aber immerhin will ich dich ja auch gründlich erforschen.«

»Einmal im Monat treten freitagabends die Crimson-Bay-Sexbomben im *Tatas* auf, einem Club. Das sind Burlesque-Tänzerinnen, und Sugar steht auch auf der Bühne. Kommenden Freitag ist es wieder so weit. Ich würde mich freuen, wenn du mich begleiten würdest.«

Verwirrt runzelte er die Stirn. »Ich dachte, das *Tatas* sei so ein Anmach-Schuppen.«

Sie schnaubte. »Ich hätte wissen müssen, dass du so etwas weißt. Ja, normalerweise ist das so. Aber an den besagten Freitagen findet dort eben eine Burlesque-Show statt, mit Sugar im Ensemble.«

»Sugar erwähnst du jetzt schon zum zweiten Mal. Welche deiner Freundinnen ist das? Siobhan?«

»Bingo. Sugar Malloy ist Siobhans Künstlername, und sie ist wirklich gut.« Nadia strich Kane mit ihrer freien Hand über die Augenbrauen. Sie hatte fast völlig vergessen, wie schön es war, eine andere Person zu berühren. Aber bevor sie Kane getroffen hatte, hatte sie auch noch nie so ein überwältigendes Bedürfnis danach verspürt. »Kommst du mit? Wir werfen uns in Schale und hängen zusammen ab. Vanessa kommt auch, obwohl sie normalerweise so einen Laden nie betreten würde. Der harte Kern besteht aus mir, Audie und Jas, meinem Assistenten. Wir sitzen bei Vanessa und verzichten meistens auf Alkohol, damit sie nicht in Versuchung gerät.«

Er musterte sie mit unergründlichem, nachdenklichem Blick. »Braucht Vanessa diese Sicherheit, weil sie alkoholabhängig ist?« Als Nadia nickte, fügte er hinzu: »Würde es ihr was ausmachen, dass du es mir erzählt hast?«

»Glaube ich nicht. Wenn du mit mir zusammen bist, wirst du über kurz oder lang auch mit meinen Freunden zu tun haben. Dann musst du schließlich wissen, was du tun und was du nicht tun darfst, zum Beispiel für alle eine Runde Tequila zu bestellen.«

»Verstehe.« Er blickte immer noch nachdenklich drein. »Ist sie die Einzige?«

»Wir hatten alle unsere eigenen Probleme. Deshalb halten wir zusammen und geben einander Halt. Aber hängen auch verdammt heftig aneinander.«

Sie hielt inne und fragte sich, ob er es sich jetzt vielleicht anders überlegen würde. Der Gedanke ließ sie zwischen Erleichterung und Enttäuschung schwanken. Sie wollte sich weiter mit Kane treffen. Und überrascht stellte sie fest, dass sie auch außerhalb des Schlafzimmers mit ihm zusammen sein wollte. Sie unterhielt sich gern mit ihm. Aber war Kane bereit, sich auch mit ihren engsten Freunden zu treffen? Jeder von ihnen hatte irgendein Problem, und alle mussten damit irgendwie klarkommen. Einige schafften das besser als andere. Manchmal lief alles gut, und manchmal eben nicht.

»Keiner von uns ist perfekt, und wir versuchen, uns gegenseitig so zu nehmen, wie wir sind, ohne einander zu verurteilen, da wir alle noch an uns arbeiten müssen. Kannst du damit umgehen? Es ist nicht schlimm, wenn nicht. Manchmal ist das für Außenstehende zu viel.«

»Ich komm damit klar.« Er küsste sie flüchtig auf die Wange. »Danke, dass du mich einlädst. Ich weiß, dass es dir viel bedeutet und auch nicht einfach für dich ist, mich in deinen Freundeskreis einzuführen.«

Woher wusste er das? »Hast du dich mit Siobhan unterhalten?«

»Warum sollte ich das tun?«

»Weil du sehr entgegenkommend bist«, bemerkte sie und verengte die Augen.

»Natürlich. Es macht mir nichts aus. Und selbst wenn es so wäre: Du bist es wert. Außerdem habe ich den besten Anreiz, um entgegenkommend zu sein.«

Sie lachte. »Schön. Diesen Samstag hab ich Frühschicht und muss auch am Sonntag alles für die kommenden Tage vorbereiten. Aber nächstes Wochenende ist Jas dran.«

»Willst du mir damit sagen, dass du nächstes Wochenende Zeit hast?«

»Ja, genau.«

Er stand auf und sammelte die Teller ein. »Super. Was hältst du davon, wenn ich aufräume, während du die Karten schreibst? Und du darfst dann auch als Erste ziehen.«

»Na gut.« Sie nahm ihr Weinglas und setzte sich wieder an die Frühstücksbar, um die Karten weiter auszufüllen. Sie bemerkte, wie selbstsicher Kane sich in ihrer Küche bewegte. Vielleicht hätte sie das stören sollen, aber tatsächlich fand sie es beruhigend. Sein Selbstvertrauen entspannte sie. Er musste sich nichts beweisen. Er war einfach nur er selbst.

Plötzlich hielt er ihr einen Leinenbeutel entgegen. »Den habe ich unter der Spüle gefunden. Sollen wir ihn für die Karten nehmen?«

»Perfekt.«

Sie sammelte die gefalteten Karten ein und ließ sie in die Tasche gleiten.

Er schüttelte sie und hielt ihr den offenen Beutel wieder hin. »Bereit?«

Ihre Nerven begannen, vor Erregung zu vibrieren, als sie eine Karte herauszog. Sie entfaltete sie, und Kane beugte sich darüber. *»El keurchi«*, murmelte sie. Sicher hatte sie es falsch ausgesprochen. »Die siebzehnte Stellung.«

»Bauch an Bauch im Stehen.« Kane zog sie hoch. »Der Mann und die Frau stehen sich gegenüber; sie öffnet ihre Schenkel; der Mann setzt seine Füße zwischen die der Frau, die ebenfalls etwas nach vorn kommt.«

Er legte die Hände auf ihre Hüften und stellte sich korrekt hin. »Bei dieser Position muss der Mann einen Fuß etwas vor den anderen setzen. Jeder der Liebenden schlingt die Arme um die Hüften des anderen; der Mann führt sein Glied ein, und solchermaßen ineinander verschlungen beginnen beide, sich zu bewegen.«

Nadia stockte der Atem, als sie die Arme um seine Hüften legte. »Das wird nicht so leicht, da ich ein ganzes Stück kleiner bin als du.«

»Dann musst du eben hohe Absätze tragen«, flüsterte er und berührte flüchtig ihre Lippen. »Wenn wir uns am Freitag treffen.«

Er trat einen Schritt zurück. Erst als er seine Bücher wieder in der Ledertasche verstaute, begriff sie, was er da gerade gesagt hatte.

»Freitag? Aber heute ist Mittwoch!«

»Ich habe morgen Abend spät noch eine Vorlesung, und da du vor dem ersten Hahnenschrei aufstehen musst, komme ich morgen nicht vorbei.« Er nahm ihr Gesicht in beide Hände und küsste sie wieder. »Ich möchte nicht, dass deine Arbeit leidet. Ich nehme meine Verantwortung ernst. Außerdem bist du mein einziger Zimtschneckenlieferant.«

Seine Fürsorglichkeit rührte sie, aber froh war sie nicht darüber. Sie konnte durchaus ein paar Tage mit weniger Schlaf auskommen. Doch ihr war klar, dass mindestens sechs Stunden Schlaf schon besser waren. »Schön, dass du so mitdenkst, aber wir müssen nicht …«

»Oh, und keine Selbstbefriedigung ohne meine Erlaubnis.«

»Was?«

Er blickte sie streng an. »Wenn du meinst, es dir selbst besorgen zu müssen, musst du mich vorher anrufen. Aber wenn du bis Freitag wartest, wird es für dich umso schöner.«

»Aber …« Zwei ganze Tage? Er hatte ihre sexuelle »Dürreperiode« mit einem Sturm der Lust beendet, und jetzt wollte er, dass sie zwei ganze Tage enthaltsam war?

Sie öffnete den Mund, um wieder zu protestieren, doch er legte ihr die Hand in den Nacken und zog sie dichter zu sich heran. »Du hast mir deine Orgasmen versprochen, Nadia. Kann ich dir vertrauen?«

Sie sah zu ihm empor, eine Hand auf seiner Brust. Sie hatte nicht erwartet, dass er genau wie sie einen Vertrauensbeweis brauchte. Doch Vertrauen muss beidseitig sein, nicht wahr? »Heißt das, du wirst auch nicht masturbieren?«

»Ja, genau. Wir ziehen das zusammen durch.«

Wenigstens musste sie nicht allein leiden. »Na gut. Dann also bis Freitag.«

Sie konnte nur inständig hoffen, dass sie es so lange aushalten würde.

KAPITEL 9

Nadia und ihre Freunde betraten das *Tatas* auf der Bay Street und setzten sich auf ihre Plätze links vor der Bühne. Eine beträchtliche Menschenmenge stand schon dicht gedrängt im Saal und wartete auf den Auftritt der Crimson-Bay-Sexbomben.

Siobhan war der Gruppe vor circa eineinhalb Jahren beigetreten. Mit ihrer temperamentvollen Art, ihren gefährlichen Kurven, den blaugrauen Augen und ihrem wunderschönen goldblonden Haar war sie mir nichts, dir nichts zum Liebling der Zuschauer avanciert. Warum sie sich diese Bewunderung nicht zunutze machte und sich in heiße Affären stürzte, war stets eine Sache, die sie in ihrem Bitch-Talk diskutierten. Nadia wusste, dass die Wunden ihrer gescheiterten Ehe noch nicht verheilt waren und die Entfremdung von ihrer Tochter sie sehr belastete, aber sie wünschte sich, Siobhan würde das alles endlich hinter sich lassen. Hoffentlich würde ihre Affäre mit Kane Siobhan dazu inspirieren, endlich auch nach vorn zu blicken.

Falls Nadia Kane nicht vorher umbrachte!

Es waren die längsten zwei Tage ihres Lebens gewesen. Während sie am Donnerstagmorgen ihren Verpflichtungen im Café nachgekommen war, hatten sie die Nachwehen ihrer sexuellen Akrobatik eingeholt, und ihre lange vernachlässigten Muskeln hatten protestiert. Am Donnerstagabend hatte sie ein ausgiebiges Bad genommen, sich durch ein langes Telefonat mit ihren Vätern abgelenkt und dann Eintragungen in ihr Entzugstagebuch gemacht. Sie hatte zwar mit Kane telefoniert, ihr Gespräch war aber kurz gewesen, und keiner hatte den anderen darum gebeten, sich selbst befriedigen zu dürfen. Heute Abend war sie deshalb voller Unruhe und konnte es kaum erwarten, endlich sexuell erlöst zu werden.

»Ich dachte, du wolltest heute Abend mit dem Professor kommen«, sagte Jas, der in seiner schwarzen Lederweste und der blauen Perücke einfach fabelhaft aussah. Nadia setzte sich auf einen der reservierten Stühle neben ihm. Seine Freundin Tracy, die einen schwarzen Anzug trug, lächelte zur Begrüßung.

»Ja, und gleich mehrmals, wie ich hörte«, witzelte Audie.

»Der Lauscher an der Wand hört seine eigene Schand«, bemerkte Nadia spitz, bevor sie sich wieder ihren lachenden Freunden zuwandte. »Kane musste kurzfristig noch etwas erledigen. Er kommt später.«

»Du hast ihm doch hoffentlich erzählt, was das *Tatas* für ein Club ist?«, fragte Jas. »Es überrascht mich, dass du nicht am Eingang stehst, um ihn dort abzufangen.«

»Er ist ein erwachsener Mann, er wird schon klarkommen.« Nadia hielt Ausschau nach einem Kellner, weil sie keine Lust hatte, noch weitere Fragen zu beantworten. »Außerdem stelle ich keine Ansprüche an ihn. So läuft das bei uns nicht.«

»Heißt das, dass er außer dir noch andere datet?«, wunderte sich Audie. »Kommt mir nicht wie die Art von Beziehung vor, auf die du stehst.«

»Doch, wir schlafen mit niemandem sonst«, erklärte ihnen Nadia und versuchte währenddessen immer noch, die Aufmerksamkeit eines Kellners auf sich zu ziehen. »Es ist aber noch nichts Ernstes zwischen uns.«

Das konnte sie sich zwar sagen, solange sie hier bei ihren Freunden saß. Oder wenn sie im Café oder allein war. Wenn sie dagegen mit Kane zusammen war und sie beide die gleiche Luft atmeten, gab es anscheinend immer einen Kurzschluss in ihrem Kopf. Dann konnte sie nichts anderes denken, als dass sie mehr von ihm wollte – und zwar so schnell wie möglich. Selbst jetzt spürte sie wieder, wie die Begierde in ihr wuchs und alle anderen Gefühle verdrängte. Wie bei …

Nein. Sie schüttelte den Kopf. Kane zu begehren, war etwas ganz anderes als eine Sucht. Sie tat schließlich niemandem weh, wenn sie mit Kane schlief. Und sie war auf der Hut und wusste, was sie tat. Sie hatte den besten Sex ihres Lebens mit einem Mann, der sie nicht zerstören wollte, um sie hörig zu machen. Der es nicht kompliziert machte. Sobald mehr daraus würde, würde sie gehen. Musste sie gehen.

»Wir haben nur Sex.«

»Okay«, sagte Vanessa besänftigend. »Ihr habt nur Sex und seid kein Paar. Wenigstens macht er seinem Namen alle Ehre.«

Nadia presste die Schenkel zusammen. »Definitiv.«

Audie beugte sich vor. »Habt ihr schon irgendwas Abartiges getan?«

»Audie!« Nadia drehte sich zu ihr um. »Wo bleibt eigentlich der Kellner?«

»Jetzt lenk nicht ab!«, rief die Rothaarige. »Ich muss das einfach fragen, und das weißt du. Der Professor hat seinen Spitznamen sicher nicht, weil er es ständig in der Missionarsstellung macht.«

»Das ist privat«, beharrte Nadia und mied den Blick ihrer Freunde. Sie erzählten sich sonst eigentlich alles, hatten keine Geheimnisse voreinander und nahmen sich gern gegenseitig auf den Arm, doch im Moment war ihr nicht danach. Wahrscheinlich würde sie nie ins Detail gehen, nicht wenn es um Kane ging. Generell über Sex zu reden war okay, aber Details preiszugeben, war ihr zu intim. »Scheiß auf den Kellner, ich gehe jetzt an die Bar. Soll ich jemandem etwas mitbringen?«

Audie bestellte zwei Tequila-Shots. Vanessa lächelte Nadia verständnisvoll zu und bestellte ein Wasser. Als ehemalige Alkoholikerin war Vanessa immer diejenige, die Auto fuhr. Nadia trank meistens auch nichts, und sei es nur, um Audies One-Night-Stands in Grenzen zu halten.

Nadia kämpfte sich zur Bar durch und hielt dabei ihren Rüschenrock fest. Für eine Burlesque-Show war es üblich, in Verkleidung zu kommen. Manche gingen als Saloon-Girls, einige im Fünfziger-Jahre-Look, wieder andere als Steampunks oder Gangster. Nadia trug heute ein weinrotes Korsett mit Kirschblütenmuster über einem schwarzen Rüschen-Minirock, der mehr wie ein Petticoat aussah. Ihren Look rundeten schwarz-rot gestreifte Seidenstrümpfe, Mary-Janes-Plateauschuhe und ein schwarz-roter Fascinator ab. Sie hoffte, dass Kane die Augen aus dem Kopf fallen würden, wenn er sie so sah. Sie hoffte auch, dass er bald auftauchte. Und dass er bereute, nach seiner gestrigen Vorlesung nicht vorbeigekommen zu sein.

Um sich abzulenken – *immer locker bleiben, immer locker bleiben, Mädel* –, bestellte sie an der Bar die Getränke. Doch sie musste ständig weiter an Kane denken und war inzwischen auch etwas ungeduldig.

Er hatte ihr eine Nachricht geschickt und ihr darin mitgeteilt, dass er sie im *Tatas* treffen würde. Eine Uhrzeit hatte er nicht erwähnt, und sie hatte auch nicht nachfragen wollen. Sie musste sich entspannen. Sie wollte cool rüberkommen und ihm zeigen, dass sie nicht zu Hause herumsaß und auf ihn wartete, obwohl sie genau das tat.

»Schau dir die an! Der würde ich es gern mal so richtig besorgen.«

Nadia verdrehte die Augen über die Bemerkung des großen, dunkelhaarigen Mannes, der mit seinen Freunden über den Spruch lachte. Wie uninspiriert. Sie atmete tief ein und war innerlich noch hin- und hergerissen, ob sie den Typen ignorieren oder ihn blöd anreden sollte, als plötzlich eine Stimme hinter ihr sagte: »Das ist aber keine Art, eine Lady zu verführen.«

»Kane.« Nadias Herz klopfte ihr bis zum Hals, als sie sich umdrehte und ihn auf einem Barhocker sitzen sah. Ihr Ärger war wie weggeblasen.

Er war für den Themenabend passend gekleidet mit seinem weinroten Hemd und der schwarzen Nadelstreifenweste mit Taschenuhr und Kette. Dazu trug er eine schwarze, locker sitzende Hose, glänzende schwarze Schuhe und einen schwarzen Filzhut mit rotem Satinband. O ja, sie wäre sofort und stets bereit, seine Gangsterbraut zu sein.

Aber das brauchte er nicht zu wissen. Noch nicht. »Wie würdest du mich denn anmachen?«, fragte sie und ignorierte den Studenten und seine Freunde.

»Ich würde testen, wie wagemutig du bist, und dir eine bessere Alternative anbieten, als es dir nur zu besorgen.«

Sacht nahm er ihre Hand in die seine, und seine dunklen Augen funkelten anerkennend und mutwillig, als er ihren Handrücken zärtlich küsste. »›Das Auge ist voller Verzückung und sendet die Botschaft von Liebe zur Seele; der Kuss, der an der Zunge saugt, sendet die Botschaft vom Glied zur Scheide.‹«

Als Studentin hätte sie über solche Worte gelacht, aber aus Kanes Mund hatten sie auf sie eine ganz andere Wirkung. Ihr Blut raste durch ihren Körper, ihr Geschlecht wurde feucht und schwer. Sie wollte ihn in sich spüren.

»Du hast gewonnen.« Die Glut in Kanes Augen fesselte sie, so dass sie alles um sich herum vergaß.

»Ja, das versuche ich immer.« Kane warf dem Barkeeper einige Dollarscheine hin und legte dann seine Hand an ihren Rücken, wobei seine Finger die Schnürung ihres Korsetts zart berührten. »Besonders wenn der Preis es wert ist, so wie du.«

Nadia seufzte und kämpfte gegen den Drang an, vor Verzückung über den Zauber, den Kanes Hand auf ihrer nackten Haut wirkte, nicht die Augen zu schließen. Bei vielen anderen hätten diese Worte arrogant und angeberisch geklungen, weil nichts dahinter war. Kane hingegen war kein bisschen falsch. »Bist du die ganze Zeit schon hier?«

»Nein, noch nicht lange.« Er zog an ihrer Schnürung, und sie unterdrückte ein Stöhnen. »Was denkst du, Nadia?«

»Dass du gefährlich bist.«

Er beugte sich vor, und seine Lippen wehten hauchzart über ihre Wange. »Was glaubst du denn, dass du bist?« Seine Hände zogen wieder an ihrer Schnürung. »Besonders wenn du so was trägst?«

Seine Berührung und seine Stimme verursachten ein lustvolles sanftes Kribbeln in ihrem Bauch. »Ich hoffe, dir gefällt, was du siehst.«

»Gefallen ist nicht annähernd das, was ich empfinde, wenn ich dich in diesem Korsett sehe.« Sein Zeigefinger fuhr ihr Rückgrat entlang. »Wie lange dauert die Aufführung heute Abend?«

»N-Neunzig Minuten.«

»Dann müssen wir uns neunzig Minuten lang zusammenreißen. Ich weiß nicht, ob ich deswegen weinen oder lachen soll. Es wird definitiv eine Zerreißprobe werden.«

»Was meinst du damit?«

»Das wirst du schon sehen.« Er nahm das Tablett mit den Getränken. »Lass uns zu deinen Freunden gehen.«

Nadia führte ihn durch die Menge zu ihrer Gruppe, nur um festzustellen, dass bloß noch ein Stuhl unbesetzt war. »Super, danke, dass ihr uns was frei gehalten habt.«

Audie lächelte sie entschuldigend an und deutete auf den Typen, der auf einem ihrer Plätze saß. »Ich hoffe, es macht dir nichts aus. Jack …«

»Jace«, korrigierte sie der Fremde und fixierte Audies großzügiges Dekolleté.

»Jace ist allein hier, also habe ich ihm gesagt, er könne neben uns sitzen.«

»Jetzt haben wir aber einen Stuhl zu wenig«, maulte Nadia. Wenn Audie einen Typen abschleppen wollte, vergaß sie alles um sich herum, manchmal sogar ihre Freunde.

Kane löste das Problem, indem er die Getränke hinstellte, sich auf den Stuhl setzte und auf seine Oberschenkel klopfte. »Setz dich hierher.«

Nadia zögerte. Sie wusste, was an dem Abend noch geschehen würde. Audie würde spätestens nach der Hälfte der Vorstellung mit dem Typen rummachen, wenn nicht sogar verschwinden. Aber dagegen konnte sie wohl nichts unternehmen, wenn sie nicht wie eine Bitch rüberkommen wollte.

Nadia war sich nicht sicher, ob sie es neunzig Minuten auf Kanes Schoß aushalten würde. Sie hatte der Begegnung mit Kane innerlich schon in den letzten achtundvierzig Stunden entgegengefiebert und brauchte unbedingt Erleichterung. Sie wusste nicht, ob Audies Sexsucht ein seelisches oder ein körperliches Problem war, aber falls es ihr nur annähernd so ging wie ihr selbst in den letzten beiden Tagen, konnte sie es nachvollziehen.

Kane zog erneut an der Schnürung, um ihre Aufmerksamkeit zu erregen. Sein Gesichtsausdruck war wie ein stiller Befehl. Sofort entspannte sie sich. Immerhin wollte sie den Abend mit ihren Freunden genießen und sich Siobhans Vorstellung ansehen. Audie war eine erwachsene Frau und konnte selbst auf sich aufpassen. Sie brauchte keinen Babysitter.

Nadia setzte sich also auf Kanes Schoß. Da ihr kurzer Rock und ihr Tanga ihren Po kaum bedeckten, spürte sie den weichen Stoff seiner Hose und seine Erektion, die sich gegen ihre Oberschenkel drückte.

Sie wagte kaum, ihn anzusehen. »Es wird für beide von uns eine Zerreißprobe, wie ich schon sagte.« Seine weiche Stimme hüllte sie ein wie in einen Nebel, und sie bekam eine Gänsehaut. »Neunzig Minuten bis zum *el keurchi*. Und jetzt stell mir deine Freunde vor.«

Sie errötete, als sie deren wissende Blicke bemerkte. Die Show sollte erst in einer Viertelstunde beginnen, sie würden Kane also mit Fragen bombardieren. Und natürlich taten sie das. Er reagierte gewandt, unterhielt sich mit Vanessa übers College, befragte Jas über dessen spezielle Kunst der Cupcake-Verzierung, posierte für Fotos. Währenddessen nippte er an seinem eiskalten Getränk und fuhr ihr mit ebenso eiskalten Fingern über den Rücken, so dass ihre Erregung unaufhörlich vor sich hinsimmerte. Aber wenn sie geglaubt hatte, er würde es dabei bewenden lassen, lag sie falsch.

Als die Lichter ausgingen und die Zeremonienmeisterin auf die Bühne kam, verlagerte Kane seine linke Hand. Nadia hielt den Atem an, und ihre Spannung wuchs, als er sie von ihrem Knie über ihren Oberschenkel bis zum Saum ihres Rocks gleiten ließ. Das würde er doch nicht wagen, oder?

Zunächst trat ein derber Komiker auf, der die Menge mit obszönen Witzen unterhielt. Die Menge grölte. Dabei fuhr Kanes Hand unter ihren Rock und zwischen ihre Schenkel. Nadia erstarrte und biss sich auf die Unterlippe, um nicht laut aufzustöhnen, als sein Zeigefinger begann, ihre Klitoris zu stimulieren.

»Kane?«

Er küsste sie auf ihre nackte Schulter. »Ich habe dir verboten, dich selbst zu befriedigen«, flüsterte er ihr ins Ohr. »Ich habe nie gesagt, dass ich es nicht darf. Spreiz die Beine.«

Sie konnte nicht. Sie durfte nicht. Nicht neben ihren Freunden, inmitten der Menge, der Leute auf der Bühne. Aber ... es war dunkel, der Tisch hoch genug, und ihre Freunde waren abgelenkt.

Kane kniff sie in den Oberschenkel. Vor Überraschung zuckte sie zusammen und schrie auf. »Alles klar, Nadia?«, fragte Vanessa, die ihr gegenübersaß.

»J-Ja«, antwortete sie und öffnete die Beine, wie Kane es ihr befohlen hatte. »Ich habe nur einen kalten Luftzug abbekommen.«

Vanessa lächelte. »Kane sollte dich besser warm halten.«

»Ich werde mich mehr anstrengen, Ma'am«, entgegnete er, und seine geschickten Finger bahnten sich erneut ihren Weg unter das dünne Material ihres Tangas. Mit den Lippen streifte er dabei nochmals flüchtig ihre Schulter. »Wenn du willst, dass ich aufhöre, weißt du, was du sagen musst.«

Ihr Safeword. Sobald sie *Zimtschnecke* sagte, würde Kane von ihr ablassen. Doch das wollte sie gar nicht. Vielleicht war sie zu erregt oder schon zu abhängig von ihm, aber allein der Gedanke, dass er ihr hier, mitten im Club, einen Orgasmus bescheren würde, ließ ihren Körper vor Vorfreude erzittern. Sie wollte es. Sie wollte ihn.

Sie sagte also nichts, sondern küsste ihn nur. Er nutzte die Gelegenheit, um seinen Finger in die Feuchtigkeit ihrer Scham zu schieben, und sein Mund erstickte ihr lustvolles Seufzen. »Du bist so wunderbar feucht für mich, Baby«, flüsterte er anerkennend. »Ich glaube, das hier gefällt dir mehr, als du zugeben willst.«

»Ich gebe es zu«, stieß sie hervor. »Dir sage ich es. Ich liebe das, was du mit mir machst.«

»Okay, dann bemühe ich mich weiter. Oh, und Nadia?«

»Ja?«

»Es ist dir noch nicht erlaubt, zu kommen.«

Die anderen Darbietungen nahm sie nur verschwommen wahr, da Kane sie mehrmals fast bis zum Höhepunkt brachte, nur um dann wieder innezuhalten. Es waren neunzig Minuten der köstlichsten Qual, die sie je erlitten hatte. Nie hätte sie vermutet, dass ihr Körper etwas Derartiges so lange mitmachen würde. Als jedoch die Zeremonienmeisterin Siobhan ankündigte, war sie kurz vorm Explodieren.

Die Darbietung begann mit dem Lied »When You're Good to Mama« aus dem Musical *Chicago*. Ein Scheinwerfer war auf den Vorhang gerichtet, der sich langsam teilte und Stück für Stück Siobhan, verkleidet als erotische Gefängniswärterin, enthüllte. In der Hand hielt sie eine Gerte statt des Schlagstocks eines Polizisten. Die Zuschauer waren fast alle Stammgäste. Sie applaudierten, als sie auf die Bühne trat und das Lied mit ihrer wunderbar klaren und starken Altstimme sang, während sie sich mit langsamen Bewegungen Stück für Stück auszog. Beim Crescendo entfernte Sugar ihr letztes Kleidungsstück und enthüllte ihre mit glitzernden Brustwarzen-Pasties besetzten Brüste und einen schwarzen Tanga, dem Standard-Outfit des *Tatas*.

Nadia sprang vor Begeisterung auf, klatschte und feuerte Siobhan an, als diese Handküsse in die Menge warf und die Bühne verließ. Sie drehte sich zu Kane um. »Ist sie nicht phantastisch?«

»Das ist sie.« Er umfasste ihre Taille und zog sie wieder auf seinen Schoß. »Sie hat eine wunderschöne Stimme.«

»Klar«, schnaubte sie ungläubig. Wenn Siobhan und sie nebeneinanderstanden, hatten die Männer immer nur Augen für ihre Freundin. Im Vergleich zu deren beeindruckender Oberweite war Nadia fast flachbrüstig. Sie beneidete ihre Partnerin nicht darum, es war einfach so. Dass Kane allerdings so zurückhaltend reagierte, während jedem anderen Mann im Raum die Zunge bis zum Boden hing, war verdächtig. »Mehr ist dir nicht aufgefallen?«

Er durchbohrte sie förmlich mit seinem Blick. »Ich war fingertief in der Muschi einer heißen Frau. Verzeih mir, dass ich abgelenkt war.«

»Ah … oh.« Seine direkte Antwort nahm ihr den Wind aus den Segeln. »Okay, entschuldige.«

Sein Gesicht wurde wieder sanft. »Du wirst es wiedergutmachen.« Er sah auf die Uhr. »In fünfzehn Minuten.«

Es war die längste Viertelstunde ihres Lebens. Zunächst verkündete die Zeremonienmeisterin das Ende der Show, und die Lichter gingen wieder an. Erst jetzt bemerkte Nadia die beiden leeren Plätze neben ihr. »Sieht aus, als sei Audie schon abgehauen«, sagte sie und konnte ihr Bedauern nicht unterdrücken.

»So ist sie eben«, erwiderte Vanessa und stand auf. »Ich mache mich jetzt auch vom Acker. Ich bin wirklich müde nach dem langen Arbeitstag. Kane, es macht dir doch nichts aus, Nadia nach Hause zu bringen?«

»Natürlich nicht.« Seine Hand lag warm auf ihrem Rücken, als er ihr beim Aufstehen half. »Es war nett, dich offiziell kennengelernt zu haben.«

»Gleichfalls, Professor.«

»Hättet ihr Lust, mit uns noch unten tanzen zu gehen?«, wandte sich Tracy an Kane und Nadia.

»Ich hab morgen Frühschicht«, antwortete Nadia. Sie wollte ihren Assistenten und seine Freundin nicht enttäuschen, aber sie war nicht in der richtigen Stimmung zum Tanzen. »Beim nächsten Mal gern.«

»Willst du dich von Siobhan verabschieden, bevor wir gehen?«, fragte Kane.

»Nach der Show ist sie meist schwer mit Fotos und Autogrammen beschäftigt. Sie hat hier nämlich so etwas wie einen Fanclub. Ich schreibe ihr, dass ich schon nach Haus gefahren bin.«

»Tu das. Du hast nur noch zehn Minuten.«

Sie nahm ihr Handy aus ihrer kleinen Umhängetasche und verschickte die Nachricht. Im Anschluss geleitete Kane sie aus dem Club und über die Straße auf das Parkdeck. »Wie lange dauert es noch?«, fragte sie, als sie an seinem Auto anlangten.

»Sieben Minuten.« Er öffnete die Beifahrertür.

Sie wartete, bis er neben ihr saß, und sagte dann: »Ich bringe das mit der Wiedergutmachung besser mal schnell hinter mich.«

Bevor er sie davon abhalten konnte, hatte sie schon den Reißverschluss seiner Hose geöffnet und entdeckte, dass er immer noch hart war. Sie streichelte ihn, schob seine Vorhaut zurück und beugte sich über ihn, um ihn mit dem Mund zu befriedigen, wovon sie schon seit zwei Tagen träumte.

»Himmel noch mal, Nadia!« Seine Hüften bäumten sich ihr entgegen, und sein Penis wogte tief in ihre Kehle, während seine Hände sich in ihrem Haar vergruben.

Sie sah auf, um Luft zu holen. »Warte. Ich bin noch mittendrin.«

Er ließ den Wagen an, und sie labte sich weiter an seinem köstlichen Schwanz. Sie entdeckte, wie er sich in ihrem Mund anfühlte und wie er schmeckte. Sein Atem ging stoßweise, und eine Welle der Lust erfasste sie.

»Du liebst es, mich an die Grenze zu bringen, stimmt's?«, stieß er hervor. »Fast so sehr, wie ich es bei dir liebe.«

Sie summte zustimmend und fuhr mit der Zunge über seinen langen Schaft, ehe sie sie wieder über die Eichel wirbeln ließ. Ja, sie liebte es, wenn er durch sie jegliche Kontrolle verlor, wenn sie ihn an den gleichen Rand des Abgrunds führte, an dem sie stand, einen Herzschlag entfernt vom freien Fall. Ihr Tanga war völlig durchnässt, also zog sie ihn mit einer Hand herunter. Sie musste irgendetwas tun, irgendwas, um ihr Verlangen zu stillen, das nicht nachgelassen hatte, seit sie Kane im Club entdeckt hatte.

»Verdammt.« Kane zog sie von sich fort. Das Auto kam ruckartig zum Stehen, ungestüm parkte er ein und stellte den Motor aus. »Komm.«

Sie stieg ohne seine Hilfe aus und wollte gerade zum Aufzug laufen, als sie innehielt und das unbekannte Gebäude musterte. »Das ist ja gar nicht mein Haus.«

»Ich weiß. Das ist das Parkdeck von meiner Wohnung.« Er legte ihr sein Jackett um die Schultern, zog sie in eine dunkle Ecke des Treppenhauses und presste ihren Rücken gegen die Wand.

Nadia keuchte, als ihr klarwurde, was er vorhatte. »Hier?«

»Du wagst es, mir im Auto einen zu blasen, traust dich aber nicht, *el keurchi* hier zu praktizieren?« Er griff unter ihren Rock und steckte zwei Finger in sie, um sie noch mehr zu erregen. »Sei mutig, Nadia. Begehre mich, wie ich dich begehre.«

Sei mutig. Genau das wollte sie ja. Sie musste ihre Erfahrungen und Wünsche ausleben. In diesem Moment brauchte sie ihn so sehr in sich wie die Luft zum Atmen.

Ihre Unsicherheit fiel von ihr ab, als sie ihre Hand um seinen erigierten Schwanz legte. Er hatte sich nicht die Mühe gemacht, ihn wieder in seine Hose zu stecken, was ein Zeichen dafür war, dass sie ihn wirklich an seine Grenze gebracht hatte. Er stöhnte, als sie mit seiner Eichel an ihrer feuchten Muschi entlangfuhr, um ihn mit ihrem Körpersaft zu benetzen und ihr beider Verlangen noch weiter zu steigern.

»Nadia …« Kanes Stimme war nur ein tiefes warnendes Grollen. Er schob seine Hüften nach vorn, wogte durch ihre Hand hindurch und versank in ihr.

»Hände auf meine Hüften, Baby«, befahl er, verlagerte sein Gewicht, und seine Hände umfingen ihren Hintern unter dem Rock. »*El keurchi,* Bauch an Bauch, Gesicht an Gesicht, Lippen an Lippen. Umfang mich, Baby. Umfang mich mit deiner süßen Muschi.«

Ihre Scham umschloss ihn, und er brandete ihr entgegen, entfachte ein Feuer in ihren Adern; die Begierde drohte sie zu verschlingen. Dieser Mann, die Intensität, das Risiko, entdeckt zu werden, das alles war ein einziges schwindelerregendes Aphrodisiakum. Sie bewegten sich in einem wilden, zuckenden Tanz des Verlangens, der nur auf ein einziges Ziel zusteuerte.

Viel zu früh spürte sie es, fühlte, wie der Orgasmus in ihr emporstieg. »Kane«, keuchte sie, und dann schien ihr Innerstes zu explodieren.

Seine Lippen prallten auf die ihren, verschluckten ihren Schrei, als sie kam. Seine Finger vergruben sich in ihrem Po, und bei jedem ungezügelten Stoß schlugen ihre Schultern gegen die Betonmauer. Er kam mit heiserem Stöhnen und vergrub sich so weit in ihr, wie es ging; sein Körper wurde von wilden Krämpfen geschüttelt, als er sich tief in ihr ergoss.

Nach einem langen Augenblick entzog er sich ihr. »Geht es dir gut?«

»Mehr als gut.« Sie streichelte seine Wange. »Und dir?«

»Ich habe vergessen, ein Kondom zu benutzen.« Er schloss den Reißverschluss seiner Hose und richtete seine Kleidung. »Ich habe das verdammte Kondom vergessen.«

»Wir haben uns doch beide gesagt, dass wir gesund sind«, erinnerte sie ihn. »Wir sind beide clean, und ich lasse mir Spritzen zur Empfängnisverhütung geben. Alles ist gut.«

»Ja, wir beide zusammen sind gut.« Er atmete aus und brachte sie wieder zum Auto. »Es ist unheimlich, wie sehr ich bei dir die Kontrolle verliere, Nadia Spiceland.«

Sie lachte gequält. »Das klingt ja fast, als sei das etwas Schlechtes.«

»Weiß ich noch nicht.« Er ließ den Motor an. »Im Moment geht es mir aber zu gut, um darüber nachdenken zu können.«

KAPITEL 10

Daddys!«

Überrascht und erfreut ließ Nadia ihre Väter in ihre Wohnung. Victor Spiceland nahm sie in seine bärenstarken Arme und wirbelte sie herum, bis ihr schwindelig war und sie kichern musste. »Kaum zu glauben, dass ihr hier seid. Ihr wolltet doch erst nächsten Monat vorbeikommen!«

»Wir hatten gerade etwas Zeit«, erklärte Nicholas Spiceland, nahm sie ebenfalls in den Arm und gab ihr einen Kuss auf die Stirn.

»Wir hatten hier in der Nähe zu tun«, beteuerte Victor gleichzeitig.

Nadia trat einen Schritt zurück und stemmte die Hände in die Hüften. »Aha, ihr hattet also Zeit und wart zufällig in der Gegend. Ich bin vielleicht nur Konditorin und keine Ingenieurin, aber selbst ich weiß, dass San Francisco über hundertfünfzig Kilometer von hier entfernt und nicht gerade in der Nähe ist.«

»Was denn? Können wir unsere Lieblingstochter nicht einfach mal besuchen?«, fragte Victor, und seine braunen Augen funkelten.

»Ich bin eure einzige Tochter«, erinnerte sie ihn belustigt und verärgert zugleich. »Also, was ist los?«

»Wir konnten ja leider an deinem Geburtstag nicht da sein«, erklärte Nicholas mit seiner sanften Stimme, mit der er sie immer schon beruhigt und wieder zur Besinnung gebracht hatte.

Er legte seinen Mantel ab und nahm dann Victors entgegen, während Nadia die Tür hinter ihnen schloss. »Daher haben wir umdisponiert und früher mit unserer Familientour angefangen.«

Als sie zusah, wie er beide Mäntel an die Garderobe hing, ging ihr das Herz auf. Ihre Väter – also eigentlich die ganze Spiceland-Familie – waren ihr Anker. Sie waren nach dem Unfall, als sie im Krankenhaus wieder das Bewusstsein erlangt hatte, bis zu dem Tag, an dem sie die Entzugsklinik verlassen hatte, bei ihr gewesen und hatten sie nach der Entziehungskur unterstützt. Sie hatten ihr geholfen, ihr Leben wieder in den Griff zu bekommen, hatten die Selbsthilfegruppe Narcotics Anonymous für sie aufgespürt und sie sogar zu Gesprächen begleitet.

So begeistert sie gewesen waren, dass sie Los Angeles nach ihrer Entziehungskur verlassen wollte, so traurig waren sie gewesen, dass sie nicht nach San Francisco zurückkehren, sondern woanders einen Neuanfang wagen wollte. Mehr als ein Jahr hatte es gedauert, bis sie ihre Entscheidung, nach Crimson Bay zu ziehen, akzeptiert hatten. Aber irgendwann hatten sie eingesehen, dass diese Kleinstadt für Siobhan und sie Wunder gewirkt hatte. Außerdem lebten sie ja nur zwei Stunden entfernt. Jeder Tag ohne die Tabletten hatte aus ihr einen neuen Menschen gemacht, denn sie war auf dem besten Weg gewesen, ihr Leben zu zerstören. Hier war sie am richtigen Ort, und das wussten sie.

»Hier läuft alles bestens, Dad«, sagte sie nun und drückte ihn noch einmal, bevor sie in die Küche gingen. »Wir haben doch eigentlich dauernd telefoniert.«

»Er macht sich eben Sorgen«, sagte Daddy Vic und tätschelte liebevoll die Schulter seines Partners. Die beiden waren seit ihrer Collegezeit zusammen, und obwohl Nadia als Kind immer die Augen verdreht hatte, wenn sie in aller Öffentlichkeit Zärtlichkeiten austauschten, bewunderte sie ihren Umgang miteinander sehr. »Er musste sich persönlich davon überzeugen.«

»Ja, ich mache mir Sorgen«, stimmte ihm Nicholas zu. »Und Vic ist ganz hibbelig. Er war erst wieder ruhiger, als wir uns auf den Weg machten.«

Nadia sah die beiden Männer an, die sie am meisten auf der Welt liebte. Nicholas Spiceland war immer der Zurückhaltende von beiden gewesen. Er war groß und still und immer für sie da. Seine strenge Art stand im krassen Gegensatz zu Victor. Der war einen Kopf kleiner, hatte dafür aber breitere Schultern und trug stets das Herz auf der Zunge. Für Nadia war Victor wie ein sprechender Teddybär, der sie ständig in den Arm nahm und ermutigte.

Victor war derjenige gewesen, zu dem sie bei aufgeschlagenen Knien oder gebrochenem Herzen gerannt war. Nicholas hingegen war der Vater, den sie auf keinen Fall enttäuschen wollte. Er war damals dagegen gewesen, dass sie an dem Kochwettbewerb im Reality-TV teilnahm, aber er hatte sie dennoch unterstützt. Als sie gesiegt und ihre eigene Show bekommen hatte, war er ihr größter Fan gewesen. Sie hatte Nicholas nur ein einziges Mal weinen sehen, damals im Krankenhaus nach ihrem Autounfall, bei dem ihr Manager gestorben war und sie beinahe ebenfalls. Ihren sonst so ausgeglichenen Vater so am Boden zerstört zu sehen, hatte ihr damals wahnsinnige Schuldgefühle bereitet, die sie immer noch nicht abgeschüttelt hatte. Nie wieder wollte sie ihren Vätern so viel Kummer machen.

»Mir geht es gut. Und ich habe meine Mädels hier. Wir unterstützen und helfen uns gegenseitig.«

»Wie geht es den anderen?«, fragte Victor, während er den Inhalt ihres Kühlschranks inspizierte. Er war immer der Meinung gewesen, dass eine gute Mahlzeit jedes Problem lösen konnte, besonders wenn man sie mit Freunden oder der Familie einnahm. Durch seine Begeisterung für gutes Essen und die gemeinsam verbrachte Zeit mit ihm und Nana Spiceland in der Küche war die Entscheidung, ein Café zu eröffnen, eigentlich wie von selbst gekommen.

»Ihnen geht es gut. Ich gehe davon aus, dass ihr über Nacht bleibt?«

»Nur, wenn wir nicht stören«, sagte Nicholas.

»Natürlich bleiben wir«, stimmte Victor ein.

Nadia schüttelte lachend den Kopf. »Ich glaube, ihr macht das extra, um uns auf Trab zu halten. Stehen eure Taschen noch im Treppenhaus?«

»Sie sind im Auto«, erwiderte Nicholas. »Wir können uns aber auch ein Zimmer in dem Bed & Breakfast auf der Bay Street nehmen, wenn du was anderes vorhast.«

»Ich war gerade beim Sport und wollte mich jetzt um die Speisekarte für nächste Woche kümmern.« Sofort hatte sie Kanes Gesicht vor Augen. An Samstagnachmittagen machte sie gewöhnlich Besorgungen, und sonntags plante sie die nächste Woche, aber jetzt hatte sie eigentlich mit dem Gedanken gespielt, Kane beim Wort zu nehmen und das restliche Wochenende bei ihm zu verbringen. Obwohl sie sich liebevoll voneinander verabschiedet hatten, war sie etwas verstört über Kanes Reaktion nach dem Sex im Parkhaus gewesen. Sie wollte sichergehen, dass alles in Ordnung war.

»Woran denkst du, Prinzessin?«, fragte Victor. »Kommen wir doch irgendwie ungelegen?«

Beide Männer schauten sie erwartungsvoll an. Die Schmetterlinge in ihrem Bauch tanzten wie wild durcheinander. Auf keinen Fall konnte sie ihren Vätern von Kane erzählen. Was hätte sie ihnen auch sagen sollen? *Hey, also da gibt es diesen coolen Typen, der in meinem Café aufgetaucht ist, und den ficke ich, wann immer ich kann.* Ja, tolle Idee. Das ging gar nicht.

»Ach, nichts, ich dachte gerade ans Café, wie gesagt. Vielleicht kann ich die Mädels heute Abend zu einem spontanen Abendessen zusammentrommeln.«

»Es wäre toll, sie wiederzusehen«, bestätigte Victor. »Vielleicht können wir euch anschließend in eure Lieblingsbar einladen.«

»O nein.« Nadia schüttelte nachdrücklich den Kopf. »Ganz sicher mache ich keine Kneipentour mit meinen Vätern.«

Victor grinste über ihr Unbehagen. »Warum denn nicht? Das wäre doch lustig. Und wir könnten mal etwas Abwechslung brauchen.«

»Das glaube ich gern«, stimmte sie ihm zu. »Aber nicht mit mir. Geht lieber allein aus.«

»Du könntest doch mit uns zusammen irgendwohin gehen, und wir trennen uns an der Tür«, schlug Victor vor. »Schließlich liegt es uns fern, unsere Lieblingstochter davon abzuhalten, heiße Typen abzuschleppen.«

»Zum einen bin ich immer noch eure einzige Tochter«, entgegnete sie automatisch. »Und zum anderen muss ich nicht nach heißen Typen suchen. Wenn ihr wirklich ins *Tatas* mitkommen wollt, muss ich den Polizeichef anrufen und ihm einen Tipp geben, dass meine Väter in der Stadt sind und meine Freundinnen dazu ermutigen, sich danebenzubenehmen.«

»Vic, ich dachte, wir wollten zusammen ausgehen und nicht Kindermädchen spielen«, sagte Nicholas. »Du weißt doch, wie die Mädels sind. Die werden total ausrasten, wenn wir mit dabei sind.«

»Natürlich, das macht es ja gerade so lustig!«

Die Zuneigung beruhte auf Gegenseitigkeit. Ihre Dads hatten die anderen Mädels nämlich gleich mit unter ihre Fittiche genommen. Ihre Freundinnen waren genauso gaga, wenn es um ihre Väter ging, wie die verrückt nach ihren »Adoptivtöchtern« waren. Nadia hatte nichts dagegen. Sie wusste, wie wunderbar ihre Väter waren, und da Siobhans Vater vor Jahren gestorben war, Audie den ihren nicht kannte und Vanessa ein angespanntes Verhältnis zu ihrem Dad hatte, war sie froh darüber, dass sie eine Art Vaterrolle bei ihnen übernahmen.

»Wie geht es Audie?«, fragte Nicholas. Von all ihren Freundinnen sorgte sich Nicholas am meisten um sie. Sie war die Jüngste von allen, bei der er die heftigsten Vatergefühle entwickelte.

»Ich weiß es nicht genau, Dad«, antwortete Nadia seufzend. »Es scheint ihr durchaus gutzugehen, aber ... ich mache mir trotzdem Sorgen um sie. Ich glaube, sie ist noch nicht am Tiefpunkt angekommen.«

Nicholas runzelte die Stirn. »Ich dachte, Siobhan und du hättet einen guten Einfluss auf sie.«

»Ja, schon«, antwortete sie und freute sich insgeheim darüber, dass er sie überhaupt für einen guten Einfluss hielt. »Mir geht es allerdings noch nicht gut genug, um irgendjemandem wirklich beizustehen. Ihre Probleme unterscheiden sich auch sehr von meinen, aber ich hoffe, dass Siobhan und ich gute Vorbilder für sie und alle anderen sind.«

»Mehr kannst du nicht tun, Kleines«, sagte Victor und zog sie an sich. »Das und dass du ihr beistehst, wenn sie um Hilfe bittet. Zwingen kannst du sie nicht.«

»Da hast du recht.« Audie war heute Mittag ins Café gekommen und hatte eigentlich ausgesehen wie immer. Nadia musste akzeptieren, dass Audie auf sich selbst aufpassen konnte.

Sie blies sich die Ponyfransen aus der Stirn und wechselte das Thema, um von der Freundin abzulenken. »Da wir gerade von Menschen mit Problemen sprechen. Ihr sagtet, ihr seid auf Familientour. Ich gehe also davon aus, dass ihr anschließend nach San Diego fahrt und Sergey besucht?«

»Ja.« Victor schüttelte den Kopf, und das Lächeln erstarb auf seinen Lippen. »Ich glaube nicht, dass es ihm so gut geht, wie er behauptet.«

Ihr ältester Bruder hatte gerade erleben müssen, dass seine Ehe mit seinem Highschool-Schwarm ohne Vorwarnung in die Brüche gegangen war. Trotz seiner Bemühungen hatte er seine Frau nicht davon überzeugen können, bei ihm zu bleiben.

»Armer Sergey.« Sie fühlte sich auf einmal ziemlich mies, weil sie seit über einer Woche nicht mit ihm telefoniert hatte. »Steht es sehr schlimm um ihn?«

»Jane hat letzte Woche ihre Sachen geholt«, antwortete Nicholas. »Ich glaube, solange die noch da waren, hat er gehofft, dass sie ihre Meinung doch noch ändert. Es nimmt ihn sehr mit.«

»Es ist wirklich kaum zu glauben, dass sie ihn nach all den Jahren verlassen hat. Sie waren fast zwanzig Jahre zusammen. Sie müsste doch wissen, dass er sie für die Fehlgeburten nicht verantwortlich macht.« Sergey und seine Frau hatten jahrelang versucht, ein Kind zu bekommen, aber jeder Versuch war nur schmerzlich gescheitert. Nadia hatte erwartet, dass sie es mit Adoption oder einer Leihmutter versuchen würden, doch die ständigen Enttäuschungen hatten offenbar Spuren hinterlassen, und so war ihre Ehe zerbrochen.

»Ich weiß«, sagte Nicholas. »Wahrscheinlich waren Kummer und Schuld schließlich stärker als die Liebe. Sergey muss das alles erst mal verarbeiten. Wir glauben, dass ein Tapetenwechsel ihm jetzt ganz guttäte.«

»Vielleicht sollte er hierherkommen. Diese Stadt ist wie ein Heilmittel für Menschen, denen es schlechtgeht. Ich werde ihn anrufen und ihn fragen, ob er mich besuchen möchte.«

Sergey war für sie da gewesen, als ihr Leben nur noch ein Scherbenhaufen gewesen war. Obwohl er bei der Polizei von

San Diego arbeitete, hatte er sie nicht verurteilt, als ihre Suchtkrankheit ans Licht kam.

»Dafür wäre er dir wahrscheinlich dankbar, aber du darfst ihn nicht drängen, okay?«

»Mach ich nicht.« Zumindest nicht allzu sehr. Sie konnte es nicht ertragen, wenn jemand aus ihrer Familie litt. Sie würde für ihren Bruder tun, was sie konnte.

»Und bei Anton ist wahrscheinlich alles wie immer, oder?«

Victor schnaubte. »Du meinst, dass er sich immer noch aus Wolkenkratzern und Flugzeugen stürzt? Ja, das tut er.«

Nadias Bruder Anton war ein sehr gefragter Hollywood-Stuntman, und wenn er nicht am Set war, entspannte er sich beim Fallschirmspringen oder Drachenfliegen. Er war ein echter Adrenalin-Junkie, der nach dem Motto lebte: »Ausruhen kann ich mich, wenn ich tot bin.« Da er immer unterwegs war, war der Versuch, ihn ans Telefon zu bekommen, ein reines Glücksspiel.

»Und jetzt reden wir mal über dich, Lieblingstochter.« Victor warf ihr einen Blick zu, während er ihre Küche weiter nach Essbarem durchstöberte. »Datest du jemanden?«

Sie versuchte gerade, die Weinflasche zu öffnen, die sie aus dem Kühlschrank genommen hatte. »Wie bitte?«

Nicholas fing die Flasche, die ihr aus der Hand zu rutschen drohte, gerade noch auf. »Anscheinend ja. Ich hab schließlich genau gehört, wie du erklärt hast, keine Typen in einer Bar mehr aufreißen zu müssen.«

»Du hättest Privatdetektiv werden sollen und nicht Bauingenieur«, beschwerte sich Nadia. »Jetzt weiß ich wenigstens, woher Sergey das hat.«

Victor zog die Augenbrauen in die Höhe. »Hat er recht?«

Nadia seufzte. Jetzt würden sie sie in die Mangel nehmen wie schon seit Jahren nicht mehr. »Ja, er hat recht.«

Nicholas konzentrierte sich auf das Öffnen der Weinflasche, während Victor sich an die Küchentheke lehnte und sie mit seinem neugierigen Blick durchbohrte. Diese Guter-Dad-böser-Dad-Nummer hatten sie in den vierzig Jahren, in denen sie sie und ihre beiden älteren Brüder aufgezogen hatten, geradezu perfektioniert. Victor stellte die Fragen, während Nicholas' Schweigen einen einschüchterte, ohne dass er sich groß darum bemühte.

Diese Kombination war ihre Geheimwaffe – sie schuf eine Art väterliches Energiefeld, das sie und ihre Geschwister Dinge gestehen ließ, die sie eigentlich unbedingt verschweigen wollten. Ja, sie hatte Billy Robertson vors Schienbein getreten, aber er hatte es verdient. Ja, sie hatte eine Zigarette geraucht, sich allerdings nach dem ersten Zug schon übergeben. Ja, sie war suchtkrank.

Sie sah die beiden an. Sie hatten schon nach ihrem ersten Date gewusst, dass sie zusammenbleiben würden, zumindest erzählten sie das, und sich direkt nach dem College ein Haus gekauft. Sie und ihre Brüder hatten die gleiche Leihmutter. Sergey sah exakt so aus wie Nicholas. Er hatte die gleiche Größe, das gleiche goldbraune Haar, die gleiche Augenfarbe und das gleiche analytische Denken. Anton war das Sandwich-Kind und wie eine Brücke zwischen den beiden Männern. Er besaß Victors gesellige Art, war aber genauso groß wie Nicholas. Und jeder, der Nadia ansah, wusste, dass sie Victors kleines Mädchen war, denn sie war ihm wie aus dem Gesicht geschnitten.

»Okay«, sagte Victor in das Schweigen hinein. »Du hattest nun genug Zeit, dir eine Geschichte zurechtzulegen. Erzählst du sie uns jetzt?«

»Nein, aber ich weiß, dass ihr beide mich nicht in Ruhe lassen werdet, bis ich es tue. Vielleicht sollten wir drei doch allein zu Abend essen, damit es keine Zeugen gibt, wenn ihr mich ins Kreuzverhör nehmt.«

»Seit wann ist eine Unterhaltung mit der Lieblingstochter ein Kreuzverhör?«

Nicholas reichte ihr ein halbvolles Glas Rotwein, und sie schaffte es sogar, nicht die Augen zu verdrehen. Sie wusste, dass er das Glas absichtlich nur zur Hälfte gefüllt hatte, besonders da er und Victor volle Gläser hatten und die Flasche noch nicht leer war. Alkohol war allerdings nie ein Problem für sie gewesen; gegen einen kleinen Schwips hatte sie nichts einzuwenden, aber der Kontrollverlust bei mehr war ihr zuwider. Dass er sich immer noch Sorgen um sie und ihren Konsum von Genussmitteln machte, rührte und verärgerte sie gleichermaßen.

»Dad, du solltest dich mehr um die Koffein- und Kohlenhydratmenge, die ich zu mir nehme, sorgen als um meinen Alkoholkonsum«, beschwerte sie sich – bemüht, einen unbeschwerten Ton anzuschlagen. »Ein Glas Wein pro Tag ist meine Obergrenze, und normalerweise trinke ich sowieso nur Alkohol, wenn ich Besuch habe.«

»Ich mache mir tatsächlich Gedanken darüber, wie viel Koffein und wie viele Kohlenhydrate du zu dir nimmst«, antwortete Nicholas und warf ihr aus seinen dunklen Augen einen liebevollen Blick zu. »Ich sorge mich auch um deinen Cholesterinspiegel, deinen hohen Blutdruck, und ich frage mich, ob du genug isst und genug schläfst. Ich bin aber besonders besorgt, weil du eine einfache Frage nicht beantworten willst. Du triffst dich doch nicht mit einem verheirateten Mann, oder?«

»Nein.« Sie hielt seinem Blick so lange stand, bis er zufrieden nickte. »Es gibt eigentlich nicht viel zu erzählen. Es läuft erst seit einer Woche.«

Victor legte einige Lebensmittel auf die Küchentheke. »Du weißt, wie es beim Militär heißt«, erinnerte er sie. »Name, Rang, Erkennungsmarke, wann, wo und wie.«

»Ich werde euch alles erzählen, was ihr wissen müsst, wenn ich aus der Dusche komme und etwas Angemesseneres angezogen habe.« Sie warf einen Blick auf die Arbeitsplatte. »Sag nicht, es gibt heute Abend Überraschungs-Truthahn-Tetrazzini?«

»Aber das ist doch dein Lieblingsgericht!« Victor nahm sich einen Topf und eine Pfanne, die über der Kochinsel hingen.

»Ja, das war es, als ich zehn Jahre alt war. Und dann habe ich herausgefunden, was es mit der Überraschung auf sich hatte.« Sie wandte sich an Nicholas. »Wie wäre es stattdessen mit etwas von Uncle Foo?«

Das Lächeln ihres Vaters war warm und herzlich. »Sehr gern. Da gibt es die allerbesten Frühlingsrollen.«

»Hey.« Victor wandte sich zu ihnen um. »An meinem Tetrazzini ist nichts auszusetzen.«

»Natürlich nicht«, sagte Nicholas zu seinem Ehemann mit noch liebevollerem Blick. »Aber heute Abend essen nur wir drei. Sparen wir uns die Kocherei doch für ein andermal auf.«

»Vielleicht hast du ja recht«, gab Victor nach.

Dann strahlte er wieder. »Aber ich wette, die Tetrazzini sind fertig, noch bevor das Essen von Uncle Foo hier ist.«

»Diese Wette gehe ich ein«, sagte Nadia und öffnete die Schublade, in der Flyer von verschiedenen Lieferservices lagen. »Alle wie immer?«

»Ich rufe an«, sagte Nicholas und nahm ihr den Flyer aus der Hand. »Warum gehst du dich nicht umziehen?«

Es hatte sowieso keinen Zweck zu protestieren. »Bin sofort wieder da.«

Sie stieg die Treppe hinauf und war erleichtert, dass sie Kane nicht angerufen hatte. Sie hatte schon keine Lust, mit ihren Vätern über den neuen Mann in ihrem Leben zu reden, aber zu einem Zusammentreffen war sie noch viel weniger bereit. Das hätte sie nicht überlebt.

KAPITEL 11

Kane pochte an Nadias Tür und fragte sich, ob es wirklich geschickt war, unangekündigt vorbeizukommen. Er hatte seit gestern Abend nichts von ihr gehört, und obwohl er wusste, dass sie tagsüber im Café zu tun hatte, wollte er sie sehen. Verdammt, er *musste* sie sehen. Obwohl sie sich noch nicht lange kannten, war sie wie ein wütendes Fieber, ein brennendes Verlangen, das seinen Körper schüttelte und einfach nicht nachlassen wollte.

Bei ihr verlor er die Kontrolle. Und das gefiel ihm gar nicht. Sein Leben und seine Karriere fußten auf harter Arbeit und Willenskraft, darauf, dass er stets die Oberhand behielt. Obwohl er eine Schwäche für abenteuerlustige Frauen hatte, wurde das erotische Spiel immer nach seinen Regeln durchgeführt und endete auch danach. Mit heraushängendem Penis über ein Parkdeck zu laufen, weil er zu geil war, um es noch bis nach Hause zu schaffen, widersprach seiner Natur. Aber verdammt, es war so gut gewesen.

Nadia raubte ihm jede Selbstbeherrschung, er wusste nur nicht, wie sie das schaffte. Ihre sexuelle Neugier, ihre Hingabe, ihre Geschicklichkeit, ihre Intelligenz, ihre Schönheit – all das machte sie zu einer starken Frau, obwohl sie sich nicht dafür hielt. Seiner Meinung nach musste jeder, der etwas Vergleichbares wie sie in Hollywood erlebt hatte und gestärkt daraus hervorgegangen war, Rückgrat haben. Er bewunderte sie. Er begehrte sie.

Aus der Wohnung hörte er ein tiefes männliches Lachen. Was zum Teufel war da los? Sie hatten zwar nicht explizit vereinbart, einander treu zu sein, trotzdem war er davon ausgegangen, dass sie niemand anders datete, genauso wenig wie er. Wann hatte sich das geändert, und warum hatte sie ihm nichts davon gesagt? Er kannte seine Konkurrenz gern, wenn auch nur, um sie in Augenschein zu nehmen und auszustechen.

Er wappnete sich innerlich und klingelte. Schon bald darauf öffnete sich die Tür. Sein »Konkurrent« war ein hochgewachsener älterer Mann mit goldbraunem Haar, in dem schon die ersten grauen Strähnen zu sehen waren, braunen Augen und verschlossener Miene, die Kane auf der Stelle wachsam sein ließ. Er hielt ein Glas Rotwein in der Hand und stellte eine lässige Vertrautheit zur Schau, die ihn ärgerte.

»Wer hat da geklingelt?«, rief Nadia. »Ist das unser Ersatzabendessen?«

»Weiß ich noch nicht.« Der Mann drehte sich wieder zu Kane um. »Wer sind Sie?«

»Kane Sullivan.« Kane streckte ihm die Hand entgegen. »Und Sie sind?«

»Nicholas Spiceland.« Der ältere Mann nahm das Weinglas in die Linke und ergriff Kanes Hand. »Nadias Vater.«

Nadia eilte zur Tür und blieb ruckartig stehen. »Oh, Kane!« Sie errötete bis in die Haarspitzen und rang nach Luft. Anscheinend war sie gerade die Treppe heruntergerannt. »Ich hatte gar nicht damit gerechnet, dich heute zu sehen.«

»Ich war gerade in der Nähe«, antwortete er. Das war nicht gelogen. *In der Nähe* war in einer kleinen Collegestadt sowieso ein relativer Begriff. »Ich hätte Wein mitbringen oder wenigstens vorher anrufen sollen.«

»Wein ist immer gut.« Ein zweiter Mann tauchte hinter Nadia auf. Er war kleiner und stämmiger als der erste. Sein Haar war vom gleichen Braun wie Nadias, aber seine Augen hatten einen warmen Goldton. »Sie sind also ein Freund von Nadia.«

Okay. Der erste Mann hatte sich als Nadias Vater vorgestellt, aber sie sah eigentlich dem zweiten ähnlicher. »Hallo, Sie müssen Victor sein. Ich bin Kane.«

»Kane.« Es klang neugierig. »Wir scheinen hier im Nachteil zu sein. Sie wissen, wer wir sind, aber wir wissen nicht, wer Sie sind.«

»Ja, weil ich lieber erst mal etwas im Magen haben wollte, bevor ihr mich verhört.« Nadia lehnte sich an die Tür. »Kane, das sind meine Eltern, Nicholas und Victor Spiceland. Dads, das ist Kane Sullivan, der Mann, den ich date.«

Also, das war für den Anfang gar nicht schlecht, trotzdem war das Unbehagen in ihrer Stimme unverkennbar. So wie die Männer ihn mit Blicken durchbohrten, konnte Kane verstehen, warum. Sie konnte ihnen wohl kaum auf die Nase binden, dass sie sich erst dreimal getroffen, aber schon Stellungen aus einem arabischen Liebeshandbuch nachempfunden hatten. »Es ist mir ein Vergnügen, Sie beide kennenzulernen. Tut mir leid, dass ich hier einfach so hereinplatze und Ihnen Zeit mit Ihrer Tochter stehle. Nadia, wir treffen uns dann ein andermal.«

»Nicht so hastig, junger Mann.« Victor packte Kanes Arm, bevor dieser verschwinden konnte. »Wir sind ebenfalls Überraschungsgäste. Kommen Sie doch wenigstens kurz rein. Wir machen gerade das Abendessen. Sie sollten bleiben und sich ein Bild von unseren Kochkünsten machen. Nicholas ist nämlich kein bisschen objektiv.«

»Objektiv bin ich wahrscheinlich auch nicht«, sagte Kane, als er eintrat. »Ich stehe vornehmlich auf Nadias süße Sachen.«

Victor lachte, Nicholas runzelte die Stirn, und Nadia wurde ganz rot. Kane wurde plötzlich klar, wie zweideutig seine Bemerkung war, und fügte hastig hinzu: »So haben wir uns kennengelernt. Bei meinem ersten Besuch im Café habe ich eine ihrer köstlichen Schneckchen vernascht. Meine schlechte Laune war damals sofort wie weggeblasen, und jetzt bin ich süchtig danach.«

Mein Gott, das war auch nicht besser. Er fuhr sich mit den Händen durchs Haar. »Ich fürchte, ich habe gerade die Chance verpasst, einen guten ersten Eindruck zu hinterlassen.«

»Im Zweifel immer für den Angeklagten«, sagte Nicholas und schloss die Tür. »Zumindest vorläufig.«

»So fühlt er sich ganz sicher bei euch willkommen, Dad«, zischte Nadia. Sie sah Kane an und lächelte. »Schön, dich zu sehen.«

Irgendwie bezweifelte er das. »Es riecht hier ganz phantastisch. Was gibt es denn zum Abendessen?«

»Meine Version von Truthahn-Tetrazzini«, antwortete Victor und kehrte durch das offene Wohnzimmer in die Küche zurück. »Sie sind der Hammer.«

»Oder chinesisches Essen von Uncle Foo«, sagte Nadia und drehte sich zu Kane um. »Victor neigt zu sehr extravaganten Kochexperimenten. Manchmal sind das buchstäbliche Magenkiller.«

»So schlimm kann es nicht sein. Immerhin hat er dir das Kochen beigebracht.«

»1:0 für deinen Freund!«, rief Victor aus der Küche und schaltete den Mixer ein.

Kane sah Nadias vor Schreck geweitete Augen und fragte sich, ob sie kurz davor war, die Flucht zu ergreifen.

In diesem Moment trat Nicholas Spiceland zwischen sie. »Wein, Sullivan?«

»Etwas Rotwein wäre schön. Danke, Sir.«

Nicholas zog die Augenbrauen hoch. »Gute Manieren und Komplimente. Wie erfrischend.« Auch er ging in die Küche.

»Tut mir leid«, sagte Kane zu Nadia. Sie trug Jeans und ein enganliegendes grünes Oberteil, das ihre Augen betonte. Ihre Haare waren mit einer Klammer hochgesteckt. So hätte sie glatt als eine seiner Studentinnen durchgehen können. »Ich hätte anrufen sollen …«

»Du hättest mich sowieso nicht erreicht. Ich war gestern Abend wohl so benebelt, dass ich vergessen habe, mein Handy aufzuladen.« Sie atmete tief aus und schenkte ihm ein warmes Lächeln. »Ist schon gut. Ich war nur nicht darauf vorbereitet. Die beiden hatten gerade erst angefangen, mich über mein Liebesleben auszufragen, und ich hatte soeben erwähnt, dass es da jemanden gibt. Ich muss dich allerdings warnen – je länger du bleibst, desto mehr werden sie dich in die Mangel nehmen. Sie waren immer schon überfürsorglich, weil ich ihre einzige Tochter bin, aber nach meinen … meinen Problemen ist es noch schlimmer geworden. In ihren Augen bin ich nach wie vor eine Sechsjährige mit Pferdeschwanz und abgeschnittenen Jeans.«

Er berührte ihre Schulter. Viel lieber hätte er ihre Hand gehalten, sie geküsst und in den Arm genommen – doch das wagte er nicht, denn ihre Väter warfen ihnen aus der Küche verstohlene Blicke zu. »Ich bin nur vorbeigekommen, um zu sehen, wie es dir geht, und mich dafür zu entschuldigen, wie ich mich gestern auf dem Parkdeck von dir verabschiedet habe. Du hast mich total umgehauen.«

»Du hast gern die Kontrolle über alles. Ich hab das auch gern.« Sie beugte sich vor und flüsterte ihm ins Ohr: »Aber ich liebe es, wenn du sie verlierst. Ich habe immer noch deine Fingerabdrücke auf meinem Po.«

»Nadia.« Fuck. Er würde doch jetzt nicht vor ihren Vätern hart werden! »Vielleicht sollte ich besser gehen, solange ich noch einen einigermaßen guten Eindruck hinterlassen kann.«

»Nein.« Sie warf einen Blick Richtung Küche und sah ihn dann wieder an. Wohlüberlegt nahm sie seine Hand und hielt sie fest. Ihre cognacfarbenen Augen glänzten. Sie wirkte besorgt, freute sich aber scheinbar trotzdem darüber, dass er gekommen war. »Ich bin froh, dass du da bist und meine Dads triffst, die tollsten Männer der Welt. Aber das alles geht viel zu schnell, wir kennen uns ja noch gar nicht lange. Immerhin hast du innerhalb von vierundzwanzig Stunden nicht nur Bekanntschaft mit meinen Freunden, sondern jetzt auch noch mit meinen Eltern gemacht. Dafür kann ich mich nur entschuldigen.«

»Es gibt nichts zu entschuldigen. Wir sind noch nicht einmal eine Woche zusammen. Ich habe dich meinen Eltern gegenüber auch noch nicht erwähnt. Apropos Eltern, ich glaube, Victor hält gerade einen Vortrag über die kulinarischen Vorzüge von Hot Dogs. Ist das die geheime Zutat bei seinen Tetrazzini?«

»Truthahn-Hot-Dogs«, bekannte sie. »Mit Perlzwiebeln durch den Mixer gejagt.«

»Oh.« Kane drehte sich unwillkürlich der Magen um. »Das bringe ich, glaube ich, nicht runter. Also habe ich keine Chance, den ersten Eindruck, den deine Eltern von mir haben, zu verbessern.«

Nadia lachte. »Ja, in meiner Kindheit wusste ich nie, was es wieder Abenteuerliches zum Abendessen geben würde. Inzwischen ist mein Magen hart im Nehmen, und ich hab kochen aus reinem Selbsterhaltungstrieb gelernt. Nicholas hat etwas bei Uncle Foo bestellt. Wenn es geliefert wird, bevor Victor fertig ist, haben wir die Wette gewonnen, und Victor wird sein Experiment vergessen.«

Es klingelte an der Tür. »Scheinbar sind wir gerettet«, bemerkte Nicholas trocken und reichte Kane auf dem Weg zur Tür ein Glas Wein. »Warum deckt ihr in der Zwischenzeit nicht schon mal den Tisch?«

Victor ertrug seine Niederlage mit Fassung und half beim Tischdecken. Nicholas schnappte sich eine weitere Weinflasche, und sie setzten sich an den Tisch, um sich aufs Essen zu stürzen.

Beziehungsweise auf Kane.

»Also, Sullivan«, meinte Victor, während er eine Frühlingsrolle auf seinen Teller legte. »Sie sagten, Sie hätten Nadia im Café kennengelernt. Sind Sie einer ihrer Lieferanten?«

»Nein, ich bin eigentlich Professor für Sexualpsychologie an der Herscher University.«

»Und was machen Sie da genau?«

»Vornehmlich Vorlesungen vorbereiten und halten, Diskussionen leiten und fürchterliche Arbeiten korrigieren«, antwortete Kane und trank einen Schluck Wein. »Unsere Fakultät bietet diverse berufsvorbereitende Seminare an zu Fachgebieten wie Profiling, Sexualtherapie, Sozialarbeit, Jugendarbeit und vieles mehr.«

»Klingt bewundernswert«, antwortete Nicholas. »Aber das ist doch nicht alles, Professor?«

»Dad.« Nadia verdrehte die Augen wie eine Sechzehnjährige. Kane war fasziniert. »Wenn du ihn schon ins Kreuzverhör nimmst, können wir dann nicht wenigstens noch vorher unseren Wein austrinken? Oder soll er besser gleich verschwinden, damit ihr euch nicht noch die Mühe machen müsst, ihn davonzujagen?«

Victor verbarg sein Lächeln hinter einem Löffel Sauer-Scharf-Suppe. Nicholas musterte Nadia stirnrunzelnd. »Ich hielt das für eine berechtigte Frage.«

»Das ist sie auch.« Kane hielt Nicholas' Blick stand; er wusste, dass er schwerer zu gewinnen war als Victor. »Ich habe auch noch einige Bücher geschrieben. Außerdem unterstütze ich die Polizei als Profiler für Sexualstraftäter.«

Kühle braune Augen musterten ihn. »Ja, ich weiß. Sie haben sich einen Namen durch diesen Rotlicht-Vergewaltiger-Fall gemacht.«

»So würde ich das nicht nennen. Ich habe nur Kapital aus dem unerwünschten Medienrummel geschlagen, um die Notwendigkeit eines besseren Verständnisses dafür zu propagieren, welches sexuelle Verhalten abartig ist und welches nicht. Die Herscher University hat von dem Presserummel profitiert, und darüber bin ich froh.«

Nicholas blickte ihn über den Rand seines Weinglases hinweg an. »Wissen Sie, was Nadia durchgemacht hat?«

»Papa!« Nadia wurde wieder ganz rot. »Echt jetzt – du hast Kane doch gerade erst kennengelernt – ich bin doch kein Teenager, der mit dem Bad Boy der Schule auf den Abschlussball gehen will!«

»Schon gut, Nadia.« Kane lächelte ihr kurz zu, wandte sich dann aber wieder Nicholas Spiceland zu. »Nadia hat mir von ihrer Suchtkrankheit und der Entziehungskur schon bei unserem ersten Date erzählt. Bis zu dem Zeitpunkt wusste ich nur, dass sie phantastisch backen kann und für jeden, der in ihr Café kommt, ein freundliches Lächeln bereithält. Sie kennt ihre Stammgäste und hat für jeden Kunden das passende Gebäck parat. Sie und ihre Partnerin haben das Café zum Hotspot in Crimson Bay gemacht, und mir ist noch nie ein unzufriedener Kunde begegnet. Sie ist reine Magie.«

»Kane«, Nadia beugte sich vor und küsste ihn, »das war wunderbar, danke.«

Seine innere Anspannung verflog im Nu, als er auf sie herabblickte. »Es stimmt.«

Victor erhob sein Glas. »Ich würde sagen, Sie haben doch einen guten ersten Eindruck hinterlassen.«

»Darauf trinke ich«, sagte Nadia und hob ihr Glas. »Und können wir uns jetzt, nachdem das Kreuzverhör vorüber ist, vielleicht wenigstens etwas leichteren Themen zuwenden – wie Politik oder Religion?«

KAPITEL 12

Du bist dran mit Ziehen.«

Nadia hielt Kane den Beutel hin, und vor Vorfreude wurde ihr ganz heiß. Nach zwei Wochen war ihre Megasexparty noch genauso aufregend und befriedigend wie in den ersten Tagen. Kane hatte mit einer Pizza Rustica und funkelnden Augen vor ihrer Tür gestanden, so dass der ganze Abend von verheißungsvoller Energie gewesen war.

Das Zusammentreffen mit ihren Vätern am vergangenen Wochenende war nervenaufreibend, aber auch überraschend schön gewesen. Kane hatte ihre Fragen ruhig und angemessen beantwortet, wozu sie im umgekehrten Fall nicht in der Lage gewesen wäre. Victor hatte, noch bevor das Abendessen zu Ende gewesen war, die Daumen hochgehalten, während Nicholas bis zum nächsten Morgen gewartet hatte, um ihr beim Frühstück ein barsches »Er ist ganz akzeptabel« zuzuraunen.

Und das war er auch. Sehr akzeptabel sogar. So sehr, dass Nadias Körper immer schon bei seinem bloßen Anblick sofort bereit war. Sie hatte momentan den besten Sex ihres Lebens und lernte sich selbst und ihre Wünsche und Bedürfnisse immer besser kennen. Sie musste die Beziehung nur leicht und locker halten. Sie würde Kane so weit in ihr Leben lassen, wie sie wollte, und solange er nicht mehr forderte, als sie geben konnte, war alles in Ordnung.

Kane griff in den Beutel und zog eine der gefalteten Karteikarten heraus. Wenn er lächelte, ging die Sonne auf. »Ich glaube, diese hier werde ich mir fürs Wochenende aufsparen. Zieh du doch noch eine.«

»Was steht denn auf deiner drauf?«, fragte sie und langte danach.

»Verrat ich nicht«, erwiderte er und hielt die Karte so, dass sie nicht drankam. »Ist eine Überraschung.«

Sie verschränkte die Arme vor der Brust und zog einen Schmollmund. »Ich bin nicht scharf auf Überraschungen oder darauf, dass man mich warten lässt.«

»Dein Pech.« Er versetzte ihr einen Klaps auf den Po. »Es lohnt sich immer zu warten. Aber ich verspreche, dass diese Karte genau nach deinem Geschmack ist, und ich werde deine Wünsche mit Freuden erfüllen.«

Nadia leckte sich die Lippen und rieb sich den schmerzenden Po. Der Klaps hatte sie erschrocken und weh getan, aber trotzdem hatte sie nichts dagegen. Sie war so erregt, dass er ihr Verlangen nur gesteigert hatte. Schon während des Abendessens waren ihr Höschen und ihre Shorts ganz feucht geworden, so dass Kane ihre Erregung deutlich erkennen konnte. Dennoch hatte er ihr bisher keinerlei Erleichterung verschafft, und obwohl sie frustriert darüber gewesen war, wollte sie sich nicht selbst befriedigen. Weil sie wusste, dass das Warten sich tatsächlich lohnte.

Sie liebte es, ihm die Kontrolle zu überlassen. In jedem anderen Bereich ihres Lebens hatte sie die Zügel fest in der Hand – im Café, bei der Planung und Zubereitung ihres Gebäcks, im Hinblick auf ihre Sucht. Das war lebensnotwendig und wichtig für sie. Dadurch hatte sie ihr Leben im Griff und zeigte ihren Eltern, dass sie es meisterte. Und an alle Schwarzseher aus Hollywood sandte ihr Verhalten eine klare Botschaft: *Fickt euch.*

»Nadia.« Ein weiterer schmerzhafter Klaps, und sie sah ihn wieder an. Er ließ die Hand über ihre Pobacke gleiten und verwandelte das Brennen in eine Liebkosung. »Du bist nicht bei der Sache. Sollen wir aufhören?«

»Nein!« Den Abend ohne Sex beenden? Auf keinen Fall würde sie ihn nach Hause gehen lassen, ohne ein- oder zweimal zu kommen. »Tut mir leid.«

»Ach ja?« Er umfing ihren Venushügel, wobei sein Mittelfinger ihr Höschen und ihre Shorts gegen ihre Schamlippen presste. »So fühlt es sich gar nicht an. Ganz im Gegenteil.«

»Ich kann nichts dafür«, maulte sie und presste sich gegen seine Hand. »Ist alles deine Schuld.«

»Meine Schuld?« Seine Augen blitzten dämonisch. »Ich habe dich nur gefüttert.«

»Aber ich musste dabei die Hände auf dem Rücken halten«, erinnerte sie ihn. »Und auf deinem Schoß sitzen. Und du hast nach jedem Bissen die Tomatensauce von meinen Lippen geküsst.«

»Du hast dich darüber nicht beklagt.« Kane zog die Hand zwischen ihren Schenkeln hervor, und Nadia entfuhr ein enttäuschtes Wimmern. »Ich fand es scharf, dir beim Essen zuzusehen. Und zu beobachten, wie deine Nippel hart wurden, während ich dich fütterte. Und das hier ganz feucht.«

Er zog ihre Shorts und ihr Höschen herunter, bevor er sie wieder umfing. »Ich genieße es, dass ich das mit dir machen kann.«

»Kane ...«, stöhnte sie – halb Bitte, halb Fluch, als er zwei Finger in sie hineinschob. Sie packte seine Schultern und schloss die Augen, als die Empfindungen sie durchfluteten, Verlangen und Begierde sie zu verschlingen drohten. »Wir müssen ein paar Spiegel aufstellen«, murmelte er, und seine Stimme klang hypnotisch, während er ihre Scham liebkoste. »Du sollst sehen, wie wundervoll du errötest, wenn du erregt bist. Wie dein Blick sich verschleiert und deine Lippen sich mir entgegenwölben. Wie der

Scheich sagte: ›Willst du dich mit einer Frau vereinigen, so drehe sie auf den Rücken und schmiege dich an ihren Busen. Presse deine Lippen auf die ihren. Halte sie fest, nimm ihren Atem in dich auf, beiße sie. Bedecke ihre Brüste, ihren Körper, ihre Schenkel mit Küssen; schließe sie eng in deine Arme, so dass sie vor Lust die Besinnung verliert.‹ Genau das werde ich mit dir tun, Nadia. Bist du gleich ohnmächtig vor Lust?«

»Noch nicht.« Nadia biss die Zähne zusammen, als er sie weiter liebkoste. »Vielleicht ... vielleicht musst du mich dafür lecken, beißen und küssen.«

Er zog seine Hand zurück. Sie stieß einen Fluch auf Russisch aus, als er seine Finger an die Lippen führte, um ihren süßen Saft abzulecken. Er lachte, und Frustration und Verlangen durchzuckten ihr Geschlecht wie ein Schwerthieb. »Vielleicht sollte ich erwähnen, dass ich etwas Russisch verstehe, auch wenn ich es nicht spreche. Ich könnte natürlich tun, was du gesagt hast. Aber ich dachte, ich sollte dich beißen.«

Fast hätte sie noch einmal geflucht. Natürlich verstand Kane das russische Äquivalent für *Fick dich selbst*. Er verstand es wahrscheinlich in jeder Sprache, sogar auf Klingonisch. Er ...

Sie konnte keinen klaren Gedanken mehr fassen, als er den Kopf senkte und unterhalb des Nabels an ihr knabberte. Ihre Knie zitterten, und er ließ sie hinabgleiten, so dass sie rittlings auf seinen Schenkeln saß. Sie legte ihre Hände auf seine Schultern. Sie war von der Taille abwärts nackt, aber Kane war noch vollständig angezogen. Sie war ihm nahe genug, um die Erektion unter seiner Jeans zu spüren. Wenn sie sich nur ein wenig bewegte, konnte sie sich an ihm reiben und den Druck mindern ...

Sie schrie auf, als Kane ihr in den Po kniff. »Denk nicht einmal daran«, rügte er sie. »Deine Orgasmen gehören mir, erinnerst du dich?«

Sie knurrte. Was hatte sie nur geritten, als sie sich darauf eingelassen hatte? Damals hatte sie wohl vor Lust und Neugier den Verstand verloren. O ja – und durch die Wahnsinnsorgasmen, die er ihr bescherte. »Ja, ich weiß«, stieß sie hervor, denn ihre Lust raubte ihr fast den Atem. »Ich muss nur …«

»Wir befolgen die Regeln des Scheichs«, sagte er, und seine Stimme klang hart, als fiele ihm das genauso schwer wie ihr. »Ich werde deinen Körper mit meinen Bissen und Küssen so gründlich erforschen, bis du irgendwann darum bettelst, von mir gefickt zu werden.«

Sie keuchte. »Ich glaube nicht, dass er das so gesagt hat.«

»Dann ist das eben meine Interpretation seiner Worte.« Er zog seine perfekt geschwungenen Augenbrauen hoch und sah sie an. »Bist du nicht einverstanden? Ich kann jederzeit aufhören.«

Sie schwieg, obwohl ihre Hände sich auf seinen Schultern zu Fäusten ballten. Sein tiefes Lachen vibrierte in ihrem Körper, als er ihre Hände nahm und ihre Fingerknöchel küsste. »Und jetzt ziehen wir dich weiter aus.«

Bereitwillig hob sie die Arme, während er ihr das Tanktop über den Kopf zog. Sie hatte nach dem Duschen gar nicht erst einen BH angezogen, da sie ja wusste, dass sie ihn treffen würde. Der Stoff des Oberteils, Kanes heiße Blicke und seine sinnlichen Berührungen hatten ihre Brustwarzen während des ganzen Abends immer wieder hart werden lassen. So vollkommen nackt, seinen Blicken ausgesetzt, auf seinem Schoß zu sitzen, während er noch voll bekleidet war, hatte etwas ungeheuer Sinnliches.

»Du siehst nachdenklich aus«, sagte Kane sanft. Seine Hände lagen tief auf ihrer Taille und berührten fast ihren Po. »Woran denkst du?«

»Dass es dekadent ist, so rittlings auf dir zu sitzen.« Sie fuhr ihm mit den Händen über die Brust. »Wie eine Haremsdame, die dir zu Diensten ist.«

Er packte ihre Handgelenke, um sie davon abzuhalten, seinen Reißverschluss zu öffnen. »Hände auf meine Schultern«, befahl er und ließ auf Worte Taten folgen. »Sobald du sie bewegst, höre ich auf, okay?«

Sie senkte den Kopf, um ihr Lächeln zu verbergen. Kane war offensichtlich genauso erregt wie sie selbst, und das freute sie, denn nun herrschte wieder Gleichstand zwischen ihnen. »Verstanden, Sir.«

Er atmete hörbar ein. »Das Spiel gefällt dir, nicht wahr? Meine Haremsdame zu sein?« Seine Finger vergruben sich in ihrem Fleisch und zogen ihre Pobacken leicht auseinander. »Du musst nicht antworten. Ich sehe doch, wie sehr du erregt bist.«

Er blies kühl über ihren Oberkörper, und sie keuchte. »Kane! Ich werde deine Jeans ruinieren.«

»Egal.« Wie konnte er so gefasst bleiben, während sie beinahe zusammenbrach? »Das zeigt nur, dass du mich willst und dass du willst, was ich für dich tue. Es gefällt mir. Du gefällst mir.«

Wärme durchfuhr sie bei seinen Worten. Sie klammerte sich an ihm fest, nur um sicherzugehen, am Ende nicht wirklich noch vor Verlangen ohnmächtig zu werden. »Danke.«

»Schau dir das an.« Sein Atem war warm an ihrer Brust. Er streckte die Hand aus, ließ die Fingerspitzen um ihre Nippel kreisen, so dass sie sich zu harten Perlen zusammenzogen. »Sie flehen förmlich um einen Kuss. Willst du das? Willst du, dass ich dich dort küsse?«

»J-Ja, bitte.« Ihr ganzer Körper erbebte vor aufgestauter Lust, die verzweifelt nach Befriedigung verlangte. Alles konnte den Schmerz lindern. Er durfte nur nicht aufhören. Sie wappnete sich, denn gleich würde sie seinen Mund auf ihrer Haut spüren.

Doch Kane zögerte den Moment hinaus und näherte sich ihr nur langsam und millimeterweise. Sie hielt den Atem an, ihr Herzschlag setzte aus, und die Welt um sie herum verschwand.

Sie konnte sich nur noch darauf konzentrieren, wie seine Lippen sich öffneten, seine Zunge hervorschoss und endlich, endlich ihre Knospe berührte.

Es durchfuhr sie wie ein Stromstoß. Sie keuchte und schrie auf, als er hineinbiss. Ein lustvoller Schmerz durchzuckte sie, sie bäumte sich auf, bekam keine Luft mehr. Doch er hörte nicht auf, sog ihren Nippel tief in seinen Mund, während er den anderen zwischen Daumen und Zeigefinger rollte. Dann widmete er sich mit Hingabe auch der anderen Brust. Seinen Mund auf ihr zu spüren und die quälenden Bewegungen seiner Finger – es fuhr wie ein Blitz direkt in ihren Schoß, nährte ihren Hunger, erhöhte die Spannung, fachte ihr Verlangen an.

»Bitte, Kane.« Sie umklammerte seine Schultern und bekämpfte erneut den Drang, sich an ihm zu reiben. »Fick mich. Ich brauche das so sehr.«

Sein Blick durchbohrte sie förmlich. Er griff nach dem Beutel am Ende des Sofas und hielt ihn ihr hin. »Zieh eine Karte, Nadia.«

Sie tat es. »Die achtzehnte Stellung.«

»Ja. *El kebachi,* die Widderart. Weißt du noch, wie es geht?«

Sie schüttelte den Kopf. »Aber wahrscheinlich ist damit von hinten gemeint.«

Er lächelte, und ihre Wangen wurden heiß, als sie daran dachte, wie empfindlich ihr Hintern nach seinen Schlägen und Kniffen war. Zu Analsex hatte sie sich vor Jahren einmal überreden lassen. Es war eine schmerzhafte und unbefriedigende Angelegenheit gewesen. Bei Kane würde es gut werden. Er würde erreichen, dass sie es wollte und ihn sogar darum bitten würde.

»Auf die Knie, Baby!«

Sie gehorchte auf der Stelle, glitt von seinem Schoß herunter und auf den dicken Teppich vor ihrer Couch. Sie legte die Hände auf ihre Beine und sah zu ihm auf, wartend, voller Begierde.

Sein Blick glitt über sie hinweg, er musterte sie eindringlich, bevor er aufstand. »Du bist so wunderschön. Und so bereit für mich. Auf die Ellbogen, damit ich sehen kann, wie bereit du bist.«

Nadia drehte sich zwischen Couch und Tisch auf die Seite und stützte sich langsam auf ihren Ellbogen ab, wobei sie die Hände flach auf den Boden legte. In dieser Position ragte ihr Po in die Luft und entblößte ihre leere und schmerzende Muschi. Sie bebte vor schierem Verlangen, nicht vor Angst oder Kälte. Sie wollte unbedingt, dass er sie fickte. Nicht dass er sie liebte oder Sex mit ihr hatte, sondern dass er hart und animalisch in sie hineinpumpte, damit sie schnell und heftig kam.

In dieser Position konnte sie Kane nicht sehen, aber sie hörte, wie er sich bewegte. Sie hielt den Atem an, als sie seinen Reißverschluss vernahm. Sie liebte es, ihm beim Ausziehen zuzusehen, wie er den Professor Stück für Stück ablegte und den wahren Kane enthüllte. Sie liebte es, zu sehen, wie alles Gebändigte von ihm abfiel und sein Hunger, sein Verlangen und seine Dominanz das Regiment übernahmen.

Aber im Augenblick blieb ihr nur die Phantasie. Sie stellte sich vor, wie er Schuhe, Socken und Jeans abstreifte und sie aufs Sofa warf. In der Stille malte sie sich aus, wie er langsam das Hemd aufknöpfte, es auszog und neben die Jeans legte. Dann die Boxershorts, die an seinen Schenkeln hinabglitten und seinen wunderbaren, langen Schwanz enthüllten, die Eichel schimmernd von Lusttropfen. Bei dem Gedanken an diesen atemberaubend aussehenden nackten und erregten Kane lief ihr das Wasser im Mund zusammen.

»Stellst du dir mich gerade nackt vor, Nadia?«, fragte er leise und belustigt in die Stille hinein.

»Ja.« Ihre Nerven waren vom Warten zum Zerreißen gespannt. Endlich kniete er sich hinter ihr nieder. Ihre Haut prickelte, und ihr Verlangen erreichte seinen Höhepunkt. Doch immer noch wartete sie auf die erste Berührung.

Trotzdem zuckte sie zusammen, als er die Hände auf ihr Gesäß legte und mit den Daumen die Pobacken auseinanderzog und seinem Blick öffnete. »Ich kann sehen, wie feucht du bist, Nadia«, raunte er. »Wie Honig auf deinen Schenkeln, der nur darum bittet, abgeleckt zu werden.«

Eigentlich hätte sie Scham darüber empfinden sollen, wie sehr sie nach seiner Berührung, seiner Zunge, seinem Schwanz verlangte, aber darüber war sie lange hinaus. »Du musst mich lecken, Kane«, sagte sie halb fordernd, halb bittend. »Ich brauche deine Zunge auf mir.«

Er umfing ihre linke Pobacke mit den Zähnen und biss zu. Sie schrie auf, ihre Muschi durchflutet von Begierde. Er linderte den Schmerz mit einem sanften Streichen seiner Zunge über ihre heiße Haut. Er hielt sie weit geöffnet, während er die Falte zwischen ihren Pobacken leckte und mit der Zunge ihren Damm umkreiste. Sie erbebte und konnte keinen Ton herausbringen.

»Das gefällt dir, nicht wahr?«, fragte er und fuhr mit dem Daumen über ihre runzlige Öffnung. »Hattest du schon mal Analsex, Nadia?«

»Einmal«, bekannte sie, und ihr Atem ging stoßweise. »War nicht so toll.«

»Mit mir wird es dir gefallen.« Sanft presste sich sein Daumen gegen ihre Gesäßfalte, und sie wünschte sich verzweifelt, dass er jetzt in sie stieß. »Ich werde dich so weit bringen, dass du nichts sehnlicher willst.«

»Glaub ich«, stieß sie hervor und bäumte sich ihm entgegen. »Ich brauche dich, Kane. Bitte, Kane.«

Er atmete hörbar ein. »Wunderbar, wie du darum bettelst.« Er tauchte seinen Finger zwischen ihre Schamlippen. »Wunderbar, wie feucht du bist.«

Gerade noch war sie leer und sehnsüchtig gewesen, doch schon im nächsten Augenblick erschreckend voll, denn Kane vergrub sich mit einem kraftvollen Stoß in ihrem Inneren. Mit kehligem Stöhnen trieb er seinen Schwanz in sie hinein, ein gleichmäßiger, rhythmischer Ritt, bei dem mit jedem Schlag seiner Hoden gegen ihren Hintern ihr ganzes Rückgrat prickelte. Sie passte sich seinem Rhythmus an, wogte ihm entgegen, so dass er tief, noch tiefer, so tief in sie eindringen konnte.

Seine Hand packte ihr Haar, um sie festzuhalten. Mit der anderen, die noch feucht von ihren Körpersäften war, umkreiste er ihre Analöffnung. »Ja, ja – oh!«

Sein Daumen glitt hinein, und die Welt war nur noch ein einziger, weißglühender Feuerball. Sie kam mit einem kurzen gellenden Schrei, und ihre Muschi krampfte sich um seinen Schwanz, während sie sich in völliger Ekstase hingab.

Wie aus weiter Ferne hörte sie ihn fluchen. Er umfasste ihre Hüften und erhöhte sogar noch das Tempo, so dass seine heftigen Stöße sie auf dem Teppich nach vorn schoben. Wieder stieg die Leidenschaft in ihr empor, immer weiter, während ihre inneren Muskeln sich im Rhythmus seiner Bewegungen um ihn zusammenzogen. Als sie schon glaubte, es nicht mehr zurückhalten zu können, nicht mehr auf ihn warten zu können, stieß er ein letztes Mal mit voller Macht in sie hinein. Dabei entfuhr ihm ein heiserer Schrei, und er ergoss sich in ihr.

Sein Orgasmus löste noch einen weiteren bei ihr aus. Völlig erschöpft brach sie zusammen und er mit ihr. Sie liebte es, sein Gewicht auf ihrem Körper zu spüren, und wie seine Hüften immer noch über ihr kreisten, als könne er nicht anders.

Sie stieß einen tiefen, befriedigten Seufzer aus. »Kane«, flüsterte sie. Mehr musste sie nicht sagen, nur seinen Namen.

Langsam zog er sich aus ihr zurück. »Ich glaube, ich sollte mir vornehmen, es auch mal im Bett mit dir zu treiben.«

Mit lautem Lachen rollte sie sich zur Seite. »Betten werden überbewertet.«

»Das sagst du jetzt.« Er küsste sie langsam und zärtlich. »Warte nur, bis du merkst, wie wund deine Knie von dem Teppich sind.«

»Das war es wert. So was von wert.«

Irgendwie gelangten sie nach oben und ins Badezimmer. Unter der Dusche seifte er mit sanften Bewegungen ihren Körper ein, wobei er die Kratzer an Armen und Knien sorgfältig mied. Es bereitete ihm Freude, sich nach dem Sex genauso liebevoll um sie zu kümmern wie während des Vorspiels.

Nachdem er sie abgetrocknet hatte, führte er sie zum Bett und deckte sie zu. Das war so rührend, dass ihr Tränen in die Augen schossen. »Was ist los?«

»Mir geht's gut. Es ist nur ... Ich will nicht, dass du gehst. Kannst du bleiben?«

Bei seinem Lächeln bekam sie Schmetterlinge im Bauch. »Liebend gern.«

Er legte sich zu ihr unter die Decke und zog sie an seine Brust. Es war Jahre her, dass sie neben einem Geliebten eingeschlafen war, aber es war ... schön. Mehr als schön.

Irgendwann würde sie sich danach sehnen.

KAPITEL 13

Der Dienstag war ein ganz gewöhnlicher Tag. Nach der morgendlichen Hektik und dem Andrang am Mittag wurde es nachmittags still im Café. Nachdem alles für heute zubereitet war und ihre Teilzeitkraft an der Registrierkasse saß, schlossen sich Nadia und Siobhan ihrer informellen Dienstagsrunde an, die sie liebevoll Bitch-Talk nannten.

Jas war auf die Idee gekommen, diese feste wöchentliche Verabredung so zu nennen, und der Begriff passte perfekt. Manchmal trafen sie sich nur zum Tratschen oder um sich etwas vorzujammern. Aber hin und wieder brauchte die ein oder andere von ihnen auch eine klare Ansage, die die anderen dann bereitwillig machten. Oft kamen auch andere Suchtbetroffene vorbei, die sonst in der offiziellen Selbsthilfegruppe waren, welche Jas sonntags mit einem psychologischen Berater von der Herscher University organisierte.

Nadia war froh, dass sie ihre Räumlichkeiten dafür zur Verfügung stellen konnten, und sie wusste, dass es Siobhan ähnlich ging. Auf diese Weise konnten sie anderen Betroffenen etwas von der Unterstützung zurückgeben, die sie selbst erfahren hatten. Das entsprach ihren Grundwerten, weshalb sie beispielsweise auch übriggebliebenes Essen an die Suppenküchen spendeten oder während der Prüfungsphasen länger geöffnet hatten. Fast hatte die Tatsache, dass es für Drogen- oder Alkoholabhängige keine Selbsthilfegruppen in Crimson Bay gab, sie damals davon abgehalten, hier Wurzeln zu schlagen.

Selbst an der Herscher University gab es keine öffentlich zugänglichen Treffen dieser Art, und abgesehen von Einzelgesprächen mit den Universitätspsychologen, existierten auch für die Studenten nur wenig Hilfsangebote. Da der Erfahrungsaustausch und die gegenseitige Unterstützung für ihren eigenen Genesungsprozess wichtig waren, hatten Nadia und Siobhan ihre eigene Gruppe im Café eröffnet. Die Anzahl der Teilnehmer schwankte, und die vier Frauen waren der harte Kern. Als Älteste übernahm Siobhan in der Regel die Leitung.

Nadia musterte die Frauen, die sich nun hier versammelt hatten. Sie liebte sie wie ihre eigene Familie. »Möchte jemand anfangen?«

»Ich.« Vanessa nickte und sah auf ihre Teetasse hinunter. Ihre Hand zitterte, als sie sie an den Mund führte und dann wieder abstellte, ohne davon getrunken zu haben. »Gestern Abend war ich auf dem Parkplatz bei *Murphy's*.«

Nadia unterdrückte ein entsetztes Stöhnen. *Murphy's* war der lokale Getränkemarkt. Dort gab es Bier für die Studenten, aber auch Wein und jede Menge härtere Sachen.

»Vanessa!« Die Freundinnen beugten sich vor, doch niemand ergriff ihre Hand. Noch nicht. Beim Bitch-Talk lief das anders.

Vanessa seufzte und griff mit zitternden Fingern erneut nach ihrer Tasse. Sie war am elegantesten von ihnen allen. Sie war einfach anders – immer kultiviert und diszipliniert, makellos und modisch gekleidet und tadellos frisiert –, viel weniger chaotisch als ihre Freundinnen. Ihre dunklen schulterlangen Locken trug sie für gewöhnlich zu einem vornehmen Haarknoten hochgesteckt. Ihre Augenbrauen waren perfekt gezupft, und ihr Make-up war vollkommen auf ihre bronzefarbene Haut abgestimmt. Irgendwie schaffte sie es sogar, auf der Teetasse keine Lippenstiftabdrücke zu hinterlassen. Sie hielt sich stets kerzengerade, als ob sie Jahre auf einer katholischen Schule verbracht hätte. Äußerlich war sie einfach vollkommen.

Doch diese Perfektion hatte ihren Preis, wie Nadia wusste. Durch den Leistungsdruck, unter dem Vanessa Longfellow durch ihre Familie gestanden hatte, war sie schon als Teenager dem Alkohol verfallen. Jahrelang hatte sie ihre Abhängigkeit verbergen können, nach außen lächelnd, aber innerlich einen langsamen Tod sterbend.

»Ich saß im Auto und starrte die Tür an«, sagte Vanessa jetzt mit ruhiger, gefasster Stimme. »Ich habe mir vorgestellt, wie ich den Laden betrete. Über mir würde die Klingel ertönen, und der Verkäufer würde mich mit einem Lächeln begrüßen, weil ich offensichtlich keine Studentin bin. Er würde mir von den Weinproben berichten, die am kommenden Wochenende geplant sind, und ich würde ihn nach der neuesten Lieferung meines Lieblingswinzers aus dem Norden fragen. Dann würde ich in aller Ruhe an den Weinregalen entlangschlendern und mir all die schönen Flaschen ansehen. Schließlich kämen die Regale mit dem Schnaps. So viele hübsche Flaschen.«

Ihr Lachen klang bitter und passte so gar nicht zu der fröhlichen Atmosphäre im Café. »Und mir nichts, dir nichts stand ich mit einem Mal wirklich mit einem Einkaufswagen an der Kasse – mit einem Einkaufswagen, in dem sich sechs Weinflaschen, eine Flasche Midori-Likör, eine Kiste Chambord und eine billige Flasche Wodka befanden. Die Flasche Wodka gab dann den Ausschlag. Und wisst ihr, warum? Weil es der billige Wodka war, den Nadia zum Polieren ihrer Küchentheke benutzt.«

»Mein Gott, was ist passiert?«, fragte Audie bedrückt.

»Ich hab behauptet, mein Portemonnaie vergessen zu haben, und bin geflohen«, bekannte Vanessa. »Dann bin ich nach Hause gefahren und hab mir einen großen Eisbecher gegönnt.«

»Sie meinte, was dich dermaßen aus der Bahn geworfen hat«, erklärte Siobhan.

»Und warum hast du nicht eine von uns angerufen, als du auf dem Parkplatz vor dem Markt gestanden hast?«, fragte Nadia und zog die Augenbrauen in die Höhe.

Vanessa schürzte die Lippen und drehte die Teetasse in den Händen. »Meine Mutter hat angerufen«, sagte sie und hielt dann wieder inne. Einen Moment lang saß sie schweigend da, bevor sie fortfuhr: »Wegen meiner Schwester.«

Diesmal streckte Nadia doch den Arm aus und ergriff Vanessas freie Hand. Sie kannte Vanessas Mutter und Schwester nicht persönlich, aber was sie über die beiden wusste, war ziemlich unerfreulich. »Was hat sie getan?«

»Du meinst Katherine? Die macht doch immer alles richtig«, antwortete Vanessa bitter. »Sie hat sämtliche Erwartungen meiner Eltern übertroffen, ist auf die beste Uni gegangen, hatte immer gute Noten und das Studium als Jahrgangsbeste abgeschlossen. Dann die Wohltätigkeitsarbeit mit meiner Mutter. Und jetzt ist sie mit dem Präsidenten der Caldwell Investment Services verlobt.«

»Ist der Typ nicht schon fünfzig?«, fragte Siobhan. »Und deine Schwester sechsundzwanzig?«

»Ja, aber das macht nichts. Meine Mutter denkt nur daran, dass sein Stammbaum den der Longfellows verbessern kann. Sie sagte: ›Ich dachte, es interessiert dich vielleicht. Während du deine Zeit in diesem kleinen rückständigen Nest in Kalifornien vergeudest, wird deine jüngere Schwester den Stifter des Caldwell-Lehrstuhls am MIT heiraten.‹ Dann hat sie mich gefragt, ob ich mir schon eine Katze gekauft hätte, da sie es aufgegeben habe, auf Enkelkinder von mir zu hoffen, die es wert seien, den Namen Longfellow zu tragen.«

»Autsch«, sagte Siobhan. »Das ist aber ganz schön heftig.«

»Von Madeline Longfellow kann man nichts anderes erwarten.« Vanessa schnitt eine Grimasse. »Ich weiß, dass ich sie nicht an mich ranlassen sollte. Ich weiß, dass ich alles an mir abprallen lassen sollte. Sie plappert das alles nur meinem Vater nach und betrachtet es als ihre Mutterpflicht, ehrbare Bürger aus ihrem Nachwuchs zu machen. Es macht sie wütend, ein Mängelexemplar in die Welt gesetzt zu haben.«

»Hör auf damit!«, unterbrach Nadia sie und beugte sich über den Tisch. »So was darfst du nicht sagen. Du weißt ganz genau, dass du kein Mängelexemplar bist.«

»Ach, nein?«

»Nein!«, riefen alle drei wie aus einem Munde.

»Dann hat sie übrigens noch eins obendrauf gesetzt. Sie hat mir erzählt, dass sie in meinem Geburtskrankenhaus einen DNA-Test gemacht hat, um überprüfen zu lassen, ob ich bei der Geburt nicht vielleicht doch vertauscht wurde«, berichtete Vanessa mit gelassener, emotionsloser Stimme. Als Longfellow durfte man anscheinend keine Gefühle zeigen. »Mein Vater und meine Mutter stritten sich sogar darum, in welchem Stammbaum wohl der Wurm drin war, dass ich eine derartige Veranlagung habe.«

Nadia lauschte entsetzt. Vanessa war eine attraktive junge Frau und hatte mit ihren zweiunddreißig Jahren das ganze Leben noch vor sich. Es war nicht ihre Schuld, dass sie in eine Familie hineingeboren worden war, die mehr Wert auf Äußerlichkeiten als auf Liebe legte.

»Du brauchst sie nicht«, sagte sie jetzt nachdrücklich. »Du bist vielleicht mit ihnen blutsverwandt, aber wir sind deine *Wahl*verwandtschaft. Wir sind deine Schwestern. Wir sind für dich da, und zur Hölle mit allen, die dich nicht für einen phantastischen Menschen halten.«

»Verdammt richtig!«, stimmte Siobhan zu.

»Fuck, ja«, sagte Audie, unverblümt wie immer.

»Ich bin immer noch sauer auf dich, weil du nicht eine von uns angerufen hast«, fuhr Nadia fort. »Warum nicht? Ich bin vielleicht nicht dein Coach, aber immerhin deine Freundin. Ich wäre sofort vorbeigekommen.«

»Na ja …« Diesmal lächelte Vanessa aufrichtig. »Ich dachte, du bist beschäftigt. Und nackt. Sehr beschäftigt und nackt.«

»Ah … oh.« Nadia errötete. »Hm, vermutlich war ich das wirklich. Aber ich wäre trotzdem gekommen.«

»Jetzt aber genug von mir«, sagte Vanessa nun wieder vollkommen beherrscht. »Ich bin zur Besinnung gekommen und einen weiteren Tag nüchtern geblieben. Und jetzt möchte ich unbedingt mehr über Nadia erfahren. Du bist schon seit zwei Wochen mit dem sexy Professor zusammen. Ich gehe davon aus, dass er schon alle Spinnennetze aus deinem vaginalen Liebesnest entfernt hat.«

»Vanessa!«, keuchte Nadia. Vanessa war selten entspannt genug, dass ihr etwas Versautes herausrutschte. Umso schockierender war es, wenn es doch mal passierte. So langsam färbten sie also auf sie ab. Nadia vermutete, dass Vanessa ohne ihre Befangenheit viel glücklicher dran gewesen wäre, aber ihre Eltern hatten ihr den Stecken so tief in den Hintern geschoben, dass Nadia daran zweifelte, ob sie ihn je wieder ganz herausziehen konnten. Aber einen Versuch war es allemal wert.

»Also?« Audie stieß sie an. »Erzählst du uns jetzt alles oder nicht?«

»Na ja, ich habe ein bisschen Angst«, gab Nadia zu. »Im Vergleich zu deinem Liebesleben ist meins sicher immer noch langweilig.«

»Hey«, protestierte Audie und stieß Nadia mit der Schulter an. »Ihr Mädels sollt mir doch in puncto Normalität ein Vorbild sein? Woher soll ich wissen, wie gewöhnlicher Blümchensex geht, wenn ihr es mir nicht vormacht?«

»Einen Scheißdreck werde ich tun.«

Audie schlug die Augen nieder. »Vielleicht solltet ihr beiden ja auch mal einen Swinger-Club mit mir besuchen, damit ich umgekehrt euch mal das ein oder andere vorführe. Ein flotter Dreier wäre sicher auch nicht schlecht. Dann können wir uns hinterher austauschen.«

»Ach herrje.« Vanessa nippte an ihrem Tee und war jetzt wieder vollkommen sie selbst. »Ich glaube, ich muss mir mal die Ohren auswaschen.«

»Nichts von alldem wird je passieren, Audie«, erwiderte Nadia, unsicher, ob die Rothaarige tatsächlich nur einen Witz gemacht hatte. Sie wusste, dass Audie am Wochenende gern in irgendwelchen Sexclubs abfeierte. Sie sah es zwar nicht gern, dass Audie meist allein dort hinging, aber es war ihr immer noch lieber, sie in einem relativ sicheren Swinger-Club als auf Kneipentour zu wissen.

»Also wie geht es dir, Nadia?«, wechselte Siobhan das Thema und warf ihren Freundinnen einen strengen Blick zu.

»Bestens«, antwortete sie und musste unwillkürlich lächeln. »Uns geht es gut. Ihm auch. Und mir ging es nie besser.«

»Oh, das ist wunderbar!«, rief Siobhan ehrlich erfreut. »Ich hab schon befürchtet, deine Eltern hätten ihn vergrault.«

»Oh, glaub mir – das Kreuzverhör war echt nicht ohne.« Nadia schüttelte den Kopf. »Aber euer Spiel *Mal sehen, ob wir Nadias Date blamieren können* im Club war auch nicht gerade der Burner.«

»Egal.« Audie winkte ab. »Er hat sich amüsiert, und ihr seid offensichtlich noch zusammen. Ist doch alles in Ordnung, oder?«

»Natürlich.«

»Höre ich da ein *aber?*«, wunderte sich Vanessa.

»Eigentlich nicht. Wahrscheinlich wittere ich nur Probleme, wo keine sind. Ich muss einfach nur die Augen offen halten und es ansonsten genießen, wie es ist.«

»Wie ist es denn?«

»Es ist der beste Sex meines Lebens.« Sie seufzte.

Siobhan stützte einen Ellbogen auf den Tisch. »Aber dein Seufzer sagt was anderes. Was ist los?«

»Nichts.« Nadia biss sich auf die Unterlippe. »Er hat gestern Nacht zum ersten Mal bei mir übernachtet.«

Audie schnaubte. »Im Ernst? Du fickst den Typen seit zwei Wochen, und erst jetzt hat er deine Zahnbürste benutzt?«

»Audie!«, riefen Vanessa und Siobhan wie aus einem Mund.

»Er ist also über Nacht bei dir geblieben. Na und?«

»Er ist geblieben, weil ich ihn darum gebeten habe.« Nachdem er gegangen war, hatte sie sich den ganzen Morgen darüber den Kopf zerbrochen. »Ich hab ihn darum gebeten, und er hat mich angestrahlt, als hätte ich ihm gerade eine Geburtstagstorte serviert.«

»Vielleicht hast du das ja«, sagte Siobhan. »Vielleicht ist er glücklich, weil du ihm endlich so weit vertraust.«

»So weit?«

»Dass du dich auf eine richtige Beziehung zu ihm einlässt und nicht nur eine Affäre mit ihm willst.«

Nadia blinzelte verwundert. Wünschte Kane sich tatsächlich eine Beziehung? Sie war sich nicht sicher. Sein Beruf hielt ihn genauso sehr in Atem wie das Café sie. »Keine Ahnung, ob er so was will. Sein Terminkalender ist proppenvoll, und ich muss immer mit dem ersten Hahnenschrei aufstehen. Wie sollte das funktionieren?«

»So wie jetzt auch schon«, bemerkte Vanessa.

Siobhan sah sie ernst an. »Möchtest du denn eine Beziehung zu ihm, die über Sex hinausgeht?«

Nadia zuckte die Achseln. »Keine Ahnung. Wenn ich bei ihm bin oder an ihn denke und daran, was ich will, ist eigentlich alles sonnenklar. Wir sind noch nicht lange zusammen, aber wir kommen gut miteinander aus, auch wenn er mich gerade ausnahmsweise mal nicht dazu bringt, zu schreien und um mehr zu betteln.«

»So gut ist er?«

»Mehr als gut. Manchmal probieren wir Stellungen aus dem Buch aus und manchmal nicht. Egal was wir machen, alles ist nur *verdammt geil* und einfach *wow*. Er wird seinem Ruf echt tausendfach gerecht – nur mit seinen Studentinnen treibt er es nicht. Der Mann kennt sich eben aus im Schlafzimmer. Und im Wohnzimmer. Und in der Küche.«

»Oh, yesss!« Die Jubelrufe und das Klatschen der Mädels hallten im leeren Café wider. Rosie, die Kassiererin, sah von ihrem Lehrbuch auf, schüttelte grinsend den Kopf und widmete sich dann wieder ihrer Lektüre.

»Klingt, als hättest du das große Los gezogen.«

»Ja, im Augenblick klappt's«, sagte Nadia und nickte. »Weil wir uns nicht anstrengen müssen. Er weiß, dass ich morgens früh rausmuss, und er hat eine Abendvorlesung die Woche. Ich glaube, manchmal setzen die ihn auch noch als Profiler ein. Für eine richtige Paarbeziehung haben wir also eigentlich gar keine Zeit. Wahrscheinlich ist das auch ganz gut so. Ich meine, ich will ja nur den Sex, nicht den ganzen anderen Ballast. Das hab ich alles hinter mir, und es war alles andere als toll.«

Keine von ihnen hatte in puncto Beziehung bisher das Gelbe vom Ei erlebt. Jemand, der mit einer ehemals Abhängigen zusammen war, musste stark sein und viel Geduld aufbringen, und die ging den meisten Männern ab. Wer einmal an einer Sucht gelitten hatte, dem fiel es schwer, wieder Kraft zu schöpfen und sich zusammenzureißen. Und er musste es um seiner selbst willen tun und nicht für jemand anderen.

»Also ich bin echt neidisch«, meldete sich Audie zu Wort.

»Neidisch worauf?«

»Auf Nadia. Dass sie nein zu einer Beziehung sagt, ist doch nicht ernst zu nehmen. Eigentlich hat sie sich schon mit wehenden Fahnen reingestürzt!«

Alle brachen in lautes Gelächter aus. »Bin ich etwa so leicht durchschaubar?«, fragte Nadia etwas peinlich berührt.

»Nur für uns, weil wir dich kennen«, antwortete Audie. »So gut, wie es euch beiden geht, bin ich fast versucht, mein freies und ungebundenes Leben aufzugeben und mich auf dieses ganze romantische *Ich hol dir die Sterne vom Himmel*-Gedöns einzulassen. Ihr wisst schon, monogam zu werden.« Sie schauderte. »Na ja, eigentlich ist das doch nichts für mich. Aber für dich ist es anscheinend das Richtige, Nadia. Ehe du dichs versiehst, hast du keine Zeit mehr für uns, weil es nur noch den sexy Professor für dich gibt.«

»Das würde ich nie tun!«, protestierte Nadia. »Ich brauche euch Mädels. Das wisst ihr doch, oder?«

»Natürlich wissen wir das.« Vanessa ergriff Nadias Hand. »Wir sind füreinander da. Ich bin sicher, dass der Professor das auch weiß. Das hat er kapiert, als er uns zusammen im *Tatas* gesehen hat.«

»Er hat's zumindest behauptet.« Nadia brachte ein schwaches Lächeln zustande. »Er nannte uns die übergeschnappten Schwestern, aber zumindest hat er dabei gelacht.«

»Damit haben wir unser Fett weg«, befand Siobhan. »Und du auch. Aber auf gute Art.«

»O Scheiße!« Audie warf einen Blick auf die Uhr und sprang auf. »In fünfzehn Minuten habe ich eine Verabredung. Ich muss gehen. Melde mich später.« Sie warf ihnen einen Luftkuss zu, kramte ihre Sachen zusammen und war auch schon zur Tür hinaus.

Siobhan runzelte die Stirn. Ebenso Vanessa. »Irgendwas stimmt mit ihr nicht.«

Nadia hatte plötzlich ein schlechtes Gewissen. »Vielleicht sollte ich mal mit ihr reden.«

»Ach, lasst sie ein bisschen in Ruhe«, meinte Siobhan da. »Sie kriegt sich schon wieder ein. Ist doch immer so.«

Das stimmte. Im Übrigen fühlte sich Audie offenbar zu Nadia stärker hingezogen als zu der von ihrer Tochter entfremdeten Siobhan oder der äußerlich so perfekten Vanessa. Sie hatte ihr Leben lang das Gefühl gehabt, im Weg zu sein, weshalb sie erwartete, über kurz oder lang von allen, die ihr nahestanden, verlassen zu werden. Nadia wusste, dass sie nur schwer Vertrauen fasste, aber in der Zeit, die sie jetzt in ihrer Gruppe war, hatte sie in Bezug auf ihre Sexsucht große Fortschritte gemacht. Und obwohl Audie sie manchmal zur Weißglut brachte – sie musste trotz ihrer Schönheit eben erst noch lernen, sich selbst zu lieben –, würde sie auch weiter für Audie da sein, genau wie alle anderen ihrer kleinen Suchtfamilie.

»Wenn du mit ihr sprichst«, sagte Vanessa, nachdem sie ihren Tee ausgetrunken hatte, »dann erinnere sie bitte noch mal daran, dass sie versprochen hat, ihren Frust nicht an uns auszulassen. Sonst bekommt sie von ihren Bitches eins über die Ohren.«

Wenn sie einander eins über die Ohren gaben, geschah das meistens nur verbal, obwohl man einander auch schon mal einen freundschaftlichen Knuff versetzte, um dem eigenen Standpunkt Nachdruck zu verleihen. Als sie ihre Gruppe gegründet hatten, hatten sie sich geschworen, ehrlich zueinander zu sein. Manchmal war die Wahrheit ziemlich hässlich, aber seine Sucht in den Griff zu kriegen, war eben kein Kinderspiel.

Nachdem Vanessa gegangen war, räumten Nadia und Siobhan das Café auf. Nadia ließ der Gedanke an Audies Reaktion nicht los. Hatte Audie ein Problem damit, dass sie mit Kane zusammen war? Aber warum sollte sie?

»Nimm das, was Audie gesagt hat, nicht so ernst«, sagte Siobhan, als hätte sie Nadias Gedanken gelesen. »Du kennst ihre Probleme. Sie will dich nur nicht verlieren.«

»Ich weiß.« Nadia seufzte und wischte die Tische ab. »Keine Ahnung, was ich machen soll. Ich kann ihr versichern, dass ich sie nie fallenlasse, aber sie wird mir nicht glauben.«

»Du kannst ihr das nur durch dein Verhalten zeigen. Irgendwann wird sie das dann schon verstehen.«

»Aber du weißt doch, dass ich mich nicht zwischen euch Mädels und Kane entscheiden würde, oder?«, fragte Nadia und hatte plötzlich Magenschmerzen. »Dass es keine Frage wäre, auf wessen Seite ich mich im Zweifel stellen würde?«

Siobhan unterbrach die Putzerei. »Auch du brauchst einen Ausgleich im Leben, Nadia. Den brauchen wir alle. Ich habe die Burlesque-Tanzgruppe. Vanessa hat ihre Kunstkritiker oder was die sind. Kane gibt dir etwas, das du dringend nötig hast. Und wenn mehr daraus würde, wäre das meiner Meinung nach auch nicht das Schlechteste. Es wird verdammt noch mal höchste Zeit.«

Nadia biss sich auf die Lippe. »Aber was, wenn es zu viel wird? Wenn ich zu viel Zeit mit ihm verbringe? Was, wenn unsere Freundschaft darunter leidet? Oder sogar unser Geschäft?«

»Bis jetzt nimmt der Professor doch ziemlich viel Rücksicht«, bemerkte Siobhan. »Hat er dich denn gebeten, öfter mit ihm zusammen zu sein?«

»Nein.«

»Hat er von dir verlangt, nicht mit uns auszugehen?«

»Nein.«

»Oder von dir gewollt, dass du dich zwischen uns und ihm entscheidest?«

»Nein.«

Siobhan zog die Augenbrauen hoch. Endlich lachte Nadia. »Wie machst du das?«

»Was?«

»Mich bitchmäßig in die Mangel zu nehmen, ohne dass ich es merke?«

Siobhan zuckte die Achseln. »Ich kann's eben. Aber mal ernsthaft: Ich verstehe ja, dass du dir Gedanken machst. Das ist alles neu und aufregend für dich und anders als alles, was du je erlebt hast. Du hast allen Grund, vorsichtig zu sein. Aber genauso viel Grund hast du, es einfach so zu nehmen, wie es ist. Genieß es einfach.«

Nadia atmete tief durch. »Immer ein Tag nach dem anderen, ein Schritt nach dem anderen.«

Das war eins ihrer Mantras, um Schwierigkeiten zu überwinden und die Sucht in den Griff zu bekommen. »Genau.«

»Weißt du«, setzte Nadia wieder an, »vielleicht solltest du auch mal einen Spaziergang durch den *Duftenden Garten* machen. Erklär dich auch für sexuell unabhängig und reiß einen heißen Studenten auf.«

»Einen Studenten?« Siobhan lachte. »Bin ich denn keinen Professor wert?«

»Es gibt nur einen Professor Sex an der Herscher University, und der ist besetzt.« Nadia grinste. »Da draußen laufen so viele umwerfend gutaussehende Studenten rum, die von einer Frau mit mehr Erfahrung als sie nur profitieren können. Ich habe einige im Club entdeckt, die definitiv die Aufmerksamkeit von Sugar Malloy erregen wollten.«

Siobhan lachte gezwungen. »Ich bin fünfunddreißig, Nadia. Mit diesen Jungspunden habe ich nichts am Hut. Ich kann keinen Mann brauchen, der einen Muttterersatz sucht. Wir wissen beide, dass ich eine beschissene Mutter bin.«

»Du hörst dich wie eine alte Jungfer an, die bald in Rente geht«, rügte Nadia sie. »Du hast das ganze Leben noch vor dir, genau wie wir alle.«

»Ich weiß«, antwortete Siobhan, und die Ruhe in ihrer Stimme klang gezwungen. In diesem Augenblick hörte sie sich seltsamerweise wie Vanessa an. »Ich weiß aber auch, dass ich meinem Freund aus der Highschool das Herz gebrochen und eine achtzehnjährige Tochter habe, die meinen Anblick nicht erträgt und nicht ans Telefon geht, wenn ich anrufe, weil mir meine Tablettensucht jahrelang wichtiger war als meine Familie. Welchem armen Kerl kann ich das alles zumuten?«

»Ich wünsche dir aber, dass du dich auch mal so fühlst wie ich.« Impulsiv umarmte Nadia ihre Partnerin. »Ich will, dass du glücklich bist.«

»Bin ich doch auch. Also alles gut.« Die Türglocke läutete, und Siobhan lächelte. »Wo wir gerade von glücklich reden ...«

Kane betrat das Café, in der Hand eine Einkaufstasche. Nadia eilte zu ihm hinüber. »Hey.«

»Selber hey.« Er legte den Arm um ihre Taille und gab ihr einen Kuss, bei dem sie vergaß, dass sie mitten im Café und direkt vor dem Fenster stand, deutlich sichtbar für jedermann. Sie schob ihm die Arme unter die Jacke und küsste ihn innig zurück.

Als sie sich voneinander lösten, musste er grinsen. »Wenn ich gewusst hätte, dass du so reagierst, hätte ich dir schon früher mal Geschenke mitgebracht.«

»Geschenke?« Sie schnappte ihm die Tasche weg. »Was denn?«

»Für Samstagabend.« Seine Stimme hatte jetzt wieder dieses tiefe, erotische Timbre, das ihr direkt in die Klitoris fuhr. »Es soll schon mal deine Phantasie anregen.«

»M-Meine Phantasie?«, stieß sie mühsam hervor.

»Ja.« Er strich ihr mit dem Handrücken über die Wange. »Ich will dich ein bisschen quälen, indem ich dir einen kurzen Blick darauf gewähre. Aber mach es nicht hier auf, es sei denn, du willst, dass Siobhan und deine Mitarbeiter mitkriegen, was wir am Samstag vorhaben.«

»Kane.« Sie presste die Tasche an die Brust. Was immer drin war, es wog nicht viel. Vielleicht ein Korsett. Vor Vorfreude wurden ihre Brustwarzen ganz hart. »Weißt du eigentlich, wie lange es bis Samstag noch hin ist?«

»Allerdings, meine Schöne. Ich quäle mich selbst auch damit.«

»Was soll ich bloß mit dir anfangen?«

»Was immer du willst. Dein Wunsch ist mir Befehl.« Er küsste sie wieder. »Bis bald.«

KAPITEL 14

Kane wohnte in einem gepflegten vierstöckigen Gebäude auf der Bay View Road, das einen wundervollen Ausblick auf die Bucht und die einzigartigen Sonnenuntergänge, die der Stadt ihren Namen gegeben hatten, bot. Nadia war mit den Immobilienpreisen vertraut, daher nahm sie an, dass Kane mit seinen Nebenjobs doch mehr verdiente als vermutet.

Sie zitterte in ihrem langen leichten Mantel und war nervös und aufgeregt, als sie an seiner Tür klopfte. Unter dem Mantel trug sie das Geschenk, das er ihr am Dienstag gemacht hatte und das der Schlüssel zu ihrem Phantasie-Wochenende war. Sie rief sich ins Gedächtnis, dass sie darum gebeten hatte, sich ihm unterwerfen zu dürfen – wenn auch zu ihren Bedingungen, dass sie von jemandem an die Grenze geführt werden wollte, der stark genug und fähig war, das Geschenk, das sie ihm machte, anzunehmen und es wertzuschätzen.

Die Tür öffnete sich, und Nadia stockte der Atem. Kane sah umwerfend wie immer aus, aber heute hatte er etwas Animalisches an sich, so dass sich ihre Muschi sogleich zusammenzog. Er trug eine locker sitzende schwarze Hose und eine rote Schärpe. Sein Oberkörper und seine Füße waren nackt, und aus irgendeinem Grund machte sie das total an. Er war gebaut wie ein Schwimmer: breite Brust und Schultern, wie dafür gemacht, um durchs Wasser zu pflügen, schmale Taille und wohldefinierte Arm- und Beinmuskulatur, bei deren Anblick ihr das Wasser im Mund zusammenlief. Sein dunkles Haar fiel ihm achtlos in die Stirn, was unglaublich sexy wirkte, und seine mitternachtsblauen Augen funkelten hungrig, besitzergreifend, zufrieden.

»Bist du meine neue Haremsdame?«

Verlangen brandete in ihr empor. Es waren nur Worte, aber sie waren wie eine Grenze, bei deren Überschreiten sie die behagliche Welt ihres bisherigen Daseins hinter sich ließ. »Das bin ich«, antwortete sie leise. »Seid Ihr mein Gebieter?«

Seine Augen leuchteten auf; genau das wollte er hören. »Ja«, schnurrte er leise. »Komm rein.«

Sie schritt über die Türschwelle. Nun befand sie sich im Territorium eines Raubtiers. Die Wohnung war groß und offen mit riesengroßen Fenstern und Glastüren, die einen Großteil der Wand einnahmen. Durchsichtige weiße Vorhänge, die von der Nachmittagssonne in orangefarbenes Licht getaucht wurden, gaben den Blick auf einen großen Balkon und die sonnendurchflutete Bucht frei.

Die Einrichtung war ein moderner und maskuliner Mix aus Zen und alter Tradition, was perfekt zu ihrem Bewohner passte. Aber das nahm sie kaum wahr, ebenso wie die niedrigen Möbel aus dunklem Holz und genauso dunklem Leder, die strategisch in diesem Raum verteilt waren. Überall standen brennende Kerzen, und hie und da gab es ein paar scharlachrote Accessoires: ein riesiges Bild, das aussah wie das Geschlecht einer Frau, nachdem sie befriedigt worden war, und einige rote Sitzkissen. Auch die verführerische rhythmische Musik, die aus einem Wandschrank auf der anderen Seite des Raumes kam, bemerkte sie kaum. Dessen Türen waren geöffnet und enthüllten einen großen Flachbildschirmfernseher und andere elektronische Geräte. Nein, ihr ganzer Fokus war auf die Mitte des Raumes gerichtet und auf das, was sie dort erwartete.

Auf dem weichen weißen Teppich stand eine schwarze Metallvorrichtung. Sie sah aus wie eine Mischung aus Gymnastikstangen und Liebesschaukel. Daneben lag ein aufgerolltes rotes Seil.

Ihr Selbstbewusstsein war auf einen Schlag wie weggeblasen. Sie drehte sich zu ihm um, als er gerade die Tür hinter sich schloss. Ihr Herz klopfte wie wild. »Kane?«

»Du gehörst mir, Nadia«, teilte er ihr mit fester Stimme mit. »Damit ich mich mit dir vergnügen kann und um dich zu verwöhnen. Dieses Wochenende hast du dich in meine Hände begeben, daher bekommen wir beide, was wir wollen. Du weißt, dass ich dir nicht weh tun werde. Du weißt, was du sagen musst, damit ich aufhöre.«

Er machte einen Schritt auf sie zu. Seine Augen funkelten begehrlich und magisch. »Dies ist deine letzte Chance, falls du deine Meinung ändern willst. Willst du dich mir an diesem Wochenende völlig hingeben? Vertraust du mir?«

»Ja«, flüsterte sie. »Ja, Herr.«

»Gut.« Sein Lächeln erfüllte sie wie Sonnenstrahlen, und sie war glücklich, weil sie ihn glücklich gemacht hatte. »Jetzt lass mich dich anschauen.«

Er löste den Gürtel ihres Mantels. Ihr Mund wurde ganz trocken, als er bedächtig ihren knöchellangen Mantel öffnete, ganz als sei sie ein Geschenk, das man langsam und genüsslich auspackt.

So fühlte sie sich auch. Wie ein – wenn auch spärlich verpacktes – Geschenk. Als sie zum ersten Mal einen Blick auf das Outfit geworfen hatte, das er ihr gekauft hatte, war sie begeistert, erregt und gerührt gewesen. Er hatte ihre Phantasie zum Leben erweckt. Dann hatte sie seine Notiz gesehen:

Dein Gebieter erwartet Dich um drei Uhr, angekleidet und bereit. Verspäte Dich nicht.

Nur mit dem Kostüm und ihrem Mantel bekleidet zu ihm zu fahren, war ein süßer Nervenkitzel gewesen. Kane hatte eine Phantasie lebendig werden lassen, die sie nur einmal kurz erwähnt hatte. Und er hatte sich große Mühe gegeben, was sie erstaunte und erfreute. Das Geringste, was sie tun konnte, war, sich seinem sinnlichen Spiel völlig hinzugeben und dafür zu sorgen, dass er sich genauso daran erfreute wie sie.

Er öffnete den letzten Knopf, ließ den Mantel dann über ihre Schultern gleiten und warf ihn auf den nächstbesten Stuhl. Kalte Luft traf auf den breiten goldenen Münzkragen, der sich von ihrem Hals bis zu ihren nackten Brüsten erstreckte. Ein passender Gürtel hing tief auf ihren Hüften, wobei zwei hauchzarte feuerrote Stoffstücke als Sichtblende dienten. Weiterhin trug sie zahlreiche goldene Armbänder und klimpernde Münzohrringe. Ohne Mantel kam sie sich wie eine waschechte Haremsdame vor, die gerufen worden war, um ihrem Gebieter Lust zu bereiten, auf welche Weise auch immer.

Kane sog die Luft hörbar ein, trat einen Schritt zurück und musterte sie. Unter seinem bedächtigen Blick wurden ihre Nippel hart. »Ich habe eine Haremsdame bestellt und eine Feuergöttin bekommen.«

Seine sanften, ehrfürchtigen Worte trafen sie tief in ihrem Innersten. Lust erfüllte sie, ebenso wie das Bedürfnis, ihm zu gefallen. »Was wünscht mein Gebieter von seiner Haremsdame?«

»Alles.« Seine Stimme war heiser vor blanker Begierde, und seine Gesichtszüge verhärteten sich, als er auf ihr knappes Gewand deutete. »So überwältigend du in diesem Gewand auch aussiehst, so überwältigend ist aber auch mein Verlangen, dich gefesselt zu sehen.«

Nadias Herz hämmerte so hart in ihrer Brust, dass sie sich sicher war, Kane konnte es hören. Ihr Blick wurde erneut von der Metallvorrichtung und dem aufgerollten Seil angezogen, während Kane hinüberging, ein kleineres Seil ergriff und wieder zu ihr zurückkehrte.

Er fuhr mit dem Seil über ihre Haut, dessen Ende gleichzeitig weich und hart war. »Der *Duftende Garten* kennt zwei Methoden, wie man ein solches Seil nutzen kann. Sie stammen mutmaßlich aus Indien und nennen sich *el zedjadja*, das Durchdringen mit der Lanze, und *el hedouh*, das Aufhängen.«

Ihre Pupillen weiteten sich, als sie erst die Vorrichtung und dann ihn ansah. »A-Aufhängen?«

»Schweben wäre vielleicht die bessere Bezeichnung. Wie der Scheich sagte: ›Der Mann bindet der Frau Hände und Füße nahe ihres Nackens zusammen, so dass ihre Scham sich nach außen wölbt wie eine Kuppel. Dann zieht er sie mit Hilfe einer an der Zimmerdecke befestigten Rolle in die Höhe. Anschließend legt er sich unter sie auf den Boden; in der Hand hält er das andere Ende des Seils, so dass er sie auf sein Glied herablassen und es in ihre Scheide eindringen lassen kann. Dann zieht er sie auf und nieder, bis er sich in sie ergießt.‹«

Er hielt inne, als erwarte er eine Antwort. »Das klingt sehr intensiv, mein Gebieter. Ich weiß nicht so genau, ob ich mich in diesem Flaschenzug wohl genug fühle, um Euch zu befriedigen, egal wie wunderbar Ihr seid. Vielleicht versuchen wir es erst einmal mit der anderen Stellung?«

Er fuhr mit dem Seil über das Tal zwischen ihren Brüsten. »Um ein Eindringen zu ermöglichen, ist es erforderlich, dass du an vier Seilen von der Decke hängst, die an deinen Fuß- und Handgelenken befestigt sind. Ein fünftes Seil wird um deine Taille geschlungen, aber natürlich so, dass es dir am Rücken nicht weh tut.«

»Natürlich, Herr.«

Er zog die Augenbrauen in die Höhe und schlug mit dem Seil sanft auf eine ihrer Brustwarzen. Der Schmerz fuhr direkt in ihre Klitoris. »Sei nicht vorlaut, Haremsdame«, ermahnte er sie. »Deine Lust bereitet mir Freude, aber wenn ich muss, dann werde ich mich zurückhalten.«

»Ich entschuldige mich, Herr.« Dieses erotische Geplänkel zu beenden, war das Letzte, was sie wollte.

»Wenn du dann vorschriftsgemäß und sicher von der Decke hängst, werde ich mich vor dich stellen und deine wunderschöne Muschi erfüllen und sanft in dich hineinstoßen.«

Er packte ihre Hüften, schob sie von sich und zog sie wieder zu sich heran. »Durch dein Schaukeln wirst du mich ficken«, erklärte er ihr. »Wie bei einem Sex-Chair.«

Nadia leckte sich die Lippen und bekam vor heißem Verlangen fast kein Wort heraus. »Und … welche Methode werdet Ihr Eurer armen Haremsdame jetzt zeigen, Herr?«

Er grinste, was ihr Verlangen in ein wütendes Feuer verwandelte. »Beide.«

»B-Beide?«

»Ja. Ich habe neulich einen Joker gezogen, der mich zu diesem Wochenende für dich inspirierte. Ich zeige dir nun *Kinbaku*, eine japanische Kunst des Fesselns.«

»*Kinbaku*«, wiederholte sie, ließ sich das Wort auf der Zunge zergehen. *Kanames Kinbaku.*

»Deine Nippel werden ja sogar noch härter«, bemerkte er leise und ganz heiser. »Ich glaube, da gefällt jemandem die Vorstellung, von mir gefesselt zu werden.«

»Ja«, versuchte sie zu antworten, aber die Begierde schnürte ihr die Kehle zu. Sie schluckte, benetzte ihre Lippen und versuchte es noch einmal. »Ja … Herr.«

»Richtige Antwort.« Er ließ das Seil über ihren Brustkorb bis zu ihrem Bauchnabel wandern, und sie bekam eine Gänsehaut.

Ihr Atem ging stoßweise, als er mit dem Seilende ihren Bauchnabel umkreiste. »Als ich anfing, die menschliche Sexualität zu studieren, konzentrierte ich mich zunächst auf die Praktiken in meinem Geburtsland, und schon bald faszinierte mich die Kunst des Fesselns. *Kinbaku* kann alles Mögliche sein: eine Show, eine Kunst, eine Strafe, ein Machtspiel. Das hängt von der Absicht des Fesselnden und des lebenden Objekts ab. Für viele geht es vornehmlich um Kunst. Der Mensch ist für sie ein Kunstwerk voller Grazie und Schönheit. Für andere stehen Dominanz und Unterwerfung oder der meditative Aspekt des Gefesselt-Werdens und der Unterwerfung im Vordergrund. Und manche sehen es als Vorspiel für Sex.«

Sein Blick ruhte intensiv auf ihr, als er die geflochtene Kordel über ihre geschwollene Klitoris zog. »Für uns wird es all das sein und mehr. Spreize deine Beine.«

Ihr Herz vollführte einen wilden Tanz in ihrer Brust, als sie gehorchte. Mit fast ehrerbietigen Bewegungen befreite er ihren Hals von dem schweren Münzkollier. Als Nächstes entfernte er die dazu passenden Ohrringe, dann die Armreifen und zuletzt den Gürtel. Mit dem Schmuck und den Kleidungsstücken verschwanden auch ihre Unsicherheit, ihre Sorge und die Geister der Vergangenheit. Nichts war mehr von Bedeutung, außer diesem Moment, ihr, ihm und dem Seil.

Er schlang das erste Seil über ihre Brust, dann fügte er ein weiteres hinzu. Wie erwartet, fühlten sie sich gleichzeitig weich und etwas rauh an, eine seltsame Mischung, die sie sanft einhüllte und ihm das Knoten erleichterte. Während er die Fesseln über und unter ihren Brüsten befestigte, sprach er leise auf sie ein, versicherte ihr, wie schön sie war, wie wundervoll das Seil auf ihrem Körper aussah und wie viel Lust er dabei empfand, sie so gefesselt zu sehen.

Er verwob die Schnüre zu einem Diamantmuster auf ihrer Haut, und sie spürte, dass er einen Knoten strategisch auf ihrem Anus plaziert hatte und einen anderen auf ihrer pulsierenden Klitoris, wobei das Seil ihre Schamlippen teilte und sie für ihn öffnete. Jedes Festzurren der Knoten sandte eine Vielzahl von Empfindungen durch ihren Körper, was sie zugleich erregte und beruhigte. Sie war ganz in seinem Bann, gab sich der Freude hin, ihm Lust bereiten zu können, der Sicherheit der Fesseln, dem Trost und der Erleichterung, sich ganz seiner Fürsorge überlassen zu können. In diesem Augenblick, an diesem perfekten Ort des Glücks, hatte sie zum ersten Mal das Gefühl, wirklich zu ihm zu gehören, und dass nichts und niemand sie je trennen konnte. Je länger das Fesselspiel andauerte, umso gefügiger wurde sie. Die einzigen Laute, die sie hörte, waren ihr eigener Atem und das Reiben des Seils auf ihrer Haut.

Dann führte er ihre Arme über ihren Kopf und band sie an den Ellbogen und Handgelenken zusammen, fest, aber dennoch nicht so, dass es schmerzte. Plötzlich fühlte sie sich hilflos. Sie erkannte deutlich, dass sie an einem Wendepunkt angelangt war. Jetzt musste sie sich entscheiden, ob sie sich zur Wehr setzen oder kapitulieren wollte, ob die Fesseln ihr zu viel waren oder genau das, was sie brauchte.

Kane schritt wieder um sie herum, und sie sah in seine fragenden Augen. Dass er sich so gut in sie hineinfühlen konnte, ihre Unsicherheit spürte, machte ihr die Entscheidung leicht. Sie lächelte und nickte. »Ich fühle mich schön.«

»Du *bist* schön.« Er umfing einen Moment lang ihre Wangen, ein anerkennendes Lächeln auf den Lippen. Sie wurde von einer wohligen Wärme erfüllt und versank darin, überließ sich dem Gewicht der Fesseln, dem sanften Kratzen auf ihrer Haut; Kanes Hände und die Seile waren das Einzige, was zählte.

Sie schloss die Lider, als sie sich diesem Gefühl überließ und in einen Ort abtauchte, den sie früher nur durch Tabletten erreichen hatte können. Doch das hier war besser als alles, was sie bis jetzt erlebt hatte, weil Kane es kontrollierte.

Sie hatte keine Ahnung, wie lange das Ganze dauerte oder wie er die Fesseln anbrachte, nur dass er immer mehr Seile um ihre Beine, ihre Taille und ihren Körper band und ein Kunstwerk aus ihr machte. Nur teilweise kam sie wieder zu sich, als Kane die Hände um ihre Schultern legte, sie in die Horizontale legte und dann nach oben zog. Ein Seil führte von einem Knoten zwischen ihren Schulterblättern zu einem größeren Haken an einem Balken unter der Decke. Sie beobachtete Kane, der weitere Seile hinzufügte. Sie war an der rechten Seite aufgehängt, so dass ihr linkes Bein herabbaumelte, das rechte jedoch gebeugt in der Luft schwebte. Dann trat er einen Schritt zurück und ließ sie los.

Für einen Moment klopfte ihr das Herz bis zum Hals, und die Angst, zu fallen, schien alles andere auszublenden. Dann atmete sie tief ein und stellte fest, dass die Seile sie hielten. Sie gab nach, schloss die Augen, entspannte sich, so dass ihr Kopf schlaff herabhing und ihr die Haare ins Gesicht fielen. Sie konnte sich nicht bewegen, doch fühlte sie sich sicher, behütet und beschützt, obwohl ihr schwebender Zustand und ihre Fesseln sie offen und verletzlich machten.

Sie verlor jegliches Zeitgefühl, während sie dort hing, doch gefühlt waren es Stunden. Plötzlich wurde ihr die Stille zu übermächtig. Sie öffnete die Augen, aber ihr Haar verdeckte ihr die Sicht. Sie nahm die Farbe des Feuers, die das schwindende Sonnenlicht und der sanfte Kerzenschein verbreitet hatten, nicht mehr wahr.

Zwar genoss sie es, die Seile an ihrem Körper zu fühlen, doch eigentlich gefiel ihr der Akt der Unterwerfung und mit ihm verbunden zu sein noch viel mehr. Dort zu hängen, blind durch ihr Haar, taub, weil sie nur ihr rasendes Herz vernahm, ihn in der Stille nicht spüren zu können, weckte plötzlich ein Gefühl der Verlassenheit in ihr, das ihr Behagen langsam vertrieb. Er würde sie nicht verlassen. Nicht so. Bestimmt nicht. Sie vertraute ihm.

Doch langsam geriet sie in Panik. Sie wollte schreien. Ihre Muskeln spannten sich an, sie spürte den Drang, entkommen zu wollen. Und in diesem Augenblick berührte er sie. Als er mit seinem Handrücken ihre Wange streichelte und ihr das Haar aus dem Gesicht strich, schluchzte sie vor Erleichterung auf. Sie entspannte sich sofort wieder, überließ sich erneut ihren Fesseln, sehnte sich nach seiner Berührung, seiner Nähe, seiner Hitze. Nach allem, was er ihr geben konnte.

»Erinnerst du dich an dein Safeword, Nadia?«, fragte er und stellte sich so vor sie hin, dass sie ihn sehen konnte. Er hatte seine Kleider ausgezogen und stand jetzt nackt vor ihr. Er sah einfach traumhaft aus. Sein Schwanz war so hart, dass er aufragte wie ein Turm.

Sie blinzelte, um sich wieder konzentrieren zu können. Als sie ihm tief in die Augen schaute, hatte sie das Gefühl, als könne er durch sie hindurchsehen, als sähe er ihren ganzen Schmerz, ihre Angst und ihre verletzliche Seele. »Ja … Herr.«

»Möchtest du es aussprechen?«

Seine Berührung beruhigte ihre angespannten Nerven. »Nein, Herr. Solange Ihr mich berührt, ist alles gut.«

Er liebkoste sie mit beiden Händen. Seine Finger glitten über ihre bloße Haut, neckten sie, umfingen sie, erfüllten sie. Jede Berührung verband sie wieder miteinander, bis seine Gegenwart ihre Sinne umhüllte. Sie seufzte vor wieder erwachtem Behagen.

»Gefällt dir das, Nadia?«, fragte er nach einer langen Pause, und seine geschickten Finger umkreisten ihre harten Brustwarzen. »Gefällt es dir, gefesselt zu sein und in der Luft zu hängen?«

»Ich liebe es«, antwortete sie nach längerem Schweigen mit schleppender Stimme. Verlangen loderte in ihr auf, erhob sich in ihrem Innern wie ein Seeungeheuer aus der Tiefe, vertrieb den tranceartigen Zustand.

»Vielleicht binde ich dich von jetzt an jeden Tag zusammen, damit du meine Fesseln immer spürst – beim Arbeiten und Backen und bei der Unterhaltung mit deinen Freundinnen – und stets an mich denkst.«

Ein leises Stöhnen entfuhr ihr. Die Aussicht auf so ein pikantes kleines Geheimnis brachte ihr Blut zum Rasen und ihr Innerstes zum Schmelzen. »Ich denke sowieso schon die ganze Zeit an Euch, Herr.«

»Das macht mich froh.« Er positionierte sich so, dass sie ihn immer noch sehen konnte, und stellte sich zwischen ihre gespreizten Oberschenkel, wobei ihr angewinkeltes Bein oberhalb seiner Hüfte zu ruhen kam. Er fuhr mit der Hand über jedes Seil bis hin zu ihren Oberschenkeln, bis sein Daumen auf dem Knoten, der auf ihrer Klitoris lag, landete. Die Begierde durchfuhr sie wie ein Blitz. »Wem gehört das?«

»Eu-Euch.«

Mit der anderen Hand strich er über seinen Penis, zog die Vorhaut zurück und entblößte dabei die geschwollene Eichel, auf der bereits ein schimmernder Lusttropfen glänzte. »Und das?«

»Mir«, antwortete sie und überraschte sie beide mit ihrer besitzergreifenden heiseren Stimme. »Das gehört mir.«

»Dir.« Er ließ sie nicht aus den Augen, umfing mit der linken Hand die Seile um ihre Taille und zog daran, um in sie einzudringen, langsam, bedächtig, so dass sie jeden Millimeter seines Schwanzes spüren konnte. »Mir.«

Tief in ihrem Innern angelangt, hielt er inne, heiß und hart. Mit besitzergreifendem Lodern in seinen Augen musterte er erst sie, dann den Punkt ihrer Vereinigung. »Uns.«

Ihre Gefühle drohten sie zu überwältigen, so dass sie kaum mehr Luft bekam. »Kaname.«

»Entspann dich, Nadia«, befahl er, seine sanfte Stimme im Gegensatz zu seinem harten Körper, und zog sich langsam wieder zurück. »Entspann dich und vertrau darauf, dass dir mit mir nichts passiert.«

Sie hielt den Atem an, als er erneut mit atemberaubender Langsamkeit in sie hineinglitt. Er warf den Kopf in den Nacken, die Sehnen an seinem Hals traten hervor, sein Körper erstarrte, als ihre feuchte Scheide ihn erneut willkommen hieß. »Mein Gott, Nadia«, stöhnte er. »Das ist gut, so verdammt gut.«

Er begann, sich zu bewegen, lange, langsame Stöße, tief hinein und dann wieder hinaus. Sie konnte ihn nicht halten, konnte die Hand nicht nach ihm ausstrecken, konnte nur die Lust akzeptieren, die er ihr schenkte. Sie nahm ihn ganz und gar in sich auf, ließ ihn keinen Moment lang aus den Augen, ihre inneren Muskeln krampften sich um ihn, ihre Klitoris stimuliert von dem Knoten und der Wurzel seines Penis, jedes Mal, wenn er sich tief in ihr vergrub.

Die Lust entfachte ein Inferno in ihr, als sie zwischen den Fesseln hin und her glitt, ihn in ihrem Innern festhielt und wieder losließ. Die Seile um ihren Oberkörper schabten über ihre Haut in einer süßen Mischung aus Lust, Qual und Schmerz, die ihren ganzen Körper erbeben ließ. Sie gab sich dieser Empfindung hin, gab sich Kane hin, seiner Geschicklichkeit, seiner Expertise, seiner Fürsorge, wusste, dass er sie halten würde, wenn sie fiel.

Ihr Orgasmus traf sie nur einen Herzschlag später wie aus dem Hinterhalt. Sie kam mit einem klagenden Schrei, gefangen in glühend weißer Ekstase, die sie in luftige Höhen emporführte, in ein Meer überirdischen Lichts. Als ob ihm ihr Orgasmus die Erlaubnis dazu gegeben hätte, beschleunigte er seinen

Rhythmus, die tiefen Stöße drangen immer schneller in ihren schwebenden Körper ein, der ihm völlig ausgeliefert war. Seine Hand legte sich auf ihren Venushügel, streichelte und umfing ihre Klitoris, verlängerte ihre Lust mit jeder erotischen Berührung. Sie versuchte, es zurückzuhalten, versuchte, ihren zweiten Höhepunkt hinauszuzögern, aber sie war zu offen, zu bedürftig, zu bereit für ihn.

Dieser Orgasmus erschütterte sie wie ein ungeheurer Blitz – heiß, mächtig und blendend. Ihr Körper bäumte sich auf, die Lust vernebelte ihre Sinne. Kane packte die Seile mit beiden Händen und verfiel in einen wilden Rhythmus purer Ekstase, knurrte, wenn er in sie hineintrieb, nahm sie mit fast schon brutaler Intensität. Er kam mit einem wilden Schrei, hielt sie dicht an sich, während er sich in ihren Schoß ergoss.

Die Wärme hüllte sie ganz und gar ein. Sie öffnete die Augen und fand sich in der Dusche wieder, in Kanes Armen, die Fesseln verschwunden. Das diamantene Muster auf ihrer Haut war die einzige Erinnerung daran, dass sie gefesselt gewesen war. »Kane, ich war richtig weggetreten ...«

Er küsste sie und half ihr beim Aufstehen. »Du warst außer dir, Geliebte. Fast schon zu sehr.«

»Du hast mir die Erlaubnis gegeben, loszulassen. Ich wusste, du würdest mich auffangen.«

»Das werde ich immer«, versprach er. »Immer.«

In diesem vollkommenen Augenblick glaubte sie ihm.

KAPITEL 15

Audies Klingelton riss Nadia aus dem Tiefschlaf. Sie tastete auf dem Nachttisch nach ihrem Handy, war sich Kanes warmen, riesigen Körpers hinter sich bewusst. »Hallo?«

»Nadia.«

»Audie? Wie viel Uhr ist es?«

»Keine Ahnung.« Audies gedämpfte Stimme zitterte, verebbte. »Tut mir leid. Ich hätte dich nicht anrufen sollen.«

»Warte.« Nadia setzte sich auf, rieb sich den Schlaf aus den Augen. »Du klingst so komisch. Was ist los? Ist was Schlimmes passiert?«

»Ja.« Audie unterdrückte ein Schluchzen. »Ich hab Scheiße gebaut, Nadia. Ich hab so schlimme Scheiße gebaut. Kannst du kommen?«

»Natürlich.« Audie war schon die ganzen letzten Tage so merkwürdig gewesen, hatte sich aber geweigert, Nadia von ihren Sorgen zu erzählen, trotz Nadias wiederholter Bemühungen, sie zum Reden zu bringen. Seit Nadia die junge Frau kannte, hatte sie sie noch nie weinen sehen, obwohl sie wusste, dass der Rotschopf dazu allen Grund hatte. Sie wusste, dass Audies begeisterte Fick-sie-alle-Haltung – sowohl im übertragenen als auch im wortwörtlichen Sinne – eine Waffe war, mit der sie andere in Schach hielt, um das verängstigte kleine Mädchen zu schützen, das sie immer vor der Welt verbarg. Wenn dieser tief in ihr verwurzelte Schutzmechanismus jetzt versagte, bedeutete das, dass etwas wirklich Schreckliches geschehen war.

Nadia schlüpfte aus dem Bett, und Kane regte sich. »Bist du zu Hause?«

»Ja«, antwortete Audie. »Meine Nachbarin hat die Polizei angerufen. Ich will nicht ohne dich mit ihnen reden.«

Die Polizei? Voller böser Vorahnungen suchte Nadia nach ihren Klamotten und erinnerte sich, dass sie das ganze Wochenende als Haremsdame verkleidet gewesen war. Es konnten also gar keine Kleider herumliegen. Sie jonglierte mit dem Handy, fand ihre Reisetasche und zog ein Sweatshirt und eine Jeans heraus. Was zum Teufel war vorgefallen, dass jemand die Polizei hatte rufen müssen? »Audie, ich bin auf dem Weg. Aber wenn die Polizei vor mir eintrifft, musst du sie erst mal reinlassen, okay? Zumindest wenn du nicht willst, dass sie die Tür eintreten oder etwas noch Gefährlicheres.«

»Okay.« Noch ein Schluchzen. »Und ruf Sugar oder Vanessa nicht an. Bitte.«

Mein Gott. »Gut, Audie. Ich werde sie nicht informieren. Ich bin in ein paar Minuten bei dir. Versprochen.«

Sie legte auf, warf das Handy aufs Bett, bevor sie in die Jeans schlüpfte und dann eilig BH und Sweatshirt überstreifte. Sie drehte sich um. Kane war ebenfalls aufgestanden und zog sich an. »Das war Audie. Da ist was passiert.«

»Hab ich mitbekommen.« Er stand schon fast fertig angezogen da und stopfte sorgfältig das T-Shirt in die Hose. »Weißt du, was los ist?«

»Nein, aber es muss was Schlimmes sein. Audie bittet nie um Hilfe. Und sie weint auch nie.« Sie nahm ihr Handy und lief in den Flur. »Ich muss gehen.«

»Natürlich. Ich begleite dich.«

Sie wandte sich zu ihm um. »Das musst du nicht.«

»Ich weiß.« Er stieß sie in die Hüfte, damit sie weiterging. »Ich komme trotzdem mit.«

»Vielleicht ist das keine so gute Idee«, widersprach sie auf dem Weg zur Tür. Sie glaubte nicht, dass Audie über Kanes Anwesenheit allzu begeistert sein würde. Und wenn sie ganz ehrlich war, wusste sie selbst auch nicht so genau, ob sie wollte, dass Kane die schwierigeren Aspekte ihres Lebens und des Lebens ihrer Freundinnen so hautnah mitbekam. Obwohl Audie zu ihrer Dienstagsrunde gehörte, wussten Nadia und die anderen ziemlich genau, dass Audie noch nicht ganz unten angekommen war. Wenn das jetzt der Fall war, würde die ganze Situation beschissen, hässlich und äußerst schmerzhaft sein.

Sie riss die Tür des Garderobenschrankes auf, holte ihren Mantel heraus und schob die Füße in ihre Ballerinas. »Audie klingt, als sei sie in einem ziemlich schlechten Zustand, Kane. Sie sagte, ihre Nachbarin habe die Polizei gerufen.«

»Dann sollten wir uns beeilen.« Er schlüpfte in seine Jacke und zog die Schlüssel heraus.

Warum war er in dieser Sache so beharrlich? »Kane, wirklich ...«

»Keine Widerrede, Nadia«, sagte er, als er sie zur Tür hinaus und in den Flur drängte. »Was für ein Kerl wäre ich denn verdammt noch mal, wenn ich meine Frau um zwei Uhr nachts allein und vollkommen fertig in die Wohnung ihrer Freundin fahren ließe?«

Sie sah blinzelnd zu ihm auf. Oh, mein Gott, hatte er gerade *meine Frau* gesagt? Sie konnte die Bedeutung dieser beiden Worte kaum fassen, nicht wenn sie jetzt zu Audie fuhr. »Okay.«

Außer sich vor Sorge, ließ sie es zu, dass Kane sie ins Parkhaus führte. Kane hatte recht. Sie wäre gar nicht in der Lage gewesen, quer durch die Stadt zu Audies Wohnhaus im Südosten zu fahren. Sie nannte Kane die Adresse ihrer Freundin und sah zu, wie er sie in sein Navi eingab. Sein ruhiges, selbstsicheres Verhalten färbte auf sie ab, linderte die Angst, die sie um

Audie hatte. Sie konzentrierte sich auf die Tatsache, dass Audie am Leben war und es ihr gut genug ging, um sie anzurufen. Dass sie um Hilfe gebeten hatte – und dass ihre Nachbarin die Polizei gerufen hatte –, machte Nadia mehr Sorgen, als sie Kane gegenüber zugeben wollte.

Aber er merkte es trotzdem. Wortlos streckte er die Hand aus und drückte die ihre beruhigend. Sie erwiderte den Händedruck, plötzlich dankbar, dass er sie so unbedingt hatte begleiten wollen. Sie konnte Audie den Rücken stärken, denn sie wusste, dass Kane das Gleiche für sie tat.

Blinkende Lichter und neugierige Nachbarn säumten den Weg zu Audies Wohnung im zweiten Stock des Hauses, in dem nur Singles und Studenten lebten. Nadia wartete, bis Kane den Motor ausgeschaltet hatte. Dann sprang sie aus dem Auto und rannte die Treppenstufen hinauf. Sie drängte sich durch die Schaulustigen und platzte durch Audies kaputte Tür, stürmte hinein und kam ruckartig zum Stehen.

Es war nicht so schlimm, wie sie befürchtet hatte.

Es war schlimmer.

»Audie!«

Audie saß auf dem einzigen noch intakten Stuhl an ihrem Küchentisch. Ihre Unterlippe war aufgeplatzt, ihr linkes Auge so geschwollen, dass sie es nicht mehr öffnen konnte, das perlenbestickte türkisfarbene Top zerrissen und blutverschmiert. »O Audie.«

»Du solltest den Kerl erst mal sehen«, murmelte Audie. Es gelang ihr, das linke Auge doch einen Spalt zu öffnen, dann stöhnte sie. »Du hast den Professor mitgebracht? Na toll, als ob ich noch mehr Leute brauchte, die sehen, wie blöd ich war.«

Nadia blinzelte die heißen Tränen der plötzlichen Wut fort, die ihr in den Augen brannten. Sie kniete neben Audie nieder, wobei sie darauf achtete, dem Sanitäter nicht im Weg zu stehen, der sie behandelte. »Wer hat dir das verdammt noch mal angetan?«

»Mein Date«, murmelte Audie und zuckte zusammen, als der Sanitäter etwas auf die Platzwunde über ihrem rechten Auge tupfte. »Er wollte ein Nein nicht akzeptieren.«

Mein Gott. Plötzlich kam Nadia die Galle hoch. »Hat er …?«

»Er hat es versucht.« Audie sah sie kurz an, dann wandte sie den Blick wieder ab. »Hat mich zu Boden geworfen, mein Shirt zerrissen. Ich bin total durchgedreht. Er hat mich geschlagen, ich hab mich gewehrt, so gut ich konnte. Zum Glück hat Jane gegen die Wand geklopft und gesagt, dass sie die Cops rufen würde. Da ist er abgezischt.«

»Du hast den Cops doch gesagt, wer er war, oder?«

Als Audie schwieg, beugte Nadia sich vor. »Du weißt doch, wie er heißt, oder?«

Audie funkelte sie wütend an. »Ich bin vielleicht nicht in der Lage, mir einen Professor zu krallen, aber ich nehme auch nicht jeden.«

Nadia verkniff sich eine Antwort. Sie wussten beide, dass die Nachnamen ihrer jeweiligen Lover nicht ganz oben auf Audies Prioritätenliste standen, wenn sie jemanden abschleppte. »Audie, wenn du dich an seinen Namen erinnerst, musst du Anzeige erstatten, wenn man ihn aufspürt. Was immer passiert ist, bis du nein gesagt hast, spielt keine Rolle. Was er dir angetan hat, ist einfach nicht richtig. Er hat dich angegriffen. Wer weiß, was passiert wäre, wenn deine Nachbarin nicht zu Hause gewesen wäre?«

Audie schloss die Augen. »Ich habe ihn heute Abend im *Miller's* kennengelernt. Er heißt Brian. Ich glaube, sein Nachname ist Peacock oder Peabody. Oder so ähnlich. Er hat behauptet, Stammgast dort zu sein.«

Das *Miller's* war ein bekannter Anmachschuppen für Leute im Studentenalter. Man ging dorthin, um sich eine schöne Zeit mit dem Lieblingsrauschmittel zu machen, egal ob es sich um Drogen, Alkohol, Sex oder einer Kombination der drei handelte. Nadia hätte sich nicht einmal in die Nähe des *Miller's* begeben, selbst in ihrem früheren Leben nicht.

Der Polizeibeamte trat vor. »Waren Sie mit jemandem zusammen da?«

»Nein.« Audie zog eine Grimasse. »Das ist nicht die Art von Bar, in der meine Freundinnen sich erwischen lassen wollen.«

»Audie.« Das tat weh, obwohl Nadia gerade genau das Gleiche gedacht hatte. Kane drückte ihre Schulter, und diese kurze tröstende Berührung gab ihr Halt, als sie sich wieder erhob.

»Können Sie uns Ihren Angreifer beschreiben, Miss?«

Audie seufzte und zuckte vor offensichtlichem Schmerz zusammen. Nadia streckte die Hand aus, doch der Sanitäter hinderte sie daran. Sie verstand, warum er das tat, aber das Bedürfnis, ihre Freundin zu beschützen, machte sie ganz kribbelig. Sie musste irgendetwas tun.

Audie lieferte dem Officer eine Beschreibung ihres Dates und dessen Autos, während der Sanitäter seine Behandlung abschloss. Als der Polizist genug Informationen hatte, wandte Nadia sich an den Sanitäter. »Bringen Sie sie ins Krankenhaus?«

»Nein! Kein Krankenhaus. Das hier ist schon peinlich genug, auch ohne dass ich vor meinen ganzen Nachbarn auf einer Bahre rausgetragen werde!«

»Ma'am.« Der Sanitäter sah mitfühlend zu Audie auf. »Ich weiß, dass das hier nicht leicht für Sie ist, aber es ist meine Aufgabe, Sie vernünftig zu versorgen. Sie sind jetzt wieder hellwach, gerade eben waren Sie allerdings völlig benommen, wissen Sie noch?«

Audie runzelte die Stirn, zuckte zusammen, runzelte wieder die Stirn. »Bin keine Ma'am.«

Vor Sorge zog sich Nadia der Magen zusammen. Das war kein gutes Zeichen, oder? Audie konnte eine Kopfverletzung davongetragen haben, innere Blutungen.

»Audie.« Der Sanitäter ergriff erneut das Wort, die Stimme sanft und doch energisch. »Können Sie sich an mich erinnern?«

Nadia beobachtete, wie Audie den Blick auf den Mann richtete, der vor ihr kniete. »Sie sind José, José mit den freundlichen Augen.«

»Das stimmt.« Er lächelte, und in diesem Moment hatte er ein bisschen was von einem Engel. »Erinnern Sie sich daran, was ich Ihnen gesagt habe?«

»Sie haben versprochen, mir zu helfen. Aber die meisten Leute halten ihre Versprechen in der Regel nicht.«

Nadia schlug sich mit der Hand vor den Mund, um ihren automatischen Widerspruch zurückzuhalten. Bevor sie aber protestieren konnte, sprach der Sanitäter weiter. »Dann ist es ja gut, dass ich nicht wie die meisten Leute bin. Jeder hier will Ihnen helfen. Das bedeutet, Sie müssen mich meinen Job machen lassen, uns alle unseren Job machen lassen. Wir müssen dafür sorgen, dass es Ihnen wieder gutgeht, dass es keine inneren Verletzungen gibt. Und Sie müssen der Polizei sämtliche Informationen und Hinweise geben, die Sie haben.«

»Nadia kann eine Tasche für dich packen«, sagte Kane, und seine gelassene Stimme beruhigte Nadia einmal mehr. »Ich habe eine Bekannte von mir angerufen. Sie heißt Sally Jensen und ist Anwältin und Rechtsberaterin. Sie kommt ins Krankenhaus und wird dir in Zukunft zur Seite stehen.«

Nadia hielt den Atem an, doch Audie nickte. »Na gut.«

Die beiden Männer hatten ihre Freundin überzeugen können, woran Nadia gescheitert war. In diesem Augenblick war ihr das aber egal. Hauptsache, Audie bekam die Hilfe, die sie so dringend brauchte. Die übrigen Sanitäter schafften sie in den Krankenwagen, während Nadia hastig Audies Tasche packte und ihr dann mit Kane im Schlepptau folgte.

Die Warterei im Krankenhaus dauerte endlos. Sie wollte bei Audie sein, aber als sie fragte, ob das möglich sei, kehrte die Krankenschwester, die das nachprüfen wollte, nicht wieder zurück. Sie schritt im Wartezimmer auf und ab, zu angespannt, um den Kaffee zu trinken, den Kane ihr geholt hatte.

»Ich sollte die anderen anrufen. Soll ich das tun?«

»Es würde dir sicher helfen, wenn sie hier wären«, antwortete Kane. »Aber du hast mir erzählt, dass Audie dich gebeten hat, sie nicht zu informieren. Du willst sicher nichts tun, das sie noch mehr aufregen könnte.«

»Du hast recht. Ich weiß, dass du recht hast.« Sie hörte auf, hin und her zu laufen, und biss stattdessen auf ihrem Daumennagel herum. »Wieso dauert das denn so lang?«

Kane ging zu ihr hinüber, umfing ihr Handgelenk und zog sanft ihre Hand nach unten. »Du willst doch, dass sie gründlich untersucht wird«, meinte er. »Außerdem muss die Polizei ihren Bericht zu Ende schreiben und sämtliche Beweise dokumentieren, falls Audie tatsächlich Anklage erhebt.«

»Falls?«, echote sie. »Was meinst du damit? Natürlich wird Audie ihn verklagen!«

»Das will ich hoffen. Deshalb habe ich ja auch Sally Jensen angerufen. Sie ist eine sehr gute Anwältin. Audie befindet sich bei ihr in guten Händen.«

Nadia hätte ihm gern geglaubt. In alldem war Kane eine schweigsame, unerschütterliche Stütze gewesen. Sie wollte ihn von sich stoßen. Andererseits wollte sie auch das Gesicht an seinem Hals vergraben und seinen Duft in sich aufnehmen. Aber am meisten wünschte sie sich, wieder von ihm gefesselt zu werden, nichts tun zu müssen, außer die Lust zu empfinden, die er ihr bereitete.

Nein. So durfte sie nicht denken. Immerhin hatte Audie einen ganzen Haufen Probleme und obendrein auch noch

Schmerzen. Sie holte tief Luft, trat einen Schritt von ihm zurück und wies damit auch den Trost zurück, den er bot. »Vielleicht solltest du besser gehen.«

Auf seiner Stirn erschien die Andeutung eines Stirnrunzelns. »Das werde ich. Sobald wir wissen, ob es Audie gutgeht, und du wieder zu Hause bist.«

Sie konnte einfach nicht zulassen, dass er noch mehr in ihr Leben und das Leben ihrer Freundinnen verwickelt wurde. Er steckte jetzt schon viel zu tief drin, so dass sogar dieser Versuch, ihn von sich fernzuhalten, an ihr nagte, sie förmlich zerriss. Sie musste es tun, und zwar bevor er einen noch größeren Platz in ihrem Herzen einnahm.

»Das ist wirklich nicht nötig, Kane«, widersprach sie daher und schlang die Arme um sich. »Du hattest einen langen Tag, und ich kann nicht verlangen, dass du noch mehr für uns tust.«

»Du hattest den gleichen langen Tag, Nadia«, erinnerte er sie mit so zärtlicher Stimme und so viel Verständnis, dass sie fast eingeknickt wäre. »Du musst nichts von mir verlangen, denn ich will dir ja helfen. Außerdem steht dein Auto noch bei mir. Wenn der Arzt Audie also entlässt, fahre ich euch beide zu deiner Wohnung zurück und bringe dir morgen dein Auto.«

Er zog sie wieder zu sich heran, indem er die Hand in ihrem Hosenbund verhakte. Dann schlang er die Finger um ihre Handgelenke, zwang ihre Arme auseinander und schmiegte sie an seine Brust. »Hör auf, mich wegzustoßen«, sagte er in ihr Haar hinein. »Das schaffst du sowieso nicht.«

Nadia gab nach, schloss die Augen und hielt ihn so fest, wie sie es wagte. In diesem Moment wusste sie, dass Kane es ernst meinte. Sie wusste auch, dass er dieses Versprechen nicht würde halten können.

KAPITEL 16

Viel später schloss Nadia ihre Wohnungstür auf und führte Audie hinein. Diese hatte sich geweigert, über Nacht zur Beobachtung im Krankenhaus zu bleiben, und Nadia hatte sich freiwillig angeboten, bis zum nächsten Morgen nach ihr zu sehen. Sie hatte nicht viel gesagt, seit sie entlassen worden war, nur ein leises Dankeschön an Kane, als er sie vor dem Haus abgesetzt hatte. Nadia hätte ihre Freundin fast wegen ihrer teilnahmslosen Distanziertheit beneidet, wenn Audie nicht so einen hohen Preis dafür bezahlt hätte.

»Warum wolltest du nicht, dass ich Siobhan oder Vanessa anrufe?«, fragte Nadia, als sie langsam die Stufen ins Schlafzimmer hinaufgingen.

Audie seufzte. »Komm schon, Nadia. Du weißt doch, warum.«

»Du willst nicht, dass sie erfahren, was dir zugestoßen ist? Aber Audie, sie werden dich doch sehen. Sie werden es sowieso herausfinden. Ich werde unsere Freundinnen auch nicht belügen. So funktioniert unser Bitch-Talk nicht.«

Audie richtete sich mühsam auf, löste sich von Nadias stützendem Arm. »Ich brauche diesen Bitch-Talk nicht, und ihr verdammtes Mitleid genauso wenig. Ich bin der Loser der Gruppe, das wissen wir doch alle. Na ja, Vanessa und ich haben uns eine Weile ein Kopf-an-Kopf-Rennen geliefert, aber seit heute hab ich klar die Nase vorn. Juhu! Darf ich zur Belohnung wenigstens auf die Verurteilung verzichten?«

»Keiner von uns verurteilt dich«, widersprach Nadia, während sie die Tür zu ihrem Gästezimmer öffnete und sich fragte, was Audie mit ihrer Bemerkung über Vanessa gemeint hatte. Aber sie beschloss, sich darüber jetzt keine Gedanken zu machen. Wenigstens war das Zimmer sauber und das Bett gemacht. Da ihre Väter nur wenige Stunden entfernt wohnten und auch schon mal Freunde hereinschneiten, hielt Nadia es immer bereit.

»Ja, klar.« Audie schlurfte zum Bett. »Der einzige Grund, warum sie mich tolerieren, bist doch du.«

Dieser Vorwurf tat weh. »Du weißt, dass das nicht stimmt!«

»Frag sie doch, wenn du mir nicht glaubst. Du wirst schon sehen.« Audie blieb taumelnd stehen, bevor sie das Bett erreichte. »Mein Gott, ich brauche eine Dusche.«

»Natürlich.« Dankbar, das Thema wechseln zu können, ließ Nadia Audies riesigen Stoffbeutel auf das Bett fallen, dann schlug sie einen bewusst fröhlichen Ton an. »Ich habe dir ein Nachthemd, Unterwäsche und ein paar Klamotten eingepackt. Brauchst du Hilfe?«

Audie versteifte sich. »Nein.«

Ihr abweisender Ton war wie ein Schlag ins Gesicht. »Na gut. Handtücher und Waschlappen sind im Wäscheschrank neben dem Bad. Da findest du auch noch ein paar Ersatzzahnbürsten. Ich mache dir was zu essen, während du duschst.«

Sie zog sich in die Küche zurück. Ihre Gedanken überschlugen sich. Sicherlich glaubte Audie nicht die Hälfte von dem, was sie gerade gesagt hatte. Audie musste nach dieser Tortur seelisch und körperlich ziemlich am Ende sein. Immerhin hatte sie eine polizeiliche Vernehmung und einen Krankenhausaufenthalt hinter sich. Nachdem sie gegessen und sich ausgeruht hatte, war sie sicher wie ausgewechselt und hoffentlich auch bereit, ihr Leben zu ändern.

Nadia belud ein Tablett mit Suppe, Crackern, einem Sandwich und Obst und kehrte ins Schlafzimmer zurück. Audie war schon wieder zurück, in der Hand eine Dose mit Pillen. Sie hatte ihr rotbraunes Haar zu einem feuchten Pferdeschwanz zusammengefasst, und ihre Blutergüsse hoben sich dunkel von ihrer bleichen Haut ab, so dass sie jung und verletzlich wirkte.

»Ich wusste nicht, wie viel Hunger du hast, also habe ich dir ein paar Sachen zusammengestellt«, sagte Nadia und stellte das Tablett auf dem Nachttisch ab. »Die Suppe ist nur eine Gemüsebrühe, falls du mehr noch nicht verträgst. Und ich habe dir Melone aufgeschnitten, was hoffentlich nicht zu sehr an deiner Lippe beißt.«

»So viel Mühe hättest du dir doch gar nicht machen müssen.« Audie glitt unter die Decke. »Lieben Dank.«

»Hab ich gern getan.« Nadia legte Audie noch ein paar Kissen in den Rücken, damit sie sich ans Kopfende lehnen konnte, dann stellte sie ihr das Tablett auf den Schoß, bevor sie in einem Sessel daneben Platz nahm.

Audie führte die Suppe an die Lippen, sorgfältig ihre aufgeplatzte Lippe meidend. »War dein Professor sauer, weil ihr eure Sexspielchen meinetwegen unterbrechen musstet?«

Nadias Wangen wurden heiß. »Wir haben geschlafen, und nein, er war nicht sauer. Er wollte helfen.«

»Natürlich.« Audie brachte ein Lächeln zustande, das gleichzeitig traurig und herablassend wirkte. »Du bist so nett, Nadia. Du bist wie eine Schwester für mich, mehr als meine tatsächlichen Schwestern. Vielleicht ist das ja auch das Problem.«

Nadia war überaus verwirrt und besorgt. Audie war einfach nicht sie selbst. Sie war immer bissig, aber das hier ... das hatte eine besondere Note, und Nadia bekam ihren ganzen Frust ab. »Was ist denn los mit dir? Warum um alles in der Welt gehst du allein ins *Miller's*? Du weißt doch, was für ein Laden das ist.«

»Natürlich weiß ich das. Deshalb bin ich ja hingegangen.«

»Audie ...«

»Sag nicht in diesem Ton Audie zu mir.« Sie stellte die leere Suppentasse ab. »Wir können nicht alle so perfekt sein wie du, Nadia, mit der perfekten Karriere, dem perfekten Leben, dem perfekten Freund.«

Nadia schüttelte den Kopf, als ob sie nicht glaubte oder nicht wahrhaben wollte, was sie da hörte – so genau konnte sie das gar nicht sagen. »Ich bin nicht perfekt, Audie. Alles andere als das. Und das weißt du doch.«

»Bist du wohl«, beharrte die Rothaarige. »Du hast mit den Pillen aufgehört. Du bist clean. Du hast dein eigenes Café eröffnet. Du hast eine richtige Beziehung mit dem begehrtesten Junggesellen der Stadt, der so in dich verschossen ist, dass er niemand anderen mehr wahrnimmt, auch wenn das daher kommt, dass du ihm dein wahres Ich nicht zeigst. Du hast dich total im Griff. Ich aber suhle mich in der Scheiße.«

»Ich arbeite immer noch an mir, Audie«, antwortete Nadia mit einer Ruhe, die sie nicht empfand. »Das müssen wir alle. Es war ein weiter Weg vom Tiefpunkt bis hierher, aber ich bin noch lange nicht fertig mit dem Aufstieg. Ich glaube, was heute Abend passiert ist, ist *dein* persönlicher Tiefpunkt, oder zumindest solltest du nicht weiter fallen.«

»Warum sollte ich das nicht? Vielleicht gefällt mir mein Leben ja so, wie es ist. Auch wenn es tausendmal beschissen ist. Hast du nie mal darüber nachgedacht?«

»Wenn ja, dann hättest du im Krankenhaus nicht Sally Jensens Hilfe angenommen. Sie kann dir beistehen, Audie. Du musst die Hilfe nur wollen.«

»Ich will keine Predigten von dir hören, Nadia. Nur weil bei dir alles super ist, heißt das noch lange nicht, dass du hier die arrogante Tussi rauskehren musst.«

Nadia atmete zitternd ein. »Du … du kannst das alles doch nicht ernst meinen. Die Medikamente, die sie dir gegeben haben …« Aber ausgerechnet sie wusste schließlich am besten, dass Medikamente einen nicht veränderten. Sie machten es einem nur leichter, sein wahres Ich zu zeigen.

»Oh, ich meine es genau, wie ich es sage. Ich bin so verdammt neidisch auf dich, dass es weh tut.« Audie lächelte bitter. »Und ich finde es ätzend, dass ich so eifersüchtig bin. Deshalb hasse ich dich beinahe. Aber eben nur beinahe. Und weißt du auch, warum? Weil ich einfach nicht kapiere, warum ein Professor wie Sullivan das Risiko eingeht, mit dir zusammen zu sein. Vielleicht, weil du ihn zum Narren gehalten hast. Vielleicht hast du ihm nicht alles erzählt, was dir als Suchtkranke zugestoßen ist. Aber das spielt keine Rolle. Irgendwann fährst du alles wieder gegen die Wand. Das tut jeder Süchtige. Siobhan hat das schon zweimal durchgemacht. Vanessa ist wahrscheinlich mittendrin. Wenn der Professor entdeckt, wer du wirklich bist, macht er sich vom Acker, und du sitzt wieder hier mit mir im Dreck, und zwar mit nichts und niemandem.«

Nadia sprang auf die Füße, Wut und Schmerz kämpften in ihr um die Vorherrschaft. »Das ist nicht fair, Audie.«

»Na und? Das Leben ist nun mal nicht fair. Wenn es das wäre, hätten sich all die Jahre, in denen ich mich angepasst und mich trotz meiner Gene wie ein braves Töchterlein verhalten habe, auch bezahlt gemacht. Haben sie aber nicht. Warum sollte es mich also kümmern? Warum sollte ich mich ändern? Das macht absolut keinen verdammten Unterschied.«

»Natürlich würde es einen Unterschied machen«, beharrte Nadia, der sich die Kehle zuschnürte. »Das hat es schon. Du warst doch dabei, dein Leben wieder auf die Reihe zu bekommen, Audie. Das wissen wir doch alle. Wir haben es gesehen, und wir haben tausendprozentig hinter dir gestanden. Und das tun wir auch, wenn du strauchelst.«

Sie kreuzte die Arme vor der Brust, die Tränen drohten sie zu ersticken. »Aber es ist schwer, Audie. Es ist schwer für uns, mitzukriegen, wie wenig du auf dich selbst achtest, wo wir dich doch lieben und das Beste für dich wollen.«

»Worte. Die kommen dir leicht über die Lippen, weil du gerade obenauf bist.« Audie schob sich das Tablett von den Beinen. »Vielleicht wäre es das Beste für mich, nicht versuchen zu müssen, ein unmögliches Ziel zu erreichen, nur weil du willst, dass ich ein akzeptables Leben führe. Ich hoffe wirklich zutiefst, dass du mit deinem guten Leben weitermachen kannst, obwohl uns doch beiden klar ist, dass du und ich nicht für gute Zeiten gemacht sind, nicht langfristig jedenfalls. Ich hoffe, dass dein Geschäft weiterhin gut läuft und der Professor auch weiterhin vergisst, dass du suchtkrank bist. Ich hoffe, du genießt dein momentanes Leben und das Zusammensein mit ihm, solange du kannst. Und vor allem hoffe ich für dich, dass du niemals mit mir zusammen in der Scheiße landest.«

»Audie«, flüsterte Nadia, und ihre Brust war vor Schmerz so eng, dass sie kaum Luft bekam. Sie streckte die Hand aus, aber Audie drehte sich um, wandte ihr den Rücken zu.

Erschüttert nahm Nadia das Tablett und verließ das Zimmer auf wackligen Beinen. Sie ging wieder die Treppe hinunter und in die Küche. Ihre Hände zitterten so heftig, dass sie das Tablett kaum gerade halten konnte. Sie hatte ein Rauschen in den Ohren, als sie wie ferngesteuert alles sauber machte. Die normale Routine, ihre Küche in Ordnung zu bringen, konnte sie auch nicht mehr beruhigen.

Erschöpft, aber zu unglücklich, um ins Bett zu gehen, betrat sie ihr Wohnzimmer und warf sich auf das Sofa. Das Rauschen verwandelte sich in gleißenden Schmerz. Sie rieb sich die Brust, doch das konnte weder den Kummer noch die Fassungslosigkeit lindern. Wie konnte Audie nur so schreckliche Dinge zu ihr sagen? Glaubte sie das alles wirklich, oder war es nur auf ihre Verlegenheit und die Medikamente zurückzuführen, die man ihr verabreicht hatte?

Sie lehnte sich in die Kissen zurück, sah zur Decke hinauf. Nein, Schmerzmittel brachten keine neuen Gefühle hervor. Sie verstärkten nur das, was ohnehin schon da war, weil sie die Hemmschwelle senkten und die emotionalen und sozialen Filter betäubten, die einen normalerweise über die Konsequenzen der eigenen Worte und Handlungsweisen nachdenken ließen.

Audie war also eifersüchtig auf sie. Hatte sie die Eifersucht ins *Miller's* getrieben, weil sie wieder zufällig jemanden aufreißen wollte – als Ersatz für eine richtige Beziehung? Wenn Eifersucht schon zu so einem leichtsinnigen Verhalten führen konnte, was konnte dann der Hass mit ihr anstellen?

Doch trotz allem war Audie Nadia immer noch wichtig. Es lag ihr immer noch am Herzen, was mit Audie geschah. So traurig sie auch über ihre Freundin war, sie hoffte inständig, dieses Ereignis würde Audie wachrütteln und dazu führen, dass sie ihr Leben wieder in den Griff bekam. Sie wollte nicht darüber nachdenken, was hätte geschehen können, wenn Audie sich noch weiter auf gefährliches Terrain vorgewagt hätte.

Aber auch dieses Wissen konnte ihren Schmerz nicht lindern. Audie hatte das alles bewusst gesagt, um sie zu verletzen, um ihrer Freundschaft einen Dolchstoß zu versetzen. Mit Hilfe einer kleinen Tablette konnte Audie sich den Luxus gönnen, die Nachwirkungen ihrer groben Worte einfach zu verschlafen, während Nadia ihre Gefühle aushalten musste.

Sie schloss die Augen und ballte die Hände zu Fäusten, als das alte Verlangen wieder in ihr aufstieg, das Bedürfnis zu vergessen, sich der Realität erst einmal nicht stellen zu müssen, alles und jeden in ein paar Stunden besinnungsloser Glückseligkeit zu vergessen. Vier oder fünf oder acht Pillen auf ihre Zunge zu legen, den bitteren Geschmack wahrzunehmen, bevor sie sie mit einem gut eingeschenkten Glas Wodka herunterspülte und auf das süße Nichts wartete. Audie würde gar nicht merken, wenn ein paar Pillen fehlten …

Nein. Ruckartig öffnete sie die Augen und sah sich fieberhaft nach etwas um, das sie erden konnte, das sie davon abhielt, nach oben zu schleichen und ihrer Freundin die Tabletten zu stehlen. Ihr Blick fiel auf das Handy auf dem Couchtisch. Sie nahm es hoch, zögerte. Sie hatte versprochen, Siobhan oder Vanessa nicht anzurufen, aber Siobhan war der Grund, warum sie die Reha durchgestanden hatte. Sie würde ihr helfen, ihre innere Balance wiederzufinden, aber sie würde sicher auch wütend auf Audie sein. Und in diesem Augenblick konnte sie nicht noch einen weiteren Gefühlsausbruch ertragen.

Sie konnte Kane anrufen.

Die Unentschlossenheit nagte an ihr. Sie hatte vorhin versucht, Kane von sich fernzuhalten, doch er hatte sich geweigert, zu gehen. Wagte sie es, ihm noch mehr von dem Chaos zu enthüllen, in das ihr Leben sich verwandelt hatte? Er hatte bereits ziemlich viel gesehen, aber sie hatte ihm noch immer nicht alles erzählt. Hatte Audie recht, und Kane würde den Kontakt zu ihr abbrechen, wenn er alles über ihr Leben als Suchtkranke erfuhr?

Nein, das konnte sie sich nicht vorstellen. Sie wollte es nicht glauben. Er hatte sie beschützt und unterstützt vom ersten Augenblick an, da Audie angerufen hatte. Er hatte sich mit der Rechtsanwältin in Verbindung gesetzt. Das hätte er nicht getan, wenn er ihr jeden Moment den Rücken kehren und sie im Stich lassen wollte. Niemals.

Sie war gleichermaßen von Hoffnung und Furcht erfüllt, als sie eine vorsichtige Textnachricht an Kane schickte, wobei sie nicht erwartete, dass er antworten würde.

Hey.

Selber hey. Wie geht es Audie?

Gott sei Dank. Nadia hielt einen Augenblick lang das Handy an die Brust, so erleichtert war sie, dass er noch wach war und bereit, ihr zu schreiben. Sie hätte ihn am liebsten angerufen, aber sie wusste nicht, ob sie mehr als nur ein paar Worte würde rausbringen können, ohne dann vollends in Tränen auszubrechen.

Sie schläft jetzt. Mal sehen, wie es morgen ist.

Morgen ist ein neuer Tag, eine neue Chance, das Richtige zu tun, und das ist doch das, was zählt. Wie geht es Dir?

Nicht gut,

antwortete sie aufrichtig.

Brauchst Du mich?

Eigentlich wollte sie ihn nicht brauchen, aber sie tat es trotzdem. Sie wollte nicht allein sein, nicht wenn sie sich so einsam fühlte. Kane konnte zumindest das Verlassenheitsgefühl vertreiben, und vielleicht würde dann jenes andere Verlangen wieder in der Dunkelheit verschwinden, wo es hingehörte.

Ja.

Nach einer kleinen Pause dann:

Ich bin in fünf Minuten bei Dir.

Wieder zitterten ihre Hände. In fünf Minuten? Wenn er so nah war, dann bedeutete das, dass er nicht nach Hause gefahren war. Vom Parkplatz aus brauchte er fünf Minuten an ihre Tür.

Ihre Lungen drohten zu bersten, weil sie nach Luft rang. Nadia ließ das Handy fallen und sprang auf die Füße. Ihre Beine schienen nicht in der Lage, sie die weite Strecke tragen zu können, ihre Hände öffneten nur mühevoll das Schloss. Sie riss die Tür auf, dann hielt sie inne.

Kane stand im Flur, trug immer noch die gleichen Kleider wie vorhin; er war zerknittert und müde, aber in ihren verhungernden Augen so wunderschön anzusehen. Sie sog den Anblick in sich auf, das Herz klopfte ihr schon wieder bis zum Hals, doch jetzt bekam sie wieder Luft.

»Kaname«, hauchte sie, »du bist hier. Du bist wirklich hier.«

Sie bemerkte, wie für den Bruchteil einer Sekunde ein besorgter Ausdruck über sein Gesicht glitt, bevor er die Arme ausbreitete und sie hochhob. Sie ließ sich an seine harte, warme Brust sinken und schluchzte auf. Sie spürte seine Arme um sich, nahm seinen würzigen Duft wahr, hörte seine leise Stimme Worte des Zuspruchs murmeln und wurde von ihren Gefühlen überwältigt. Sie vergrub das Gesicht an seinem Hals, atmete ihn noch einmal ein, zweimal, dann brach sie zusammen, schluchzte gedämpft an seiner Haut.

Sie war sich undeutlich bewusst, dass er die Tür mit einem Tritt schloss, zur Couch hinüberging, sich dann hinsetzte und sie die ganze Zeit über fest in den Armen hielt. »Ich bin da, Liebes«, flüsterte er, wiegte sie sanft hin und her und streichelte ihr den Rücken. »Ich bin da.«

Sie hatte keine Ahnung, wie lange die Tränen sie schüttelten, wie lange sie sich an Kane klammerte wie an einen Felsen in einem schnell dahinrauschenden Fluss von Emotionen, der sie hinwegzuspülen drohte. Schließlich löste sie sich von ihm und schluckte schwer. »Tut mir leid.«

»Du musst dich niemals bei mir entschuldigen.« Er umfing ihr Gesicht mit seinen warmen geschickten Händen, und seine Daumen strichen ihr die Tränen fort. »Soll ich dir etwas bringen? Wasser, Kaffee, Tee? Wein? Taschentücher?«

Sein Versuch, ihre Stimmung zu heben, entrang ihr ein schwaches Lächeln. Erschöpft glitt sie von seinem Schoß. »Wir sind in meiner Wohnung. Eigentlich sollte ich dich das fragen.«

»Du hast geweint. Ich sollte das in Ordnung bringen, damit du *nicht mehr* weinen musst.«

Wieder kamen ihr Audies Worte in den Sinn, und das Herz wurde ihr erneut schwer. »Ich weiß nicht, ob du das in Ordnung bringen kannst, Kane.«

Er küsste sie auf die Stirn. »Dann lass mich aus genau diesem Grund mit etwas Banalem anfangen. Also was meinst du: Kann ich dir etwas zu trinken bringen? Oder willst du etwas essen?«

Sie lehnte sich an ihn, hätte nicht in Worte fassen können, wie dankbar sie dafür war, dass er da war. »Tee wäre gut. Kamille oder Jasmin. Der ist im …«

»Ich weiß.« Er küsste sie noch einmal, dann stand er auf. »Ich hole ihn. Du entspannst dich erst mal.«

»Gut.« Sie erhob sich, als er in die Küche ging. »Ich muss mir das Gesicht waschen. Ich glaube, ich habe den ganzen Rotz auf deiner Schulter verteilt.«

»Das Gute an Kleidern ist, dass man sie waschen kann.« Er holte zwei Tassen und öffnete den Schrank, in dem sie Kaffee und Tee aufbewahrte. Er hatte mit müheloser Grazie gelernt, sich in ihrer Küche zurechtzufinden, genau wie er ein wesentlicher Teil ihres Lebens geworden war. In diesem Augenblick hatte sie nichts dagegen. Überhaupt gar nichts.

»Kaname.«

»Hmmm?« Er sah auf, das schwache Licht spiegelte sich in seinen Brillengläsern, bevor sie seine dunklen Augen dahinter sah.

»Danke, dass du da bist.« Sie vergrub die Zehen im Teppich und schlang die Arme um sich. »Dafür, dass du zurückgekommen bist, oder besser gesagt: gar nicht erst gegangen ist. Weil du wusstest, dass ich dich vielleicht brauchen würde, was mir selbst gar nicht so klar war. Ich … ich weiß das sehr zu schätzen.«

Sein Lächeln brachte sein ganzes Gesicht zum Strahlen, die Zärtlichkeit darin vertrieb auch noch ihre letzten Sorgen. »Hab ich gern gemacht, Nadia.«

Seine Worte waren höflich, aber seine Stimme war eine Einladung, ein Angebot für so viel mehr als eine Demonstration antiquierter sexueller Praktiken. Jedenfalls klang es in ihren erschöpften Ohren so. Gerührt ging sie ins Bad und drehte den Wasserhahn auf, um sich das Gesicht zu waschen. Als sie einen Blick in den Spiegel warf, stöhnte sie laut auf. Sie sah völlig mitgenommen aus. Ihr Haar stand ihr vom Kopf ab, ihre Haut war vom Weinen mit roten Flecken übersät, ihre Augen waren ganz rot und geschwollen. Sie war verzweifelt.

Seit Jahren hatte sie nicht mehr dermaßen herumgeheult. Tatsächlich hatte sie in ihrer Genesungsphase akribisch jeglichen emotionalen Aufruhr dieser Art vermieden. Schmerz zu empfinden, führte zu dem Wunsch, ihn zu betäuben, was sie wieder an den Rand jenes Abgrunds führte, in den sie nie wieder fallen wollte.

»Tag für Tag, Schritt für Schritt«, sagte sie zu ihrem Spiegelbild und wiederholte damit das Mantra, das in den vergangenen Jahren Teil ihres Lebens gewesen war. Wenn die Dinge sie zu überwältigen drohten, hatte ihr das geholfen, von dem großen Ganzen zurückzutreten, sich auf die kleinen Schritte zu konzentrieren, die sie bewältigen konnte. Wie zum Beispiel darauf, sich kaltes Wasser in ihr erhitztes, derangiertes Gesicht zu spritzen und sich Stück für Stück in winzigen Schritten wieder zusammenzusetzen.

Einigermaßen gefasst kehrte sie ins Wohnzimmer zurück und fand Kaname auf der Couch wartend vor, zwei Tassen Tee auf dem Tisch vor ihm. Wie immer hatte er seine Schuhe abgestreift und an der Tür stehenlassen. Außerdem hatte er sein Sweatshirt ausgezogen, so dass er jetzt nur noch seine Jeans trug.

Nadia schnaubte unwillig. »Ich habe dein Sweatshirt tatsächlich ruiniert«, sagte sie und ließ sich auf die Couch neben ihn fallen. »Solche hässlichen Heulkrämpfe sind mir eigentlich verhasst.«

»Ist doch nur ein Sweatshirt.« Er reichte ihr die Tasse Tee. »Kamille. Ich dachte, ihre wohltuende Wirkung wäre jetzt genau das Richtige für dich.«

»Stimmt.« Sie trank einen vorsichtigen Schluck, denn sie spürte an den Händen, wie heiß der Tee noch war. »Ich weiß alles zu schätzen, was du getan hast.«

»Das hast du schon gesagt.« Er schob ihr das Haar aus dem Gesicht, legte ihr die längeren Strähnen hinters Ohr. »Und ich habe gesagt, dass ich es gern getan habe. Das gehört zu den Dingen, die ich nun mal für mein Mädchen tue, wenn es mich braucht.«

Mein Mädchen. Eigentlich hätten diese Worte sie in Panik geraten lassen müssen, aber in diesem Augenblick waren sie genau das, was sie brauchte.

»Und jetzt erzähl mir, was passiert ist.«

»Du weißt, was passiert ist«, antwortete sie, nicht bereit, ihm die ganze giftige Unterhaltung mit Audie wiederzugeben.

»Ich weiß, dass das, was mit Audie geschehen ist, traumatisch für dich war, aber das ist nicht der einzige Grund, warum du geweint hast.« Er strich ihr wieder über die Wange. »Du hast geweint, als hätte dir jemand das Herz gebrochen. Hat Audie irgendwas gesagt oder getan, das dich so aus der Fassung gebracht hat?«

»Könnte man sagen.« Sie stellte die Tasse wieder auf den Tisch und sah ihn an. Stockend gab sie ihm eine leicht überarbeitete Fassung ihrer Unterhaltung mit Audie wieder. Je länger sie sprach, umso mehr verkantete sich sein Kinn, bis sie glaubte, er werde gleich explodieren.

»Bitte sei nicht wütend auf sie, Kane«, schloss sie und streckte die Hand nach seinem Arm aus. »Sie ist gerade in einem miserablen Zustand, und wahrscheinlich haben die Schmerzmittel ihren Verstand vernebelt.«

»So eine Scheiße sagt man trotzdem nicht zu jemandem, mit dem man befreundet ist«, brachte er hervor, und seine Stimme klang angespannt vor unterdrückter Wut. »Besonders nicht, nachdem diese Freundin einem mitten in der Nacht zur Seite geeilt ist, um sich um einen zu kümmern, und einen dann auch noch in der eigenen Wohnung aufgenommen hat.«

»Ich weiß«, flüsterte sie. Tränen brannten in ihrer Kehle, und sie versuchte, sie herunterzuschlucken, ebenso wie den Kummer, den Schmerz und … ja, ihre eigene Wut. »Ich weiß, aber ich will sie trotzdem nicht aufgeben. Ich kann einfach nicht. Wir sind ihre Familie. Wo wäre ich heute, wenn meine Familie mich einfach im Stich gelassen hätte?«

»Ach, Liebes.« Sein Zorn verrauchte, als er sie wieder in die Arme nahm, genau wie sie es gehofft hatte. Sie gab sich ihm hin, brauchte den Trost, den er ihr gab, die Verbundenheit. »Tut mir leid, dass du das durchmachen musstest.«

»Sie befürchtet, mich zu verlieren. An dich.« Nadia schluckte hörbar. »Das hat sie schon mal gesagt.«

Er versteifte sich. »Ich würde nie von dir verlangen, dass du dich zwischen mir und deinen Freundinnen entscheidest, Nadia.«

»Siobhan hat das Gleiche gesagt.«

»Siobhan ist eine kluge Frau.« Er schob ihr Kinn in die Höhe. »Du glaubst uns doch, oder?«

»Ja.« Irgendwie wusste sie, dass er sie nicht vor eine solche Entscheidung stellen würde. Aber sie war sich nicht sicher, ob sie selbst sich das vielleicht nicht irgendwann abverlangen würde. Sie hatte es schon einmal getan, und mit den Auswirkungen hatte sie auch jetzt noch, Jahre später, zu kämpfen.

Er strich ihr übers Haar, beruhigte sie und vielleicht auch sich selbst. Nach einer Weile sagte er: »Hast du was dagegen, wenn ich einen Augenblick lang in meiner Eigenschaft als Berater spreche?«

»Leg los!«

»Ich weiß nichts von Audie oder von ihrer Vergangenheit, aber ich habe schon mit genug Menschen zusammengearbeitet, um zu wissen, dass es da eine traumatische Erfahrung gegeben haben muss, die für das, was sie sich momentan antut, verantwortlich ist. Audies Selbstwertgefühl ist davon abhängig, dass Menschen sie mögen. Sie misst das anhand der Anzahl ihrer Sexualpartner und daran, wie weit sie ihre Freunde treiben kann. Sie glaubt, dass jeder, der an ihr interessiert ist, ob auf sexueller oder freundschaftlicher Ebene, etwas von ihr will.«

»Warum sollte sie das glauben?«

»Sie hat Angst, alles zu verlieren, das ihr wichtig ist, aber sie glaubt auch, dass sie es nicht verdient hat. Also mäkelt sie ständig herum in dem Versuch, die Menschen von sich wegzutreiben, was sie im Grunde gar nicht will. Aber wenn sie sich tatsächlich abwenden, kann sie sagen, dass sie recht hatte mit ihrer Theorie, dass andere Menschen sie eigentlich nur benutzen.«

»O Gott. Audie.« Sie hielt sich die zitternden Hände vor den Mund.

»Du bist nicht schuld an ihren Entscheidungen, Nadia«, sagte er mit sanfter, aber fester Stimme. »Auch wenn sie heute Abend ein paar Fehlentscheidungen getroffen hat, ist es natürlich furchtbar, dass man sie so verletzt hat. Das kann für sie ein Wendepunkt sein. Deshalb habe ich übrigens auch Sally Jensen angerufen. Ich hoffe, sie wird mit Audie zusammenarbeiten, sie wieder auf den richtigen Weg bringen. Sally kann ihr dabei helfen, sich selbst zu helfen. Audie ist unter dieser rauhen Schale ein guter Mensch. Sie muss nur lernen, selbst daran zu glauben.«

Sie jedenfalls wollte ihm glauben. Sie musste ihm glauben. Wenn er sich irrte, bedeutete das, dass sie Audie aufgeben musste, und das war das Letzte, was sie wollte. Besonders jetzt, da sie wusste, dass nicht viel dazu gehörte, bis Audie sich selbst aufgab.

»Ich glaube, ich habe einfach nur nicht mehr ein ganz so dickes Fell wie früher.« Sie stieß ein Lachen aus. »Meine Zeit in Los Angeles ist noch gar nicht so lange her, und doch bin ich total dünnhäutig geworden.«

»Ich bin froh, dass du kein dickes Fell hast«, antwortete er und umarmte sie innig. »So bist du viel zugänglicher.«

»Danke. Du sagst immer die nettesten Dinge.« Sie gähnte.

»Du bist erschöpft. Komm.« Er stand auf und zog sie hoch. »Ich werde nicht bleiben, wenn du es nicht willst, aber ich will dafür sorgen, dass du jetzt etwas Schlaf bekommst.«

»Kaname Sullivan, du bist genauso müde wie ich. Ich lasse dich jetzt ganz bestimmt nicht nach Hause fahren.« Sie verschränkte die Arme vor der Brust und biss sich auf die Unterlippe. »Außerdem hätte ich nichts dagegen, wenn du neben mir lägst, wenn ich einschlafe. Es … hilft mir.«

Er zog sie dicht zu sich heran. »Ich liebe es auch, neben dir einzuschlafen, Nadia Spiceland.«

Sie stiegen hinauf in ihr Schlafzimmer, zogen sich aus und schlüpften ins Bett. Er streckte die Arme nach ihr aus, wie er das immer nach dem Sex zu tun pflegte, umfing sie und bettete sie an seine Brust, so dass ihr Kopf an seinem Herzen ruhte.

»Wir werden noch andere Wochenenden erleben. Ich werde alles dafür tun, dass es nicht das letzte Mal war, dass ich dich gefesselt und mit dir gemacht habe, was ich will.«

»Es wird dich nicht allzu viel Mühe kosten, mich zu überreden.« Sie küsste ihn. »Was du heute Nacht für mich getan hast ... und für Audie ... ich hatte, abgesehen von meiner Familie und Siobhan, noch nie jemanden, der so für mich da war. Heute Nacht warst du mein Held.«

»Danke, aber von einem Helden bin ich weit entfernt. Ich bin nur ein Mann, der will, dass seine Frau erkennt, dass sie nicht mehr allein dasteht. Ich bin für dich da, solange du es zulässt.«

Nadia schloss die Augen, als eine fast schmerzhaft warme Welle bei seinen Worten ihr ganzes Sein durchflutete. Sie wollte das so sehr. Aber Audies Worte klangen noch lange in ihr nach, nachdem Kane eingeschlafen war, und obwohl sie versuchte, sie in den hintersten Winkel ihres Hirns zu verbannen, wusste sie, dass sie noch lange dort schwären würden.

KAPITEL 17

Die Glocke über der Tür des Cafés klingelte und kündigte einen Kunden an. Nadia sah auf in der Hoffnung, dass es Audie war. Sie hatten sie seit dem Sonntag nach ihrem Angriff vor fast zwei Wochen nicht mehr gesehen. Während ihre Freundin geschlafen hatte, hatte Nadia schließlich doch Siobhan und Vanessa angerufen. Gemeinsam hatten sie dann noch ein Gespräch mit Audie geführt. Ein Ultimatum hatten sie ihr allerdings nicht gestellt, das funktionierte bei ihr sowieso nicht.

Es war nicht allzu schön gewesen, eine ziemlich emotionale Konfrontation, in der Flüche ausgestoßen, Tränen vergossen und Bitten um Verzeihung geäußert wurden. Am Ende hatte sich Audie bereit erklärt, mit der Rechtsberaterin zusammenzuarbeiten. Daraufhin hatte Siobhan angeboten, sie zum Auto zu bringen, damit sie ein Treffen mit der Anwältin vereinbaren konnte. Danach war fast eine Woche vergangen, in der Audie weder zurückgerufen noch auf Textnachrichten geantwortet hatte, und Nadia befürchtete, dass Audie ihnen jetzt ein für alle Mal den Rücken gekehrt hatte.

Ihr Herz begann, wie wild zu klopfen, als sie nun Kane auf sich zukommen sah. Er sah sündhaft phantastisch aus in seinem dunkelblauen Anzug, dem frischen weißen Hemd und der gemusterten Krawatte. Sie erkannte einen Kampfanzug, wenn sie einen sah, und das war eindeutig einer. Er entsprach so wenig seinem normalen Kleidungsstil, weshalb sie sofort mutmaßte, dass etwas nicht stimmte.

»Kaname.« Sie umrundete die Theke und blieb vor ihm stehen. »Was ist los?«

»Nadia.« Die Anspannung in seinen dunklen Augen ließ ein wenig nach, als er ihre Hand ergriff. »Wenn du meinen Namen auf diese Weise aussprichst, ist in meiner Welt gleich wieder alles in Ordnung.«

»Jetzt bin ich mir sicher, dass etwas nicht stimmt.« Sie sah ihn an, wollte ihm Zuspruch geben, war sich aber ihrer Mitarbeiter und der wenigen Gäste, die sie beobachteten, nur allzu deutlich bewusst. Also führte sie ihn zu dem ruhigsten Tisch im Lokal. »Was hast du? Warum bist du gekleidet, als ob du zu einer Beerdigung gehen würdest? Deinen Eltern geht es doch gut, oder?«

»Meine Eltern sind wohlauf, aber es ist etwas passiert.« Er drückte ihre Hand. »Ich muss für ein paar Tage nach Los Angeles.«

»Beruflich?«

Er nickte. »Ich wurde gebeten, wieder einmal das Profiling bei einem Fall zu übernehmen, und ich soll vor Ort erscheinen.«

Es war Donnerstag. Ein paar Tage, das bedeutete, dass ihr gemeinsames Wochenende in Gefahr war. »Das ist sicher sinnvoll. Es muss wichtig sein, sonst hätten sie nicht um deine Hilfe gebeten. Haben sie dir gesagt, was genau sie von dir wollen?«

»Nein.« Er runzelte die Stirn und strich mit dem Daumen über ihre Knöchel, als sei sie ein menschlicher Glücksbringer. »Das hängt immer vom Fall ab. Es kann alles sein. Vielleicht wollen sie, dass ich ihre Arbeit begutachte und ihre Schlussfolgerungen absegne, vielleicht wollen sie aber auch ein ausführliches Verbrecherprofil von mir. Ich hoffe, dass es sich um etwas Einfaches handelt, aber eigentlich hätten sie mich dann nicht angerufen.«

Sie lächelte trotz ihrer Enttäuschung. »Weil du gut in deinem Job bist und sie das wissen.«

Er erwiderte ihr Lächeln. »Dein Glaube an mich ist wie ein Schatz, den ich in meinem Herzen bewahre.«

»Oooh, der war gut. Du solltest den Spruch aufschreiben und beim nächsten Mal noch mal anbringen, wenn mir die Hormone wieder zu schaffen machen.«

Er zog die Augenbrauen hoch. »Beim letzten Mal ging es dir doch hervorragend, als das der Fall war.«

»Das liegt daran, dass ein gewisser Professor das perfekte Heilmittel gegen Bauchkrämpfe gefunden zu haben scheint.« Sie wurde wieder nüchtern. »Wie lange bist du wohl weg?«

»Mindestens bis morgen Abend, aber wahrscheinlich komme ich nicht vor Samstag zurück. Ich würde dich ja bitten, mitzukommen, weiß allerdings, dass du hier im Café unabkömmlich bist.«

»Stimmt.« Obwohl sie in einem Notfall Jas dazu bringen konnte, sie zu vertreten. Ihr Assistent konnte ihre Rezepte genauso gut nachbacken wie sie selbst. Aber nach Los Angeles zu fahren … das konnte sie noch nicht mal für Kane. Das Schlechte an dieser Stadt überwog das Gute bei weitem. »Es ist nur so, dass ich nicht mehr in Los Angeles war, seit ich vor vier Jahren von dort weggegangen bin.«

»Ich weiß, Liebes.« Er zog ihre ineinander verkrampften Hände in die Höhe. »Es war nur Wunschdenken. Ich will dir das keinesfalls zumuten, auch nicht mir zuliebe. Ich werde also jede freie Minute arbeiten, damit ich so bald wie möglich zu dir zurückkann.«

»Scheinbar gibt es immer etwas, das uns unsere Wochenenden verhagelt«, sagte sie wehmütig. Sie wollte jetzt nicht über die Tragweite dieser Tatsache nachdenken oder darüber, dass es vielleicht einen tieferen Sinn gab, warum ihre Versuche, mal länger als eine Nacht am Stück zusammen zu sein, jedes Mal vereitelt wurden.

»Umso schöner ist die Zeit, die wir wirklich beieinander sein können.« Er beugte sich vor. »Ich täte nichts lieber, als mit dir an diesem Wochenende weiter den *Duftenden Garten* zu beschreiten, das weißt du. Anscheinend lebe ich für die Augenblicke, in denen ich in dir sein kann, so sehr, dass ich dich jetzt am liebsten nach oben zerren würde.«

»Oooh.« Sie wackelte auf ihrem Stuhl hin und her. »Können wir? Sogar ein Quickie wäre jetzt genau das Richtige.«

Er sah zögernd aus. »Verdammt, nein. Jeder Quickie, den wir mal versucht haben, ist letztendlich zu einem Marathon ausgeartet. Ich muss in etwa fünf Minuten los, aber ich konnte nicht gehen, ohne dich vorher noch mal zu sehen. Ich werde jede Minute an dich denken, wenn ich nicht mit dir zusammen bin, weißt du?«

Sie versuchte es mit einem Scherz. »Und inwieweit unterscheidet sich das von sonst?«

Er lachte sanft. »Stimmt. Ich denke häufiger an dich, als wahrscheinlich gesund für mich ist, aber das schert mich einen Dreck. An dich zu denken, ist um vieles besser als an all die anderen Dinge, mit denen ich mich befassen muss.«

»Wie dieser Fall, bei dem du als Berater tätig sein musst.«

»Wie dieser Fall.« Seine Lippen wurden schmal. »Wir kriegen unser gemeinsames Wochenende noch, Nadia. Auch wenn es nicht Freitagabend anfängt. Und wenn ich die ganze Nacht von Los Angeles bis hierher durchfahren muss. Ich bin am Samstag wieder da.«

»Ich warte hier auf dich.«

»Wirklich?« Er sah sie an, die Augen durchdringend vor Verlangen und vor etwas anderem, das sie nicht benennen konnte.

Sie umfing seine Hand fester, dann legte sie sie auf seine Wange. »Natürlich. Ich habe so das Gefühl, dass der Wiedersehenssex der nackte Wahnsinn sein wird.«

Er schmiegte seine Wange an ihre Handfläche. »Und ich habe so das Gefühl, dass ich den auch brauchen werde.«

Plötzlich war sie besorgt. »Ist es so schlimm?«

Wieder verschwand sein Lächeln. »Klingt schon so.«

Sie konnte einfach nicht anders. Sie stand auf, setzte sich auf seinen Schoß, schlang die Arme um seinen Hals und küsste ihn. Es spielte keine Rolle, wer sie sah oder dass ihr ihre Mitarbeiter gleich die Hölle heißmachen würden. Sie hätte alles getan, damit er in der Lage war, seinen Stress abzubauen, und ihm etwas gegeben, an dem er sich gedanklich festhalten konnte. Angesichts dessen, was er für sie getan hatte, als sie mit Audie beschäftigt war, war das schließlich das mindeste.

Es ging nicht darum, ein gewisses Gleichgewicht in die Beziehung zu bringen. Nicht mehr. Irgendetwas lastete schwer auf Kanes Seele, etwas, über das er aus einer Vielzahl von Gründen mutmaßlich nicht reden konnte. Was immer es war, sie musste es nicht wissen. Sie wusste nur, dass er bedrückt war, und wenn sie irgendetwas tun konnte, um ihm seine Sorgen zu nehmen, dann würde sie es tun, wenn es auch nur für kurze Zeit anhalten konnte.

Seine Hände umfingen ihre Taille fester. Er zog sie sogar noch dichter zu sich heran, und sein Kuss wurde inniger, erotisch. Wie immer wurde sie von seinem sinnlichen Netz eingehüllt, berauscht von seinen Küssen, sich sehnend nach Empfindungen, die nur er in ihr wachrufen konnte.

Er löste sich von ihr, sah sie zögernd an. »Verdammt, Nadia«, keuchte er. »Was du mit mir machst, sollte als Staatsverbrechen geahndet werden.«

»Heißt das, Sie wollen mich inhaftieren, Professor?«, flüsterte sie in sein Ohr.

Er knurrte. Es war tatsächlich ein Knurren. »Wenn ich nicht schon zugesagt hätte, in ein paar Stunden vor Ort zu sein, würde ich sie alle zum Teufel schicken und dich zum Lake Tahoe entführen oder so was.«

»So draufgängerisch bist du doch sonst nicht, Kane«, sagte sie und stand auf.

»Bei dir bin ich hundertprozentig und ohne Reue draufgängerisch.« Er sah sie wehmütig an und erhob sich ebenfalls. »Aber danke, dass du die Stimme der Vernunft spielst.«

Er trat einen Schritt zurück, strich sich das Jackett glatt und erlangte seine Fassung zurück. »Ich bin, sobald ich kann, zurück.«

»Warte einen Moment.« Sie eilte zum Tresen und bat Rosie, eine Tüte Zimtschnecken zusammenzupacken, während sie selbst ihm einen Chai Latte zum Mitnehmen machte. Sie nahm Rosie die Tüte ab, umrundete die Theke wieder und drückte sie ihm zusammen mit dem Becher in die Hand. »Hier ist ein Carepaket für unterwegs. Ich weiß, dass diese Zimtschnecken immer deine Laune verbessern, dann überstehst du zumindest den Flug.«

»Nadia.« Er holte tief Luft und öffnete die Lippen, als wolle er etwas sagen. Sie wartete, aber er meinte nur: »Ich rufe dich an, wenn ich angekommen bin, und gebe dir Bescheid, wenn ich wieder loskann. Und wenn ich heute Abend schlafen gehe, will ich zumindest als Letztes deine Stimme hören. Okay?«

»Geht mir ähnlich. Mir ist auch egal, wie spät es ist. Versprichst du's?«

»Dein Wunsch ist mir Befehl.« Er presste einen Augenblick lang die Stirn an die ihre, dann wandte er sich um und eilte zur Tür hinaus.

»Wow.« Sie ließ sich gegen einen Tisch sinken; das Herz tat ihr weh. Kane war kaum eine Minute fort, und schon vermisste sie ihn. So sehr, dass es ihr körperliche Schmerzen bereitete.

»Alles in Ordnung?«, fragte Siobhan und kam zu ihr hinüber.

»Ja.« Nadia richtete sich auf und schenkte ihrer Geschäftspartnerin ein zaghaftes Lächeln. »Er ist als Berater zu einem Fall berufen worden, weshalb er nach Los Angeles fliegt. Er sagte, dass er versuchen würde, Samstag früh wieder da zu sein, aber trotzdem stehen die Chancen nicht schlecht, dass unser Wochenende den Bach runtergeht.«

»Oh, Schatz, das tut mir leid. Du hast dich doch so darauf gefreut, dir mit dem Professor eine schöne Zeit zu machen.«

»Ja, aber irgendetwas streut uns eben immer Sand ins Getriebe. Hältst du das für ein Zeichen?«

»Ein Zeichen wofür?«

»Dass ich mit Kane nicht zusammen sein sollte.«

»Ich glaube, du machst aus einer Mücke einen Elefanten, Schatz«, entgegnete Siobhan. »Wir alle haben eben gesehen, wie ihr beiden eure Zuneigung öffentlich zur Schau stellt. Beinahe wären ja die Fensterscheiben angelaufen, so heiß war das.«

Nadias Wangen glühten. »Na ja, auf sexueller Ebene bekommt diese Beziehung schon mal eine Eins plus.«

»Und was ist das Problem dabei?«

»Was ist mit dem Rest?«

»Welchem Rest?«

»Dem Rest, der eine Beziehung zu einer Beziehung macht.«

Siobhan neigte den Kopf. »Wie zum Beispiel?«

»Wie ins Kino gehen oder zum Bowling. Mehr Zeit miteinander zu verbringen als nur die Nächte. Jedes Mal, wenn wir versucht haben, ein ganzes Wochenende zusammen zu sein, ist irgendwas dazwischengekommen. Ich meine, das ist doch komisch, oder?«

Siobhan stemmte die Hände in die Hüften. »Kriegst du mal wieder Panik?«

»Ich glaube schon.« Sie verschränkte die Arme vor der Brust. »Diese Sache mit Kane … eigentlich will ich, dass etwas Ernsthaftes daraus wird, aber dann auch wieder nicht.«

»Denn wenn es tatsächlich ernst wird, sind plötzlich auch Gefühle im Spiel.« Siobhan warf ihr einen wissenden Blick zu. »Und wenn Gefühle im Spiel sind, dann befürchtest du, dass du es vermasselst.«

»Natürlich werde ich es vermasseln«, erwiderte Nadia. »Du kennst mich doch!«

»Stimmt. Ich weiß, wie du heute bist und wie du damals warst. Ich habe aber auch deinen Professor kennengelernt, und ich weiß genug über ihn, um zu erkennen, dass er seinen Scheiß geregelt kriegt und nicht so ein egoistisches Schwein wie Gary ist.«

»Siobhan!«

»Ich weiß, man soll nicht schlecht von Toten reden und so.« Siobhan winkte ab. »Aber egoistisch war er nun mal. Du bist vielleicht offenen Auges in diesen Schlamassel reingeschlittert, aber er hat den Teppich über die Falltür gelegt und dich aufgefordert, drüberzugehen.«

Nadia zuckte zusammen, doch manchmal tat die Wahrheit nun mal weh. »Kane weiß davon nichts. Ich habe es ihm nicht erzählt, und er hat es auch nicht gegoogelt.«

»Bist du dir da sicher?«

Sie warf Siobhan einen Blick zu. »Du meinst, er würde mich immer noch wollen, wenn er davon wüsste?«

»Das ist doch die Frage, auf die es ankommt, oder? Es geht nicht darum, welche Gefühle er in dir weckt oder dass du Angst vor diesen Gefühlen hast. Wovor du wirklich Angst hast, ist, dass er etwas darüber erfährt, wie du warst, und dann nicht mehr mit der Frau zusammen sein will, die du heute bist.«

»Und damit geht der erste Preis an diese Lady hier.« Sie hatte Kane zwar von ihrer Entziehungskur erzählt, aber er betrachtete sie trotzdem noch als heiße Konditorin. Würde er seine Meinung ändern, wenn er das mit Gary herausfand?

Siobhan legte die Hände auf Nadias Schultern. »Ich denke Folgendes. Ich glaube, dass du bereits bis über beide Ohren in ihn verliebt bist. Und es *ist* eine feste Beziehung, egal ob du nun eine Stunde oder achtundvierzig Stunden mit ihm verbringst. Wenn du mir nicht glaubst, dann denk dran, wie er dich in der Nacht unterstützt hat, als Audie angegriffen wurde. Jemand, der nur auf Sex aus ist, hätte das nicht getan.«

»Du hast recht.«

»Natürlich habe ich das. Ich bin die Älteste, und ich spreche aus Erfahrung. Vielleicht wird es Zeit, dein Arbeitspensum etwas zu reduzieren. Übertrage Jas mehr Verantwortung. Wenn die Beziehung es wert ist, wenn Kane es wert ist, dann musst du dich ebenfalls ein bisschen anpassen. Und lass um Himmels willen nicht zu, dass deine Instinkte von deiner Angst überrannt werden.«

Nadia sah ihre Geschäftspartnerin an. »Weißt du, ich glaube, du bräuchtest auch einmal eine eigene Talkshow. Im Augenblick vergeben sie die so wahllos wie Süßigkeiten an Halloween, aber du wärst richtig gut darin.«

Siobhan stieß ein kehliges Lachen aus. »Zum Teufel. Ich bin gut darin, eine Beziehung scheitern zu lassen, es noch mal zu versuchen und wieder zu scheitern. Und wahrscheinlich werde ich das auch wieder tun und mit dem Kopf gegen eine sehr harte Wand laufen.«

Nadia wusste, dass Siobhan jetzt ihre nicht vorhandene Beziehung zu ihrer Tochter meinte. Sie nahm die Freundin in den Arm. »Du hast also von Colleen gehört?«

»Nein, und das dürfte Antwort genug sein. Aber ich versuche es trotzdem weiter.« Siobhan stieß den Atem aus und schenkte Nadia ein trauriges Lächeln. »Nie die Hoffnung aufgeben, stimmt's?«

»Stimmt.« Sie umarmte die blonde Frau erneut, dann machte sie einen Schritt zurück. »Sieht aus, als hätte ich Freitagabend nichts mehr vor. Hast du Lust, dass wir was Kalorienarmes, Gesundes zu Abend essen und uns dann einen Superhero-Filmabend machen? Ganz ungestört.«

»Bin dabei. Und ich bin auch nicht beleidigt, wenn du nach einem Telefonat mit einem gewissen sexy Professor von der Bildfläche verschwindest.«

KAPITEL 18

Kane betrat die Bar seines Hotels. Sein Verlangen nach einem Drink wurde nur noch übertroffen von seinem Verlangen, Nadias Stimme zu hören. Der Fall, bei dem er als Berater tätig sein sollte, war grauenhaft; entweder kam er beruflich weiter, oder es kostete ihn seine Karriere. Die Staatsanwaltschaft wollte beweisen, dass der Angeklagte psychisch vollkommen gesund war, und alle Beteiligten hatten renommierte Experten an der Hand, um ihre jeweiligen Theorien zu untermauern. Es würde sicher zur Verhandlung kommen, denn niemand wollte den Angeklagten ungeschoren davonkommen lassen, und insbesondere die Angehörigen des Opfers dürsteten nach Vergeltung. Eine Verhandlung jedoch würde nicht leicht werden, und eigentlich stand ihm nicht wirklich der Sinn danach, darin verwickelt zu werden.

An der Bar entdeckte er seinen Freund Simon Mayhew und ging zu ihm hinüber. »Hey, Simon? Alles klar bei dir?«

Simons dunkles Gesicht wurde von einem breiten Lächeln erhellt. »Kane, schön, dich zu sehen, Mann! Du kennst mich doch. Alles bestens, so wie immer. Ich darf mich echt nicht beklagen!«

Simon machte dem Barkeeper ein Zeichen. »Was nimmst du?«

Kane bestellte einen irischen Whiskey pur, dann setzte er sich neben seinen Freund auf den Barhocker. Wie üblich war Simon bereits mit den meisten Barbesitzern in der Umgebung per du. Das war eine besondere Gabe, die ihn zu einem Enthüllungsjournalisten der Spitzenklasse machte und ihm einen Stammplatz auf sämtlichen Kanälen rund um die Uhr sicherte. Sie hatten sich am Set einer solchen Sendung kennengelernt, als es um den Fall des Rotlicht-Vergewaltigers ging. Offenbar hatte ihre Zusammenarbeit für hohe Einschaltquoten gesorgt, so dass sie auch danach wiederholt eingeladen worden waren.

Sie waren ein gutes Team, so gut, dass Kane sofort auf den Vorschlag seines Agenten Stewart eingegangen war, gemeinsam ein Buch zu schreiben. Aus einem einzigen Sachbuch über Kriminalfälle waren mittlerweile drei geworden, und keiner von beiden hatte es bislang bereut.

»Also, was führt dich von der Küste mal wieder in die Stadt der Engel?«, fragte Simon, nachdem Kane an seinem Whiskey genippt hatte.

»Ich bin als Berater an einem neuen Fall dran.«

»Tatsächlich.« Simon sah ihn an, und Kane merkte, wie er fieberhaft überlegte, von welchem er wohl sprach. »Ortsgebunden oder staatenübergreifend?«

»Komm schon, Simon. Du weißt, dass ich dir das nicht sagen werde.«

»Alle Achtung, jetzt spitze ich erst so richtig die Ohren. Bist du sicher, dass ich dich nicht überreden kann, mir als unbekannte Informationsquelle zu dienen?«

Kane schnaubte. »Als ob es nicht ein Leichtes wäre, die Identität deiner Quelle rauszufinden.«

»Der Punkt geht an dich, Professor.« Simon nickte weise. »Aber wie ich immer sage: Die Leute können spekulieren, so viel sie wollen, ich gebe meine Quellen nie preis. Sonst wäre ich ja auch kein guter Journalist.«

»Das weiß ich doch. Aber ich verrate trotzdem nichts.«

»Na gut, Mann. Ich respektiere, dass du ein integrer Mann bist und so weiter.« Simon lehnte sich zurück und hob sein Glas, um den Barkeeper schweigend zum Nachfüllen aufzufordern.

»Und jetzt erzähl mir doch mal, warum du mich treffen wolltest. Ich freue mich natürlich immer, dein hübsches Gesicht zu sehen, aber meine Frau ist noch viel heißer.«

Kane unterdrückte eine Anwandlung von Neid, als Simon seine Frau erwähnte. Simon und Caroline Mayhew hatten gleich nach der Highschool geheiratet, was jetzt schon fast zwanzig Jahre her war. Obwohl es ihm immer gelungen war, Carolines Versuche zu vereiteln, ihn mit einer ihrer schier endlosen Reihe alleinstehender Freundinnen zu verkuppeln, wünschte sich Kane genau das, was sie hatten. Er wollte eine Beziehung, wie seine Eltern sie gehabt hatten.

Unwillkürlich stand ihm plötzlich Nadias Bild vor Augen. Nicht nackt und vor ihm liegend, sondern in ihrem *Sugar & Spice*-T-Shirt und diesen Jeans, die ihre Kurven betonten, die Augen leuchtend vor Sorge und Zuneigung, als sie ihn mit einem Becher Tee und einer Tüte Gebäck auf den Weg geschickt hatte. Diesen Teil ihrer Persönlichkeit hütete sie sonst wie einen Schatz, ließ ihn nur selten an die Oberfläche kommen, obwohl es offenbar ihrer Natur entsprach, sich um Menschen, die ihr nahestanden, zu kümmern. Er wollte sie nicht bedrängen, aber ein ganz klein wenig Druck konnte sicher nicht schaden.

»Hey, alles in Ordnung mit dir?«

Kane kippte seinen Whiskey herunter und bestellte dann einen zweiten, diesmal on the rocks. »Ja. Ich wollte mit dir eine neue Geschäftsidee besprechen.«

Simons aufmerksamer Blick wurde noch schärfer. »Was für eine Geschäftsidee denn?«

»Wir haben uns mit unseren Sachbüchern einen Namen gemacht«, erinnerte Kane ihn. »Was hältst du davon, wenn wir es mal mit Romanen versuchen? Ich denke an Thriller, Strafverfahren, so was eben.«

Simon musterte ihn einen Augenblick lang bedeutungsvoll, so dass Kane sich fragte, ob sein Freund ihn gerade für übergeschnappt hielt. Dann brach Simon in so lautes Gelächter aus, dass jeder an der Bar aufsah.

»Ich würde sagen, es wird verdammt noch mal Zeit, dass wir so was machen!«, rief er aus und klopfte Kane auf den Rücken. »Unsere Sachbücher sind der Hammer. So schwer kann es schließlich nicht sein, jetzt auch Geschichten zu schreiben, eine faszinierende Hauptfigur zu entwickeln oder ein Ermittlerteam und uns etwas zu den ungewöhnlichen Fällen zu überlegen, mit denen sie es zu tun haben.«

»Hab ich mir auch gedacht«, erwiderte Kane, der sich immer mehr für die Idee begeisterte. Das war das Beste an der Zusammenarbeit mit Simon – sie waren wie Piranhas, die sich gegenseitig mit Input füttern. Er holte sein Smartphone heraus und begann, sich Notizen zu machen, und Simon sprudelte fast über vor Ideen, Charakteren und möglichen Plots. Je länger sie sich miteinander unterhielten, umso mehr war er von der Vorstellung, einen Roman zu schreiben, gefesselt. Sie würden das schaffen.

»Ich bin momentan zeitlich ziemlich eingespannt, aber wir müssen uns trotzdem reinstürzen. Wir müssen Stewart anrufen und ihn deshalb mal befragen.«

»Wahrscheinlich hat er ja ein paar Kontakte, denen er auf den Zahn fühlen kann. Hast du morgen irgendwann Zeit? Wir könnten uns in meinem Büro treffen und ihn dann sofort anrufen.«

Kane schüttelte den Kopf. »Ich bin total dicht, und wenn irgend möglich, will ich morgen wieder zu Hause sein.«

»Ach ja?« Simon zog die Augenbrauen in die Höhe. »Irgendein besonderer Grund, warum du so eilig wieder in das kleine

Crimson Bay zurückkehren willst, wo die grellen Lichter L.A.s auf dich warten?«

»Fick dich, Mann.«

Simon brach wieder in schallendes Gelächter aus. »Es gibt eindeutig einen speziellen Grund. Wie heißt sie?«

Kane zögerte. Simon würde sich nicht einfach nur mit einem Namen zufriedengeben, und angesichts der Tatsache, dass er seit fünfzehn Jahren hier in L.A. arbeitete, war es mehr als wahrscheinlich, dass er alles über Nadia und ihr früheres Leben wusste.

»Sorry, Simon, aber das behalte ich noch eine Weile für mich«, sagte er schließlich. »Wir kennen uns noch nicht lange. Bei diesem Romanprojekt können wir zwei es doch so halten wie immer – wir schicken uns Textnachrichten und E-Mails. Ich versuche, ein paar Termine zu verschieben, und schaue, ob ich in etwa einem Monat wieder herkommen kann, damit wir uns intensiver persönlich beraten können.«

»Dann solltest du auf jeden Fall bei uns übernachten«, erklärte Simon. »Du weißt, wie gern Caro dich bei uns hat.«

»Weil sie mich wieder mit einer neuen Fuhre geeigneter Frauen verkuppeln will.« Kane hielt die Hände in die Höhe. »Nein danke.«

»Die einzige Möglichkeit, um Caro zum Aufgeben zu bewegen, besteht darin, dich dem Unvermeidlichen zu fügen, mein Freund«, witzelte Simon. »Gib dich den Freuden häuslichen Glücks hin.«

»Ich habe noch nicht vor, mich dem hinzugeben«, antwortete er und versuchte, den Gedanken an eine gewisse kurvenreiche, dunkelhaarige Frau zu verdrängen, die sich seit ein paar Wochen in seinem Kopf eingenistet hatte und keine Anstalten machte, wieder auszuziehen. »Und wenn doch, wirst du der Zehnte sein, der es erfährt.«

»Mann, das ist hart.« Simon nippte wieder an seinem Bier und warf Kane einen prüfenden Blick zu. »Alles klar an der Herscher University?«

»Du benimmst dich schon wieder wie ein Enthüllungsjournalist oder so.« Simon war einfach verdammt gut in seinem Job.

»Ich empfange gerade so seltsame Signale, weißt du? Also, was ist los?«

»Nichts als das übliche Drama, das immer ansteht, wenn es um Arbeitsverträge und Amtszeiten geht.« Er zuckte die Achseln. »Es schadet nicht, noch ein paar andere Eisen im Feuer zu haben. Wer weiß? Vielleicht können wir ja diese Serie aus dem Boden stampfen, und danach ist meine Assistenzprofessur gar kein Problem mehr.«

»Wie auch immer. Wir müssen das hinkriegen.« Simon erhob sich und holte die Brieftasche raus.

Kane hielt ihn auf. »Ich setze es auf meine Zimmerrechnung. Danke, dass du vorbeigekommen bist.«

»Machst du Witze? Ich bin total begeistert von dem Projekt. Die Fahrt hierher hat sich definitiv gelohnt.« Sie verabschiedeten sich mit Handschlag und jener typischen halben Umarmung, wie sie unter Männern üblich ist. »War schön, dich zu sehen, Kane.«

»Fand ich auch, Simon. Ich formuliere unsere Stichpunkte aus und schicke dir dann den Text. Bestell Caro alles Liebe von mir.«

»Alles Liebe kriegt Caro nur von mir. Aber ich werde sie von dir grüßen.«

Simon ging davon. Kane regelte das mit der Rechnung und eilte zum Aufzug, das Handy noch in der Hand. Er wollte mit Nadia telefonieren, allerdings war es schon nach neun, und sie musste um vier aufstehen. Es wäre egoistisch von ihm, sie anzurufen, nur um ihre Stimme zu hören.

Doch er wollte es. So sehr.

In seinem Zimmer angelangt, zog er sich schnell aus und duschte, streifte ein Paar Boxershorts über, bevor er mit seinem Handy und seinem Laptop bewaffnet ins Bett schlüpfte, um seine Notizen zu Papier zu bringen. Das Treffen mit Simon war viel besser gelaufen, als er gehofft hatte. Er war voller Optimismus, ein Optimismus, der tagsüber Mangelware gewesen war. Sich in einen Täter hineinzuversetzen, war niemals leicht, besonders nicht, wenn man die eigenen Vorstellungen von Moral überwinden und den kalten Mantel der Objektivität überstreifen musste.

Er musste den Fall nicht mögen, um sich darauf einzulassen, aber er musste an die Sache glauben. Er musste glauben, dass sein Input hilfreich war, sonst hatte das alles keinen Sinn.

Die neue Zusammenarbeit mit Simon Mayhew gab ihm die positive Energie, die er brauchte, um den nächsten Tag zu überstehen. Genau wie Nadias Versprechen, zu Hause auf ihn zu warten.

Süße Sehnsucht erfüllte ihn, allein bei dem Gedanken an sie. Sie war ihm wichtig, wichtiger, als er ihr bislang noch sagen konnte. Obwohl sie jetzt seit fast zwei Monaten miteinander intim waren, spürte er, dass sie ihm noch nicht ganz vertraute. Auf körperlicher Ebene durchaus, aber obwohl sie sich auf eine Beziehung eingelassen hatte, war sie noch nicht bereit, ihm ihre Gefühle, ihre Hoffnungen und Ängste ganz und gar anzuvertrauen. Sie war immer noch scheu, und er verstand das. Wahrscheinlich hatte sie angesichts der Auswirkungen ihrer tablettensüchtigen Vergangenheit allen Grund zur Vorsicht.

Doch er wollte ihr sagen, dass er mehr von ihr wollte, als nur Stellungen aus dem *Duftenden Garten,* dem *Kamasutra* oder anderen Erotikhandbüchern mit ihr auszuprobieren. Er hoffte, er hatte ihr das gezeigt, indem er sie bei den Schwierigkeiten mit

Audie unterstützt hatte. Er wünschte sich sehr, dass sie erkannte – sowohl durch große als auch durch kleine Gesten –, dass er auf etwas viel Langfristigeres hoffte, als das Buch komplett durchzugehen. Und wenn sie es erkannt hatte, würde er ein notwendiger Bestandteil ihres Lebens sein.

Sein Handy vibrierte. Er vermutete, dass es Simon sei, der nach den Notizen fragte, und war überrascht, als er eine Nachricht von Nadia vorfand. Sie hatte einen Schnappschuss von sich selbst gemacht: Sie lag seitlich auf dem Bett, ein Stück Papier auf dem Kissen neben sich.

Ich vermisse Dich,

lautete der Text darunter.

Bevor er wusste, was er tat, wählte er schon ihre Nummer, hoffte, dass die Nachricht nicht verspätet übermittelt und sie noch wach war.

Sie ging sofort dran. »Kaname.«

Er glitt im Bett hinab und hatte seinen Laptop ganz vergessen. Die Arbeit war nur noch eine entfernte Erinnerung, als ihre Stimme, die seinen Namen sagte, ihn einhüllte. »Tut mir leid, dass ich noch nicht angerufen habe, Liebes«, sagte er. »Aber es ist schon spät, und ich wollte dich nicht wecken. Ich weiß, wie früh du aufstehen musst, um das Café rechtzeitig aufmachen zu können.«

»Darum wird sich morgen Jas kümmern«, antwortete sie mit sanfter Stimme. »Und ich habe mich heute Nachmittag etwas hingelegt, damit ich heute Abend für dich wach sein kann.«

In seiner Brust breitete sich eine Wärme aus, die nichts mit den beiden Whiskeys zu tun hatte, die er vorhin getrunken hatte. »Danke«, brachte er trotz des Kloßes in seinem Hals mühsam heraus. Er räusperte sich. »Und danke für das Bild.«

»Gern geschehen, das weißt du doch.« Sie machte ein raschelndes Geräusch, als sie sich im Bett umdrehte. »Ich vermisse dich wirklich, Kane.«

»Tust du mir einen Gefallen, Nadia?«

»Klar. Was brauchst du denn?«

Dich. »Ich wünsche mir, dass du mich Kaname nennst, wenn du daran denkst.«

»Oh. Natürlich, das mache ich.« Ihr leises Lachen rieselte durch seinen Körper. »Seltsam, manchmal kommt es mir richtig vor, dich Kane zu nennen, und manchmal wiederum ist Kaname besser.«

»Ich weiß.« Er hatte es schon gemerkt. Wenn sie sich wohl und sicher fühlte, in ihren intimsten Augenblicken, dann war sie nicht mehr so auf der Hut und nannte ihn bei seinem vollen Namen. Und gepaart mit dieser sexy, atemlosen Stimme, hatte das eine unfehlbare Wirkung auf seinen Schwanz. Wie jetzt.

Er griff in seine Boxershorts, um ihn zurechtzulegen, besann sich dann eines Besseren und nahm ihn in die Hand. Das fühlte sich schon viel besser an, wenn auch nicht so gut, wie wenn sie ihn umfasste.

»Wie war dein Tag? Du klingst nicht gut.«

Er wollte nicht mit ihr über seinen Tag sprechen, besonders nicht über den Teil, während dessen er Fotos untersucht, über Tatmotive gesprochen und die psychologischen Hintergründe erwogen hatte. Doch die Tatsache, dass sie merkte, wie bedrückt er war, sagte ihm, dass sie sich schon viel stärker auf ihn eingestellt hatte, als er zu hoffen gewagt hatte. »Wird schon wieder. Der Tag war anstrengender, als mir lieb war, aber von dir zu hören, verbessert ihn beträchtlich.«

»Das freut mich. Bist du dir sicher, dass du mir nichts erzählen willst? Ich kann mittlerweile ziemlich gut zuhören, ohne etwas zu verurteilen.«

»Danke für das Angebot, Baby, aber ich komm klar. Ich habe mir heute Abend Zeit genommen, um mich mit einem Freund zu treffen, Simon Mayhew.«

»O ja. Er hat mit dir ein paar Bücher geschrieben, stimmt's?«

»Ja«, antwortete Kane, lächerlich erfreut darüber, dass sie das wusste. »Wir haben darüber gesprochen, uns mal an Romane heranzuwagen. Wir wollen eine Thriller-Serie zusammen schreiben.« Er fasste die Highlights seines Brainstormings mit Simon zusammen.

»Was für eine tolle Idee! Und anscheinend bist du davon ja ziemlich begeistert.«

»Stimmt. Wir sind noch im Anfangsstadium, aber Simon ist genauso angetan davon wie ich. Ich habe vor, meine Termine so zu legen, dass ich bald noch mal herfliege, um in die intensivere Planungsphase mit ihm einzusteigen.«

»Gut.« Sie hielt inne, und als sie weitersprach, war ihre Stimme kaum mehr als ein Flüstern. »Vielleicht komme ich beim nächsten Mal ja mit.«

Kane war klar, dass ihr diese Worte nicht leichtfielen. Nadia hatte L. A. den Rücken gekehrt und nie zurückgeblickt. Die Bedeutung ihres jetzigen Angebots, ihn beim nächsten Mal hierher zu begleiten, entging ihm nicht. »Das wäre schön.«

Er hörte, wie sie den Atem ausstieß, als ob sie das emotionale Gewicht ihrer Äußerung loswerden wollte. »Wann, meinst du, bist du wieder zu Hause?«

»Das hängt davon ab, wie lange die Meetings morgen dauern«, berichtete er. »Wenn ich kann, nehme ich den letzten Flug. Aber wahrscheinlich wird es eher Samstagmorgen.«

»Wenn du es bis morgen Nacht schaffst, musst du vorbeikommen und es mir besorgen«, befahl sie.

Er zögerte, hin- und hergerissen zwischen dem Wunsch, genau das zu tun, und der Tatsache, dass er Zeit brauchte, um die

Nachwirkungen des Falls abzuschütteln, an dem er arbeitete, bevor er sie wiedersah. »Es wird sicher spät, und wahrscheinlich habe ich dann beschissene Laune.«

»Genau deshalb solltest du ja kommen und es mir besorgen oder auch einfach nur herkommen und die Nacht hier verbringen. Dann gehen wir Samstagmorgen in deine Wohnung. Ich meine es ernst, Kaname. Auch wenn wir nur schlafen, müssen wir morgen Abend zusammen im Bett liegen.«

Er schloss für einen Moment die Augen. Sie hatte ja keine Vorstellung, was sie mit ihm machte, wie tief sie ihm bereits unter die Haut gegangen war. »Bist du sicher, dass ich dir nicht bei einem deiner aufregenden Mädelsabende in die Quere komme?«

»Wir gehen nicht aus, sondern bleiben hier, und nein, tust du nicht«, antwortete sie. »Siobhan will herkommen. Wir werden uns unterhalten, etwas übers Geschäft reden, ein bisschen trinken, viel essen und uns dann einen Superhero-Film mit irgendeinem knackigen Typen reinziehen. Übrigens hat sie mir netterweise die Erlaubnis gegeben, sie rauszuschmeißen und sofort loszurennen, wenn du morgen Abend aufkreuzt.«

»Na ja, wenn Siobhan uns schon ihren Segen gibt ...«

»Stimmt, Mister«, neckte sie ihn. »Du solltest es mir also besser besorgen.«

»Dein Wunsch ist mir Befehl.«

»Wo wir gerade davon reden, ich wünsche mir noch etwas.«

»Ach ja?« Er lehnte sich an die Kissen. »Und was?«

Ihre Stimme klang plötzlich heiser. »Dass du mir sagst, was du anhast.«

Er lächelte, als er den neckenden Unterton hörte. »Nichts. Aber ich hab mich zugedeckt.«

»Du hast nichts an?«

»So gut wie nichts«, betonte er. »Nur meine Boxershorts.«

»Bist du hart, Kaname?«

Die sanfte Frage hatte genau diesen Effekt; ja, er war unleugbar hart. »Ich bin es jetzt.«

»Gut«, schnurrte sie. »Dann schieb die Decke runter.«

Fasziniert tat er wie befohlen, stieß sie mit den Füßen nach unten.

»Okay.«

»Welche Farbe haben deine Boxershorts?«, wollte sie wissen.

»Rot.«

»Schön.« Er hörte, wie sie tief Luft holte. »Ich stelle mir also vor, wie du in deinen Boxershorts daliegst«, flüsterte sie. »Und ich stelle mir vor, wie du die Hand langsam die Brust hinab und unter den Bund deiner Hose wandern lässt und deinen wartenden Schwanz umfasst. Kannst du das für mich tun?«

»Schon geschehen«, sagte er und stieß zischend die Luft aus, als er seinen Schaft fester packte.

»Streichele ihn«, hauchte sie. »Streichele ihn, wie ich mich gerade selbst streichele.«

»Tust du das?« Ihm stockte der Atem, als er sich dem Bann, den ihre Worte woben, überließ.

»Ja«, bekannte sie. »Deshalb habe ich dich angerufen, damit wir einander die Erlaubnis geben können, zu kommen.«

»Woran denkst du, um dich anzutörnen?«

»Wir sind zusammen im Bett«, sagte sie leise. »Mein Rücken lehnt am Kopfteil, und du sitzt am Fußende. Du hast deinen Schwanz in der Hand und ich die Finger auf meiner Klitoris. Wir streicheln uns im Gleichklang miteinander.«

Sie stieß einen Seufzer aus, der voller ungestilltem Verlangen war. »Ich denke, sich gegenseitig dabei zu beobachten, wie man sich befriedigt, wäre extrem heiß.«

»Mein Gott, Nadia!« Er musste innehalten, um den Drang, zu kommen, zu unterdrücken. Sie hätten schon viel früher Telefonsex haben sollen. »Was für Phantasien hast du noch?«

»Ich liege rücklings auf dem Bett und sehe zu dir auf«, sagte sie einen Augenblick später mit atemloser Stimme. »Ich liebe es, dir ins Gesicht zu schauen. Ich liebe es, zu beobachten, wie die Lust dich übermannt. Deine Augen leuchten von einem inneren Feuer, und deine Lippen öffnen sich, wenn du kurz vor einem Orgasmus bist. Du siehst zu, wie ich meine Brüste berühre und mich streichele, während du langsam und innig meinen Po umfasst.«

»Fuck.« Seine Hüften bewegten sich jetzt, bäumten sich auf, stießen seinen Schwanz in seine Faust, und er wünschte sich, es wäre Nadias fester Griff, der ihn umfasste. »Willst du das?«, brachte er hervor. »Willst du, dass ich dich so nehme?«

»Ich will es ausprobieren«, bekannte sie atemlos. »Ein Schwanz ist etwas anderes als ein Finger.«

»Verdammt, Nadia – du treibst mich noch so weit, dass ich gleich komme!«

»Ich bin auch fast so weit. Ich wünschte, dein Schwanz wäre in mir, so tief und schnell, wie wenn wir kurz davor sind, genau in dem Augenblick, in dem du mich ganz und gar erfüllst …«

Sie brach mit jenem typischen Stöhnen ab, das ihm sagte, dass sie an ihrem Gipfel der Lust angekommen war. Ein paar schnelle Stöße, und er tat es ihr gleich, spritzte in seine Boxershorts wie ein geiler Teenager, ihr Name ein kehliger Laut auf seinen Lippen.

Ein paar lange Sekunden später hörte er wie von weit her ihre Stimme.

»Kaname?«

Er tastete nach seinem Handy, hielt es sich wieder ans Ohr. »Weißt du eigentlich, wie unglaublich sexy du bist?«

Ihr Lachen, volltönend und doch ein bisschen zittrig, erfüllte ihn ganz und gar. »Das sind Sie auch, Herr Professor. Ich wollte dir nur einen kleinen Anreiz geben, damit du mir auch sicher gleich einen Besuch abstattest, sobald du zurück bist.«

Er stand auf, um sich im Bad zu säubern. »Und wenn ich mir ein Auto mieten und den ganzen Weg fahren muss. Ich komme auf jeden Fall morgen Abend zu dir.«

»Hervorragend.« Sie gähnte. »Dann bin ich für heute fertig. Ich werde heute Nacht gut schlafen, so viel steht fest. Träum was Schönes, Kaname.«

»Das werde ich jetzt sicher. Gute Nacht, Nadia.«

Er legte das Handy beiseite und stützte sich aufs Waschbecken, konnte an nichts anderes denken als an Nadia. Sie war genau das, was er gebraucht hatte, und zwar genau im richtigen Augenblick. Ihr Lachen, ihr Lächeln, ihr süßer Körper machten jeden Stress zunichte, vertrieben jede Dunkelheit. Die letzten paar Wochen des Zusammenseins mit ihr hatten seine Welt vollkommen auf den Kopf gestellt. Er hatte eine ganz neue Richtung eingeschlagen, von dort, wo er glaubte, sein zu müssen, dorthin, wo er sein wollte.

Schließlich brachte er endlich die Energie auf, sich zu waschen, eine frische Unterhose anzuziehen und wieder ins Bett zu fallen. Als sein Herzschlag sich wieder beruhigt hatte und Müdigkeit ihn überkam, erkannte er die einfache Wahrheit: Nadia Spiceland war in Windeseile das Wichtigste in seinem Leben geworden.

KAPITEL 19

Du solltest auch mal wieder ein Date haben.«

Nadia stellte ein Tablett mit dem Dessert und zwei Teekannen – eine mit Chrysanthementee für Siobhan und eine mit grünem Sencha für sich selbst – auf den Couchtisch. Die Überreste ihrer Pizza Margherita hatten sie schon weggeräumt, und der zweite Superhero-Film dröhnte im Hintergrund vor sich hin.

»Ich lasse mich nicht provozieren«, sagte Siobhan ruhig und schnappte sich einen Teller mit Double-Chocolate-Pie vom Tablett. »Langweilt dich das Thema nicht langsam?«

»Das versuche ich ja gar nicht. Jedenfalls nicht allzu sehr«, antwortete Nadia und setzte sich auf das andere Ende der Couch. »Aber ich kann es einfach nicht so hinnehmen, dass du behauptest, sowieso keine Chancen zu haben. Immerhin hat dein Alter Ego doch einen riesigen Fanclub.«

»Das glaub ich gern, dass du das nicht so hinnehmen kannst«, lachte Siobhan. »Aber so einfach ist die Sache nun mal nicht.«

»Ist sie wohl.« Nadia goss sich etwas von ihrem Tee ein und fügte einen Klacks Honig hinzu. »Wir müssen nur die Kandidatenliste etwas überarbeiten. Warum solltest du dir nicht auch ein paar erotische Erlebnisse wünschen? Und wenn du mir jetzt mit deinem *Alter* kommst, nehme ich dir deinen Nachtisch weg.«

Siobhan hielt ihren Teller außer Reichweite. »Du kannst wirklich eine ganz schöne Bitch sein.«

Nadia lachte und ignorierte Siobhans genervten Unterton. »Deshalb solltest du dir auch einen deiner Fans schnappen, zum Beispiel einen von gestern.« Sie trank einen Schluck Tee, dann fügte sie noch etwas Honig hinzu. Kane hätte eine Krise bekommen, weil sie den Geschmack eines guten japanischen Tees so verfälschte, und sie musste bei diesem Gedanken lächeln.

»Was ist an meinem Elend so amüsant?«, fragte Siobhan und runzelte die Stirn noch mehr.

»Iss deinen Pie, dann erzähl ich's dir.« Sie wartete, bis ihre Geschäftspartnerin ihre erste Gabel Schokoladenkuchen im Mund hatte. »Du bist selbst schuld, dass du unglücklich bist. Warum versagst du dir die Gelegenheit, ein menschliches Grundbedürfnis zu befriedigen?«

»Du weißt, warum.« Siobhan stellte ihren halb aufgegessenen Nachtisch wieder auf den Couchtisch.

»Colleen.« Nadia lehnte sich seufzend zurück. Siobhans Tochter war der Inbegriff eines schwierigen Kindes in einem achtzehnjährigen Körper. Sie tauchte nur dann auf, wenn sie etwas von ihrer Mutter wollte, nutzte deren Schuldgefühle aus und hielt sie mit der Aussicht auf Versöhnung bei Laune. Dann bekam sie wieder einen Wutanfall wegen irgendeiner mutmaßlichen Beleidigung, stürmte davon und überließ es Nadia, Siobhans Herz hinterher zusammenzuflicken.

Vor einem Jahr hatte sie sich beinahe ihretwegen mit Siobhan überworfen. Ihre Freundin hatte vorgeschlagen, Colleen im Sommer in ihrem Café arbeiten zu lassen. Nadia hatte die Probleme vorausgesehen und abgelehnt. Die Geschichte war nicht gut ausgegangen. Siobhan hatte sich über sie hinweggesetzt, und als Jas Colleen dabei erwischt hatte, wie sie Geld aus der Registrierkasse stahl, hatte Colleen Siobhan die Schuld gegeben. Nadia war explodiert, und ihre Partnerschaft wäre beinahe in die Brüche gegangen.

»Siobhan«, sagte Nadia bedächtig, die Worte sorgfältig wählend, »willst du damit sagen, dass du niemanden daten willst, weil deine Beziehung zu Colleen nach wie vor ungeklärt ist?«

Siobhan straffte die Schultern. »Es ist immer noch möglich, dass mit ihr alles gut wird.«

»Ich weiß. Und ich hoffe es auch.« Nadia bemühte sich, so aufrichtig wie möglich zu klingen. »Ich wünsche mir sehr, dass du mit deiner Tochter zu irgendeiner Lösung kommst, damit du dich weiterentwickeln kannst.«

»Aber ich entwickele mich doch weiter«, beharrte Siobhan. »Jeder Tag, an dem ich nicht nach dem Pillendöschen greife, ist ein Schritt nach vorn.«

»Siobhan.« Nadia schwieg einen Augenblick, denn plötzlich kamen ihr die Tränen. »Du kannst nicht dein Leben auf Eis legen und darauf warten, dass Colleen das ihre auf die Reihe kriegt.«

»Ich weiß!«

»Wirklich?«, bohrte sie nach. »Du bleibst allein, weil du dafür büßen willst, dass du deine Tochter und deinen Mann wegen der Pillen im Stich gelassen hast. Wann wirst du aufhören, dich selbst zu bestrafen, Siobhan? Wann wirst du erkennen, dass du *jetzt* leben musst?«

»Ich lebe doch.« Siobhans Stimme klang gepresst. »Ich habe das Café. Ich habe meine Burlesque-Shows. Und ich habe meine Freundinnen, die es zu genießen scheinen, mir das Leben schwerzumachen.«

»Bitch-Talk gibt es eben nicht nur dienstags, weißt du?«, erinnerte Nadia sie. »Du trittst einmal im Monat auf. Das Café nimmt einen Großteil deiner Zeit in Anspruch, weshalb wir überlegt haben, einen Geschäftsführer einzustellen, um dich im Büro zu entlasten. Und ich finde, dabei sollten wir einen Zahn zulegen. Und was deine Freundinnen angeht: Du weißt, dass wir hinter dir stehen und dir so viel emotionale Unterstützung wie möglich bieten. Aber wir können dir nicht alles geben, und das weißt du. Du brauchst mehr. Wir alle brauchen mehr. Wir können uns emotional nicht so verschließen, weil wir Angst haben, verletzt zu werden oder andere zu verletzen. Das hat nichts mit Leben zu tun.«

»Verdammt, Nadia.« Siobhan wischte sich über die Augen. »Wo hast du nur diesen ganzen gefühlsduseligen Selbsthilfescheiß her?«

»Von einer gewissen blonden Sexbombe, die beschlossen hat, meine Freundin zu sein, obwohl ich gar keine Freundin wollte.«

»Du wolltest eine, du wolltest es nur nicht zugeben.«

»Du hast mich durchschaut. Hast mein wahres Ich gesehen. Und vor kurzem hast du noch gesagt, dass ich mein ganzes Leben noch vor mir hätte und es nicht ellbogentief im Kuchenteig verbringen sollte.«

»Was hab ich doch für eine große Klappe!«, murrte Siobhan. »Wenn ich dir jetzt verspreche, mir ein lebendiges, atmendes Sexspielzeug zuzulegen, hörst du dann auf, an mir herumzunörgeln?«

»Für eine Weile bestimmt«, versprach Nadia erleichtert. »Lass mich nur noch eben sagen, dass an einer kleinen Affäre nichts auszusetzen ist. Es gibt einfach Dinge, die eine Frau hin und wieder nötig hat, verdammt noch mal.«

»Wo wir gerade davon sprechen, wann kommt denn der Professor nach Hause?«

Nadias gute Laune war plötzlich wie weggeblasen. »Eigentlich heute Abend, aber möglicherweise schafft er es erst morgen.«

»Läuft das, was auch immer er in Los Angeles macht, nicht gut?«

»Keine Ahnung. Er redet nicht drüber, was in meinen Augen heißt, dass es ziemlich, ziemlich schlimm ist.« Sie griff nach ihrem Handy. Sie hatte seit Stunden nichts mehr von Kane gehört, und das machte ihr Sorgen. Nicht weil er sie nicht angerufen hatte, sondern weil er wahrscheinlich mit etwas Unangenehmem zu kämpfen hatte, das seine ganze Konzentration erforderte. Er war ihr gestern so niedergeschlagen vorgekommen, so ganz anders als der Mann, den sie kennen- und schätzen gelernt hatte. Seine Stimmung hatte sich dank ein bisschen Telefonsex in Windeseile verbessert, und sie war froh gewesen, ihm das geben zu können. Sie hatte allerdings so das Gefühl, dass sie ihm diesmal die Last nur live und persönlich von den Schultern nehmen konnte.

Schnell schickte sie ihm eine Textnachricht.

Hi! Schaffst Du es heute Abend zurück an die Küste?

Es dauerte lang, bis er antwortete.

Nehme den letzten Flieger: checke gleich ein.

Etwas an der Formulierung beunruhigte sie. Die Nachricht war viel sachlicher als sonst. Sie fragte sich wieder, mit was für einer Art von Fall er in Los Angeles zu kämpfen hatte. Ihre übersteigerte Phantasie malte sich alle möglichen Schreckensszenarien aus, für die seine Expertise gefragt war. Sie wusste schon einiges über den Dreck, der unter der glitzernden Fassade der Traumfabrik lauerte. Wie mochte es sein, die Auswirkungen tagtäglich vor Augen zu haben, weil man damit seinen Lebensunterhalt verdiente? Wie kam Kane wohl damit klar? Wie konnte irgendjemand damit klarkommen?

Es war zwar lächerlich, die emotionalen Schwingungen einer Textnachricht interpretieren zu wollen, aber Nadia versuchte es trotzdem. Diese paar einfachen Worte sagten ihr, dass der Tag nicht so gut verlaufen war wie der Tag zuvor, von dem sie ja bereits wusste, dass er nicht gerade berauschend gewesen war.

Sie zeigte Siobhan die Nachricht. »Bin ich paranoid, oder ist das kein gutes Zeichen?«

Ihre Freundin blickte plötzlich besorgt drein. »Vielleicht hat es ja nichts zu bedeuten, aber ich denke, du solltest ihn gleich fragen, um sicherzugehen.«

Sie zögerte, bevor sie ihm antwortete, wollte ihn zwar nicht bedrängen, aber trotzdem wissen, wie es ihm ging.

Kommst Du heute Abend noch zu mir?

Sie wartete, umklammerte mit pochendem Herzen ihr Telefon. Je länger er für die Antwort brauchte, umso größer wurden ihre Bedenken. Was zum Teufel war da in L. A. passiert?

Nein.

Sie starrte ihr Handy an, überrascht über den scharfen Schmerz, der sie durchbohrte. Kane würde also nicht über sie herfallen. Er wollte sie nicht sehen.

Ehe sie die niederschmetternde Enttäuschung genug verdauen konnte, um sich eine angemessene Reaktion zu überlegen, verkündete der Piepton den Eingang einer weiteren Nachricht.

Sorry. Bin total erschöpft, Liebes. Fahre direkt vom Flughafen nach Hause. Wir sehen uns morgen.

Die Enge in ihrer Brust ließ langsam nach. Er wollte sich also nicht von ihr trennen. Er wollte sie heute Abend nur einfach nicht sehen.

Siobhan nahm ihr das Handy aus der Hand und überflog den Rest des Chats. »So ein Arsch. Wenigstens ist ihm aufgegangen, wie verdammt grob seine einsilbige Antwort war, obwohl die Erklärung ziemlich lahm ist.« Sie sah Nadia an. »Alles klar mit dir?«

»Nein.« Sie schüttelte den Kopf. »Und mit ihm auch nicht. Da stimmt etwas ganz und gar nicht, und ich muss herausfinden, was es ist.«

»Was hast du vor?«

Was immer mit Kane gerade geschah, es war nicht gut. Sie wünschte, sie hätte den Mut aufgebracht, ihn zu begleiten, auch wenn sie vielleicht nicht jeden Augenblick an seiner Seite hätte sein können. Sie hätte auf seinem Hotelzimmer auf ihn warten, ihn nach seiner Rückkehr in den Arm nehmen und küssen und ihn den Alltag eine Weile vergessen lassen können. Hätte für ihn da sein können, wie er es für sie in Audies Fall gewesen war.

Die Antwort lag auf der Hand. »Ich werde ihn vor seiner Wohnung erwarten.«

Siobhan sah sie stirnrunzelnd an. »Hältst du das wirklich für eine gute Idee?«

»Nein, aber wenn ich seine Nachrichten für bare Münze nehme, dann sitze ich hier die restliche Nacht herum und grübele darüber nach, was mit ihm los ist.«

»Tatenlos zu warten, war ja noch nie deine Art.«

»Genau. Ich muss mich mit eigenen Augen davon überzeugen, dass es ihm gutgeht.«

»Na schön, dann pack den Stier bei den Hörnern.«

»Oder den Kane bei den Eiern.« Sie erhob sich, räumte die Reste ihres Tees und des Nachtischs ab. »Wie auch immer, heute Nacht kommt er nicht um mich herum.«

Sie machten schnell Ordnung, dann schnappte Nadia ihre fertig gepackte Reisetasche und folgte Siobhan nach unten ins

Parkhaus. Siobhan schlüpfte in ihr feuerwehrrotes Ford Falcon Cabrio auf dem Gästeparkplatz. Der Oldtimer passte zu Siobhan und ihrer burlesken Persönlichkeit, und oft genug trat sie im waschechten Sechziger-Jahre-Kostüm bei Autoshows auf.

»Bist du sicher, dass *mit dir* alles in Ordnung ist?«, fragte die Blondine, als sie den Motor anließ.

»So sicher, wie man nur sein kann«, antwortete Nadia, öffnete die Beifahrertür ihres Mini Cooper und warf die Tasche hinein. Ihr Instinkt sagte ihr, dass sie jetzt bei Kane sein musste, aber was, wenn ihr Instinkt sich irrte?

»Ruf mich an, wenn du mich brauchst«, meinte Siobhan. »Falls nicht, gehe ich davon aus, dass alles wie geplant verlaufen ist.«

»Mach ich. Danke, Siobhan.«

»Gern geschehen«, entgegnete ihre beste Freundin. »Viel Glück.«

Nadia stieg in ihr Auto und startete den Motor. Sie holte tief Luft, um sich Mut zu machen, dann fuhr sie aus der Parklücke und zu Kane. Irgendetwas sagte ihr, dass sie heute Nacht mehr brauchte als nur Glück.

Mir nichts, dir nichts hatte sie die kurze Fahrt zu Kanes Wohnung hinter sich gebracht, gab den Zahlencode am Tor ein und fuhr auf seinen Gästeparkplatz. Immer noch voller Zweifel, ging Nadia auf seine Tür zu, ließ die Tasche auf den Boden fallen, zog ihren Rock um die Beine und sank zu Boden. Sie vermutete, dass sie noch etwa eine halbe Stunde würde warten müssen, bis er nach Hause kam. Hoffentlich würden ihre Fingernägel das überleben.

Ihr gingen alle möglichen Szenarien durch den Kopf. Sie kannte Kane noch nicht allzu lange, aber sie wusste, dass er eigentlich ein ausgeglichener Mann war. Was hatte ihn nur so verstört? Sie wusste, dass der Fall mit dem Serienvergewaltiger ihm viel Anerkennung eingebracht hatte. Also konnte sie bloß vermuten, mit was für grässlichen Bildern er nun konfrontiert worden war. Wenn das der Grund dafür war, dass er sich von ihr zurückgezogen hatte – und so empfand sie sein Verhalten, egal was für Absichten seinerseits dahintersteckten –, dann war das ihrer Meinung nach umso mehr Grund, ihn persönlich aufzusuchen.

Doch je mehr Minuten vergingen, umso mehr Zweifel kamen ihr, und umso mehr fragte sie sich, ob sie das Richtige tat. Wenn sein Tag tatsächlich so schlimm gewesen war, wie sie glaubte, würde er sie dann wirklich an seiner Türschwelle sehen wollen? Was, wenn das Letzte, das er sich wünschte, eine lästige Freundin war, die mit der Zurückweisung nicht klarkam?

Freundin. Sie hätte fast laut losgelacht über den Begriff. Kane und sie waren übereingekommen, dass sie eine Beziehung hatten, aber was sie füreinander waren, was sie für ihn empfand, war erheblich mehr, als der Begriff Freundin abdecken konnte. Er hatte ihren hässlichen Heulkrampf mitbekommen und war nicht schreiend davongelaufen. Er wusste, dass sie suchtkrank war, und hatte nicht mal mit der Wimper gezuckt. Vielleicht verstand er ja nicht wirklich, was es bedeutete, zwar süchtig zu sein, aber trotzdem keine Pillen mehr zu nehmen, doch er unterstützte sie und behandelte sie normal, was man beides nicht mit Gold aufwiegen konnte.

Kane war für sie ziemlich weit gegangen, war für sie da gewesen, als sie eigentlich geglaubt hatte, dass er ihren Zusammenbruch auf keinen Fall miterleben durfte. Es war also das mindeste, wenn sie das Gleiche für ihn tat. Überdies erkannte sie, dass es sie schmerzte, wenn er traurig oder verletzt war. Genau wie bei Siobhan und Audie. Vielleicht sogar mehr. Wenn sie sich irrte, wenn sie sich hier zum Narren machte, dann würde sie damit klarkommen, denn sie wollte lieber herkommen und sich irren, als zu Hause bleiben und recht behalten.

KAPITEL 20

Nadia?«

Sie sah auf, kam schnell auf die Beine. Kane stand im Flur, einen Trolley hinter sich, die Kleider zerknittert und das Haar zerzaust, als sei er sich mehrfach mit den Händen hindurchgefahren. Müdigkeit lastete auf seinen Schultern, zeichnete sein Gesicht, aber sie war noch nie so froh gewesen, ihn zu sehen. »Hi.«

»Was tust du denn hier?«

Sie wollte auf ihn zugehen, doch sein barscher Ton ließ sie innehalten, und ihre ausgebreiteten Arme fielen schlaff herab. Er schien sich nicht darüber zu freuen, sie zu sehen. Vielmehr sah er verärgert aus, was wohl bedeutete, dass sie sich tatsächlich geirrt hatte. Er wollte sie heute Abend nicht sehen. Vielleicht wollte er sie auch morgen nicht mehr sehen.

»Tut mir leid.« Sie schlang die Arme um sich und kämpfte gegen eine Woge der Verlegenheit an, während sie ihre Pläne im Geiste ad acta legte. »Ich wollte mich nur mit eigenen Augen davon überzeugen, dass du okay bist«, sagte sie. Nadia versuchte, dabei einen munteren Ton anzuschlagen, und scheiterte kläglich. »Das weiß ich jetzt, also nerv ich nicht länger, damit du schlafen gehen kannst.«

Sie zog sich den Riemen ihrer Tasche um, senkte den Kopf und ging an ihm vorbei. Seine Hand schoss hervor, umklammerte ihr Handgelenk und wirbelte sie zu sich herum. Ihr Rücken prallte gegen die Wand des Flurs, hart. Sie keuchte, als er sie zwischen seinen Armen gefangen hielt, die Handflächen zu beiden Seiten ihres Kopfes flach an der Mauer, sein großer Körper vor dem ihren. Sie stand wie angewurzelt da, als er sich vorbeugte, gleichzeitig etwas ängstlich und angetörnt.

»Ich bin echt sauer auf dich«, sagte er an ihrer Wange.

Schmerz und Zorn loderten tief in ihrem Innern auf. »Sauer auf mich? Warum? Habe ich dir deine Pläne für den Freitagabend vermasselt? Wolltest du mich loswerden, damit du mit jemand anders herummachen kannst?«

Gottverdammt, dieser letzte Satz klang nun wirklich erbärmlich. Sie stemmte die Hände gegen seine Brust, aber er packte mit Leichtigkeit ihre Handgelenke, zog ihr die Hände über den Kopf. Jetzt hätte sie sich nur noch befreien können, indem sie ihm das Knie zwischen die Beine rammte. Aber so wütend sie auch war, so extrem war es nun doch nicht. »Lass mich los, Kane. Du willst mich heute nicht sehen, also lass dich von deinen Plänen nicht abhalten.«

»Nein.« Er schob das Knie zwischen ihre Beine, ihr kurzer Rock nur eine fadenscheinige Barriere. Sein Atem ging rasselnd, als hätte er gerade einen Marathonlauf hinter sich, seine Augen brannten mit einer Intensität, die sie noch nie an ihm gesehen hatte.

»Ich wollte dich sehen«, fuhr er fort, als hätte sie gar nichts gesagt, seine Stimme ganz heiser. Er presste sich dichter an sie. »Ich musste dich sehen. Deshalb bin ich an deinem Haus vorbeigefahren.«

»Wirklich?«

Sie spürte, wie er nickte, spürte die Anspannung seiner Muskeln, weil er sich beherrschte. »Ich bin dort gewesen, aber du warst nicht zu Hause. Erst habe ich gedacht, dass du nichts mit mir zu tun haben willst, weil du meine letzte Nachricht nicht beantwortet hast. Ich erkannte, dass ich es wahrscheinlich vergeigt hatte.« Er schauderte. »Du hast keine Ahnung, was das mit mir gemacht hat. Ich war total aufgebracht, dass ich nach allem, was ich heute erlebt hatte, jetzt auch noch damit klarkommen musste, dich verloren zu haben. Und nun bin ich wütend, weil ich mich so reingesteigert habe. Dass ich dachte, ich müsste all deine Freundinnen anrufen, um dich heute Nacht zu finden, nur damit du meinen Namen sagst. Und dann komme ich nach Hause und finde dich hier. Warum bist du hier, Nadia?«

»Weil ich es will«, antwortete sie und spürte diese Tatsache ganz tief in ihrem Inneren. »Weil du mich jetzt brauchst.«

Mit einem gequälten Laut prallte sein Mund auf den ihren. Das Ganze war viel zu brutal, um als Kuss bezeichnet werden zu können. Vielleicht wollte er sie damit bestrafen, aber sie spürte seinen Zorn, die Verzweiflung darin, und wie sehr er sie begehrte. Statt ihn zurückzustoßen, gab sie sich ihm hin, schmiegte sich an die harten Kanten seines Körpers, bot ihm, was immer er von ihr brauchte.

Sein Kuss wurde sanfter, und sein Zorn versickerte. Sein Griff um ihre Handgelenke wurde lockerer, dann glitten seine Hände hinauf, und er verschränkte die Finger mit den ihren. Es gab nur eines, was er wollte. »Sag meinen Namen.«

»Kaname«, flüsterte sie an seinen Lippen, zu überwältigt, um lauter sprechen zu können. »Ich bin hier, Kaname. Ich bin bei dir, und ich gehe nirgendwohin.«

Er holte nochmals schaudernd Luft, dann ließ er sie los. Ohne ein weiteres Wort schloss er seine Tür auf, entsicherte die Alarmanlage, dann bedeutete er ihr einzutreten und nahm ihre Taschen.

»Willst du nicht doch mit mir reden?«, fragte sie, als das Schweigen zu belastend wurde. »Sag mir, was geschehen ist, damit ich dir helfen kann.«

Er ging durch die Wohnung ins Schlafzimmer; sie folgte ihm. »Ich hatte heute nicht meinen besten Tag«, sagte er schließlich mit angespannter Stimme und entkleidete sich. »Es war sogar alles andere als das. Ich konnte gar nicht schnell genug wegkommen aus Los Angeles, manchmal lässt einen das Geschehene dann allerdings doch nicht los. Aber dass du hier bist, hilft mir ungemein.«

»Dann *lass* mich dir helfen. Willst du lieber duschen oder ein Bad nehmen?« Obwohl Kanes Küche fast genauso schön war wie ihre, war es der Anblick seines Badezimmers, der sie gelb vor Neid machte, was nicht zuletzt der riesigen gefliesten Dusche mit der Vielzahl unterschiedlich ausgerichteter Duschköpfe und einer Badewanne für zwei Personen zu verdanken war.

»Duschen. Sosehr ich mir auch wünsche, ein entspanntes Bad mit dir zu nehmen, ich will mir erst den Schmutz abwaschen.«

Sie wollte sich unbedingt irgendwie behilflich zeigen, deshalb betrat sie das Bad und stellte das Wasser für ihn an. Kane war, wie sie sehen konnte, nicht im eigentlichen Sinn dreckig, aber sie verstand sein Bedürfnis, sich zu reinigen. Damals war Duschen wie eine Therapie für sie gewesen. Sie hatte sich das alte Leben abgewaschen, die alten Sünden, die alten Gedankenmuster. Offenbar brauchte Kane so etwas jetzt ja auch.

Er folgte ihr ins Bad – seine Stimmung umwogte ihn wie eine Gewitterwolke – und betrat wortlos die Dusche. Er stand unter dem Wasserstrahl, mit gesenktem Kopf, die Augen geschlossen, die Hände schlaff zu beiden Seiten herabhängend. Er wirkte ... besiegt.

Auf gar keinen Fall wollte sie ihn so hier allein lassen. Er würde sie nicht zurückweisen, denn sein ganzer Körper war ein stummer Hilfeschrei. Sie konnte einfach nicht anders, als seiner Bitte nachzukommen. Sie wollte ihm Trost spenden. Zwar war sie nicht sicher, ob sie es schaffen würde, aber sie musste es versuchen. Kane war jetzt auf sie angewiesen; das spürte sie in ihren Knochen. Er brauchte sie nicht, um ihm bei seinen Fällen zu helfen oder irgendwelche Notizen ins Reine zu schreiben oder um die Dinge einmal aus weiblicher Sicht zu betrachten. Nein, er brauchte sie, damit sie ihn wieder aus der Dunkelheit, in die er sich hatte begeben müssen, um seinen Job auszuüben, zurück ins Licht holte.

Sie zog sich blitzschnell aus und stieg ebenfalls in die Dusche, stellte die verschiedenen Duschköpfe so, dass sie beide unter dem Wasserstrahl standen. Dann griff sie in eine der gefliesten Nischen, nahm sein Shampoo zur Hand und goss etwas davon in ihre Handfläche. Sie stellte sich hinter ihn und begann, sein Haar einzuseifen, vergrub die Finger in den dichten Strähnen, um seine Kopfhaut massieren zu können. Er stöhnte, ließ den Kopf in den Nacken fallen und die Schultern sinken, als ob die Last von ihnen abfiel.

Sie ließ sich extra viel Zeit, genoss es, ihn zu berühren, kannte das wundervolle Gefühl, wenn jemand einem das Haar einshampooniert. Nachdem sie ihm das Haar ausgespült hatte, nahm sie seine Seife, die einen würzigen Duft verströmte, den sie für immer mit ihm in Verbindung bringen würde. Sie fuhr mit den seifigen Händen über seine Haut, jede Bewegung so fürsorglich und tröstlich wie nur irgend möglich.

Sie begann in seinem Nacken und an seinen Schultern, massierte die angespannten Muskeln, summte eine Phantasiemelodie vor sich hin. So für ihn zu sorgen, ihm so zu dienen, sandte Funken der Freude durch ihr Innerstes. Andere glücklich zu machen, machte sie ebenfalls glücklich. Deshalb hatte sie angefangen zu backen, weil Desserts eine wunderbar positive Wirkung auf die meisten Menschen hatten. Wenn es ihm eine Verschnaufpause verschaffte und seine Stimmung hob, dass sie ihm die Haare wusch und ihn massierte, dann tat sie das liebend gern.

Sie arbeitete sich an seinem linken Arm hinunter, dann an seinem rechten. Sie lockerte die Muskeln von seinen Schultern bis hinab zu seinen Händen, massierte sogar seine Hände und seine Finger. Als Nächstes richtete sie ihre Aufmerksamkeit auf seinen Rücken, bearbeitete die verspannten Muskeln dort mit ihren Handballen. Weiter ging es mit der seifigen Massage über jede Erhebung seiner Wirbelsäule, an seinen Rippen entlang, bis hin zu seinem Steißbein.

Da bewegte er sich, beugte sich vor, stützte die Hände an die gegenüberliegende Wand, spreizte die Beine. Sie sank auf die Knie, benetzte ihre Hände erneut mit Seifenschaum und ließ sie über sein Gesäß und die Schenkel gleiten, wobei sie der Falte zwischen seinen Pobacken besondere Aufmerksamkeit schenkte. Sie arbeitete in aller Ruhe, vergaß keine noch so kleine Stelle seines Körpers bis hinab zu seinen Zehen.

Die Stille dehnte sich zwischen ihnen aus, aber die Atmosphäre hatte sich gewandelt, wurde leichter, je mehr die Spannung seinen Körper verließ. Sie bewegte sich um ihn herum, seifte erst seine Waden, dann seine Schenkel ein. Er hatte ihr erzählt, dass er jeden zweiten Tag schwimmen ging, weil es in seinem Wohnhaus einen Pool gab, und das hatte Spuren hinterlassen. Er besaß den Körper eines Schwimmers, breite Schultern, konisch verjüngte Taille, starke Beine, und sie wusste ja, welche Kraft er in sich hatte.

Als Nächstes umfing sie seine Hoden und seifte sie ein, wobei sie darauf achtete, ihn nur leicht und sanft zu berühren. Er richtete sich auf, als sie sich dann seinem ruhenden Schwanz widmete, und obwohl er scharf ausatmete, als sie ihn in die Hand nahm, blieb jede weitere Reaktion aus.

»Tut mir leid, Nadia«, sagte er in die feuchte Stille hinein. »Ich habe es heute Abend einfach nicht in mir.«

»Gut, dass ich dich heute Abend nicht *in mir* brauche«, antwortete sie, schob sich das nasse Haar aus dem Gesicht und setzte sich auf die Fersen, so dass sie zu ihm aufblicken konnte. »Darum geht es hier heute nicht.«

Der gehetzte Blick wich aus seinen Augen, und die tiefen Linien um seinen Mund verblassten. Er war noch nicht ganz wieder da, aber er kam näher. »Worum geht es dann?«

»Um dich«, antwortete sie schlicht. »Es geht um dich und um deine Bedürfnisse.«

»Nadia«, flüsterte er, und seine Lider schlossen sich. »Danke.«

Bewegt ließ sie die Hände wieder aufwärtsgleiten, verteilte die Seife über seinen Lenden, seinem Bauch, seiner Brust. Sie stand auf und fuhr mit der Hand über sein Herz, sein Schlüsselbein, seine Kehle. Schließlich trat sie zurück, ließ ihn sich das Gesicht waschen, während sie sich ebenfalls schnell einseifte und den Schaum abspülte.

Er drehte das Wasser ab, und sie verließen die Dusche, nahmen sich Handtücher vom Heizregal, um sich abzutrocknen. Kane atmete aus, dann lächelte er sie an, das erste richtige Lächeln, das auch seine Augen erreichte und die letzten Schatten verjagte.

»Da ist er ja«, sagte sie sanft, unfassbar glücklich, weil sie merkte, wie seine gute Laune zurückkehrte. »Oder lachst du, weil meine Mascara verschmiert ist und ich aussehe wie ein halb ertrunkener Waschbär?«

»Du bist wunderschön«, entgegnete er schlicht. »Innen wie außen.«

»Kane.« Sie trat näher, schlang die Arme um seine Taille, schmiegte ihren Körper an den seinen, umarmte ihn ganz und gar, mit ihrem Körper und dem Herzen. Er erwiderte ihre Umarmung, umfasste ihre Schultern. Lange standen sie so da, genossen ihre erneute Verbundenheit, bestätigten sie.

Schließlich legten sie sich ins Bett, nackt aneinandergeschmiegt, Nadia in seinen Armen, ihr Kopf auf seiner Brust. Als die Nacht sich auf sie herabsenkte, umfing Kane ihre Wange. »Tut mir leid, dass ich gesagt habe, ich würde heute Abend nicht vorbeikommen.«

»Das hat weh getan«, konnte sie zugeben. »Ich habe mich zurückgewiesen gefühlt.«

»Das will ich nie, noch nicht mal unabsichtlich.«

Leicht strich er ihr mit dem Daumen über die Wange. »Es war schwer, mich gedanklich von dem Fall frei zu machen, bei dem ich jetzt als Berater tätig bin. Manchmal sieht man die Bilder vor sich, kann sich einfach nicht davon lösen, egal was man tut. Man ist voller Zorn und Verzweiflung, oder – wenn man Glück hat – Entschlossenheit. Heute war es besonders furchtbar. Ein Mädchen, noch nicht mal im Teenageralter. Es ist schlimm genug, dass ich es sehen muss, es untersuchen muss, mich in das Hirn eines Menschen versetzen muss, der so etwas getan hat. Ich möchte ... ich will nicht, dass du dem auch noch ausgesetzt wirst. Es ist schwer, diese Bilder wieder aus dem Kopf zu verbannen. Es ist schwer zu akzeptieren.«

Plötzlich wurde ihr alles klar, und sie fragte: »Also kamen die anderen Frauen, mit denen du zusammen warst, damit nicht zurecht? Dass du so was tust?«

»Nein.« Er ließ die Hände sinken. »Sie haben es nicht verstanden, weil das Profiling nicht mein eigentlicher Job ist. Ich kann nein sagen, meine Hilfe verweigern. Ich muss das hier nicht tun, und einige verstanden nicht, warum ich weiter mit etwas machte, das so tiefe Spuren bei mir hinterlässt. Sie konnten damit nicht umgehen, also haben sie mich verlassen. Ich werfe ihnen das nicht vor. Und dir auch nicht, wenn es dir zu viel wird.«

Ihr brach seinetwegen das Herz, wegen des Mannes, der ihr innerhalb kürzester Zeit so viel bedeutete. »O nein, Professor, so leicht lasse ich mich nicht abschrecken.« Sie drehte sich jetzt komplett auf die Seite und legte den Arm um seine Taille. »Ich habe dich nicht gebeten, damit aufzuhören, denn es ist offensichtlich etwas, das dir am Herzen liegt. Deshalb werde ich das auch niemals tun. Nie. Hast du vergessen, dass ich nicht wie die meisten Frauen bin?«

Er stieß den Atem aus. »Du bist keiner Frau ähnlich, die ich je kennengelernt habe. Gott sei Dank.«

Er drehte sich ebenfalls auf die Seite, legte die Arme um sie und umfing sie. Es fühlte sich an, als halte er sich an ihr fest. Sie erwiderte seine Umarmung, hob das Bein, so dass es auf seinem äußeren Schenkel ruhte, bettete Kane an ihre Brust, küsste ihn sanft auf die Stirn, die Nase, die Lippen. Er erschauerte, hielt sie fester, doch er sagte nichts. Sie ließ ihn gewähren. Hauptsache, er wusste, dass sie für ihn da war, immer da sein würde, wenn er es wollte.

Er übernahm die Initiative beim Küssen, wie immer, genau wie sie es liebte. Nach einer Weile wurde sein Griff lockerer, die Küsse veränderten sich, wurden inniger, lustvoller. So ineinander verschlungen, wie sie waren, ihr Venushügel hoch aufragend und bereit, bemerkte sie sofort, als er vor Verlangen hart wurde.

»Wie es scheint, hat es jemand jetzt doch in sich«, scherzte sie.

Er lachte – ein wundervoller Laut. »Noch nicht«, sagte er, »aber gleich wird sie ihn in sich haben. Wenn du darauf verzichten kannst, dass wir eine Karte ziehen, dann wäre es jetzt höchste Zeit für eine der liegenden Stellungen des Scheichs, die einundzwanzigste Position.«

Im Geiste ging sie die verschiedenen Stellungen durch, die im *Duftenden Garten* aufgeführt wurden. »Sie nennt sich *Verschmelzung der Liebenden*, oder?«

»Ein poetischer Name, aber es ist auch eine sehr intime Position. Im Grunde machen wir gerade genau das, nur ohne die Funken.«

»Für mich persönlich springen ja immer Funken, wenn wir zusammen sind«, neckte sie ihn.

»Dann schauen wir doch mal, ob wir ein Feuerwerk daraus machen können.« Er legte die Hand in ihre Kniekehle, führte ihr Bein nach oben, bis es über seiner Flanke lag. Dann schob er seinen Schenkel zwischen die ihren, so dass sein Schwanz genau vor ihrer Öffnung lag. Er ließ die Hand zwischen ihre Körper gleiten, seine suchenden Finger strichen über ihre Klitoris, bis sie in ihrer wartenden Scheide versanken.

Sie stöhnte lustvoll in seinen Mund, knabberte an seiner Unterlippe, während er fühlte, ob sie schon so feucht war, ihn in sich aufzunehmen. Die Stunde, die sie auf seine Heimkehr gewartet hatte, nachdem er geschrieben hatte, dass er sie nicht sehen wollte, war die reine Qual gewesen, denn sie war unsicher gewesen, woran sie bei ihm war. Das Hier und Jetzt aber sagte ihr mehr als alle Worte. Er brachte ihre Welt wieder in Ordnung, sorgte dafür, dass sie wieder sicheren Boden unter den Füßen hatte, weswegen sie ihn noch mehr begehrte.

Er gab ihr, was sie brauchte, rieb die Spitze seiner Erektion an ihrer feuchten Öffnung, bevor er sich langsam und sicher seinen Weg hineinbahnte. Sie spürte jeden Millimeter seines sinnlichen Eindringens. Ihr stockte der Atem, als Lust sie durchflutete.

Sie hielten inne, als er so tief wie nur möglich in sie eingedrungen war, kosteten das Gefühl aus, einander vollkommen ausgeliefert zu sein. Dieser Augenblick, dieses intime Zusammensein unterschied sich von allem zuvor. Sie wusste es, und Kane erkannte es ebenfalls. Diesmal ging es nicht einfach nur darum, einen Orgasmus zu bekommen. Es war viel mehr als das. Sie hatten sowohl auf körperlicher als auch auf emotionaler Basis eine neue Ebene der Intimität erreicht, und die Stellung, die Kane gewählt hatte, war das perfekte Abbild dafür.

Sie verschränkte die Arme in seinem Nacken, um sich ihm ganz und gar zu öffnen. Seine Zunge glitt in ihren Mund, und sie begannen, sich zu bewegen, vorzupreschen, sich zurückzuziehen, wieder vorzupreschen, und ihre Zungen bewegten sich im Gleichklang zu ihren Körpern. Kane schien nicht in der Stimmung zu sein, sich zu beeilen, genoss das Gefühl ihrer wogenden Leiber.

»Nadia«, flüsterte er an ihren Lippen, seine Stöße immer noch langsam und tief, wobei die Wurzel seines Schwanzes jedes Mal an ihrer Klitoris rieb. »Du wusstest genau, was ich nötig hatte, und hast es mir gegeben. Danke, dass du mich aus der Dunkelheit befreit hast. Danke, dass du kein Nein als Antwort akzeptiert hast.«

»Danke, dass du mich reingelassen hast«, antwortete sie, und Tränen brannten in ihren Augen, weil der Moment sie zu überwältigen drohte. »Danke, dass auch du mir das gegeben hast, was ich brauchte.«

Danach bedurfte es keiner weiteren Worte mehr, und sie überließen sich dem Zusammenspiel ihrer Lippen und ihrer Körper. Kanes Hände wanderten ihren Rücken hinab, seine Finger tauchten in ihre Gesäßspalte ein, umkreisten ihren Anus. Sie erinnerte sich, wie sie ihm von ihrer Phantasie berichtet hatte, dort genommen zu werden, und sie wurde noch feuchter für ihn. Noch an diesem Wochenende würde sie diese Phantasie wahr werden lassen. Sie wusste, dass Kane dafür sorgen würde.

»Kaname.« Ihr Atem ging stoßweise, als sie bemerkte, dass sie kurz davor war, zu kommen, erregt von seinem Finger an ihrer runzeligen Öffnung, seiner Peniswurzel an ihrer Klitoris, seinem Schaft, der tief in ihr genau die richtigen Stellen traf, den Küssen, von denen ihr ohnehin stets schwindelig wurde. Ihre inneren Muskeln krampften sich um seinen Schwanz, steigerten die Leidenschaft. Eine Welle der Lust hob sie empor, und sie ließ sich von ihr davontragen.

Sie kam mit einem leisen Stöhnen in seinen offenen Mund, umklammerte ihn fester mit Armen, Beinen und ihrem Körper. Er stöhnte ebenfalls, als sie sich immer schneller bewegte, trieb sich noch tiefer hinein, vergrub die Finger in ihrem Fleisch, als er sich in ihre Scheide ergoss. Dieses Gefühl, so wunderbar, so intim, entrang ihr zu ihrer eigenen Überraschung noch einen weiteren, schwächeren Orgasmus.

Sie seufzte, übermannt davon, wie vollkommen sich dieser Augenblick anfühlte. Kane hielt sie nach wie vor fest, küsste sie zärtlich, war offenbar immer noch nicht bereit, sich von ihr zu lösen. Sie hatte absolut nichts dagegen. Tatsächlich war alles vollkommen, solange Kane bei ihr war.

Mit einem sanften Lächeln auf den Lippen und immer noch eng mit Kane verschlungen, versank Nadia in sorglosem Schlaf.

Kane erwachte und roch sofort den Duft seiner Frau, spürte ihren weichen Körper, der sich eng an ihn schmiegte. Sie schlief noch tief und fest. Er atmete ein und stieß die Luft wieder aus. Auch der letzte Rest von Anspannung, die ihn in L. A. überkommen hatte, fiel von ihm ab.

Nadia war gar nicht bewusst, was für ein Geschenk sie für ihn war. Sie nach seinem beschissenen Wochenende in Los Angeles vor seiner Tür sitzen zu sehen, nachdem er an ihrem Haus gewesen war und sie dort nicht mehr vorgefunden hatte, hatte ihn mit solcher Erleichterung erfüllt, dass ihm fast die Knie den Dienst versagt hätten. Er hatte eine wahre Achterbahnfahrt der Gefühle hinter sich – Erleichterung, Zorn, Lust und ungeheure Begierde –, so dass er sich nicht mehr unter Kontrolle hatte und bis ins tiefste Innere erschüttert war. Dann hatte sie die Arme ausgebreitet, ihm ihren Körper dargeboten und – das wollte er gern glauben – auch ihr Herz, und es war ihm vorgekommen wie der erste Sonnenschein nach Tagen der Dunkelheit.

Er wollte mehr. Mehr von ihrer Wärme, ihrem Sonnenschein, ihrem Körper, ihrer Hingabe. Mehr von ihrem Lachen, ihrem Seufzen, ihrem lustvollen Stöhnen. Er wollte alles, aber irgendetwas sagte ihm, dass Nadia immer noch etwas vor ihm verbarg.

Er wusste, dass es etwas mit ihrer Zeit in Los Angeles zu tun hatte, weshalb sie auch zögerte, in die Stadt zurückzukehren. Etwas, das mit ihrer Medikamentensucht und dem Entzug in Verbindung stand. Sie hatte ihm gesagt, dass er alles, was er wissen wollte, googeln konnte, aber so wollte er Nadias Geheimnisse nicht herausfinden. Er wollte, dass sie ihm genug vertraute, ihnen beiden genug vertraute, um es ihm letztlich zu erzählen.

Vielleicht konnte er die Sache ja forcieren, indem er sich über Medikamentensucht und Entzug informierte. Sicherlich hielten die Narcotics Anonymous Informationen für Partner und Angehörige parat. Er dachte kurz daran, Siobhan oder Nadias Väter zu fragen, doch er wollte auch nicht zu weit gehen, wollte nicht riskieren, dass Nadia zwei Schritte zurücktrat, denn er wollte ihre Beziehung ja nach vorn bringen.

Er griff nach seinem Handy, um auf die Uhr zu sehen, und fand ein Post-it mit Nadias Handschrift darauf.

Damit Du andere Bilder vor Augen hast.

Neugierig aktivierte er das Handy. Sein Hintergrundbild war verändert worden. Jetzt lächelte Nadia ihm sanft entgegen, gekleidet in eines seiner Hemden. Seine Brust wurde eng, als er durch die Galerie scrollte. Dort fand er jede Menge neuer Fotos, alle von Nadia, alle wohl in der Nacht aufgenommen, ohne dass er es gemerkt hatte. Sie warf ihm einen Luftkuss zu. Sah über die Schulter. Das Hemd glitt von ihrer Brust herab. Sie schnitt ihm Grimassen. Verspielt und verführerisch. Und dann eines von ihnen beiden nebeneinander im Bett, während er schlief.

Seine Hand zitterte, als er das Handy wieder auf den Nachttisch legte. Das hatte sie für ihn getan, um die Schreckensbilder zu verjagen, die er bei seinem Fall hatte sehen müssen. Diese Bilder hier waren so unendlich viel schöner. Sie waren Balsam für seine Seele und sein Herz. In diesem Moment wurde ihm klar, dass er Nadia Spiceland liebte. Und vielleicht verliebte sie sich ja gerade auch in ihn.

KAPITEL 21

»Was willst du heute unternehmen?«, fragte Kane.

Nadia lehnte sich an ihn und ließ sich tief in das dampfende Wasser hineingleiten. »Wir unternehmen doch schon was«, antwortete sie. »Diese Badewanne ist absolut dekadent.«

»Stimmt, zumal hier meine persönliche Wassernymphe sitzt.« Er ließ mit einem Naturschwamm Wasser über ihren Rücken rieseln. »Allerdings sollten wir nicht den ganzen Tag in der Wanne herumliegen, wenn wir nicht vollkommen aufweichen wollen.«

»Das zum einen. Und außerdem dachte ich, du hättest unser ganzes Wochenende schon verplant.«

»Ich hätte da durchaus ein paar Vorschläge.« Er umfing ihre Brüste. »Angefangen damit, jeglichen Raum und jede horizontale Fläche in dieser Wohnung einzuweihen.«

»Ich hoffe, du hast reichlich Vitamine und Tee im Haus, damit ich mit dir mithalten kann.«

»Ich werde schon genügend Pausen für dich einplanen.« Er stand auf und stieg aus der Wanne, bevor er sich umdrehte und ihr hinaushalf. »Auf jeden Fall muss ich noch die Zutaten für die Ramen-Nudeln besorgen.«

»Oooh!« Sie hüpfte vor Freude auf und ab, während sie sich abtrocknete. »Du kochst Ramen-Nudeln? Darf ich mitmachen, oder hat deine Mutter dich schwören lassen, dass du ihr Rezept niemandem verraten darfst?«

»Morgen.« Er musterte sie, während er sich abtrocknete. »Und natürlich darfst du mir helfen. Aber wenn du dich weiter so bewegst, schaffen wir es nicht aus dem Haus und müssen uns Pizza bestellen oder so was.«

Sie schlang das Handtuch um ihren Körper. »Ich bin ja schon brav!«

»Das wirst du sein, ja«, antwortete er und folgte ihr ins Schlafzimmer. Er räumte eine Schublade in einer niedrigen Kommode für sie aus, doch als sie darauf zuging, ergriff er ihre Hand und führte sie zu seinem begehbaren Kleiderschrank. »Du brauchst hier drinnen keine Kleider«, meinte er. »Ich habe eine bessere Idee. Nimm das Handtuch ab.«

Sein Befehlston zeigte ihr deutlich, dass die Dynamik sich mit dem Sonnenaufgang verändert hatte. Sie war sich seines hungrigen Blicks, dem sie ausgesetzt war, bewusst, trat einen Schritt zurück und griff nach dem Ende des großen Badetuches, das sie zwischen den Brüsten befestigt hatte. Sie löste den Knoten und ließ das Handtuch zu Boden fallen. Nackt stand sie da, die Schultern gestrafft, die Hände in den Hüften. Sie fühlte sich wohl in ihrer Haut, denn sie sah die Anerkennung in seinem Blick.

»Du siehst atemberaubend aus«, sagte er mit ehrerbietiger und bewegter Stimme. »Und du gehörst mir.«

Seine besitzergreifenden Worte sandten Schauer durch ihren ganzen Körper. Was für ein Mann! Jeder vor ihm war nur ein Bubi gewesen, unerfahren und nicht in der Lage, zu entdecken, was eine Frau wollte und brauchte. Aber Kane war anders. Sie wollte, dass er sie in Besitz nahm. Nicht dass er sie kontrollierte, sondern dass er sie auf jene tief verbundene Weise für sich beanspruchte, die keinen Zweifel, kein Zögern zuließ, sondern nur ungetrübte Lust versprach.

»Kaname«, wisperte sie mit sehnsüchtiger Stimme.

»Wenn du hier bist, möchte ich, dass du das hier trägst.« Er griff in seinen Schrank und holte einen wunderschönen Kimono aus weinroter Seide, der mit goldenen und weißen Lotosblumen und vergoldeten Kranichen bestickt war, heraus.

»Oh, Kaname«, flüsterte sie, als er ihr hineinhalf, allerdings ohne den Gürtel zuzubinden. »Der ist traumhaft. Du solltest ein paar Fotos von mir damit machen. Wenn dir die schrecklichen Bilder deiner Arbeit wieder den Schlaf rauben, kannst du dein Handy nehmen und stattdessen diese Fotos betrachten.«

Sein Blick war unergründlich. »Du hast mir doch schon ein paar Bilder geschenkt, auf denen du in meinem Hemd zu sehen bist.«

»Ich weiß, aber noch ein paar in meinem Haremsdamenoutfit wären doch auch nicht schlecht.«

»Das würdest du zulassen?«

Sie nickte. »Wenn es dich glücklich macht, freue ich mich. Gib nur einfach einen Sicherungscode auf deinem Handy ein. Und auch wenn wir alles lieben, was sexy ist, schick sie nicht weiter.«

»Niemals.« Seine Augen leuchteten auf. »Niemand darf dich so sehen außer mir. Und jetzt streck deine Hand aus.«

Als sie gehorchte, griff er in seine Hosentasche und holte eine glitzernde Goldkette heraus. An jeder Seite baumelte eine kunstvoll verzierte Klemme. Er legte ihr das Kettchen in die Hand, und ihr stockte der Atem, als sie die gummierten Spitzen sah und erkannte, wofür es gedacht war. Ihre Brustwarzen zogen sich schmerzhaft zusammen, ohne dass er sie überhaupt berührte. Aber sie wusste, er würde es tun.

»Ich liebe deine Brüste und dass du an ihnen so empfindlich bist«, raunte er. »Ich liebe es, wie deine Nippel hart werden, wenn du an mich oder an Sex denkst. Wie jetzt zum Beispiel, nicht wahr? Du stellst dir vor, dass meine Hände deine Brüste umfangen, mein Mund an ihnen saugt. Überlegst, wie es sich wohl anfühlen wird, wenn ich dir das hier anlege.«

»Ja«, keuchte sie, mit einem Mal wie benommen vor Lust, und Feuchtigkeit sammelte sich zwischen ihren Schenkeln. »Ja, bitte.«

Er schob den Kimono auseinander und umfasste ihre Brüste, strich mit den Daumen über die üppigen Knospen, so dass sie leise seufzte. »Ich habe noch mehr Geschenke für dich«, flüsterte er mit gleichzeitig beruhigender und erregender Stimme. »Du bekommst sie Stück für Stück, nachdem wir erlebt haben, wie du hiermit zurechtkommst. Ich will dich ja nicht überfordern.«

»Das tust du nicht!«, entfuhr es ihr, und sie presste die Schenkel aneinander. »Ich bin nicht überfordert.«

Er schenkte ihr ein nachsichtiges Lächeln. »Wir werden sehen. Denn du wirst sie den ganzen Tag lang tragen.«

Dann beugte er sich herab, nahm eine ihrer Brustwarzen in seinen warmen Mund. Sie stöhnte laut, packte seine Schultern, um ihr Gleichgewicht nicht zu verlieren. Dieser Mann hatte einen so geschickten Mund und talentierte Hände. Nadia hatte noch nie einen Liebhaber gehabt, der ihre Reaktionen so konzentriert und zielstrebig beobachtete wie Kane. Das gab ihr das Gefühl, etwas Besonderes, etwas Wichtiges zu sein. Als ob ihre Lust ihm wichtiger war als seine eigene. Und das machte sie noch entschlossener, ihm ebenfalls Lust schenken zu wollen.

Als seine Zähne ihre Brust sanft umschlossen, schrie sie auf. Er linderte den Schmerz sofort mit seiner Zunge, aber als er sich von ihr entfernen wollte, vergrub sie ihre Finger in seinem Haar. »Es hat nicht weh getan«, versicherte sie ihm. »Nicht auf unangenehme Weise, jedenfalls.«

»Gut.« Er richtete sich auf. »Bist du bereit für dein Geschenk?«

Sie brauchte einen Augenblick, um wieder Atem zu schöpfen. »Ja.«

In sinnlicher Trance beobachtete Nadia, wie Kanes flinke Finger über ihre Brustwarze glitten, so dass sie fast schmerzhaft steif wurde. Danach nahm er ihr die Kette aus der Hand und befestigte vorsichtig die pinzettenartige Klemme daran. Zischend stieß sie die Luft aus, dann stöhnte sie, denn der Schmerz verwandelte sich sogleich in Lust. Er schlang ihr die filigrane Kette um den Hals, führte sie über die andere Brust nach unten und wiederholte die Prozedur. Schließlich blieb noch ein Stück Kette übrig, das er zwischen ihren Brüsten fixierte, und sie fragte sich, wie es sich wohl anfühlen würde, wenn er daran zog.

Er trat einen Schritt zurück. Sie hatte die ganze Zeit die Luft angehalten, jetzt allerdings atmete sie tief ein, so dass sich ihre Brüste hoben und senkten. Seine Augen leuchteten anerkennend. »Was denkst du, süße Nadia? Sei ehrlich.«

Sie brachte kaum ein Wort heraus. »Ich glaube ... ich glaube, ich bin feucht.«

Er neigte den Kopf. »Du glaubst? Du bist also nicht sicher?«

Sie schüttelte den Kopf und leckte sich die Lippen. »Vielleicht solltest du mal nachsehen«, schlug sie vor. »Ob ich flunkere oder nicht.«

Er war sofort bei ihr, seine langen Finger umgarnten ihren Venushügel. Sie verkniff sich ein erneutes Stöhnen, drängte ihm die Hüften entgegen, sehnte sich nach seiner Hand, nach seinen Fingern in ihr. Er kam ihrer stummen Bitte nach und ließ zwei Finger mit Leichtigkeit in ihre Scham gleiten.

»Verdammt, Nadia«, hauchte er. »Das ist der Blick, den ich auf meinem Handy festhalten will.«

»Was für ein Blick?«

»Dein Verlangen. Deine lustverhangenen Augen und deine gerötete Haut. Am liebsten würde ich malen können. Obwohl ich ernsthaft bezweifele, jemals deine Leidenschaft mit so etwas Alltäglichem wie Öl oder Wasserfarben einfangen zu können.«

Sie war wie berauscht von seinen Worten. Sie knabberte an seiner Unterlippe, seufzte, als ihre eingeklemmten Brustwarzen an dem weichen Stoff ihres Morgenmantels entlangrieben. Sie spürte, wie der Orgasmus in ihr emporstieg, tief aus ihrem Inneren, wie ein erotischer Sturm, der sie unaufhaltsam mit sich riss.

Als ob er wüsste, wie dicht sie davor war, entzog Kane ihr seine Finger.

»Noch nicht«, ermahnte er sie, und beinahe wäre sie doch gekommen, weil sie sah, wie er sich die Finger leckte. »Du bist noch nicht am Abgrund. Du hast noch einen weiten Weg vor dir.«

»Woher weißt du das?«

»Du bettelst noch nicht.«

Sie zog die Augenbrauen hoch. »Du willst mich heute also so richtig zum Betteln bringen?«

Er lächelte auf sie herab, so ungeheuer männlich, dass ihre Muschi sich zusammenzog. »Ja.«

»Willst du ...« Sie fuhr sich mit der Zunge über die Lippen. »Du hast gesagt, ich soll das hier den ganzen Tag tragen.«

»So ungefähr«, wiederholte er. Er legte seinen Zeigefinger auf die Kette, die zwischen ihren Brüsten baumelte, und zog ganz leicht daran. Sie keuchte. »Ich werde sie so einstellen, dass sie nicht zu fest sind. Du sollst sie spüren, wenn wir ausgehen.«

»Ah ...« Vor Lust schnürte sich ihr die Kehle zu. »Ausgehen?«

»Ja.« Er zog wieder daran. »Du wirst die hier tragen und dazu das hübsche Sommerkleid, wenn wir später einkaufen gehen. Und natürlich Schuhe, aber sonst nichts.«

Kein BH, kein Höschen. Ihr Mund wurde ganz trocken. Irgendwie würde sie also mit Kane ausgehen müssen und versuchen, sich ganz normal zu benehmen, während sie fast nackt und dauerhaft erregt war. Sie war ganz trunken vor Lust. Plötzlich wurde ihr klar, dass er wirklich vorhatte, das *ganze* Wochenende über Sex zu haben.

Sie blickte hinab, sah, wie das Handtuch um Kanes Hüften sich verdächtig bauschte. »Ist das noch eins meiner Geschenke?«

»Willst du es denn?«

»O ja«, hauchte sie. »Ich will dich in meinem Mund spüren.«

Das Handtuch zuckte, und er wurde noch härter. »Trotz der detaillierten Anweisungen, die der Scheich im *Duftenden Garten* gibt, erwähnt er niemals die Freuden durch Oral- oder Analsex. Das sind nicht seine einzigen Irrtümer, aber meiner Meinung nach sind es die schlimmsten.«

»Ganz meine Meinung«, sagte sie und sah zu ihm auf, ihre Nippel hart und gespannt zwischen den Klemmen, ihr Geschlecht leer und voller schmerzhafter Sehnsucht. »Beides ist wahnsinnig intim und erfordert unheimlich viel Vertrauen. Aber es geht auch um Macht, denn ein Partner konzentriert sich darauf, dem anderen körperliche Lust zu bereiten, und es verleiht ihm Macht, dessen körperliche Reaktionen kontrollieren zu können.«

»Willst du das, Nadia?«, fragte er und sah sie an. »Willst du meine Lust kontrollieren?«

O Gott, ja. Sie spürte, wie ihre Klitoris zwischen ihren Beinen pulsierte. »Ja, bitte.«

Er ging zum Bett hinüber und blieb neben zwei schwarzen Bodenkissen stehen. »Knie nieder«, befahl er sanft.

Sie ließ sich auf dem dicken Kissen auf die Knie hinab, und er blieb vor ihr stehen, mit gespreizten Beinen, die Füße fest auf dem glatten Holzboden. Die Wölbung seiner Erektion war unter dem Handtuch deutlich zu sehen, was in ihr nur umso mehr den Wunsch weckte, ihn in sich aufzunehmen, ihn leer zu saugen, sein Sperma in ihrer Kehle zu spüren. Es ging tatsächlich um Macht. Unterwürfig sah sie zu ihm auf, doch zu wissen, dass sie seine Lust kontrollieren und dafür sorgen konnte, dass sein Schwanz so prall anschwoll, gab ihr das Gefühl, unbesiegbar zu sein.

»Darf ich?«, flüsterte sie.

Als er nickte, streckte sie die Arme aus und löste das Handtuch. Sie zog die Ecken langsam auseinander, genoss es, ihn gemächlich zu entkleiden. Neckte sie beide. Sie setzte sich auf die Fersen, um den Anblick Kaname Sullivans in all seiner männlichen Pracht zu genießen. Die spärlichen Härchen auf seiner Brust mündeten in einen erotischen Pfad an seinen Lenden, umrahmten seinen Penis und seine Hoden auf so sinnliche Weise, dass ihr der Atem stockte. Sie rieb ihre Wange an ihm, genoss seine Härte, zog den Augenblick in die Länge, bevor sie ihn in die Hände nahm.

Sein Schwanz war wunderschön, ragte stolz hervor, war ein geschmeidig glattes Symbol männlicher Potenz. Seine Vorhaut reckte sich ihr entgegen, geschmückt von einer schimmernden Perle. Kane war ebenso fasziniert wie sie selbst, so erregt wie sie, so bereit wie sie.

Sie leckte den Lusttropfen auf, der aus der Spitze seines Penis sickerte. Kane erschauerte. Wieder rieb sie die Wange an seinem Schaft, genoss die heiße Härte an ihrer Haut. Ihre Hände umfingen seine Eier, massierten sie sanft, und sie beschrieb einen Pfad aus Küssen seinen gesamten Schwanz entlang. Er stöhnte anerkennend, die Augen voller Lust. Wärme durchflutete sie, ließ sie noch feuchter werden. Sie wusste, wie viel Lust sie ihm auf diese Weise bereiten konnte. Und sie wusste, dass er es ihr mit gleicher Münze heimzahlen würde.

Wieder küsste sie seinen Schaft, hielt seinem Blick stand, als sie den Mund öffnete und ihn ganz und gar in sich aufnahm.

»Ja, Nadia, Baby. Genau so«, flüsterte er ermutigend, als sie seinen Schwanz in ihre warme Mundhöhle gleiten ließ. »Mein Gott, du fühlst dich so gut an.«

Langsam zog sie sich zurück, dann führte sie ihn gemächlich wieder in ihren Mund, nahm ihn nun ganz tief in sich auf, saugte, so dass ihre Wangen sich höhlten, mit ebenjenem Druck, den er liebte. Seine sanfte, erotische Stimme war voller Anerkennung, wob einen sinnlichen Zauber, in dem sie sich verlor.

Sie ließ die linke Hand zwischen ihre Beine gleiten, stieß die Finger in ihre feuchte Muschi. Ihre Hüften bäumten sich ihrer Lust entgegen. Doch sosehr sie sich auch wünschte, dort zu verharren, ihr eigenes Verlangen war jetzt nicht ihr Hauptziel.

Also zog sie die Hand wieder zurück und berührte damit die zarte Haut hinter seinen Eiern, suchte nach seinem Anus. Sie hatten zwar nie explizit darüber gesprochen, aber sie spürte, dass Kaname kein Problem damit haben würde, wenn sie ihn dort liebkoste.

So war es. Seine Hüften bewegten sich ihr in stummer Zustimmung entgegen, und sie presste die Finger an seine Öffnung, ließ sie dort kreisen, bis er sich genug entspannt hatte, dass sie in ihn eindringen konnte.

Er vergrub seine Finger in ihrem Haar, hielt sie fest, dann brandete er in ihren Mund. Sie nahm ihn tief in sich auf, entspannte ihre Kehle so weit, dass schließlich ihre Nase sein Schambein berührte. Er hielt sie dort fest, zog sich erst zurück, als ihr langsam die Luft ausging.

»Nadia.«

Sie sah zu ihm auf, sah sein angespanntes Gesicht, das Feuer der Lust und das Verlangen nach ihr, das in seinen Augen loderte. »Ich werde jetzt deinen Mund ficken. Und ich will, dass du es dir währenddessen mit den Fingern machst. Sag mir, wenn du kurz davor bist.«

Sie nickte, ließ die rechte Hand wieder zwischen ihre Schenkel wandern. Schließlich entspannte sie ihre Kehle erneut, ein

Trick, den sie in ihrer Pillenzeit gelernt hatte. Kane umfing ihr Gesicht, dann begann er, langsam und gründlich ihren Mund zu ficken, bearbeitete ihn genauso wie sonst ihre Muschi, zog sich ganz zurück und stieß gleich darauf wieder tief hinein. Sein Schwanz wogte in ihren Mund, ihre Finger glitten über seine Prostata. Immer wieder stieß er zu, und sie passte die Bewegungen ihrer Finger denen seiner Hüfte an, ritt sich hart, kämpfte um ihren Orgasmus. Sie wollte unbedingt kommen, aber sie wünschte sich inständig, dass auch er es tat. Als es in ihr emporstieg, durch sie hindurchfuhr, der Vollendung entgegen, summte sie an seinem Schwanz.

»Nadia.« Er steigerte seinen Rhythmus, die Hände immer noch an ihrem Kopf, die Stöße heftiger, während er seinem Höhepunkt hinterherjagte. »Komm für mich, Liebes. Ich bin da, ich bin da. O Gott!«

Er krampfte sich um ihre Finger, und dann pulsierte sein Schwanz in ihrem Mund. Bei dem ersten Schwall Sperma, der ihre Zunge traf, explodierte ihr Orgasmus mit aller Macht. Sie stöhnte an seinem Schwanz, ihre Lider schlossen sich in purer Ekstase, während sie ihre Finger ritt und seine Wichse schluckte.

Kane löste sich von ihr. Sein Atem ging stoßweise, seine Beine zitterten. Durch sie hatte er jegliche Macht über sich selbst verloren; nun wollte er ihr den Gefallen erwidern. Er zog sie auf die Füße, so dass der Kimono sich um sie bauschte. Er sah ihr unverwandt in die Augen, als er den Gürtel herauszog und ihr den Mantel von den Schultern gleiten ließ. »Gib mir deine Handgelenke, Liebes!«

Sie streckte sie ihm, ohne zu zögern, entgegen, und geschwind band er ihr mit dem Gürtel die Hände zusammen. Sie keuchte, ihre Augen wurden groß und dunkel vor Leidenschaft. Er half ihr rücklings aufs Bett, legte sie mit den Händen über dem Kopf und einem Kissen im Kreuz darauf. Obwohl er gerade heftig in ihrem Mund gekommen war, sandte der Anblick, wie sie da ausgestreckt auf seinem Bett lag – die Hände gefesselt, die Nippel abgeklemmt und ganz erregt, die Schenkel geöffnet, ihm vollkommen ausgeliefert –, das Blut erneut in seinen Schwanz.

Er kniete vor ihr nieder, teilte ihre Schamlippen mit den Händen. »So schön wie eine Lotosblume«, sagte er dicht an ihrer Vulva, nahm den würzigen Duft ihrer Erregung in sich auf. »Und du bist feucht für mich, genau wie ich es mag.«

Er hob ihre Beine, legte ihr die Hände in die Kniekehlen, damit sie sich ihm voll und ganz öffnete. Dann leckte er mit der Zunge von der Rosette ihres Hinterns bis hinauf zu ihrer Klitoris. Sie schrie seinen Namen, ein Laut, der süßer in seinen Ohren nicht hätte klingen können. Kane fuhr mit seiner sinnlichen Attacke fort, leckte an ihren zarten, überempfindlichen Schamlippen, liebkoste ihre Klitoris. Er ließ die Zunge über den geschwollenen Knoten kreisen, dann saugte er ihn sanft ein. Wieder schrie sie auf, bäumte sich ihm entgegen, wünschte sich verzweifelt, mehr von seinem Mund auf sich zu spüren.

Er legte ihre Füße auf seine Schultern, stieß zwei Finger in sie hinein und begann, sie zu streicheln, trieb sie immer höher mit Lippen und Zähnen, Zunge und Fingern. »Ich werde dir die gleiche Lust bereiten, die du mir bereitet hast, Liebes«, flüsterte er. »Ich werde dich auf die Erfüllung deiner Phantasie vorbereiten.«

Er entzog seine Finger ihrer Scheide, dann fand er ihre Rosette. Ihre Feuchtigkeit wies ihm den Weg, so dass er mit Leichtigkeit eindringen konnte. Er leckte erneut an ihrer Muschi, während er hinten stetigen Druck ausübte und seinen Zeigefinger langsam tief in sie eindringen ließ.

Sie stöhnte laut auf, und ihre enge Öffnung umkrampfte ihn. Dann schob sie die Hüften empor in der stummen Bitte um mehr.

Geschickt fachte Kane ihre Leidenschaft an, brachte ihre Lust zum Lodern, bis er sogar zwei Finger in ihren engen Anus gleiten lassen konnte. Ihr Atem war abgehackt und laut, als er sie mit Zunge und Fingern fickte, sie stieß seinem Mund entgegen und senkte sich anschließend wieder hinab auf seine Hand.

»Kaname«, keuchte sie. Ein Beben durchfuhr ihren Körper. »Kaname, ich brauche dich!«

»Du hast mich doch, Liebes.«

»Ich brauche dich in mir!«, entfuhr es ihr kläglich. »Ich will um dich herum kommen. Bitte.«

»Das wirst du«, versicherte er ihr. »Beim dritten Mal. Nachdem du jetzt auf meiner Zunge gekommen bist.«

Dann sog er ihre Klitoris ein und stieß die Finger tief in ihre Scham. Der Orgasmus traf sie wie ein Donnerschlag. Sie kam mit einem lauten Stöhnen, ihr Rücken bäumte sich vom Bett auf, während sie von ihren intensiven Empfindungen davongetragen wurde.

Nadia kam langsam wieder ganz im Hier und Jetzt an, als sie kühles Gleitgel am Anus spürte. Seine Finger bereiteten sie für seinen dicken Schwanz vor. Verlangen durchflutete sie erneut, sie hungerte immer noch nach mehr, hungerte nach allem und jedem, das er ihr bot. Schließlich beugte er sich über sie, positionierte sie wieder mit dem Kissen im Rücken, dann eroberte er ihren Mund in einem atemberaubenden Kuss, der alles auslöschte außer ihrer Leidenschaft für ihn. Er umfasste seine Erektion, ließ die Spitze seines Schwanzes an ihrer Öffnung entlanggleiten. Sie spannte sich an, obwohl sie wusste, dass sie das nicht tun sollte.

»Sieh mich an, süße Nadia«, sagte er, stöhnte beinahe. »Sieh zu, welche Lust du mir bereitest.«

Sie folgte seiner Aufforderung, und er stieß den Kopf seines Schwanzes in ihre Rosette hinein. Sie wusste, dass es nur die

Spitze war, aber verdammt, es fühlte sich wie eine Faust an. Sie keuchte, dann zwang sie sich zum Atmen. Kane zog an einer ihrer Brustwarzenklemmen, so dass sie sich wieder auf ihn konzentrierte. »Du fühlst dich so gut an, Liebes, wie eng du mich umschließt. Besser als alles, was ich je gefühlt habe.«

Er umfing ihre Lippen erneut und versank zentimeterweise in ihr, so dass der scharfe Schmerz der Penetration in ihrer Erregung unterging. Sie schlang ihre Beine hoch um seine Taille, wünschte sich, ihn berühren zu können, aber sie hielt ihre gefesselten Hände weiterhin über dem Kopf, wo er sie eben hingelegt hatte. Dann spürte sie seine Eier an ihrem Hintern und wusste, dass er nun so tief wie möglich in ihr war.

»Geht es dir gut?«, fragte Kane, die Stimme angespannt von der Anstrengung, reglos zu verharren. Sie merkte, wie sein ganzer Körper erbebte, was feine Schockwellen der Lust durch sie hindurchsandte.

»Ja.« Sie hob die Hüften noch weiter an, um seiner gewaltigen Erektion Platz zu machen. »Sehr sogar!«

Er kniete sich hin, stützte die Hände zu beiden Seiten ihres Kopfes auf und begann, in sie hineinzuwogen, sich langsam zurückzuziehen, dann wieder zuzustoßen. »Dann berühre dich, Liebes«, befahl er mit knurrender Stimme. »Berühre dich so, wie du es mir neulich abends am Telefon geschildert hast.«

Nadia ließ die gefesselten Hände über die Brüste gleiten, der seidige Stoff in krassem Gegensatz zu dem Schmerz der Metallklemmen an ihren hyperempfindlichen Brustwarzen. Sie seufzte vor Lust, und Kanes Gesicht wurde hart vor Anerkennung und Begierde. Ihre Hände wanderten ihren Bauch hinab zu ihrem Venushügel. Ihr entfuhr ein Schluchzen, als ihre Finger leicht über ihre geschwollene Klitoris glitten, aber sie hörte nicht auf. Konnte nicht aufhören.

»Mein Gott, Nadia«, stieß Kane mühsam hervor, als er sich in ihr bewegte, entspannter, weil sie ihn so vollkommen in sich aufnahm. »Du bist so verdammt heiß. So verdammt schön. Ich kann gar nicht genug von dir kriegen. Nie mehr.«

Sein Rhythmus steigerte sich, und sie ließen einander keinen Moment lang aus den Augen, nährten sich gegenseitig am Verlangen des anderen. Wild, zügellos trieb er in sie hinein, legte ihre Knie auf seine Schultern, um sie sich noch mehr zu öffnen. Sie streichelte sich unermüdlich weiter, erstaunt, dass sie den Ansturm eines weiteren Orgasmus spürte. Immer und immer wieder bäumte sie sich auf, ließ die Hüften gegen ihn prallen, genauso wild wie er, genauso gierig wie er. Ihre Finger umkreisten ihre Klitoris, ihre Brustwarzen waren schmerzhaft hart, während sie sich verzweifelt bemühte, sich zurückzuhalten, bei ihm zu bleiben, erst zu kommen, wenn er kam.

Aber als er sich auf nur noch einer Hand abstützte und mit der anderen an der Kette zwischen ihren Brüsten zog, gab ihr das den Rest. Sie öffnete den Mund in einem Schrei der Lust, die so intensiv und überwältigend war, dass ihr die Luft wegblieb. Kane rief ihren Namen, als er ein letztes Mal in sie hineinbrandete, sich tief in ihren Anus ergoss, seine Gesichtszüge verzerrt in Ekstase.

KAPITEL 22

Als Nadia erwachte, war es hinter den Jalousien schon hell, und sie merkte, dass sie verschlafen hatte. Wahrscheinlich hätte sie sogar noch länger geschlafen, wäre da nicht dieser köstliche Duft gewesen, der ins Schlafzimmer zog.

Schnell ging sie ins Bad, dann streifte sie den Kimono über und machte sich auf die Suche nach Kane. Sie fand ihn in der Küche vor dem Gasherd, wo er in einem riesigen Suppentopf rührte. Er trug ein weißes T-Shirt und marineblaue Lounge Pants. Das dichte dunkle Haar war zerzaust und hing ihm in die Stirn, und er wirkte völlig entspannt.

»Hey«, sagte sie, trat hinter ihn, schlang ihm die Arme um die Taille und ließ die Wange an seinem Rücken ruhen. »Wie lange bist du schon auf? Du hättest mich nicht so lang schlafen lassen sollen.«

Er drückte leicht ihre Hände, dann rührte er weiter. »Ich bin auch noch nicht lang wach, und *so* viel später stehen wir am Wochenende sonst auch nicht auf. Du hattest ja offensichtlich die Ruhe nötig, besonders wenn man bedenkt, wie sehr ich dich gestern beansprucht habe.«

Der gestrige Tag war einer der besten ihres Lebens gewesen. Während ihrer Shopping-Tour waren sie an der Küste entlanggefahren und hatten in San Francisco haltgemacht, obwohl Nadia sich geweigert hatte, auch noch bei ihren Eltern vorbeizuschauen. Sie wollte nicht mit Brustwarzenklemmen und ohne Unterwäsche bei ihren Vätern reinschneien. Sie hatten sich stattdessen auf die Touristentour beschränkt, Unmengen von Bildern mit ihren Handys aufgenommen, einen Teeladen geplündert, am Kai zu Mittag gegessen und waren anschließend nach Hause zurückgekehrt, um erst auf der Kücheninsel ein kleines Vorspiel und dann Sex auf dem Privatbalkon zu haben, während sie beobachteten, wie die Sonne in der Bucht unterging.

»Das ist schließlich die beste Art, um müde zu werden, also fang jetzt nicht an, dich dafür zu entschuldigen.« Sie reckte sich, um ihm einen Kuss auf den Nacken zu geben. »Was ist in dem Topf, Doc?«

Er drehte sich in ihren Armen um, die Augen klar und warm hinter seinen Brillengläsern. »Ich habe die Brühe für die Ramen-Nudeln angesetzt.«

»Oh, lecker!« Er machte ihr Platz, und sie wedelte mit der Hand über dem dampfenden Kochtopf und fing das Aroma mit der Nase ein. »Hühnerbrühe?«

»Ja. Aber ich habe gerade erst angefangen und muss noch ein paar Gewürze hinzufügen. Willst du Kaffee oder Tee?«

»Den stärksten Tee, den du hast«, antwortete sie, und dann musste sie grinsen, als er das Gas anstellte, auf dem bereits der volle Kessel stand. »Du kennst mich so gut.«

»Ich lerne«, stellte er klar, und ein befriedigtes Grinsen spielte um seine Lippen, die so so gerne küsste. »Du hast mehr Schichten als eine Lotosblume.«

Ihre Wangen wurden heiß. »Du hast mich schon mal als Lotosblume bezeichnet. Weiter unten.«

Da lachte er lauthals. »Warum bist du denn jetzt scheu und schüchtern, wo du einen ganzen Tag im Kimono und mit Brustwarzenklemmen verbracht hast?«

Sie spürte, wie die Hitze sich bis in ihre Ohrspitzen ausbreitete. »Ich finde Dirty Talk in Anwesenheit des Rezepts deiner Mutter irgendwie respektlos.«

Er küsste sie auf die Nasenspitze. »Du bist süß, wenn du verlegen bist. Ich verspreche, dass es keine psychische Verbindung zwischen dem Haus meiner Eltern und meiner Wohnung gibt, wenn ich das Rezept meiner Mutter nachkoche. Du kannst äußerlich so süß sein, wie du willst, mir gefällt der Gedanke, dass du die würzige Seite nur mir vorbehältst. Ich mag es, wenn du süß bist – wie Freitagabend –, und ich mag es, wenn du dem Ganzen mehr Würze verleihst wie gestern.« Er sah ihr tief in die Augen. »Ich mag dich einfach, Nadia Spiceland.«

Schmetterlinge flatterten in ihrem Bauch, was sie in diesem Moment genoss. »Ich mag dich auch, Kaname Sullivan.«

»Gut zu wissen, denn ich mühe mich gerade über einem heißen Ofen für dich ab. Möchtest du jetzt mehr über Ramen-Nudeln erfahren, oder soll ich dir die Lektion ersparen und dir einfach Bescheid sagen, wenn die Suppe fertig ist?«

»Ich will alles wissen, was du mir erzählen willst. Ich will lernen.«

Er grinste. »Dir ist schon klar, dass du diesem Professor gerade die Erlaubnis gegeben hast, stundenlang über die Geschichte der Ramen-Nudeln zu dozieren?«

»Wenn du anfängst zu dozieren, muss ich wohl in meine würzige Trickkiste greifen, um dich angemessen abzulenken. Wie kann ich dir bei der Suppe helfen?«

Er deutete auf eine Gemüseauswahl auf der Kücheninsel. »Wenn du den Lauch und die Frühlingszwiebeln klein schneiden könntest, wäre das toll.«

Nachdem sie sich die Hände gewaschen hatte, zog sie das Schneidebrett näher zu sich heran, nahm sich ein Messer und begann, den Lauch in zentimeterdicke Stücke zu schneiden. Kane goss die Brühe ab und füllte den Topf mit frischem kaltem Wasser, den Hühnchenknochen und diversen Kleinteilen sowie einer großen weißen, in zwei Hälften unterteilten Zwiebel. Sie sah ihm zu, als er ihren Lauch hinzufügte, dann Knoblauchzehen und ein paar Pilze. »Wie willst du die Frühlingszwiebeln haben?«

»Das Grün streuen wir hinterher auf die Suppe«, erklärte er und fügte kleingeschnittenen Ingwer hinzu, bevor er die Mischung umrührte. »Das Weiße brauchen wir jetzt in der Suppe.«

»Habe ich dir schon gesagt, wie sexy es ist, einen Mann zu beobachten, der sich am Herd abmüht?«, fragte sie, als sie in Windeseile die Frühlingszwiebeln zerkleinerte.

»Das hast du, und ich habe es mir gemerkt, weshalb du heute auch Ramen-Nudeln bekommst. Das ist Teil meines Balzverhaltens, um deine Zuneigung zu gewinnen.«

»Du hast meine Zuneigung doch schon.« Sie gab ihm das Weiße der Frühlingszwiebeln.

Er lächelte ihr zu, aber das war nicht sein übliches selbstbewusstes Grinsen. Hatte er wirklich Zweifel daran, dass er ihr am Herzen lag, oder sprach er von mehr, von etwas, das sie ihm vielleicht gar nicht geben konnte?

Sie beschloss, jetzt nicht darüber nachzudenken. Heute war ihr letzter gemeinsamer Tag, bevor sie sich ihrem hohen Arbeitspensum wieder widmen mussten, und sie wollte an ihrem gemeinsamen Entspannungstag keine Missstimmung zwischen ihnen. »Ich bin bereit für meine Ramen-Lektion, Professor.«

»Denk immer dran, dass du darum gebeten hast«, antwortete er grinsend. »Ramen ist die Balance sämtlicher Zutaten in subtiler, aber dennoch vollendeter Harmonie. Es gibt so viele verschiedene Nudelarten wie italienische Pasta-Varianten, denn jedes Ramen-Restaurant bevorzugt seine eigene Sorte. Die Nudeln sind zwar ein wichtiger Bestandteil, aber ohne die Brühe geht nichts.«

»Habe ich schon erwähnt, wie wunderbar das riecht?«

»Hast du. Manche Leute nehmen eine Brühe aus Meeresfrüchten, in anderen Regionen kocht man eher eine Brühe aus Schweinefleisch. Meine Mutter hat sich immer an die Ramen-Nudeln à la Tokio gehalten, also Hühnerbrühe mit Sojasauce gewürzt und dünne wellige Nudeln.« Er gab ihr die Packung mit frischen Nudeln, die sie auf ihrem kleinen Ausflug am Vortag gekauft hatten.

Sie studierte sie. Die Nudeln bestanden aus Mehl, Wasser, Salz und etwas mit Namen *Kansui*.

»Was ist *Kansui?*«

»Ein künstlich hergestelltes Wasser, das den Nudeln die gelbe Farbe verleiht. Weil wir heute die Hühnerbrühe zubereiten, nehmen wir diese Nudelform. Bei anderen Suppen wählt man eine dickere Nudel.«

»Dünne Brühe, dünne Nudel?«

»Genau. Mom hat mir geraten, mit der traditionellen Tokiosuppe anzufangen, bevor ich dir die Variationen zeige, denn sie meinte, dass ich dich sonst überfordere. Ich hab ihr gesagt, dass du schon klarkämst.«

»Du hast deiner Mutter von mir erzählt?«, fragte sie, und ihre Stimme klang ganz piepsig. Freude und Panik tanzten in ihrer Brust um die Wette. »Wann? Und was hast du gesagt? Was hat sie gesagt?«

»Ich habe dich sowohl gegenüber meiner Mutter als auch gegenüber meinem Vater erwähnt. Ich habe ihnen gesagt, dass ich mich mit einem wunderschönen amerikanischen Mädchen treffe, dem ein Café gehört, die das köstlichste Gebäck macht und eine gute Tasse Tee zu schätzen weiß.«

»Das hast du gesagt?«, fragte sie und wusste, dass sie dümmlich grinste, aber das war ihr egal. Sicher, Kane hatte ziemlich zu Anfang ihrer Beziehung ihre Eltern kennengelernt, aber sie hatte nicht erwartet, dass er jetzt schon bei seinen Eltern von ihr reden würde, obwohl sie sich ihm emotional näher fühlte, als sie es je für möglich gehalten hätte.

»Habe ich. Ich habe ihnen auch ein Foto von dir geschickt – eines der Fotos, die wir zusammen aufgenommen haben, als wir gestern in San Francisco waren«, fügte er hinzu, als ob er sehen konnte, dass sie kurzfristig befürchtete, seine Eltern hätten ihre intimen Posen gesehen. »Sie finden auch, dass du eine tolle Frau bist.«

Ihr wurde ganz heiß. Komplimente kamen ihm so leicht über die Lippen, als hätte er sie einstudiert. Aber seine Stimme klang immer aufrichtig dabei, und sein Blick war es ebenfalls. Er glaubte die Worte, mit denen er sie beschrieb, und ließ ihr keine Wahl, als selbst auch daran zu glauben. »Hast du deinen Eltern von meinen ... Problemen erzählt?«

Er fuhr mit dem Daumen über ihre Unterlippe, und sie merkte, dass sie darauf herumgebissen hatte. »Du meinst, ob ich ihnen erzählt habe, dass du eine Entziehungskur gemacht hast?«

Als sie nickte, sah er sie fragend an. »Soll ich das denn?«

»Ja. Nein. Keine Ahnung.« Sie trat unruhig von einem Fuß auf den anderen, weil Kanes Eltern jetzt von ihr wussten. »Ich will nicht, dass sie sich Sorgen wegen der Frau machen, mit der du deine Zeit verbringst.«

»Wir sind zusammen, verbringen nicht nur Zeit miteinander«, sagte er leise tadelnd. »Und was meine Mutter angeht: Sie macht sich mehr Sorgen, wenn ich keine Dates habe, egal wie oft ich ihr versichere, dass ich genauso wählerisch bin, wie sie es gern hätte. Mein Dad hingegen übt eher gelassenen Druck aus. Aber er würde gern bald Opa werden. Dass ich mich mit jemandem treffe und ihnen das auch noch bewiesen habe, war oben in Seattle ein Grund zum Feiern. Wahrscheinlich wird mein Dad morgen mit einer Liste von Babynamen aufwarten, insbesondere weil ich die Ramen-Nudeln meiner Mutter für dich koche.«

Er grinste sie an, aber sie wusste nicht so genau, ob das alles wirklich ein Scherz war. Kane war ein erfolgreicher Mann weit über dreißig. Seine Eltern hatten wahrscheinlich bestimmte Erwartungen an ihr einziges Kind. Erwartungen, denen sie wahrscheinlich nicht gerecht wurde. »Meinst du, sie würden mich mögen?«

»Wie könnten sie das nicht tun?«

Sie sah stirnrunzelnd zu ihm auf. »Ein Wort: Tablettensüchtige.«

Jetzt runzelte er ebenfalls die Stirn. »Zwei Worte: ehemalige Tablettensüchtige. Du bist eine schöne Frau, Nadia Spiceland, und dein Inneres entspricht deinem Äußeren. Du machst mich glücklich. Meine Eltern haben das schon gemerkt, und sie brauchen nur einen Blick auf dich zu werfen, um zu verstehen, warum.«

Sie nagte wieder besorgt an ihrer Lippe, hin- und hergerissen zwischen dem Wunsch, Gnade unter den Augen seiner Eltern zu finden, und der Tatsache, dass sie sich selbst für verrückt hielt, weil sie von ihnen akzeptiert werden wollte. Was, wenn sie sich mit ihrer Vergangenheit nicht anfreunden konnten? Was, wenn sie sie für nicht gut genug hielten für ihr einziges Kind?

Warum zum Teufel machte sie sich jetzt schon Gedanken darüber?

»Hey.« Er streichelte ihre Arme. »Wir wollen doch an unserem Sonntag keinen Stress, oder? Wir denken an nichts, das uns runterziehen könnte. Wir entspannen uns, haben Bombensex, entspannen uns noch mehr, essen die besten Ramen-Nudeln, die du je im Leben vorgesetzt bekommen wirst, entspannen uns weiter, haben noch mehr Sex und gehen eng umschlungen zu Bett. Okay?«

Sie lächelte; sie konnte einfach nicht anders. »Dein Wunsch ist mir Befehl.«

Der Kessel begann zu pfeifen. Nachdem er die Frühlingszwiebeln in die Brühe gegeben hatte, stellte er ihn ab, dann machte er Nadia Platz, damit sie sich ihren Tee so zubereiten konnte, wie sie wollte. »Die Brühe wird mehr als acht Stunden vor sich hinköcheln«, sagte er, während er für sich lose Teeblätter in ein Teesieb gab und dann mit heißem Wasser aufgoss. »Möchtest du Frühstück? Ich habe Cornflakes, Haferflocken und die Zutaten für Omeletts.«

»Hm, ich weiß nicht – was du willst. Ich frühstücke normalerweise nicht.«

»Nadia, das Frühstück ist die wichtigste Mahlzeit des Tages.«

»Ich weiß, ich weiß, deshalb bin ich ja um vier Uhr morgens im Café und bereite es für alle anderen zu.«

»Du kannst nicht hungern, bis du die Nudeln kriegst.« Er ging zum Kühlschrank und holte Eier, Käse und eine Frischhaltedose mit geschnittenem Obst heraus. »Ich mache Eier mit Toast. Du bringst deinen Tee schon mal ins Wohnzimmer. Such uns doch mal einen Film heraus, den wir uns ansehen können. Ich schaue mir gern Dokumentarfilme an oder alte Klassiker, nur keine beschissenen Reality-Shows.«

Er erstarrte. »Oje, jetzt habe ich mich aber ganz schön reingeritten.«

Sie lachte und setzte sich an den Esstisch. »O Mann, dein Gesichtsausdruck ist unbezahlbar! Keine Sorge, Baby. Ich nehme dir das nicht krumm. Sie sind beschissen, sogar meine eigene Show. Alle.«

Er räusperte sich, dann widmete er sich wieder der Zubereitung des Frühstücks. Sein Unbehagen war süß, aber das würde sie ihm nicht sagen. Erst mal sollte er ihr das Frühstück machen. »Du hast die Arbeit beim Film doch genossen, oder?«

Sie konzentrierte sich darauf, ihr Teesieb auf und ab gleiten zu lassen. Sie hatte sich selbst das Versprechen gegeben, dass sich nichts zwischen sie stellen sollte, also auch nicht ihre Vergangenheit. Sie war es Kaname schuldig, ihm jegliche Fragen zu beantworten. »Schwer zu sagen. Der Konkurrenzkampf war ziemlich stressig – man musste mit den Produzenten klarkommen, den anderen Mitstreitern, der Jury. Immer war jemand hinter dir her, und trotzdem musste man kreativ bleiben und hoffen, dass man beim Publikum ankam. Ich hatte Glück.«

»Und Talent. Außerdem warst du engagiert und fotogen.«

»Das sicher auch.« Sie umfing ihre Tasse mit beiden Händen. »Und getrieben, blind, gestresst, naiv und vertrauensselig. Mit einem Wort: dumm.«

Ja, das war sie gewesen. Und das war das Schlimmste: Sie hatte geglaubt, alles zu wissen, alles unter Kontrolle zu haben, solange sie gewann und ihre eigene Show bekam. Sie hätte wissen sollen, dass sie nach diesem Höhepunkt nur unweigerlich in den Abgrund fallen würde.

»Nadia?«

Sie sah auf, als Kane einen Teller mit Käserührei, frischem Obst und Weizentoast vor sie hinstellte. Er setzte sich mit einem ähnlichen Teller neben sie. »Sorry, ich war gerade in Gedanken. Das sieht ja köstlich aus!«

»Ich hätte dich fragen sollen, wie du deine Eier isst, aber da sie für dich ja nur Zutaten für deine Kuchen sind, habe ich mir gedacht, dass ich dir einfach das mache, was die meisten mögen: Rührei.«

»Sehr witzig. Du kannst wirklich froh sein, dass du so gut im Bett bist!« Sie löffelte etwas von dem Rührei auf die Ecke ihrer Toastscheibe und biss ab. »Hm, köstlich. Wow, dieses Frühstück ist wirklich der Hammer!«

Sie stürzte sich auf das Essen, teils, weil es so gut schmeckte, und teils, weil sie weiteren Fragen über ihr Vorleben aus dem Weg gehen wollte. Als sie die Teller leer gegessen hatten, räumte sie ab und trug das Geschirr in die Küche, um es in die Spülmaschine zu stellen. »Ist die Ramen-Brühe schon so weit?«

»Die muss ich jetzt eine Weile gar nicht anrühren. Sie muss vor sich hinsimmern. Ich muss darauf achten, dass sie nicht zu sehr einkocht, und in ein paar Stunden mache ich das *Char Siu*. Das ist das Schweinefleisch, das in das Tokio-Ramen kommt, aber es schmeckt auch hervorragend zu Reis. Man kann es aus Schweinebauchfleisch machen, aber unsere Familie bevorzugt Schweinelende.«

»Wie machst du das Schweinefleisch?«

»Erst einmal brät man es ganz normal an, aber dann lässt man es in einem Topf mit Wasser, Sojasauce, Zucker und Knoblauch etwa eine Stunde vor sich hinköcheln, wobei man es nach einer halben Stunde wenden sollte.«

»Wie würzt du es?«

»Würzen ist etwas anderes als Abschmecken«, erklärte er. »Die Suppe wird entweder mit Salz oder Sojasauce gewürzt – und zwar nicht der Billigsauce, die du in chinesischen Restaurants vorgesetzt bekommst –, dann noch mit Miso oder Schweinewürze, was aber Geschmackssache ist. Ebenso wie die Gewürze selbst. Einige müssen mitkochen, andere wiederum werden bei Tisch hinzugefügt.«

Er füllte ein Glas mit Eis und Wasser. »Ich könnte jetzt endlose Vorträge halten, aber ich höre besser auf, solange es noch geht. Ramen war immer unser verlässliches Trostpflaster. Egal, was passiert war, egal wie schlimm es war, wenn wir eine Schüssel Ramen verputzt hatten, war alles wieder gut.«

»Ich höre dir gern zu. Ich lebe nach dem Prinzip: Man lernt nie aus.«

»Dem kann ich nur zustimmen.«

Er führte sie ins Wohnzimmer, wo sie es sich auf der Couch gemütlich machten. Sie zappte durch die Kanäle, bis sie einen historischen Dokumentarfilm gefunden hatte, den sie beide sehen wollten, dann lehnte sie sich zurück an seinen Oberkörper. »Du hast mir alles über Ramen und über das Rezept deiner Mutter erzählt, aber hast du nicht gesagt, dass dein Vater Ire ist? Gab es bei euch auch traditionell irische Gerichte?«

»Hin und wieder«, antwortete er und zog sie zärtlich in die Arme. »Shepherd's Pie haben wir immer gern gegessen oder Stew. Und nicht zu vergessen das irische Sodabrot.«

»Das backe ich an jedem St. Patrick's Day für das Café«, sagte sie. »Eigentlich feiern wir sogar die ganze Woche. Siobhan kocht Stew und Shepherd's Pie und macht Corned-Beef-Sandwiches. Allerdings gibt es weder Kleeblätter noch grüne Kuchen. Vielleicht kann ich ja bald mal so ein Sodabrot für dich backen, dann sagst du mir, ob ich es gut mache oder nicht.«

»Ich verrate dir ein Geheimnis.« Er küsste sie auf den Scheitel. »Bring meinem Dad hausgemachtes Sodabrot mit, und er ist Wachs in deinen Händen.«

»Gut zu wissen«, sagte sie und machte sich eine mentale Notiz. »Und was ist mit dem Sohn? Ist er dann auch Wachs in meinen Händen?«

»Das ist er doch schon.«

Er besaß die erstaunliche Fähigkeit, immer das Richtige zu sagen, um ihr Herz zum Flattern zu bringen, so dass sich ihre Gefühle für ihn langsam, aber sicher in Liebe verwandelten. Der Gedanke ängstigte sie jetzt nicht mehr, wie sie merkte. Tatsächlich hieß sie ihn sogar willkommen.

»Du darfst gern Wachs sein, aber ich finde es viel schöner, wenn du hart bist. Meinst du, wir haben noch Zeit, den Couchtisch einzuweihen, bevor du nach der Suppe schauen musst?«

Das bedächtige Grinsen, das er ihr schenkte, brachte ihr Blut zum Kochen. »Dein Wunsch ist mir Befehl.«

KAPITEL 23

Nadia fiel kichernd in die Kissen. Kane ließ sich neben sie plumpsen. »Du solltest mich besser nicht auslachen.«

»Nein, nein«, rief sie und bekam vor Lachen fast keine Luft mehr. »Ich lache *mit* dir. Wirklich, ich schwör's. Wie um alles in der Welt nennt sich diese Position noch mal? *Das Kreuz markiert die richtige Stelle?*«

Er gluckste. »Ich glaube, der Scheich hat ihr den blumigen Namen *Der Regenbogen* gegeben.«

»Na ja, man muss sich eindeutig wie ein Regenbogen verbiegen, um das hinzubekommen. Lassen wir's sein und haken es ab? Ich will die Geräusche, die unsere Körper von sich gegeben haben, nie wieder hören.«

Er versuchte, wieder Atem zu schöpfen. »Find ich gut.«

Sie schnaubte, hielt sich die Hände vors Gesicht, schnaubte wieder. Sie war einfach hinreißend, selbst wenn sie ihn auslachte, denn von »mit ihm lachen« konnte nun wirklich keine Rede sein.

Kane blickte an sich herunter, dann zog er eine Grimasse. »Ich glaube, mein Enthusiasmus lässt langsam nach.«

»O Kane, tut mir leid.« Sie versuchte, sich das Lachen zu verkneifen, was zwar bewundernswert war, aber leider vergeblich. »Ich will immer noch Sex mit dir, ich muss mich nur ... ich kann einfach nicht mit dem Gekicher aufhören! Gib mir einen Augenblick Zeit, ja?«

»Das ist das Stichwort: Ich werde dem Ruf der Natur folgen. Dann hast du Zeit, dich wieder einzukriegen.« Er küsste sie, um ihr zu zeigen, dass er nicht verärgert war, und stand auf, um ins angrenzende Bad zu gehen. In Wahrheit genoss er ihr Lachen. Es bedeutete, dass sie sich wohl bei ihm fühlte, und das wünschte er sich mehr als alles andere.

Manchmal kam es ihm so vor, als ob sie im Geiste Straßensperren errichtete, Bodenschwellen, um zu verhindern, dass sie sich in ihrer Beziehung weiterbewegten. Aber oft wiederum dachte sie auch gar nicht darüber nach, wie schnell alles mit ihnen ging. Dann war sie ganz entspannt und genoss ihre gemeinsame Zeit. Diese Momente waren besonders wertvoll, und er tat alles in seiner Macht Stehende, damit sie häufiger vorkamen. Auch wenn sie ihn schon mal auslachte. Oder mit ihm lachte.

Als er wieder ins Schlafzimmer zurückkehrte, lag Nadia auf der Seite und sah ihn an. Ihr Lachen war verschwunden, und wieder loderte Leidenschaft in ihren Augen. Sie hatte die Nippelklemmen angelegt, und die dunklen Perlen waren hart und geschwollen. »Kaname.«

Da flammte sein Enthusiasmus höchst offensichtlich wieder auf. »Was ist passiert? Warum lachst du nicht mehr?«

»Du bist passiert. Oder besser, dein knackiger Hintern, als du ins Bad gegangen bist.« Sie lächelte. »Und der Anblick, als du zurückgekommen bist. Du bist umwerfend, Kaname Sullivan. Weißt du das eigentlich?«

»Wenn du mich so ansiehst, beschleicht mich das Gefühl auch.«

»Ich kann mehr tun, als dich nur anzusehen«, sagte sie heiser. »Komm her.«

Wenn sie so sprach, konnte er nicht anders, als ihr zu gehorchen. Er stieg wieder neben ihr ins Bett und beugte sich vor, um ihren Mund zu umfangen. Ihre Hand wanderte seine Brust hinab und über seine Bauchmuskeln, um ihn zu umfassen.

»Der Scheich äußert sich zu vielen sexuellen Themen«, sagte sie, als sie sich voneinander lösten. »Er war auch eine Autorität im Hinblick auf die angemessene Größe der Männlichkeit. Was hat er noch gesagt?«

Sie streichelte ihn, die Finger eng um ihn geschlossen. »O ja. ›Ein männliches Glied, das den Frauen Freude bereiten soll, darf höchstens zwölf Fingerbreiten oder drei Handflächen lang sein; mindestens aber muss es sechs Fingerbreiten oder anderthalb Handflächen lang sein.‹«

Sie setzte sich auf, nahm ihn in beide Hände, liebkoste mit dem Daumen seine Eichel. »Ich finde dich zufällig sehr männlich.«

Er legte den Kopf in den Nacken, genoss das Gefühl ihrer Hände auf ihm. »Und ich finde zufällig, dass du mich sehr inspirierst.«

Sie streichelte ihn weiter. »Es war nicht richtig von mir, so zu lachen. Ich muss dich wohl versöhnen.«

»Das machst du verdammt gut.«

»Ich kann es noch besser.« Sie küsste ihn, so bedächtig und innig, dass er die Arme nach ihr ausstreckte. Sie aber entwand sich seinem Griff, beschrieb einen Pfad aus Küssen über seine Kehle, knabberte daran, so dass sein Schwanz schmerzhaft hart wurde. Er sog scharf den Atem ein, als sie mit den Zähnen sanft seine Brustwarzen umschloss, genoss das Gefühl ihres Mundes auf seiner Haut, während ihre Hand seine Erektion umspielte.

»Nadia …« Er war voller quälender Vorfreude, und seine Bauchmuskeln spannten sich an.

»Hmmm?« Ihre Lippen wanderten über seinen Bauch, ihre Zunge tauchte in seinen Nabel hinab.

»Aaah.« Er konnte keinen klaren Gedanken mehr fassen außer einem *Fuck, ja.*

Sie gluckste, und ihr Atem streifte warm über seinen Schwanz. »Finde ich auch.« Sie leckte mit der Zunge über seine geschwollene Eichel und zog geschickt seine Vorhaut zurück. Dann ließ sie lauter feuchte, knabbernde Küsse auf ihn herabregnen, über die Unterseite seines Schwanzes bis hin zu seinen Eiern, wusch ihn mit ihrer Zunge. Erst dann schloss sich ihr Mund über ihm.

Mit lautem Stöhnen warf Kane den Kopf in den Nacken, presste sich in die Kissen, als sie ihn nach oben zog. Er zwang sich, die Augen offen zu halten, sah hinab, beobachtete sie, wie sie ihn mit dem Mund und mit der Hand in Ekstase versetzte. Es war der erotischste Anblick seines Lebens, die süßen Empfindungen ließen ihn noch härter werden.

Gefangen, hilflos, vergrub er die Hände in ihrem Haar, bäumte ihr in jenem jahrhundertealten Rhythmus die Hüften entgegen. Dankbar erlaubte sie ihm, das Tempo vorzugeben, drückte sanft seine Eier und saugte an ihm. Ihm stockte der Atem, als sie den Kopf hob, um ihn ansehen zu können, um seine Lust zu beobachten, während er zusah, wie sie ihn befriedigte. Er spürte ihren Blick wie eine Liebkosung, als ob sie ihn ganz und gar umfangen hätte. Sie waren einander vollkommen verbunden, sicher und stark und unleugbar, als sie von ihm verlangte, ihr seinen Orgasmus zu schenken – stumm, nur mit ihrem Mund, ihrer Hand, ihrem Blick.

Er spürte ihn, schneller, als er wollte, schneller, als er gehofft hatte. Er brodelte von seinen Zehen nach oben, drohte ihn zu verschlingen. »Nadia«, stieß er hervor, die einzige Warnung, die er ihr geben konnte, während er sich bemühte, sich zurückzuhalten und nicht zu kommen.

Sie ignorierte ihn. Oder besser, sie beharrte darauf, dass er für sie kam, saugte lang und intensiv an ihm, so dass er die Augen verdrehte und sich ihr ergab. Ein Stromstoß erschütterte seine Wirbelsäule, landete direkt in seinen Eiern, und er kam heftig und lang, ihr Name halb Fluch, halb Lobpreis tief aus seiner Kehle.

Es war nicht genug. Es war nie genug. Als sie ihn freiließ und sich aufsetzte, umfing er ihre Taille und hob sie hoch, so dass sie rittlings auf ihm saß. Mit einem heftigen Ruck seiner Hüften stieß er seinen immer noch harten Schwanz in ihre feuchte und begierige Scheide. »*Die Archimedes-Schraube.*«

Ihr überraschtes Keuchen verwandelte sich in ein intensives, lustvolles Stöhnen. Sie setzte sich auf ihn, ihre Muschi umschloss ihn ganz und gar. Leidenschaft glühte in den Tiefen ihrer cognacfarbenen Augen, als sie sich vorbeugte, um ihre Hände auf seine Brust zu legen, auf und nieder wogend, um ihn zu reiten.

Er wollte ihr genau die gleiche Ekstase bereiten, die sie ihm geschenkt hatte, umfing ihre Brüste, zog sanft an den Klemmen, die ihre Brustwarzen festhielten. Sie seufzte und krampfte sich um seine Männlichkeit, ein tiefer, vibrierender Laut der Lust entfuhr ihr, den er bis in die Eier spürte.

»Kaname«, flüsterte sie, mit vor Erregung belegter Stimme. Sie erhöhte das Tempo, ihre Körper schlugen aneinander. »Lass mich kommen, Kaname.«

»Wie meine Lady es wünscht«, stieß er mühsam hervor, atemlos durch ihren Anblick. Seine Nadia sah wie eine Göttin aus, als sie sich auf ihm bewegte und sich ihre Lust nahm. Er ließ seine rechte Hand zu dem süßen Punkt hinabwandern, an dem sie miteinander verbunden waren, kniff sanft ihre Klitoris um seinen Schwanz zusammen und ließ sie wieder los. Das machte er immer wieder. Sie stöhnte erneut, und er spürte ihr Verlangen nach mehr.

Er hob die Knie, stellte die Füße aufs Bett, um einen besseren Winkel zu bekommen, so dass er emporbranden konnte, wenn sie auf ihn niederkam. Ihre süße Hitze machte ihn so hart und genauso bedürftig, als hätte sie ihn nicht wenige Minuten zuvor schon überrollt. Er drehte das Handgelenk, so dass er mit dem Daumen über ihre Klitoris streichen konnte. Sie stöhnte wieder, der süßeste Laut, den er je gehört hatte, stützte sich gegen seine erhobenen Knie, und ihre Bewegungen wurden ruckartig, fast fieberhaft.

»Kaname«, keuchte sie und wandte den Blick keine Sekunde von ihm ab. »Kaname …«

Er wusste, was sie wollte, worum sie bat. Er ließ seinen Daumen um ihre Klitoris kreisen, rammte seine Hüften nach oben, um noch tiefer in ihr zu sein. »Komm für mich, Nadia«, verlangte er. »Komm für uns.«

Sie warf den Kopf zurück und tat es mit einem klagenden Schrei. Dieser Anblick, sie vor Lust gequält zu sehen, das Gefühl ihrer pulsierenden Muschi um seinen Schwanz, schleuderte ihn erneut in den Abgrund. Seine Hüften bäumten sich auf, als er sich tief in ihr ergoss.

Nach einem kurzen Abstecher ins Bad stieg Nadia wieder zu Kane ins Bett, vollkommen erschöpft, aber mit sich und der Welt zufrieden. Er schaltete das Nachtlicht aus, zog sie dicht zu sich heran, wie er es liebte, eine Hand auf ihrem Bauch, die andere unter ihren Brüsten, verschmolzen mit ihrem Rücken. »Das war das schönste Wochenende meines Lebens«, sagte sie fast trunken vor Glück. »Deine Gesellschaft, die Geschenke, die du mir gemacht hast, der Ausflug und diese unfassbar guten Ramen-Nudeln. Ich gebe dir fünf Sterne!«

»Ganz deiner Meinung«, antwortete er und spreizte die Finger an ihrem Bauch. »Übrigens habe ich noch einen Schlüssel an deinem Bund befestigt.«

»Wirklich?«

»Hmmm«, raunte er an ihrer Schulter. »Meinen Wohnungsschlüssel.«

Sie erstarrte. »Meinst du das ernst?«

»Vollkommen ernst. Ich will nicht, dass du jemals wieder vor der Tür auf mich warten musst.«

»Oh.« Sie verschränkte ihre Finger mit den seinen an ihrem Bauch und drückte sie. »Danke. Das bedeutet mir unendlich viel.«

»Gern geschehen. Aber ich will dich noch etwas fragen.«

Sie gähnte und kuschelte sich an ihn. »Hmmm?«

»Wir haben Freitag in zwei Wochen ein Abteilungsessen im Hotel in der Nähe des Campus. Vornehmlich die Fakultätsmitarbeiter, aber ein paar Alumni und potenzielle Geldgeber sind sicher auch da. Ich fände es schön, wenn du mich an diesem Abend begleiten würdest.«

Sie schwieg, versuchte, sich nicht zu verkrampfen, tat es aber trotzdem. Es war das erste Mal, dass Kane sie eingeladen hatte, sie auf einen College-Event zu begleiten, und sie fragte sich unwillkürlich, was das zu bedeuten hatte.

»Bist du sicher, dass du mich dabeihaben willst?«

Nun wurde er angespannt. »Ich habe dich schließlich gefragt. Natürlich will ich das.«

»Ich weiß, aber du kennst mich. Ich passe eigentlich nicht in so ein intellektuelles Umfeld.« Sie drehte sich in seinen Armen um, ballte auf seiner Brust die Hand zur Faust. »Ich glaube, Vanessa wäre eine deutlich passendere Begleitung, besonders wenn du Spendengelder lockermachen willst. Sie verfügt bei so was über jede Menge Erfahrung.«

Er löste sich von ihr, und sofort kam sie sich ganz verlassen vor. Dann wurde ein Licht eingeschaltet. Sie blinzelte in der Helligkeit und sah, dass Kanes Augen verärgert funkelten.

»Die Party ist für die Fakultätsangehörigen und deren Partner«, erklärte er. »Ich weiß es zu schätzen, dass du deine Freundinnen verleihen willst, und bestimmt ist Vanessa eine tolle Frau, aber du willst doch wohl nicht im Ernst vorschlagen, dass sie deinen Platz einnimmt? Willst du mir allen Ernstes erzählen, ich soll mit jemand anderem hingehen – jemand anderem als der Frau, mit der ich zusammen bin?«

»Kane.« Sie presste sich an ihn, wollte sich ihm verständlich machen. »Ich bin ein abgewrackter ehemaliger Fernsehstar und eine ehemalige Tablettenabhängige. Das darfst du nicht vergessen.«

»Wie könnte ich es vergessen, wenn du es jedes Mal erwähnst, wenn wir uns sehen?« Er setzte sich auf und war jetzt nicht mehr gereizt, sondern regelrecht wütend. »Glaubst du etwa, dass ich so von dir denke? Oder willst du, dass ich so denke?«

»Nicht immer, aber tu nicht so, als tätest du es nicht manchmal.« Sie stieß sich ab, lehnte sich an das Kopfteil des Bettes. »Das bin ich nun mal. Ich bin nicht aus Spaß so selbstkritisch, Kane. Ich bin, was ich bin. Meine Genesung liegt zum Teil auch daran, dass ich akzeptiere, süchtig zu sein. Ich werde immer süchtig sein. Ich nehme einfach nur nichts mehr.«

Es gefiel ihm gar nicht, wenn sie so über sich sprach. Das sah sie an seiner düsteren Miene. Sie wusste, wie negativ sie klang, als ob sie sich ständig schlechtmachte. Sie hatte zwar hart an sich gearbeitet, aber sie kannte ihre Grenzen. Genau dadurch behielt sie den Bezug zur Realität und würde nie wieder auf die Schein-Wirklichkeit der Fernsehwelt hereinfallen.

Schließlich seufzte er tief und raufte sich die Haare. »Ich weiß, dass die Sucht zu dir gehört, Nadia, und ich glaube, ich verstehe, warum du immer wieder darauf beharrst. Es gefällt mir vielleicht nicht, aber ich akzeptiere es.«

Sie atmete erleichtert aus. »Danke.«

»Aber das ist nur eine Facette des Ganzen. Du hast auch noch andere Seiten. Denk dran, du bist vielschichtig wie eine

Lotosblume. Ich will, dass du weißt, wie ich dich sehe.« Er umfing ihre Hand. »Ich sehe eine kluge, erfolgreiche Geschäftsfrau mit einem großen Herzen und einem großzügigen Wesen, die absolut loyal zu ihren Freunden steht und sich tagtäglich bemüht, ihr Leben bestmöglich auf die Reihe zu kriegen. Und nicht zu vergessen, dass du schön bist, sexy, kreativ, abenteuerlustig, nur eben leicht angeschlagen.«

»O Kaname.« Tränen traten ihr in die Augen. »Siehst du mich wirklich so?«

»So habe ich dich immer gesehen.«

Überwältigt warf sie ihm die Arme um den Hals, hielt sich an ihm fest, als ob sie hilflos auf dem Meer dahintriebe, mit ihm als einzigem Rettungsanker. Andere Menschen hatten sie schon auf vielerlei Weise wahrgenommen: als pflichtbewusste Tochter, als freche Schwester, als Eintrittskarte in die Welt der Reichen und Schönen. Niemand hatte sie je so beschrieben wie Kane jetzt, noch nicht mal der Mann, von dem sie damals geglaubt hatte, dass er sie liebte. »Kane … das bedeutet mir total viel. Wirklich.«

Er strich mit der Hand über ihren bloßen Rücken. »Heißt das, dass du mich auf die Dinnerparty begleitest?«

Sie löste sich von ihm, sah die Sorge in seinen Augen und das Verlangen, das immer darin zu lesen war. Aber sie entdeckte zudem eine reine, süße Sehnsucht, und sie fragte sich, ob sie ihr eigenes Sehnen widerspiegelte. »Wie ist der Dresscode?«

»Ungezwungen«, versicherte er ihr. »Am besten ziehst du ein Kleid an. Wie nennt man so eines, das nicht bodenlang und elegant, aber auch nicht bürotauglich ist?«

Bei dieser Beschreibung musste sie lächeln. »Du meinst ein Cocktailkleid?«

»Ja, genau! Du könntest das blaue Kleid tragen, das du bei unserem ersten Date anhattest.« Sein Blick wurde verhangen. »Das hat mir schon sehr gefallen.«

Sie lachte. »Du meinst, dir hat gefallen, was drunter war.«

»Absolut. Also heißt das ja, du kommst mit?«

Wie hätte sie ihm das abschlagen können? Sie nickte. »Ja, ich werde dich begleiten.«

»Gut.« Seine offensichtliche Erleichterung versetzte ihr einen Stich. Sie verbarg ihr schlechtes Gewissen, indem sie die Augen schloss und sich wieder in die Kissen zurücksinken ließ. Kane hatte bisher fast nichts von ihr verlangt, sie hatte also kein Problem, dem Fakultätsdinner zuzustimmen. Sie wusste jedoch, dass es für ihn und seinen beruflichen Werdegang am College ein wichtiges Ereignis war. Sie hoffte nur, ihre Anwesenheit würde ihm nicht schaden und er letztlich nicht bedauern, sie gefragt zu haben.

KAPITEL 24

Danke, dass ihr mit mir shoppen wart, Mädels«, sagte Nadia, als sie die nächste Umkleidekabine betrat. »Ich hätte wahrscheinlich schon viel früher aufgegeben!«

»Mir ist jede Entschuldigung recht, um die Boutiquen San Franciscos durchstöbern zu können«, antwortete Vanessa. »Und wenn ich damit auch noch einer meiner adoptierten Schwestern helfen kann, ist das sogar noch besser.«

»Du bist für die Beratung zuständig«, sagte Siobhan und setzte sich auf eine Bank. »Ich bin nur zur moralischen Unterstützung dabei. Und wegen der Schuhe.«

»Wieso finde ich nur einfach nichts, was mir gefällt?«, jammerte Nadia. »Ich komme mir wie eine Siebzehnjährige vor, die auf ihren ersten Ball geht.«

»Warum bist du nur so nervös?«, wollte Vanessa wissen. »Du bist doch mit Kane jetzt schon viele Male ausgegangen.«

»Ich weiß.« Nadia besah sich die Kleider, die Siobhan und Vanessa mit ihr herausgesucht hatten, und wünschte sich, Audie wäre auch dabei. Audie konnte ihre Anspannung immer mit einem obszönen Witz oder einer höhnischen Bemerkung vertreiben. »Wir sind essen gewesen, im Club, und vergangenes Wochenende haben wir diesen Ausflug gemacht. Aber jetzt treffe ich zum ersten Mal auf seine Kollegen.«

Siobhan nahm ein schwarzes Midikleid mit weitem Ausschnitt und Flügelärmeln zur Hand. »Das hier können wir schon mal vergessen. Wir brauchen etwas Besonderes für dich, denn Kane präsentiert euch ja schließlich seinen Kollegen als Paar.«

»Ja.« Nadia wurde ganz schummrig. »Ich glaube, ich muss mich setzen.«

»Du machst dir echt Sorgen deshalb, oder?«

»Ich kann nicht anders. Ich will unbedingt einen guten Eindruck hinterlassen. Er redet nicht viel darüber, aber ich weiß, er steht an der Herscher University ziemlich unter Druck. Er kann nichts gebrauchen, das ihn von seinem Ziel ablenkt, eine feste Professorenstelle zu bekommen. Oder jemanden.«

Siobhan stemmte die Hände in die Hüften. »Denkst du etwa, du bist nicht gut genug für diesen Herscher-University-Haufen?«

»Darum geht es nicht. Nicht wirklich. Ich will nur einfach, dass Kane vorbereitet ist, falls jemand mich erkennt. Er hatte mit der negativen Publicity aus meiner Vergangenheit bislang nichts zu tun, und ich will, dass es so bleibt.« Sie schenkte ihren Freundinnen ein verzagtes Lächeln. »Ich habe sogar vorgeschlagen, dass er stattdessen dich mitnimmt, Nessa. Du hast mehr Erfahrung, wenn es um solche Menschen geht.«

Siobhan schnaubte. »Ich wette, das hat ihn tierisch gefreut.«

»Kane war von der Idee nicht angetan. Gar nicht. Nichts für ungut, Nessa.«

»Kein Problem.« Vanessa lächelte sie an. »Ich wäre auch nicht hingegangen, wenn Kane die Idee grandios gefunden hätte. Schließlich sollte er die Frau, mit der er zusammen ist, zu diesem Fakultätsdinner mitnehmen.«

»Das hat er auch gesagt.« Nadia stieß die Luft aus. »Ich habe diese ganze Pillengeschichte noch mal erwähnt, und wir hatten einen kleinen Streit, den er gewonnen hat, indem er mir schilderte, wie er mich sieht.«

Ihre beiden Freundinnen musterten sie neugierig. »Und?«

»Der Mann weiß wirklich, was man sagen muss«, bekannte sie und wurde rot. »Ich konnte es ihm nicht abschlagen. Und jetzt stehen wir hier, haben nur noch eine Woche, und ich kriege in einer Umkleidekabine eine Panikattacke, weil ich meinen Freund nicht blamieren will.«

Vanessa und Siobhan sahen einander an, dann brachen sie in schallendes Gelächter aus. »Was zum Teufel ist daran so witzig?«, fragte Nadia.

»Du hast das F-Wort gesagt«, meinte Vanessa und schnappte nach Luft.

»Und hast dabei keinen Ausschlag bekommen«, fügte Siobhan hinzu.

»Was für ein F-Wort? Ich sag gleich ein B-Wort zu euch, nämlich *Bitch!*«

»Freund!«, riefen sie einstimmig.

»Ich ... äh ... oh.« Die Hitze stieg ihr vom Hals bis in die Ohrenspitzen. »Ich ... äh ... ja, ich glaube schon.«

»Du bist verknallt in ihn, oder?«, fragte Vanessa mit nachsichtigem Lächeln.

»Mädels.« Nadia ließ sich auf die Bank zwischen ihre Freundinnen sinken. »Er ist phantastisch. Schon bei dem Gedanken an ihn habe ich Schmetterlinge im Bauch. Unser gemeinsames Wochenende war einfach der Wahnsinn – es war so innig, so witzig, sexy und behaglich. Seine Küche ist genauso schön wie meine, und ihr solltet mal sein Badezimmer sehen!«

»Die meisten Frauen würden von der millionenschweren Aussicht auf die Bay View Road reden oder davon, wie viel ein gewisser Professor wohl verdienen muss, um sich eine Wohnung wie diese leisten zu können«, erklärte Vanessa. »Du hingegen interessierst dich für seine Küche.«

»Ist ja auch eine tolle Küche«, erwiderte sie. »Und ein noch tolleres Badezimmer. Für diese Badewanne könnte ich sterben!«

Vanessa beugte sich vor. »Klingt, als seiest du mehr als nur verknallt.«

»Pst, Nessa«, tadelte Siobhan. »Du machst ihr Angst, und sie ist jetzt schon ganz zittrig!«

»Ups. Mein Fehler.«

»Ich komm schon klar«, beharrte Nadia. »Ich bin mir ziemlich sicher. Er hat seinen Eltern von mir erzählt. Eigentlich wollte ich meinen Vätern beim nächsten Treffen ebenfalls sagen, dass das mit Kane und mir mittlerweile etwas Ernstes ist, aber vielleicht sollte ich damit noch warten. Ich muss erst noch diese Fakultätsgeschichte hinter mich bringen. Danach wird sicher alles gut.«

Sie hoffte es. Seit Kane sie gebeten hatte, sie zu dem Event zu begleiten, spürte sie ständig ein Ziehen in der Magengegend. Audies Worte bei ihrem letzten Streit wollten ihr nicht aus dem Kopf gehen, was einfach nur dumm war, denn sie kannte Kane. In den vergangenen paar Wochen waren sie einander zutiefst verbunden gewesen. Jedes Mal hatte er das Heft in die Hand genommen, und jedes Mal hatte sie sich ihm unterworfen. Er hatte dafür gesorgt, dass es das wert war, mit seiner Zärtlichkeit, seiner Fürsorge und seinem Vertrauen. Zwischen ihnen klappte es hervorragend, und diese Sicherheit gab ihr Kraft.

Vanessa stand auf und sah die Unmengen von Kleidern durch, die auf der Kleiderstange hingen. »Probier doch dieses mal an«, sagte sie und gab Nadia ein dunkelgrünes Etuikleid mit einem perlenbesetzten schwarzen Netzbesatz, der im Lampenlicht funkelte.

»Bist du sicher?«, fragte Nadia und hielt das Kleid in die Höhe.

»Vertrau mir«, antwortete Vanessa und schob sie in die Umkleidekabine. »Ich habe ein Auge für so was. Deshalb hast du mich doch angerufen, oder nicht?«

Nadia ging in die Kabine, um sich umzuziehen, und hoffte, dass dieses Kleid passend war. Sie war diesen Stress leid, das richtige Kleid zu finden, sich Sorgen zu machen, ob sie die richtige Begleitung für Kane war oder ob sie der Welt das richtige Gesicht präsentierte. Sie war es leid, sich Sorgen um Audie zu machen, über Siobhan und Vanessa, deren heiteres Lächeln nur ihren inneren Aufruhr verbarg. Und sie war es leid, ein schlechtes Gewissen zu haben, weil ihre Beziehung zu Kane so gut lief, auch wenn sie darauf wartete, dass die Bombe irgendwann platzte, was immer das verdammt noch mal bedeuten mochte.

Sie zog den knielangen Rock nach unten, dann betrachtete sie sich selbst im Spiegel. »Vanessa, du bist ein Genie!«

Ihre Freundin lachte vergnügt. »Komm raus, damit wir es Siobhan beweisen können.«

Sie öffnete die Tür der Kabine und trat hinaus, ging auf den dreiteiligen Spiegel zu. »Vanessa, du bist wirklich gut«, sagte Siobhan, und die beiden Frauen umrundeten Nadia. »Das ist das perfekte Kleid für sie.«

Nadia musste ihnen zustimmen. Das tiefe Grün passte gut zu ihrer Haut und intensivierte die Farbe ihrer Augen. Das Kleid selbst umschmiegte ihre Brüste und fiel in einer weichen flachen Linie von ihrem Brustkorb bis hin zu ihren Knien, so dass ihre langen Beine gut zur Geltung kamen. Der Schnitt und die Farbe waren dramatisch und sexy, verliehen ihr aber dennoch einen Hauch Klasse und Würde. Bislang hatte sie gar keine Ahnung gehabt, dass so etwas auch ihrem Stil entsprach.

Nadia warf die Arme um Vanessa. »Danke, es ist perfekt! Ich bin dir echt was schuldig!«

»Gern geschehen«, sagte die andere Frau lächelnd. »Ich kann auch vorbeikommen und dich frisieren und schminken, wenn du willst. Du brauchst weinroten Lippenstift, um deinen sexy

Schmollmund zu betonen, und wir machen deine Augen dunkel und geheimnisvoll, ohne dass du aussiehst, als würdest du bei einer Drag-Show auftreten. Dann brauchst du nur noch Smaragdohrstecker, und schon bist du fertig. Oh, und sexy Unterwäsche. Die gibt mir persönlich immer das zusätzliche Quentchen Selbstbewusstsein.«

»Wir machen eine Party draus«, schlug Siobhan vor. »Und sorgen dafür, dass du nicht kurz vorher Panik bekommst.«

Nadia war sicher, dass sie die ohnehin kriegen würde, aber sie wusste die Geste trotzdem zu schätzen. »Danke. Ihr Mädels seid die besten Freundinnen der Welt!« Schließlich wurde sie wieder ernst. »Ich wünschte, Audie wäre hier.«

Ein unbehagliches Schweigen senkte sich zwischen sie. Nadia hatte seit einigen Wochen nichts mehr von Audie gehört, was sie zunehmend beunruhigte. Auf ihre wiederholten SMS und Anrufe hatte sie nur eine entschuldigende Nachricht erhalten, in der ihre Freundin versicherte, dass es ihr gutging und sie sich Hilfe gesucht hatte.

»Nadia«, Siobhan tätschelte ihr die Schulter, »Audie bekommt Hilfe. Sie kommt sicher zurück, sobald sie kann.«

»Ich hoffe es.« Obwohl Audies Probleme nicht mit Drogen oder Alkohol zu tun hatten, war sie doch suchtgefährdet. Nadia hoffte inständig, dass Audie sich die Hilfe zu Herzen nehmen und bald zu ihnen zurückkehren würde.

Eine Woche später war jede noch so kleine Stelle von Nadias Körper verschönert, gewachst, getrimmt und frisiert worden. Sie hatte sogar eine Maniküre über sich ergehen lassen. Zumindest wusste sie, dass sie Kane auf optischer Ebene nicht schaden würde. Im Hinblick auf den Rest war sie sich da nicht so sicher.

Sie wollte um Kanes willen einen anständigen Eindruck hinterlassen, deshalb besann sie sich eines Teils ihrer Persönlichkeit, von dem sie gehofft hatte, nie wieder darauf zurückgreifen zu müssen: des L.A.-Partygirls. Diese Version ihrer selbst hatte gewusst, wie man Produzenten anlog und ihnen vorspielte, dass alles in Ordnung war, hatte gewusst, wie man diejenigen anlächelte, denen man viel lieber eine Ohrfeige verpasst hätte, und mit denen sprach, die man eigentlich meiden wollte. Wenn sie den Reality-Star wieder zum Leben erweckte und so tun konnte, als seien die anderen Gäste Leute aus L.A., dann würde sie es überstehen.

Mit diesem Gedanken brachte sie es schließlich auch fertig, die Tür zu öffnen und Kane mit einem Lächeln zu begrüßen. Er hatte heute auf seine Brille verzichtet, so dass seine Augen noch klarer hervorstachen als sonst. Er trug einen schwarzen Anzug und ein frisches weißes Hemd, von dem sich die rote Krawatte, die mit goldenen Kranichen und Medaillons bestickt war, deutlich abhob. Sie musste nicht fragen. Sie wusste, dass das seine Glückskrawatte war. »Hallo, du umwerfend aussehender, sexy Mann von einem Professor.«

»Selber hallo.« Er ergriff ihre Hand, und sie drehte sich langsam vor ihm im Kreis. Sie hatte sich auf ihre Mädels verlassen, die ihr bei der Vorbereitung auf diesen Abend geholfen hatten, und ihre Freundinnen hatten sich dieser Aufgabe mit Feuereifer gewidmet, hatten ihr bei der Frisur und dem Make-up geholfen und nach den richtigen Accessoires gesucht, die zu dem Kleid passten, das sie in der Woche zuvor gekauft hatten. Eine schwarze Samtstola, eine perlenbesetzte Clutch und schwarze Riemchenpumps vervollständigten den Look.

»Du siehst toll aus«, raunte er mit anerkennend leuchtendem Blick. »Heute Abend bin ich der glücklichste Mann in Crimson Bay.«

»Kaname«, flüsterte sie, und Verlangen regte sich in ihr.

»Trägst du ein Höschen?«

Sie nickte und hatte plötzlich einen ganz trockenen Mund. »Einen Tanga.«

»Wie der bei unserem ersten Date, mit der kleinen Überraschung drin?«

»Ah.« Ihre Lippen öffneten sich. Mein Gott, daran hätte sie denken können. Es wäre eine hervorragende Ablenkung für sie beide gewesen. »Leider nicht.«

»Zieh ihn aus.«

Sie starrte ihn an, überlegte, ob er es wirklich ernst meinte. Das Funkeln in seinen Augen sagte ihr, dass er es sogar sehr ernst meinte. »Wenn du das willst, musst du mir helfen«, antwortete sie. »Ich will mir nicht den Hals brechen, wenn ich ihn über die Schuhe ziehe.«

»Das wollen wir auf jeden Fall vermeiden«, sagte er und führte sie zu den Barhockern an der Küchentheke hinüber, dann kniete er nieder. »Heb den Rock, Liebes.«

Sie gehorchte, machte eine Show daraus, indem sie ihn langsam die Schenkel hinaufgleiten ließ. Er streckte die Hände aus, verhakte die Finger in den Riemchen ihres weinroten Spitzentangas und zog ihn die Schenkel hinab, an ihren Knien vorüber, bis auf die Knöchel.

Er hielt inne, sein Blick verweilte einen gespannten Augenblick lang auf ihrem Venushügel, dann sah er mit lodernden, dunklen Augen auf. »Du hast dich rasiert.«

»Besondere Gelegenheiten erfordern besondere Maßnahmen.«

»Diese besondere Maßnahme halte ich für vollkommen angemessen.« Er griff in seine Jackentasche und holte einen funkelnden Gegenstand heraus. »Das ist der zweite Teil jenes Geschenks, das ich dir vor zwei Wochen gemacht habe.«

Er hielt es in die Höhe, und sie erkannte einen goldenen Clip, von dem rote Juwelen herabbaumelten. Zwei weitere Goldketten mit roten Edelsteinen befanden sich darunter.

Nadia blieb die Luft weg, und sie konnte kaum sprechen. »Ist das das, wofür ich es halte?«

»Wenn du es für Klitorisschmuck hältst, dann ja, du denkst das Richtige.« Er beugte sich vor, ließ den Daumen über ihre äußeren Schamlippen gleiten. Ihr Blut begann, mit Höchstgeschwindigkeit durch ihren Körper zu rauschen, so dass das Nervenbündel im Zentrum ihrer Lust anschwoll. Ein Keuchen entrang sich ihr, als seine Zunge über das empfindliche Fleisch fuhr und ihr Verlangen wie mit einem sinnlichen Stromstoß anfachte.

»Kaname!«

Er fuhr wieder mit dem Daumen darüber, dann befestigte er den Clip an ihrer geschwollenen Klitoris. Sie spürte sofort den leichten Druck, der sie nun dort umfing, aber noch schlimmer – oder so viel besser – waren die Edelsteine, die bei jeder Bewegung ihre kribbelnde Haut berührten. Sie würde den ganzen Abend dauergeil sein.

Eine brennende Hitze wanderte von ihren Ohren ihre Kehle hinab bis zu ihren Brustwarzen und von dort zu dem Schmuckstück. »Kane«, protestierte sie, »ich kann nicht auf diese Party gehen und dabei das hier tragen und dazu noch kein Höschen!«

Er setzte sich auf die Fersen, konnte den Blick nicht von ihrer geschmückten Vagina abwenden. »Warum nicht?«

»Warum nicht?«, wiederholte sie. »Du weißt doch, wie feucht ich immer werde. Wenn ich jetzt ohne Höschen gehe, fange ich noch an zu tropfen. Ich kann nicht mit ... auslaufender Muschi ... mit deinen Kollegen herumstehen!«

»Obwohl ich mich freiwillig zur Verfügung stellen würde, mich darum zu kümmern, muss ich dir wahrscheinlich recht geben.« Er zog ihren Tanga wieder hoch und rückte den Klitorisschmuck darunter zurecht.

Sie zog die Augenbrauen hoch. »Du hattest nicht wirklich vor, mich ohne Höschen hingehen zu lassen, oder?«

Er schenkte ihr ein freches Grinsen. »Liebes, ich kenne deinen Körper. Dieses Geheimnis gehört uns beiden und sonst niemandem, aber es ist ein Geheimnis, das uns eine hochnotwendige Ablenkung bietet.«

Da dämmerte es ihr. »Du hast das getan, damit ich auf deiner Party nicht so nervös bin, oder?«

»Schuldig im Sinne der Anklage.« Er erhob sich und leckte sich die Lippen. »Bist du bereit?«

»Gefickt zu werden? Ja.«

»Dann sind wir schon zwei.« Er bot ihr seinen Arm an. »Lass uns auf die Party gehen. Je eher wir dort ankommen, umso eher können wir auch wieder gehen.«

»Das Event ist ziemlich wichtig, oder?«, fragte sie, als sie an seinem Auto angelangt waren und darin Platz nahmen.

»Es ist eine Cocktailparty. Es gibt Drinks, Häppchen, und man führt Gespräche. Viele, viele Gespräche. Die Leute rangeln um Positionen, wie immer, wenn sie mit ihren Vorgesetzten und Kollegen feiern. Wahrscheinlich wird es dich zu Tode langweilen. Mich würde es ebenfalls langweilen, wenn ich dich nicht ansehen könnte und wüsste, was du für mich trägst.«

»Danke, aber du weichst meiner Frage aus«, sagte sie und kämpfte gegen den Drang an, sich auf ihrem Sitz zu winden. Der Tanga hinderte die Juwelen nur unzureichend daran, ihre Klitoris zu stimulieren. »Wie wichtig ist der heutige Abend für dich?«

»Mein Vertrag läuft bald aus«, antwortete er, als er das Parkdeck verließ und das Auto auf die College Street lenkte. »Ich brauche entweder eine Verlängerung oder eine volle Professorenstelle. Die Leute, die dafür verantwortlich sind, werden heute Abend anwesend sein.«

Ihr stieg die Galle hoch, vertrieb jegliches Verlangen. »Deine Karriere steht also auf dem Spiel?«

»Nein.« Er nahm ihre Hand. »Wenn ich keine Festanstellung bekomme, kann ich immer noch unterrichten, solange sie meinen Vertrag verlängern. Und da ich dem College in den vergangenen fünf Jahren ziemlich viel Geld eingebracht habe, können sie es sich wahrscheinlich nicht leisten, mich gehen zu lassen. Aber wenn sie mich tatsächlich abservieren, habe ich noch andere Möglichkeiten, mir meinen Lebensunterhalt zu verdienen, wie das Schreiben oder die Beratertätigkeit, die Forschung oder mich wieder einem Thinktank anzuschließen.«

Ihr Herz wurde schwer. »Du magst deine Beratertätigkeit nicht genug, um das als Vollzeitjob zu machen«, erklärte sie und erinnerte sich an den Fall, der ihn vor ein paar Wochen nach Los Angeles geführt hatte. Erinnerte sich, wie sehr es ihn mitgenommen hatte und wie sehr er sie danach gebraucht hatte.

»Das trifft es nicht ganz. Es gefällt mir, Menschen zu helfen. Ich unterrichte aber auch gerne, erkläre den Menschen den Unterschied zwischen gesunden und ungesunden sexuellen Vorlieben und trage meinen kleinen Teil dazu bei, jene aufzuhalten, die es zu weit treiben. Manchmal muss man eben die Dunkelheit beschreiten, um sie zu verstehen. Und manchmal lässt sich das nicht mehr ganz abschütteln.«

Er sah sie nur kurz an, doch sie spürte die Bedeutung in seinem Blick. »Aber jetzt kann ich zu dir zurückkehren. Dich ansehen. Allein der Gedanke an dich macht es erträglich.«

Sie bekam einen Kloß im Hals, den sie nicht ignorieren konnte. Sie war froh, ihm auf diese Weise helfen zu können, froh, dass sie eine willkommene Abwechslung bot. Kane bedeutete ihr zu viel, um zuzulassen, dass er sich seinem Stress allein stellte.

Dieses Wissen gab ihr neue Kraft. In den vergangenen Wochen seit der Auseinandersetzung mit Audie und seiner Rückkehr aus Los Angeles hatte sich ihre Beziehung gewandelt, war tiefer und inniger geworden. Sie hing an ihm, egal, wie sehr sie sich etwas anderes einzureden versuchte. Er war ein wichtiger Bestandteil ihres Lebens geworden, und es lag ihr am Herzen, dass es ihm gutging und er glücklich war. Die Nächte, die sie in seinen Armen verbracht hatte, ob mit Sex oder nicht, waren für sie mittlerweile lebensnotwendig. Sie hätte alles für ihn getan.

Das Gefühl war ebenso berauschend wie beängstigend. Es kam einer Obsession zu nahe, und das machte ihr Sorgen. Sie war auch von Gary besessen gewesen, ihrem Manager. Er hatte sie und ihr Vertrauen ausgenutzt, Versprechungen gemacht, die er nie einzuhalten gedachte, und sie so weit getrieben, dass ihr Leben am Ende nur noch ein einziger Scherbenhaufen war.

Kane ähnelte Gary in keiner Weise. Er war getrieben, ja, aber nur im Hinblick auf sich selbst. Sie fühlte sich bei Kane sicher, auf eine Weise, wie sie es nicht mehr kannte, seit sie ihr Elternhaus verlassen hatte. Sie vertraute ihm hundertprozentig und glaubte sogar, dass sie ihn liebte. Diese Erkenntnis breitete sich in ihrem Inneren aus wie Sonnenlicht. Heute Abend würde sie es ihm sagen, nach der Party. In seinen Armen würde sie ihm den letzten Teil ihrer schmerzhaften Vergangenheit beichten und hoffen, dass er diesen genauso akzeptieren würde wie den ersten.

»Nadia?«

Sie blinzelte, als sie Kanes sanfte Stimme hörte, dann sah sie aus dem Fenster. »Oh, wir sind da. Schon.«

Sie langte nach dem Türgriff, aber er hielt sie auf. »Was bedrückt dich, Liebling?«

»Warum glaubst du, dass mich etwas bedrückt?«

Er zog die Augenbrauen in die Höhe. »Die Tatsache, dass du meiner Frage ausweichst, ist auch ein Hinweis. Genau wie der Hammergriff, mit dem du gerade meine Hand hältst.«

»Oh.« Sie lockerte ihren Griff und versuchte, ihm dann die Hand zu entziehen. Er ließ es nicht zu.

»Nadia.«

»Tut mir leid.« Sie ließ die Schultern sinken. »Ich glaube, ich steigere mich gerade in eine ausgewachsene Panikattacke hinein.« Einen derartigen Leistungsdruck hatte sie seit den Kochshows nicht mehr empfunden. Vielleicht ausgenommen von der Eröffnungswoche des *Sugar & Spice*, als sie jede Menge Interviews mit den ortsansässigen Blättern und den Collegezeitungen hatte hinter sich bringen müssen.

»Vielleicht sollten wir wieder gehen«, sagte Kane mit besorgtem Gesichtsausdruck.

»Nein.« Sie stieß die Luft aus, konzentrierte sich auf ihre Atmung, versuchte, ruhig zu werden, ihre Mitte zu finden. Ein. Aus. Wiederholen. »Der heutige Abend ist wichtig für dich und damit auch für mich. Betrachte mich als deinen diensthabenden Cheerleader für diesen Abend.«

»Nur für diesen Abend?«, fragte er leise.

»Natürlich nicht. Ich werde genauso für dich da sein, wie du es für mich warst.«

»Du warst doch für mich da, und ich kann es kaum in Worte fassen, wie viel mir das bedeutet. Der heutige Abend ist wichtig, ja, aber du bist es auch. Wenn du dich nicht wohl fühlst, können wir sofort gehen, ohne Wenn und Aber.«

Ihr Magen zog sich zusammen. Sie wollte nicht, dass Kane ihretwegen Opfer brachte, insbesondere wenn er dafür einen hohen Preis bezahlte wie die Chance auf eine volle Professorenstelle. Es war doch gar nicht so kompliziert. Sie musste sich einfach nur bemühen, das Beste zu geben.

»Wir bleiben. Du wirst netzwerken, ich werde mich amüsieren, und wenn wir nach Hause kommen, wirst du mich für mein Verhalten angemessen belohnen.«

Das Lächeln, das er ihr schenkte, verdrängte ihre Angst. Sie fokussierte sich ganz auf Kane und die Versprechungen, die der sinnliche Schwung seiner Lippen ihr machte. »Mir Möglichkeiten der Belohnung für dich zu überlegen, wird in den nächsten paar Stunden definitiv das Highlight sein«, sagte er mit leiser, eindringlicher Stimme. »Ich verspreche, wir bleiben keinen Augenblick länger als nötig.«

»Auf dieses Versprechen werde ich Sie festnageln, Professor Sullivan.«

»Dein Wunsch ist mir Befehl.«

KAPITEL 25

Nadia blickte sich in dem überfüllten Raum um und kam sich von Minute zu Minute minderwertiger vor. Fakultätspartys schienen sich auf der gleichen Ebene abzuspielen wie politische Veranstaltungen. Viele politische Ränke, Gerangel um Positionen, mit falschem Lächeln und Komplimenten, die wie eine dünne Tünche über einem Hauch von Verzweiflung lagen.

Trotzdem gelang es ihr, ihr L.A.-Lächeln beizubehalten. Sie posierte für Fotos mit Kane und anderen Fakultätsmitgliedern, einigen Ehemaligen und sonstigen Förderern. Mit einem einzigen Glas Cabernet am ganzen Abend machte sie Small Talk, bezirzte eine Gruppe potenzieller Geldgeber, sprach mit ein paar Leuten, in denen sie Stammgäste ihres Cafés wiedererkannte, über Süßspeisen. Irgendwann fühlte sie sich immerhin so selbstbewusst, dass sie Kane allein ließ, um ihm ausreichend Gelegenheit zum Netzwerken zu geben, ohne dass sie ihn ablenkte.

Kane hatte in einer wichtigen Sache recht gehabt. Ihr neues Accessoire war eine wirkungsvolle Ablenkung von ihrem sozialen Unbehagen. Dafür war sie sich ihres physischen Unbehagens umso bewusster. Sie musste etwas unternehmen, um die Spannung loszuwerden. Wahrscheinlich würde es Kane nicht gefallen, aber sie war sicher, dass er einen kreativen Weg finden würde, um sie dafür büßen zu lassen.

Sie ging also zu den Damentoiletten und betrat dort eine Kabine, dankbar, dass die Toilettenbrillen mit Sitzauflagen aus Papier bedeckt waren und die Türen vom Boden bis zur Decke reichten, so dass man vollkommen für sich war. Kaum hatte sie sich niedergelassen, öffneten sich die Türen erneut, und eine Gruppe von Frauen betrat den Waschraum. Sie kamen direkt zum Punkt. »Hast du die Frau gesehen, die Professor Sullivan mitgebracht hat?«

»Die hübsche Dunkelhaarige?«, fragte eine der anderen. »Ich habe sie noch nie auf dem Campus gesehen. Weiß jemand, wer das ist?«

»Ich habe gehört, sie besitzt ein Café an der Main Street. Das *Sugar & Spice,* glaube ich. Aber eigentlich steckt noch viel mehr hinter dieser Frau.«

Bei dem anzüglichen Ton der Sprecherin ballte Nadia die Hände zu Fäusten. Eigentlich sollte sie nicht hier sitzen und einem Haufen abgewiesener Frauen aus dem Club gemeiner Tussen zuhören, doch sie konnte nicht anders. Sie wollte ihren Feind kennenlernen.

»Was? Was hast du gehört?«

»Ich habe gehört, dass er sie für seine Forschung benutzt, genau wie all die anderen. Irgendein neuer wissenschaftlicher Aufsatz, an dem er arbeitet.«

»Sei nicht gehässig, Lorraine. Das steht dir nicht.«

Die anderen Frauen lachten. »Aber es stimmt«, beharrte Lorraine. »Er schreibt für irgendeine Fachzeitschrift. Wahrscheinlich hat sie irgendeine besondere Erfahrung hinter sich, auf die der Aufsatz seinen Schwerpunkt legt.«

Nadia gefror das Blut in den Adern. Nein. Sie konnte es einfach nicht glauben. Sie wollte es nicht glauben. Kane hätte sie nie so benutzt.

»Was denn für eine Erfahrung?«, fragte jemand.

»Musst du das wirklich fragen? Bei Professor Sex?«

Die Frauen lachten wieder, und beinahe wäre Nadia hinausgestürmt und hätte ihnen gehörig die Meinung gegeigt. Doch sie sprachen weiter.

»Aber das ist noch nicht alles«, sagte die Schlüpfrige. »Ich habe gehört, sie hatte früher eine Kochshow. Und dann wurde sie gefeuert, weil sie die ganze Zeit high war.«

»Sie nimmt Drogen?«, flüsterte jemand anders schockiert.

»Ich habe gehört, sie war tablettensüchtig und ständig zugedröhnt, als der Sender sie rausgeworfen hat. Scheinbar haben sie nicht gern Mörder auf der Gehaltsliste.«

»Sie hat jemanden umgebracht?«

»Es gab keine Beweise, und sie musste auch nicht ins Gefängnis. Aber der arme Mann ist gestorben, und sie war bei ihm, als es geschah. Wahrscheinlich hat sie ein paar Leute geschmiert, um davonzukommen. Du weißt doch, wie diese Hollywood-Typen sind.«

Nadia biss sich in die Hand, um nicht laut loszuschreien. Sie war vor dem Straf- und dem Zivilgericht freigesprochen worden, doch wer scherte sich schon um Fakten? Die Wahrheit war, dass sie mit Beruhigungsmitteln zugedröhnt gewesen war, bevor der Unfall ihre Fernsehkarriere beendet und Gary getötet hatte. Aber auch ohne den Unfall war sie eine tickende Zeitbombe kurz vor der Explosion gewesen.

Jemand schnaubte vor offensichtlicher Missbilligung. »Warum sollte Sullivan eine Frau wie sie zu einem Event wie diesem mitbringen? Der Mann sollte es doch nun wirklich besser wissen.«

»Genau. Wie will er mit einem solchen Date Spendengelder lockermachen?«

»Er muss zudem auch noch den Ausschuss beeindrucken«, fügte Miss Missbilligung hinzu. »Sein Vertrag muss in ein paar Monaten verlängert werden. Ich kann nur um seinetwillen hoffen, dass sie bloß das Thema seiner Forschungsarbeit ist und nicht mehr dahintersteckt. Er kann ganz sicher nicht davon ausgehen, eine volle Professorenstelle zu bekommen, wenn er tatsächlich eine Beziehung mit ihr hat.«

»Ein Professor und eine Tablettensüchtige?« Irgendjemand lachte sich kaputt. »Das klappt nicht. Nicht mal bei Professor Sex. Noch nicht mal an der Herscher University.«

Nadia krümmte sich in der abgeschlossenen Kabine, als die Frauen gingen, hatte Mühe, wieder Luft in ihre Lungen zu pumpen. Der Schmerz brach in ihrem Inneren auf wie eine Blase, vergiftete ihre Gedanken, ihre Gefühle, ihre Hoffnungen, alles.

Sie musste nachdenken, sich konzentrieren, aber sie konnte sich kaum bewegen. Die Frauen und ihre grausamen Worte zerfetzten sie förmlich, rissen ihren Schutzwall nieder, bestärkten sie in dem Glauben, dass es von Anfang an eine schlechte Idee gewesen war, mit Kane auf diese Party zu gehen.

Hatten sie recht? Und wenn ja, womit? Damit, dass Kane keine Zukunft an der Herscher University hatte, wenn sie bei ihm blieb, oder mit der Vermutung, dass er nur mit ihr zusammen war, um eine sexuelle Forschungsarbeit fertigzustellen?

Sie schluckte ihr schmerzhaftes Wimmern herunter. Jeder dieser Gedanken tat weh. Sie wollte Kane nicht im Weg stehen, aber sie wusste, dass das, was in Hollywood als akzeptabel galt, vor den Toren L.A.s meist verurteilt wurde. Die Leute sahen Drogen- oder Tablettenabhängige nach wie vor schief von der Seite an, auch wenn sie einen Entzug hinter sich hatten. Ein Aufenthalt in der Entzugsklinik war in Los Angeles fast schon ein modisches Accessoire. Hier in Crimson Bay betrachtete man Sucht bei aller Progressivität dennoch als Makel, und Menschen, die ihr zum Opfer gefallen waren, wurden gemieden. Sie erinnerte sich noch gut daran, dass es in der Stadt keinerlei Selbsthilfegruppen gegeben hatte, bevor sie mit Siobhan hier Fuß fasste, und wie sie es selbst in die Hand hatten nehmen müssen, eine zu gründen.

Nadia schüttelte den Kopf. Kane würde keine Zukunft und keine volle Professur an der Herscher University bekommen –

und sie wusste, dass er sich das wünschte –, solange er eine Beziehung mit ihr wollte.

Das war ihm mit Sicherheit klar. Er war nicht nur klug, sondern auch ehrgeizig, fokussiert und zielgerichtet. Kontrolliert. Er musste gewusst haben, wie seine Kollegen reagieren würden, wenn er mit jemandem wie ihr auf einem so hochkarätigen Event auftauchte. Er hatte wahrscheinlich das Für und Wider abgewogen und beschlossen, ein kalkuliertes Risiko einzugehen, denn er wusste ja, dass ihm hinterher jede Menge Daten zur späteren Auswertung zur Verfügung stehen würden.

Verzweiflung lastete schwer auf ihren Schultern. Auf eine kranke Art ergab das alles einen Sinn. Kane hatte nicht mit der Wimper gezuckt, als sie ihm berichtete, dass sie suchtkrank war. Er hatte sie in ihrem Café beobachtet, bevor er sich ihr genähert hatte. Dass sie den *Duftenden Garten* hatte erforschen wollen, war einfach nur das Sahnehäubchen gewesen. Er hatte ihre sexuellen Grenzen nach hinten verschoben, hatte sie überredet, Brustwarzenklemmen beim Einkaufen zu tragen und Klitorisschmuck bei diesem Networking-Event …

Der letzte kümmerliche Rest von Verlangen schwand dahin und ließ sie kalt und gedemütigt zurück. Alles, was er zu ihr gesagt hatte, alles, was er ihr und für sie getan hatte – war das alles Berechnung gewesen, um Daten für seine Forschung zu erhalten? Sie hatte sich nie die Mühe gemacht, ihn nach Einzelheiten über seine Arbeit an der Uni zu fragen. Sie hatte angenommen, dass er Unterricht nach Plan machte, nicht, dass er das Curriculum selbst gestaltete.

Natürlich tat er genau das. Sie konnte sich den Titel schon denken: »Sexuelle Gewohnheiten von Suchtkranken«. Er hatte alles dokumentiert, was sie zusammen gemacht hatten, jedes schmutzige Detail. Alles, was er getan hatte, hatte nur ein Ziel gehabt. Er hatte sie auf die Probe gestellt, hatte ihre Knöpfe gedrückt. Hatte ihr Brustwarzenklemmen angelegt und sie dann in die Öffentlichkeit geführt. Den juwelenbesetzten Klitorisschmuck trug sie sogar jetzt noch. Und er hatte ihn schon viel früher gehabt, ihn ihr nur nicht gegeben. Er passte nämlich optisch zu der Nippelklemme. Warum hatte er Ersteres nicht schon vorher zum Einsatz gebracht? Warum hatte er bis zur Fakultätsparty gewartet, um ihr den Klitorisschmuck anzulegen, so dass sie geil und voller Verlangen nach ihm hier umherwanderte, während er sich vernetzte.

Es war nichts weiter gewesen, als mal wieder seine Macht über sie zu demonstrieren, und sie war seine ahnungslose Marionette. Der Schmerz drückte so heftig auf ihre Brust, dass sie kaum atmen konnte. Sie hatte geglaubt, dass er *sie* wollte, sie und nicht nur den Körper irgendeiner Frau. Sie hatte sich in ihn verliebt, sich ihm unterworfen, geglaubt, bei ihm in Sicherheit zu sein, und die ganze Zeit über hatte er sie nur benutzt.

Das hatte sie schon einmal durchgemacht. Sie konnte das nicht noch mal ertragen. Nie wieder.

Nadia wandte sich auf dem Absatz um und ging erhobenen Hauptes davon, mühsam ihren Zorn beherrschend. Sie verfluchte diese Frauen und Kane, der sie dem ausgesetzt hatte. Es wurde Zeit, sich ein Taxi zu nehmen, nach Hause zu fahren und all das hinter sich zu lassen.

KAPITEL 26

Kane brauchte nicht lange, bis ihm klarwurde, dass es ein Riesenfehler gewesen war, Nadia auf diese Party mitzunehmen. Sie hatte die Aufmerksamkeit der Neugierigen und Intriganten zunächst ganz gut ertragen, worauf er stolz war. Dann hatte er bemerkt, dass ihr sonst so warmherziges Lächeln gezwungen wirkte und ihre Stimmung sich veränderte, ihre Stimme zu munter klang. Er hatte sich Sorgen gemacht, weil sie sich auf einer Veranstaltung, die wichtig für ihn war, nicht amüsierte, denn in dieser Lage würde sie sich noch oft wiederfinden, wenn sie mit ihm zusammenblieb. Schließlich ging ihm auf, dass sie sich auf ihr Hollywood-Verhalten besann, es als Panzer benutzte, um sich vor den Haien zu schützen, die diesen exklusiven Ozean durchstreiften.

Denn Haie waren sie in der Tat. Er hatte einfach nicht bedacht, dass einige seiner Kollegen sich auch Reality-Shows ansahen und die Kochsendung von vor fünf Jahren kannten, was ein schlimmer Fehler seinerseits gewesen war. Crimson Bay war zwar nur eine kleine Collegestadt, aber hinterwäldlerisch war sie deshalb noch lange nicht. Mehr als einer hatte Nadia bei dem Kochwettbewerb erlebt, andere erkannten sie, weil sie ihre Koch- und Lifestyle-Show gesehen hatten. Und das wiederum hatte zu Spekulationen geführt. Die Leute zückten ihre Smartphones und googelten Nadia, wobei sie die Tatsache vollkommen ignorierten, dass sie mittlerweile eine erfolgreiche und integre Geschäftsfrau war.

Er bewegte sich auf den Ausgang des Ballsaals zu, denn er wusste, dass Nadia sich auf die Toilette zurückgezogen hatte. Er musste sie von hier wegschaffen. Es war nicht richtig gewesen, sie seinen prestigehungrigen Kollegen auszusetzen. Er musste sich bei ihr entschuldigen. Sie hatte versucht, ihn zu warnen, und er hatte es in den Wind geschlagen. Jetzt fragte er sich, welchen Preis er wohl für seine Ahnungslosigkeit würde bezahlen müssen.

»Geschickter Schachzug, Sullivan, sogar für Sie«, sagte Darrell Connors, der plötzlich neben ihm aufgetaucht war.

Kane unterdrückte seinen Ärger. Der Doktorand war skrupellos und ehrgeizig. Wenn er aufgrund seiner eigenen Verdienste kein Fortkommen sah, würde er die eines anderen zunichtemachen. Es hatte gute Gründe, warum Connors immer noch Hilfskraft und kein Assistenzprofessor war.

»Was meinen Sie damit?«, fragte Kane und reckte den Hals, um Nadia zu entdecken. Wie lang dauerte so ein Besuch auf der Damentoilette?

»Na ja, dass Sie Ihr Lieblingsprojekt zur Fakultätsparty mitgebracht haben«, antwortete Connors und warf ihm einen Blick zu, angesichts dessen Kane die Hände zu Fäusten ballte. »Ich überlege immer noch, ob es einfach nur brillant war oder ob Sie damit Ihre Karriereaussichten schmälern.«

Connors sah sich im Ballsaal um, winkte dem Prodekan zu, der ihn ignorierte. »Die Meinungen unserer Fakultätskollegen scheinen da sehr auseinanderzugehen.«

Fuck. Kane nippte an seinem Drink, um seinen wachsenden Zorn zu verbergen. Sollten seine Fakultätskollegen doch Scheiße fressen, ihm war es schnuppe! »Lieblingsprojekt?«

Connors lachte, und Kane hatte seine liebe Not, sein irisches Temperament im Zaum zu halten und nicht dem Impuls nachzugeben und dem anderen Mann heftig eine zu verpassen.

»Kommen Sie schon, Sullivan – Sie erwarten doch nicht im Ernst, dass wir glauben, dass Sie mit dieser Frau wirklich zusammen sind, oder? Klar, sie ist ein Hingucker, aber auch das beste Aussehen kann ihre Vergangenheit nicht wettmachen. Der Ausschuss an der Herscher University wäre nie damit einverstanden. Also nutzen Sie sie für Ihre Forschungen. Ist sie es wert?«

Kane hätte spätestens jetzt liebend gern seinen inneren Iren rausgelassen. Ein kräftiger Fausthieb ins Gesicht hätte den anderen Mann quer durch den Saal segeln lassen und diesen ganzen verdammten Aasgeiern im Raum deutlich demonstriert, dass seine Frau kein verdammtes Projekt war.

Doch das würde er nicht tun. Er würde seinen Kollegen nicht die Befriedigung gönnen, mit anzusehen, wie er die Beherrschung verlor. Aber er würde auch nicht weiter hier herumstehen und zuhören, wie so eine blöde Hilfskraft Nadia beleidigte.

»Ah, der Ausschuss.« Kane sah Connors an, dann lächelte er. Das Lächeln war wohl nicht so höflich, wie er beabsichtigt hatte, denn Connors wich eilig einen Schritt zurück. »Vielleicht sollten wir uns gemeinsam an die Ausschussmitglieder wenden. Es würde mich ungeheuer interessieren, was sie von einem gewissen schleimigen, prestigehungrigen Doktoranden halten, der die Nase nur allzu gern in die schmutzige Wäsche seiner Studentinnen steckt. Sollen wir das mal gemeinsam herausfinden?«

Kane sah befriedigt, wie alles Blut aus dem Gesicht des Doktoranden wich. »Ähm, äh, nein. Ich glaube, das ist nicht notwendig, Sullivan. Oh, da ist ja Professor Long. Mit ihr muss ich mich noch unterhalten.«

»Lassen Sie sich nicht aufhalten.« *Oder dich allein von mir auf dem Parkplatz erwischen, du Ratte.*

Connors zog sich zurück, dann wirbelte er herum und verschwand in der Menge. Kane war fertig mit dieser Veranstaltung, seinen Kollegen und wahrscheinlich auch mit seiner Karriere an der Herscher University. Er trank seinen Whiskey aus, reichte einem Kellner das Glas und suchte zwischen den nachdenklichen Gesichtern der Menge, die ihn allesamt anstarrten, nach Nadia. Er entdeckte sie in der Nähe des Eingangs zum Ballsaal. Erhobenen Hauptes schritt sie dem Ausgang entgegen.

Kane pflügte durch die Menge, die sich vor ihm teilte. Auf kürzestem Weg eilte er zur Tür, ignorierte alles und jeden, konzentrierte sich nur auf das eine, den einzigen Menschen, der ihm im Augenblick wichtig war.

»Nadia, warte.«

Sie blieb stehen, doch sie drehte sich nicht um. Er packte ihr Handgelenk. »Wolltest du gehen?«

»Ja«, sagte sie tonlos. »Das hier war ein Fehler.«

»Ich weiß, aber mach dir keine Sorgen. Du wirst das nicht noch mal durchstehen müssen.«

Sie wich zurück, dann wandte sie den Blick ab. »Wie es aussieht, hatte Audie doch recht.«

»Audie? Womit hatte sie recht?«

»Mit dir. Uns. Dem hier.«

Er umfasste ihr Handgelenk fester. »Bitte sag mir, dass du keine Beziehungsratschläge von der verfluchten Audie annimmst!«

Sie riss sich los und verschränkte die Arme vor der Brust. »Rede nicht schlecht über meine Freundinnen! So etwas kann ich nicht ausstehen.«

Heftiger Schmerz nistete sich zwischen seinen Augen ein. Der Zorn brodelte in ihm, und das Letzte, was er jetzt wollte, war auch noch ein Streit mit Nadia. Nicht hier, und ganz sicher nicht über ihre Freundinnen, wo es so viele andere Dinge gab, über die sie reden mussten. »Ich habe nichts Negatives über deine Freundinnen gesagt. Ich meine nur, dass Audie der letzte

Mensch sein sollte, von dem du Ratschläge in Beziehungsdingen annehmen solltest.«

Sie wich weiter zurück. »Oh, und ich nehme an, du glaubst, ich sollte derlei Ratschläge von dir annehmen?«

Seine Augen verengten sich. »Da ich die andere Hälfte dieser Beziehung bin, wäre es natürlich schön, wenn meine Meinung mehr zählt als die eines anderen – außer deiner natürlich.«

»Es ist mir wichtig, was meine Freundinnen denken.«

»Ich sage ja nicht, dass du es nicht auch wichtig nehmen sollst«, erwiderte er, und seine Ohren wurden ganz heiß, während er versuchte, sein Temperament zu zügeln. »Aber Audie weiß einen Scheißdreck über Beziehungen. Wenn du ihren Rat willst, wenn es darum geht, wechselnde Sexpartner zu finden und sich das Hirn rauszuvögeln, dann ist sie sicher die Richtige. Aber sie eignet sich nun mal nicht zur Kummerkastentante, sondern eher zur Erotikbloggerin.«

»Oh, mein Gott!« Sie stapfte davon, die Hände zu Fäusten geballt. »Wie kannst du so schreckliche Dinge über sie sagen?«

Verdammt. In einem Raum voller akademischer Idioten hatte er ruhig bleiben können, aber zwei Sekunden mit Nadia, und er verlor jegliche Selbstbeherrschung. »Soll ich etwa lügen? Das ändert nichts an den Fakten.«

»Du bist ihr gegenüber nicht fair.«

»Fair? War sie denn fair zu dir, als sie dir in der Nacht, als du ihr geholfen hast, diesen ganzen Mist an den Kopf geworfen hat?« Er stieß die Luft aus. »Audies Ansichten in Beziehungsdingen und darüber, was eine gesunde Beziehung ausmacht, sind schrecklich verzerrt, und ihre zwischenmenschlichen Fähigkeiten sind kaum vorhanden. Sie braucht eine intensive Therapie, um aufzudecken, was ihre zugrundeliegenden Probleme mit Liebe und intimer Zweisamkeit sind, und ich hoffe doch sehr, dass sie sich gerade in einer solchen Therapie befindet. Wenn sie keine Hilfe bekommt, wird die Spirale sie weiter abwärtsziehen, bis sie sich selbst zerstört. Und du lässt zu, dass sie dich mit hinunterzieht.«

Nadias Gesicht wurde hart. »Da spricht ja ganz der Psychologe.«

»Ich *bin* Psychologe! Ich habe dich nie belogen. Du wusstest immer, was ich bin oder was ich von dir will. Sind Lügen nicht gegen die Prinzipien der Genesung?«

Sie erstarrte. »Was hast du da gerade gesagt?«

»Worüber?«

»Über die Prinzipien der Genesung. Ich habe dir nie davon erzählt. Wir haben nie davon gesprochen, von dem 12-Punkte-Programm. Woher weißt du das?«

»Ich habe mich über Entzugsstrategien informiert. Ich wollte Bescheid wissen, damit ich dir im Zweifel helfen kann.«

»Oh, mein Gott.« Sie wirkte entsetzt. »Es ist also wahr?«

»Was ist wahr?«

Sie schüttelte den Kopf, die schönen Augen voller Schmerz. »Ich wollte es nicht glauben. Selbst als sie es sagten, wollte ich es nicht glauben, aber es ergibt einen Sinn.«

»Nadia, ich flehe dich an, hör auf.« Er raufte sich die Haare. »Warum zum Teufel streiten wir? Was ist hier los?«

»Nichts.«

»Zum Teufel mit nichts! Du hast dich so doch noch nicht mal am Tag nach dem Angriff auf Audie verhalten. Was ist los mit dir, Nadia?«

»Benutzt du mich, Kane?«

Er wich einen Schritt zurück, blickte erschrocken und verwirrt drein. »Was hast du da gesagt?«

»Weißt du was? Ich will nicht darüber reden.« Sie wandte sich ab. »Ich will einfach nur noch nach Hause und vergessen, dass es diese Nacht jemals gegeben hat.«

Er packte ihren Arm erneut. »Noch nicht.«

»Lass mich los, Kane«, zischte sie. »Du machst eine Szene.«

»Das interessiert mich einen Scheißdreck.« Er führte sie in eine dunkle Ecke, fand eine unverschlossene Tür und drängte sie hinein. »Wir müssen darüber reden, Nadia. Ich will alles hören, was die Leute heute zu dir gesagt haben.«

Sie seufzte, und ihre resignierte Stimme, ihre resignierte Haltung entfachten seinen Zorn erneut. »Es spielt keine Rolle, wer was gesagt hat, es war immer das Gleiche. Die Leute denken entweder, dass du so langsam verkommst, oder dass du mich als Studienobjekt für dein nächstes Buch oder deinen nächsten Fachartikel hältst.«

»Was?« Er sah rot. Connors' Formulierung *Lieblingsprojekt* ergab plötzlich einen Sinn. Und das hatte jemand tatsächlich Nadia ins Gesicht gesagt?

»Bin ich nur ein Abschnitt in deinem nächsten Artikel, Kane?« Sie sah ihn ungläubig an, und es traf ihn wie ein Schwerthieb. »Wie lautet denn der Titel? *Wie man eine Tablettensüchtige liebt* oder *Die sexuellen Bedürfnisse der Suchtkranken?* Ist das der Grund, warum du mit mir zusammen bist?«

»Natürlich nicht! Glaubst du ernsthaft, dass ich dich als Studienobjekt für einen Fachartikel benutzt habe?«

»Was soll ich denn sonst denken?«, erwiderte sie. »Du erklärst dich bereit, die Positionen aus dem *Duftenden Garten* nachzustellen. Du zuckst nicht mit der Wimper, als ich dir von meinen Suchtproblemen erzähle ...«

»Weil sie Vergangenheit sind«, stieß er hervor.

»Sie sind nicht Vergangenheit!«, schoss sie zurück. »Das habe ich dir die ganze Zeit über zu erklären versucht. Glaubst du, ich würde die Leute da draußen wirklich interessieren, wenn ich keine Tabletten genommen hätte? Ich habe immer wieder versucht, dir das zu vermitteln, aber du hast es einfach nur abgetan, und jetzt frage ich mich eben, warum.«

»Warum was?«

»Warum jemand mit deiner Intelligenz, deiner Qualifikation, deiner Karriere und deiner Medienpräsenz ausgerechnet mit mir zusammen sein will. Warum solltest du bei mir bleiben, nachdem du so schnell mit meinen Freunden und meiner Familie konfrontiert wurdest? Warum wolltest du mit mir zusammenbleiben? Ich konnte keine vernünftige Erklärung finden – bis deine Kollegen mir eine lieferten.«

»Für einen Professor heißt es: Publiziere oder stirb. Nur so kriegt man auf die Dauer eine Festanstellung, und ja, die will ich. Wir sind ein Forschungsbetrieb. Wir machen das ganze Jahr über Studien. Manchmal leite ich diese Studien, sammele Daten von freiwilligen Probanden. Ich habe Hunderte von Menschen interviewt für meine Dissertation, für meine Artikel, meine Bücher. Männer und Frauen, junge und weniger junge. Aber ich ficke meine Probanden nicht. Nie habe ich persönliche Informationen in meinen Publikationen ausgeschlachtet, und ich beabsichtige auch jetzt nicht, damit anzufangen. Billige mir doch wenigstens einen gewissen moralischen Ehrenkodex zu, wenn schon sonst nichts. Meine Kollegen haben Scheiße erzählt.«

»Ach ja?«, fragte sie, und ihre Stimme zitterte. »Jeder einzelne von ihnen? Die Frauen auf dem Damenklo schienen davon überzeugt zu sein, dass ich ein Forschungsobjekt bin, denn sie konnten sich einfach nicht vorstellen, dass Professor Kaname Sullivan mit mir geht. Vielleicht ist das alles nur eine gigantische, aus dem Leben gegriffene Studie für dich. Die Nippelklemmen, der Klitorisschmuck – du hast sie mir angelegt und mich dann in aller Öffentlichkeit herumgeführt, damit du meine Reaktion aufzeichnen kannst.«

»Du hast mit diesem Spiel doch angefangen, Nadia, bei unserem ersten Date. Ich habe nur den nächsten logischen Schritt gemacht, also gib mir dafür jetzt nicht die Schuld.«

Sie schüttelte den Kopf, als ob es keine Rolle mehr spielte, was er sagte, oder als ob es ihr egal sei. »Du willst mir weismachen, dass es sich nicht um eine größere Studie handelt, obwohl alle anderen das vermuten?«

Langsam legte er ihr die Hände auf die Schultern, drehte sie ganz zu sich, damit sie ihm in die Augen sehen konnte. »Zum letzten Mal, hier geht es nicht um die verdammte Forschung!«

»Worum dann?«

»Worum es immer ging. Um das hier!«

Sein Mund prallte auf den ihren, Verzweiflung, Zorn und Verlangen durchbrausten ihn. Er würde ihr beweisen, dass das, was sie hatten, zu ursprünglich, zu stark, zu wirklich war, um eine verdammte Studie sein zu können.

Sie reagierte sofort, vergrub ihre Hände in seinem Haar. Sie küsste ihn genauso brutal und fordernd wie er sie, biss in seine Unterlippe, bis Blut kam.

Irgendetwas in seinem Innern zerbarst. Mit einem Ruck schob er ihren Rock in die Höhe, schlang die Finger um den Bund ihres Tangas und zerriss ihn. Sie keuchte, als der Stoff nachgab. Er umfing ihren Venushügel, spürte die harte Kante der Klemme, die ihre Klitoris umrahmte, die Hitze ihres Inneren, das flüssige Feuer ihres Verlangens. Er ignorierte seine brennende Lippe und küsste sie weiter, streichelte ihre Klitoris mit dem Daumen, ließ zwei Finger in ihre feuchte Hitze hineingleiten.

»Ich will dich«, knurrte er an ihrem Mund. »Und du willst mich. Darum geht es hier. Darum ging es hier immer.«

Mit der linken Hand tastete er nach seinem Reißverschluss, befreite seine Erektion. Er drängte sie mit dem Rücken gegen die nächstbeste Wand, zog seine Hand aus ihrer Spalte und umfing ihre Pobacken, hob sie gerade genug hoch, um in sie hineinzufluten.

Sie zischte, und im Geiste verfluchte er sich selbst. Es war ein grober Übergriff, so grob war er noch nie in sie eingedrungen. Ein Teil seiner selbst machte sich Vorwürfe, dass er ihr weh tat, dass er sie drängte, dass er ihre Zweifel über ihn noch nährte. Der andere Teil wollte ihr zeigen, dass sie sein war, dass sie zusammengehörten.

Er versuchte, seine Stöße zu mäßigen, sie sanfter zu küssen, aber sie zog an seinem Haar, und ihre inneren Muskeln umkrampften ihn. Ihn in einer Abstellkammer auf einer überfüllten Fakultätsparty zu ficken – nur ein winziges Stöhnen von der Entdeckung entfernt –, törnte sie offensichtlich an. Ihre Muschi massierte seinen Schwanz in unaufhörlichen Wellen, ihr stockte der Atem, ihre Hände krallten sich in seine Schultern.

»Nadia«, brachte er hervor, immer noch hart in ihr, »du treibst mich zum Wahnsinn. Bei dir verliere ich jegliche Kontrolle. Du bist unter meiner Haut, in meinem Blut, ich kann gar nicht genug von dir bekommen.«

»Kane …«

»Nein.« Er ließ die Hüften kreisen und stieß wieder in sie hinein, was ihr ein Seufzen entlockte. »Sag meinen Namen.«

»Kaname«, keuchte sie.

»Willst du das hier?« Er entzog sich ihr vollkommen, dann trieb er wieder in sie hinein. Und wieder. Und wieder.

»Ja.«

»Ja, was?«

»Ja, Kaname.«

»Willst du das, was ich dir geben kann?«, fragte er. »Willst du kommen?«

»J-Ja, Kaname.«

Er rammte wieder in sie hinein, die Hände hielten ihren Po, die Finger vergruben sich in ihrer Pofalte, als er ihren warmen Kanal enterte. Wenn er ihr nur Lust bereiten konnte, wenn er sie nur dazu bringen konnte, zu kommen, ihr vor Augen führen konnte, wo sie hingehörte, dann konnte er jegliche Zweifel zerstreuen, jede schlechte Erinnerung an diesen Abend.

»Willst du mich, Nadia?«, fragte er mit belegter Stimme. »Willst du all das, wenn es von mir kommt?«

Tränen rannen ihr die Wangen hinab. »Ja, Kaname. Ja.«

Es gab kein Halten mehr. Er barg das Gesicht an ihrem Hals, pflügte wild in sie hinein, wollte ihr Lust und immer mehr Lust bereiten. Er ließ seine Hand zwischen ihre wogenden Körper gleiten, fand zielsicher ihre geschwollene Klitoris, die perfekt von der Klemme umrahmt wurde. Er streichelte ihre empfindliche Haut, während er in sie hineinstieß, sie dem Höhepunkt entgegenritt. Sie biss in seinen Hals, um nicht zu schreien, und kam, umklammerte ihn so fest, als wolle sie ihn nie wieder loslassen.

»Fuck, ja, Baby. Kennzeichne mich als dein Eigen, denn ich gehöre nur dir.« Seine Hüften prallten auf die ihren, einmal, zweimal, ein drittes stürmisches Mal, bis er mit einem letzten Stöhnen kam.

Nach einer Minute oder auch zehn erlangte er wieder Gewalt über seine Muskeln und konnte seinen Griff von ihr lösen, gestattete es ihren Füßen, den Boden wieder zu berühren. Er machte einen Schritt zurück. Nadia sah vollkommen fertig aus, ihr Haar zerzaust, ihr Make-up verschmiert, die Lippen geschwollen, Tränen in den Augen.

»Fuck«, sagte er wieder, und er spürte ein heftiges Ziehen in der Magengegend. »Nadia, ich …« Seine Stimme verebbte. Er wusste nicht, was er hätte sagen können, wusste nicht, ob es noch irgendetwas zu sagen gab. Er hatte die Kontrolle über den Abend und über sich selbst verloren.

Sie sah ihn nicht an, als sie sich den Rock glatt strich. Sie beugte sich vor und hob den zerrissenen Tanga auf. Sie atmete zitternd und tief ein, und einen furchtbaren Augenblick lang glaubte er, dass sie zusammenbrechen würde.

Es wäre besser gewesen. Stattdessen griff sie unter ihren Rock, löste die Klemme und verbarg das Schmuckstück in dem Stoff, bevor sie das Knäuel in ihrer winzigen Tasche verstaute. »Ich will jetzt nach Hause.«

»Nadia ...«

»Ich kann nicht mehr«, flüsterte sie. »Ich will nur weg von hier, bitte.«

Seine Schuldgefühle schnürten ihm die Kehle zu, und ihm wurde schwer ums Herz. Er hatte Nadia beweisen wollen, sie nicht benutzt zu haben, und stattdessen hatte er sie für einen schnellen, schmutzigen Fick in eine Abstellkammer gezerrt. Er hatte sie nicht überzeugen können, dass er nur mit ihr zusammen war, weil er es wollte. Tatsächlich beschlich ihn langsam das Gefühl, dass er alles nur noch schlimmer gemacht hatte.

KAPITEL 27

Die Stimmung zwischen ihnen hatte sich verändert, und sie wusste nicht, was sie dagegen unternehmen sollte.

Nadia saß auf dem Beifahrersitz in Kanes Auto und kämpfte gegen die aufsteigende Panik an. Er hatte sich zurückgezogen, als sie ihre Kleider wieder in Ordnung gebracht und sich heimlich aus dem Hotel geschlichen hatten. Tatsächlich hatte er kein Wort mehr gesagt, seit sie ihn gebeten hatte, sie nach Hause zu bringen. Er war fast genauso wie an dem Tag, als er aus Los Angeles heimgekommen war – wütend, deprimiert, tieftraurig. Geschlagen.

Hatte er die Wahrheit, die sie ihm die ganze Zeit über schon hatte erzählen wollen, jetzt endlich erkannt? Mit ihr langfristig zusammen zu sein, war eine Verantwortung. Er hätte nie die Selbstbeherrschung verloren, wenn sie nicht gewesen wäre. Er hätte niemals so viel Gegenwind von seinen Kollegen bekommen, wenn er sie nicht als seine Freundin präsentiert hätte. Und ganz bestimmt hätte er ohne sie keinen Streit und danach wütenden Sex in einer Abstellkammer gehabt.

Sie fühlte sich elend, als sie die Straßenlaternen vor dem Fenster vorbeiziehen sah. Er würde von seinen Kollegen verurteilt werden. Sie selbst sahen die Menschen ja auch anders, behandelten sie anders, wenn sie von ihrer Vergangenheit erfuhren. Drogen- oder Tablettenmissbrauch war sozial deutlich weniger akzeptiert als Alkoholmissbrauch. Man konnte durchaus betrunken auf einer Party sein, solange man nicht ausfallend wurde oder versuchte, noch Auto zu fahren, aber Gott stehe einem bei, wenn man OxyContin oder Opiate einwarf, um den Schmerz zu betäuben.

Sie hatte ihm immer noch nicht alles erzählt. Die restliche Geschichte stand zwischen ihnen, genau wie die Distanz, die er zwischen ihnen geschaffen hatte. Vielleicht spielte es ja auch gar keine Rolle mehr, ob sie es ihm anvertraute oder nicht. Sie hatte das Gefühl, dass sie nichts mehr sagen oder tun konnte, das den Abend retten würde.

Ihr Herz pochte wie wild. Sie wollte nicht ohne Kane leben. Trotz allem, was passiert war; sie wollte sich ihm auch weiterhin sexuell unterwerfen, wollte für ihn sorgen und von ihm umsorgt werden. Der Gedanke, nicht länger mit Kane zusammen sein zu können, unter seinen Händen nicht mehr jene ungestüme Leidenschaft erleben zu dürfen, machte sie unruhig. Sie bekam feuchte Handflächen, und ihr Magen verkrampfte sich vor Anspannung und Angst. Sie war nicht sicher, ob sie es ohne ihn überhaupt aushalten konnte, auch wenn es vielleicht das Beste für sie beide war.

Vor dem Café fuhr er langsamer, und einen Augenblick lang glaubte sie, er werde sie lediglich am Straßenrand absetzen. Aber er fuhr auf die Parkplätze und begleitete sie dann zur Eingangstür. Er versuchte nicht, sie zu berühren oder ihr einen Gutenachtkuss zu geben, sondern stand einfach nur im Flur, die Hände in den Hosentaschen vergraben, und sah aus, als wäre er überall lieber als bei ihr. Er hätte genauso gut ein Fremder sein können, so kühl und unnahbar, wie er war.

Sie schloss die Tür auf und schaltete die Alarmanlage aus. Kane machte keine Anstalten, ihr nach drinnen zu folgen. Entsetzen streckte seine kalten Finger nach ihr aus und umschloss ihr Herz. Obwohl sie wusste, dass die Beziehung nun ein Ende haben musste, wollte sie nicht, dass sie auf diese Weise endete. »Du kommst nicht mit rein?«

Er warf ihr einen Blick zu. »Hältst du das für eine gute Idee nach allem, was heute Abend passiert ist?«

»Sollten wir nicht wenigstens noch mal darüber reden?«, fragte sie mutiger, als sie sich fühlte. »Wir hatten wütenden Sex in einer Abstellkammer. Sind wir es uns da nicht schuldig, im Bett noch mal Versöhnungssex zu haben?«

Sie wollte nicht, dass ihr letztes Zusammensein in einem Hotel stattfand, inmitten von Menschen, die sie nicht mochten. Nein, ihr letztes Zusammensein sollte eine sichere und sinnliche Erforschung des jeweilig anderen sein einschließlich einer Entschuldigung, die sie geben und empfangen wollte.

»Ich möchte, dass du mir eine Frage beantwortest«, sagte Kane vorsichtig. So sprach er sonst nur mit seinen Kollegen, mit Fremden. Diesen beherrschten, distanzierten Ton hatte er bei ihr noch nie angeschlagen, noch nicht einmal bei ihrem ersten Zusammentreffen. Plötzlich war ihr eisig kalt.

»Welche?« Irgendwie gelang es ihr, fast ruhig zu klingen, während ihr Innerstes aufschrie.

»Findest du wirklich, dass ich dich benutze? Glaubst du allen Ernstes eher einem Ballsaal voller Fremder, die ungerührt über meinen brennenden Leichnam hinwegsteigen würden, wenn sie so beruflich weiterkommen könnten, als dem Mann, mit dem du die letzten paar Monate geschlafen hast?«

»Nein«, sagte sie und sah ihm unverwandt in die Augen. »Ich glaube nicht, dass du mich benutzt.«

»Mein Gott.« Kane ließ die Maske fallen, Qual und Erleichterung zeichneten sich auf seinem Gesicht ab. »Nadia.«

»Es wird alles gut.« Sie nahm seine Hand und führte ihn hinein und die Treppenstufen hinauf. Er brauchte diesen Versöhnungssex genauso sehr wie sie, auch wenn sie beide wussten, dass sie sich danach trennen würden. Wenn er sich dessen jetzt noch nicht bewusst war, dann würde er es zumindest bald erkennen. Denn seine Kollegen mochten sich irren, wenn sie glaubten, dass er sie benutzte, aber in einem Punkt hatten sie recht: Sie war ein berufliches Hindernis für ihn. Wenn genug Kollegen dieser Ansicht waren, würden Personalverantwortliche schon bald das Gleiche denken. Kane liebte seinen Job an der Universität, und genau wie er geschworen hatte, dass sie sich nie zwischen ihren Freundinnen und ihm würde entscheiden müssen, so würde sie niemals zulassen, dass er zwischen ihr und seiner beruflichen Karriere wählen musste.

Im Schlafzimmer angelangt, kleideten sie sich schweigend aus, ihre Blicke ineinander verschlungen. Ihr Blut kochte, und sie fachten die Leidenschaft an, die stets zwischen ihnen brodelte. Sie sog seinen Anblick förmlich in sich auf, dieses wunderschönen, gutaussehenden Mannes, der so viel Macht über sie besaß, Macht, die sie selbst ihm verliehen hatte. Macht, die sie nun zurücknehmen musste.

»Die fünfzehnte Position«, raunte sie und stieg ins Bett, »von den verschiedenen Arten, die andere Völker sich erdacht haben.«

»*Sitzender Sex* also.«

»Stimmt«, sagte sie und schenkte ihm ein aufrichtiges Lächeln. Sie hielt ihm die Hand hin. »Willst du mit mir durch den *Duftenden Garten* gehen, Kaname?«

Er zögerte nur einen winzigen Moment, bevor er sie ergriff. »Mit dir den *Duftenden Garten* zu beschreiten, ist immer ein Vergnügen, Nadia.«

Er setzte sich aufs Bett, rutschte in die Mitte und streckte die Beine aus. Sie setzte sich rittlings auf ihn, schlang die Arme um seinen Nacken und überkreuzte die Beine hinter seinem Rücken. Langsam, sanft, bedeckte sie ihn mit Küssen, beginnend an seiner Stirn, dann seine Nase entlang, auf seine Wangen und schließlich hauchzart an seinen Lippen. Süße Küsse, entschuldigende Küsse, Abschiedsküsse.

Seine Hände spreizten sich auf ihrem Rücken, als er die Küsse erwiderte, ebenso sanft, ebenso süß. Er ließ sich Zeit, genau wie sie. Heiße, leckende Küsse an ihrem Kiefer, ihrer Kehle und ihrem Schlüsselbein, dann beugte er sie zurück, damit er sich weiter über ihre Brüste vorarbeiten konnte. Sie seufzte, als sein Mund eine ihrer Brustwarzen umschloss und sie tief in seinen warmen Abgrund saugte, während er die andere liebkoste, so dass sie sich in eine harte, empfindliche Perle verwandelte.

Ihre Hände glitten an seinen Schultern herab, über seine muskulösen Arme, seinen harten Bauch. Sie legte die Finger um seine Erektion, die heiß und stolz zwischen ihnen emporragte. Er stöhnte an ihrer Brustwarze, während sie ihn mit fester Hand liebkoste. Ihre Finger glitten hinab und dann wieder hinauf zu seiner Eichel, um den feuchten Tropfen zu berühren, der sich dort bereits gebildet hatte. Sie benetzte die Finger damit, bevor sie sie wieder nach unten bewegte, und wiederholte das Ganze noch einmal.

Er nahm ihre andere Brustwarze in den Mund, biss zärtlich hinein mit so viel köstlichem Druck, dass Lust ihr Innerstes durchflutete. Sie hatte vorgehabt, sich Zeit zu nehmen, wollte die Empfindungen genießen, die Tatsache, dass Kane ihren Körper so gründlich und so schnell kennengelernt hatte. Aber die Begierde erhob sich mit Macht in ihr.

Auf sein stummes Drängen hin packte sie seine Schulter, hob sich genug an, dass die Spitze seiner Erektion ihre Öffnung fand. Sie sank auf ihn nieder, langsam, wollte jeden Augenblick seiner heißen Inbesitznahme auskosten. Mit jedem Zentimeter, den er in sie eindrang, verharrte sie erneut, atmete die Fülle ein, atmete ihn ein, nahm sein Eindringen in ihren Körper, in ihren Geist und ihr Herz vollkommen an.

Er eroberte wieder ihren Mund, dann begann er, sich sacht zu bewegen. Sie wand sich an ihm, ihre Brustwarzen berührten sein Brusthaar, machten sie beide noch empfindlicher.

Das Gefühl überwältigte sie, zerstörte den zerbrechlichen Damm ihrer Selbstbeherrschung. Tränen traten ihr in die Augen, liefen ihr die Wangen hinab, als sie ihm entgegenwiegte. Das Gefühl war so süß und schmerzhaft und durchbohrte sie mit scharfer Klinge.

»Kaname«, flüsterte sie an seinem Mund, wollte unbedingt, dass er den Zauber, den er um sie gewoben hatte, weiterspann, brauchte mehr, brauchte ihn. Ein letztes Mal. »Mehr, Kaname.«

Sofort presste er die Beine zusammen und stürzte sich auf sie, so dass sie rücklings aufs Bett fiel. Immer noch in ihr, verschränkte er seine Finger mit ihren, hob sie über ihren Kopf. Sie legte die Beine um seine Taille, damit er noch tiefer in sie eindrang als zuvor.

Der erste mahlende Stoß in dieser neuen Position rieb tief an ihren inneren Muskeln, und die Empfindungen überrollten sie. Sie wollte die Augen schließen, doch sie konnte nicht. Sein Blick hielt sie gefangen, verlangte, dass sie sich nicht abwandte. So sah sie die Lust in seinen Augen ganz deutlich, allerdings auch seinen Schmerz, seinen Zorn, seine Verwirrung. Doch alles wurde von einem weiteren Gefühl überlagert, einem, das alles andere in den Schatten stellte, das sie demütigte und verängstigte.

Dieses Gefühl war nun das vorherrschende, was sie in seinen Augen sehen konnte, als er in sie hineinglitt, sich langsam wieder zurückzog und sacht wieder eindrang. Die schnelle Bewegung, die dann folgte, machte sie erst atemlos und entlockte ihr schließlich fast einen Schrei, als er sich ihr vollkommen entzog.

Sie wusste, was er tat; er nahm ihren Körper in Besitz, nahm *sie* in Besitz, brandmarkte jeden Teil ihres Selbst mit jedem Teil seiner selbst. Sie unterwarf sich ihm, denn ihr blieb keine Wahl. Sie wollte nichts anderes. Kaname war der Mann für sie. Sie wusste es bis tief in ihre zerschundene und angeschlagene Seele.

Also gab sie sich völlig diesem Augenblick hin, konzentrierte sich darauf, bei ihm zu sein und ihm Lust zu bereiten. Sie gab ihm alles, was sie konnte, alles, was sie hatte, erlaubte es ihm, sich zu nehmen, was er wollte, weil sie wusste, sie würde es niemals jemand anderem geben.

Er registrierte, dass sie sich ihm völlig unterwarf. Ein Schaudern erfasste ihn, und einen Moment lang musste er die Augen schließen. Als er sie wieder öffnete, brannte jenes Gefühl, das sie nicht zu benennen wagte, leuchtender denn je in seinen Augen, vernichtete alles andere. Er küsste ihr die Tränen fort, die Zweifel, die Ängste. Zeigte ihr, wie perfekt sie zusammenpassten, wenn sie sich in lustvoller Umarmung miteinander bewegten.

Die Woge trug sie empor, höher denn je, höher, als sie es je für möglich gehalten hätte. Höher, als sie es ertragen konnte, ihr Körper erfüllt von überwältigender Ekstase, die sie zerriss.

Seine Finger packten die ihren fester, bevor er den Kopf in den Nacken warf und ein letztes Mal tief, ganz tief in sie hineinstieß. Ein volltönender, kehliger Laut erschütterte ihn, als er sich tief in sie ergoss, so heiß, dass es sich wie ein dauerhaftes Brandmal anfühlte.

»Kaname.« Sie vergrub das Gesicht an seinem Nacken, als er ihre Hände losließ, dann schlang sie die Arme und Beine um ihn, als wolle sie ihn festhalten, um nicht selbst auseinanderzubrechen.

»Ich bin hier.« Er stützte sich auf die Ellbogen, ließ die Hüften weiter an ihr kreisen, als könne er nicht anders. Er schien es nicht eilig zu haben, sich aus ihr zurückzuziehen, und sie war froh darüber. Sie konnte nichts anderes tun, als ihn festzuhalten. Als zu fühlen. Sie versuchte, die Angst wegzuschieben, die Unsicherheit, den Augenblick, so lange es ging, zu genießen, obwohl ihr klar war, dass die Probleme blieben und im Licht des nächsten Tages erbarmungslos wieder hervortreten würden.

Nadia erwachte ein paar Stunden später aus tiefem Schlaf. Sie setzte sich auf, und ihr Herz klopfte wie wild. Kane saß auf dem Fensterbrett am anderen Ende des Zimmers, ein dunkler Schatten, der sich gegen das spärliche Licht abhob, das von den Straßenlaternen durch die Vorhänge hindurchdrang.

Sie schaltete die Nachttischlampe an und dimmte sie. Sanftes goldenes Licht breitete sich im Zimmer aus. »Kane, was machst du denn da im Dunkeln?«

»Ich sehe dir beim Schlafen zu und frage mich, ob ich langsam den Verstand verliere.«

»Warum?«

»Das schien mir um drei Uhr morgens eine vernünftige Beschäftigung zu sein.«

Der freudlose Zorn hatte wieder Besitz von ihm ergriffen, hatte die sinnliche Glückseligkeit von zuvor vertrieben. Sie erkannte es in der Reglosigkeit, mit der er dasaß, in der Präzision, mit der er die Worte formte. Ihr Herz pochte wie ein alter Motor, der versuchte, in die Gänge zu kommen. Sie sah auf ihren Wecker und merkte, dass es fast fünf war. Er hatte also fast zwei Stunden dagesessen und sie beobachtet. Sie beobachtet und sich Fragen gestellt.

Sie fuhr sich mit der Zunge über die Lippen. »Hast du Antworten gefunden?«

»Nur noch mehr Fragen.«

Ihr Magen zog sich zusammen. »Ich hatte gehofft, dass wir uns noch unterhalten können. Ich könnte uns einen Kaffee kochen, und ich habe ein paar von den Zimtschnecken da, die du so magst.«

»Reden.« Er schnaubte höhnisch. »Worüber denn? Dass meine Freundin glaubt, ich benutze sie für ein sexuelles Experiment, obwohl alles, was ich gesagt und getan habe, das Gegenteil beweist? Dass meine Kollegen gestern Abend gezeigt haben, wie unprofessionell sie sind? Oder vielleicht sollten wir darüber reden, dass dieser Sex – zumindest von deiner Seite – Abschiedssex war.«

Sie ließ den Kopf hängen. »Es muss doch kein Abschied sein, Kane«, sagte sie. »Können wir nicht wieder da ansetzen, womit wir ursprünglich angefangen haben? Eine ungezwungene Erforschung des *Duftenden Gartens?* War es nicht besser, ehe wir versuchten, eine Beziehung daraus zu machen?«

»Es gibt kein Zurück mehr, Nadia. Ich liebe dich. Die Zeit lässt sich nicht zurückdrehen.«

Sie keuchte, schlang die Decke fester um sich und wich zurück. Kane liebte sie. Er liebte sie, obwohl es sich anhörte, als wünschte er, es nicht gesagt zu haben.

»Ich ... ich weiß nicht, was ich sagen soll.«

»Es gibt nichts zu sagen.« Er lachte bitter und laut auf. »Du wärest für die meisten Männer die ideale Beziehung. Eine heiße Frau, die nichts weiter von einem Mann will als häufigen aufregenden Sex. Aber ich bin nicht wie die meisten Männer, Nadia. Ich will mehr als das. Ich brauche mehr als das.«

Sie öffnete die Lippen, brachte aber keinen Ton raus. »Ich kann nicht ... ich brauche Zeit, Kane. Ich will, dass du alles weißt, bevor du das noch einmal zu mir sagst. Ich will dir erzählen, was mir passiert ist ...«

Er peitschte mit der Hand durch die Luft, schnitt ihr das Wort ab. »Wenn es etwas mit deinem früheren Medikamentenmissbrauch zu tun hat, will ich es nicht hören.«

Sie wich vor seinen heftigen Worten zurück. »Warum nicht?«, stieß sie mühsam hervor.

»Wie oft muss ich es dir noch sagen? Es spielt keine Rolle. Das ist Vergangenheit. Muss ich dir denn einen detaillierten Bericht über jede Frau, mit der ich geschlafen habe, abgeben? Dir meinen ganzen Lebenslauf seit meinem ersten Kuss vorlegen? Wir haben uns beide testen lassen, und du weißt, dass ich clean bin, der Rest ist bedeutungslos, genau wie deine Tablettensucht. Er ist Vergangenheit und für mich nicht mehr wesentlich.«

Sie bekam große Angst. Dass er diesen Wendepunkt in ihrem Leben so einfach abtat, versetzte ihr einen Stich ins Herz. Ebenso wie seine Weigerung, sich ihre Geschichte anzuhören. Warum erkannte er nicht, dass er sie zurückwies, wenn er einen Teil ihrer Vergangenheit einfach ignorierte? »Gestern Abend *war* es wesentlich.«

»Nadia, verdammt.« Er seufzte. »Glaubst du wirklich, dass es mich interessiert, was die Leute an der Herscher University über meine Partnerin denken? Hältst du so wenig von mir?«

»Nein! So habe ich es nicht gemeint.«

»Wie denn dann?«

Sie stieß die Luft aus, sog sie dann tief wieder ein. Ein Atemzug nach dem nächsten, ein Tag nach dem nächsten. »Es ist ein wichtiger Teil von mir. Es bestimmt nicht nur, wer ich war, sondern auch, wer ich bin. Wenn du das nicht erkennst ...« Plötzlich wurde ihre Kehle eng, und sie bekam keine Luft mehr. Wenn er das nicht erkannte, wenn er es nicht verstand, dann spielte es keine Rolle, ob er sie liebte oder nicht.

Er sprang auf die Füße. »Ich kapiere einfach nicht, warum du etwas, das aus und vorbei ist, als Krücke benutzt, um mich von dir fernzuhalten. Das ist eine Scheißausrede, und das weißt du. Es ist nicht die Wahrheit.«

Das tat weh. Sie glitt vom Bett, wickelte sich in die Decke. »Du glaubst, ich setze meine Vergangenheit als Krücke ein? Als ob ich diese Art von Aufmerksamkeit brauchte oder wollte?«

»Warum bringst du sie dann immer wieder zur Sprache?«

»Weil andere Menschen es auch tun! Niemand bei diesem Dinner gestern Abend wollte über Zimtschnecken oder Kekse oder Sodabrot reden. Sie wollten einzig und allein wissen, warum Professor Sex einen Junkie aufgerissen hat. Das wird immer wieder aufkommen. Und es wird immer eine Rolle spielen.«

»Das ist doch absurd.«

»Absurd ist nur, dass du glaubst, ich brauchte eine Ausrede, um dich abzuwimmeln. Da gäbe es nun wirklich einfachere Methoden. Ich hätte auch von Anfang an nein sagen können.«

»Hast du aber nicht.« Er verschränkte die Arme vor der Brust. »Du wolltest jemanden haben, der sich um dich sorgt, dem du am Herzen liegst und der für dich so brennt, wie du es dir wünschst. Jetzt hast du ihn gefunden und kriegst plötzlich eine Scheißangst. Weißt du, warum?«

»Ich bin sicher, der Herr Professor wird mich gleich aufklären.«

Er zuckte bei ihrer sarkastischen Bemerkung nicht mit der Wimper. »Du hast Angst, die Kontrolle zu verlieren, von deinen Gefühlen beherrscht zu werden. Im Schlafzimmer auf sexueller Ebene unterworfen zu werden, ist für dich okay, aber du willst verdammt sein, wenn du irgendjemandem die Kontrolle über dein Herz überlässt. Du hast Angst davor, alles zu geben.«

»Das ist nicht wahr!«

»Ach nein?«

Sie hätte sich am liebsten die Haare gerauft. »Ich habe dir alles gegeben, was ich hatte. Warum reicht dir das nicht?«

Er stieß ein kurzes verächtliches Lachen aus. »Du hast mir nicht alles gegeben, und das weißt du.«

»Ich habe mich dir körperlich unterworfen. Wir haben unsere sexuellen Grenzen ausgelotet. Du weißt, dass du mir wichtig bist. Was willst du sonst noch?«

»Ich will dich, verdammt noch mal! Ich will alles von dir, auch dein Herz. Ich will, dass du dich ebenso heftig und dauerhaft in mich verliebst wie ich mich in dich. Ich sage dir, dass ich dich liebe, und du bekommst praktisch eine Panikattacke.«

Besagte Panikattacke scharrte schon wieder mit den Hufen, und ihr Herz drohte ihre Brust zu sprengen. »Ich kann nicht«, platzte sie heraus. »Ich will nicht nach dir süchtig sein, Kane!«

Er hielt inne, hörte auf, herumzuwüten. »Süchtig?«

»So fühlt es sich an.« Sie schlang die Arme um ihren Körper, um sich selbst etwas Wärme zu geben. »Ich kann nicht klar denken, wenn ich mit dir zusammen bin. Alles, woran ich denken kann, ist, wie sehr ich die Lust brauche, was ich tun kann, um dir zu gefallen, dir ein Lächeln zu entlocken, damit du mir mehr gibst. Ich verliere mich selbst, wenn ich mit dir zusammen bin, und das jagt mir eine Heidenangst ein. Ich habe mich schon einmal verloren, und ich will das nicht noch mal erleben.«

»Ich bin ein Mensch, Nadia. Ein menschliches Wesen. Keine Droge, keine Pille.« Sein dunkler Blick hielt sie fest. »Du hast behauptet, dass du mir vertraust. Fühlst du dich denn nicht sicher bei mir?«

»Doch, ich fühle mich sicher bei dir, Kane. Aber man kann sich sicher und dennoch verloren fühlen. Du kannst dich sicher fühlen, in Wahrheit aber meilenweit davon entfernt sein.«

»Verdammt, ist ja großartig!« Er warf die Hände in die Luft. »Ich sage, ich liebe dich, und du erzählst mir, dass du das Gefühl hast, bei mir nicht in Sicherheit zu sein. Ich spreche von Liebe, du von Sucht. Warum musste ich mich von allen Frauen dieser Welt ausgerechnet in eine Suchtkranke verlieben?«

Ein schneidender Schmerz durchzuckte sie, und ihr blieb das Herz stehen. »Ich glaube …« Sie hielt inne, holte zitternd Luft, dann versuchte sie es noch mal. »Ich glaube, du solltest jetzt gehen.«

»Gottverdammt, Nadia! Tut mir leid, ich meinte nicht …«

»Doch, und ob du das so gemeint hast, und es ist schon in Ordnung.« Das war es nicht. Innerlich war sie nur noch ein Häufchen Elend. »Wir brauchen Zeit und Abstand, um uns über all das klarzuwerden. Offensichtlich war es keine gute Idee, mehr aus dieser Beziehung machen zu wollen.«

»Hab's kapiert. Für dich war es doch gar keine Beziehung. Nur eine Ersatzdroge, etwas, das dir den Kick gab, ein schneller Schuss, durch den du den Tag überstehst.«

Sie zuckte zusammen. »Kaname, tut mir leid …«

»Mir auch.« Er zögerte, die Hand auf dem Türknauf. »Du hast mir vorgeworfen, dich zu benutzen. Aber wer hat hier eigentlich wen benutzt, Nadia? Denk mal drüber nach.«

Er ging hinaus. Ohne noch einmal zurückzublicken.

KAPITEL 28

Der Entzug war eine furchtbare Erfahrung gewesen. Aber die Trennung? Die reinste Hölle.

Kane kam nicht mehr ins Café. Sie verstand es zwar, aber es tat dennoch unglaublich weh. Dieser Schmerz ... kein Wunder, wenn sie ihn mit Entzugssymptomen verglich. Sie konnte nichts essen, sich nicht mehr konzentrieren. An Schlaf war nicht zu denken. Ständig spielte sie immer wieder jeden ihrer gemeinsamen Augenblicke, ob gut oder schlecht, im Geiste durch.

Das Einzige, was ihr half, war die Arbeit im Café. Backen, Chaos veranstalten, während sie ein Konditor-Meisterwerk schuf, um danach wieder Ordnung und Sauberkeit herzustellen. Sie musste sich auf die präzisen Mengenangaben konzentrieren, so dass ihre Gedanken nicht abschweiften; wenn sie Teig ausrollte oder schnitt, konnte sie ihren Frust loswerden, und das Aufräumen und Reinigen ihrer Küche vermittelte ihr das Gefühl, die Dinge unter Kontrolle zu haben. Doch eigentlich trat sie emotional auf der Stelle. Sie ging zur Arbeit, unterhielt sich mit ihren Kunden, gab ihren Mitarbeitern Anweisungen und wimmelte jeden von Siobhans Versuchen ab, sie zum Reden zu bringen.

Sie wollte nicht reden. Das hätte nur die Wunde wieder aufgerissen, auf der sich unbedingt erst einmal eine Kruste bilden musste. Sie wollte nicht nachdenken. Sie wollte nicht fühlen. Sie wollte sich der Tatsache nicht stellen, dass sie vielleicht für immer das Beste, das ihr je passiert war, vermasselt hatte.

Sie versuchte, den Gedanken wegzuschieben, und meist gelang ihr das auch. Tagsüber war es leicht, sich in die täglichen Aufgaben zu stürzen, die die Leitung einer erfolgreichen Konditorei mit Café mit sich brachte. Sie musste das Inventar sichten, Bestellungen aufnehmen, Speisekarten planen. Nachmittags zog sie sich in ihre Wohnung zurück und experimentierte mit neuen Rezepten, stellte eine Backbibel für Jas zusammen.

Die Nächte jedoch waren am schlimmsten, und das erste Wochenende. Nachts lastete die Stille schwer auf ihr, führte ihr noch stärker vor Augen, was sie vermisste, ließ sie die Leere neben sich im Bett noch mehr wahrnehmen. Noch heftiger wurde es, wenn sie an Kane dachte, sich fragte, wo er war und was er gerade tat.

Irgendwie überstand sie diese erste Woche. Das war nicht gerade ein Erfolg, aber die Tatsache, dass sie nicht an gebrochenem Herzen starb, ließ sie schlussfolgern, dass sie ohne Kane würde überleben können. Wenn sie sich das immer wieder wie ein Mantra der Genesung vorbetete, würde sie es in drei oder vier Jahren vielleicht sogar glauben.

Während der zweiten Woche ohne Kane zog sie sich eines Tages ins Büro zurück, als Siobhan ankam, um den Lunch vorzubereiten. Sie hatte versucht, ihrer Partnerin bei der Mittagskarte zu helfen, aber nachdem sie über einem Topf Hühnerbrühe in Tränen ausgebrochen war, hatte Siobhan sie aus der Küche verbannt. Jetzt verbrachte sie ihre freie Zeit damit, die Website des Cafés zu überarbeiten. Das war keineswegs ihre Stärke, aber sie würde weitermachen. Alles, um ihre Gedanken zu beschäftigen und nicht an Kane denken zu müssen.

»Hi, Nadia.«

Sie sah auf und entdeckte Audie im Türrahmen. Audie sah … gesund aus, und Nadia dachte daran, dass es nun schon einige Wochen her war, dass sie ihre Freundin zum letzten Mal gesehen hatte. Es war keine Spur mehr von dem Angriff zu sehen. Tatsächlich wirkte sie offen und entspannt, obwohl sie Nadia aus wachsamen Augen musterte.

»Ich weiß nicht, ob ich dich in den Arm nehmen oder dir eine kleben soll«, sagte Nadia und stand auf.

»Verdient hätte ich wahrscheinlich beides.«

Nadia umrundete den Schreibtisch und zog ihre Freundin an sich, wobei sie Audie etwas fester als nötig auf den Rücken klopfte. »Wo bist du nur gewesen? Was hast du gemacht? Wann bist du zurückgekommen?«

»Immer langsam, *chica*«, antwortete Audie und setzte sich an den kleinen runden Tisch in der Ecke. Ihr Büro war ziemlich klein, damit sie mehr Platz für die Küche und den Restaurantbereich hatten. Doch standen immerhin zwei Computer auf einem selbst zusammengebauten Schreibtisch und ein Tisch mit vier Stühlen darin, an dem sie Gerichte probierten, sich zum Brainstorming zusammensetzten und ihre Mahlzeiten einnahmen.

»In einem Retreat-Wellness-Center im Gebirge. Ich habe persönlich und online mit einer psychologischen Beraterin zusammengearbeitet, und sie wird mich auch weiterhin coachen. Ich bin zwar ziemlich pleite, aber ich glaube, ich kriege mein Leben jetzt besser in den Griff, obwohl im Alltag natürlich erst die wirkliche Feuerprobe auf mich wartet.«

»O Audie, ich freue mich so sehr für dich«, rief Nadia und nahm die Freundin wieder in den Arm. Und das stimmte wirklich. Sie hatte sich nach Audies Verschwinden große Sorgen um sie gemacht. Sie war erleichtert, zu erfahren, dass Audie ihrem Leben endlich eine Wendung gegeben hatte. Wenigstens einer von ihnen entwickelte sich weiter. Die Ironie, dass Audie ihr Leben in den Griff bekommen hatte, während ihres nur noch ein einziger Scherbenhaufen war, entging Nadia nicht.

»Und was meine Rückkehr angeht ...« Audie lächelte verlegen. »Ich bin gerade erst angekommen. Siobhan hat mir erzählt, was zwischen dir und dem Professor passiert ist.«

Nadia verkrampfte sich. »Natürlich. Du willst sicher in der ersten Reihe sitzen, um zuzusehen, wie mein Leben implodiert.«

Audie zuckte zusammen. »Das geschieht mir recht«, sagte sie leise. »Und noch viel mehr. Aber ich bin nicht aus Schadenfreude hier. Sondern weil ich helfen will.«

»Womit helfen?«

Wie aufs Stichwort betrat nun Siobhan das Büro, in den Händen einen Teller mit Keksen und einige große, eisgekühlte Gläser mit Milch. Vanessa kam ebenfalls herein. »Du siehst immer noch scheiße aus«, bemerkte Siobhan, als sie das Tablett auf den Tisch stellte.

»Wenn man bedenkt, dass du mich ja schon am Tiefpunkt gesehen hast, scheine ich diese ganze Trennungsgeschichte doch nicht so gut zu verpacken, wie ich könnte. Was ist das?«

»Ich finde, es ist Zeit für eine Inventur.«

»Eine Inventur wovon?«

»Von dir. Damit du entweder scheißt oder vom Klo wieder runterkommst.«

Audie lachte. »Was hab ich dein freches Mundwerk vermisst, Siobhan.«

Nadia nahm sich einen Macadamia-Nuss-Keks und ein Glas Milch, bevor sie wieder hinter dem Schreibtisch Platz nahm. Sie sagte sich, dass das keine defensive Aktion war, wenn sie den Tisch zwischen sich und ihre Freundinnen brachte. »Ich weiß es zu schätzen, dass ihr Mädels herkommt und mich im Büro besucht, aber eine Inventur ist nicht nötig.«

Siobhan setzte sich auf den Stuhl, der ihr am nächsten war, und auch Vanessa nahm Platz.

»Du musst aber mit jemandem über den Professor und über eure Beziehung reden. Es ist für keinen von euch beiden fair, weiter so in der Luft zu hängen«, erklärte Vanessa.

»Ich hänge nicht in der Luft«, bekannte Nadia. »Es ist vorbei, und ich bin noch mitten in der Entgiftungsphase. Das ist besser als Verleugnung, aber auch höllisch schmerzhaft. Ohne ihn zu leben, tut weh. Ich kann nichts essen. Ich kann nicht schlafen. Und ich bin die ganze Zeit über gereizt.«

Sie blickte auf ihren Keks hinunter. »Ich kann immer nur an ihn denken, und wenn ich es nicht tue, ist da der Schmerz. Ich denke immer wieder, dass es mir beim Einschlafen helfen würde, wenn ich etwas nähme, nur ein kleines bisschen, und dann ginge es mir besser. Nur bis ich über die Trennung hinweg bin.«

»Du weißt doch, dass das so nicht funktioniert, Nadia.« Siobhan drückte ihre Hand. »Du bist seit vier Jahren clean. Du kannst jetzt nicht wieder rückfällig werden.«

»Falsch. Ich habe die Pillen durch Kane ersetzt. Ich war süchtig nach Kaname Sullivan. Bin es noch.«

Sie hätte die Anzeichen früher erkennen können. Das Verlangen, das ihre Hände zittern und ihren Körper erbeben ließ, bis sie ihn endlich wieder in sich spüren konnte. Der Schmerz, der ihr Geschlecht erfasste, wenn sie zu viele Stunden hinter sich hatte, ohne mit ihm in ihrem Inneren zu kommen. Der Schweiß in ihren Achselhöhlen und das Brennen in ihrer Brust, wenn sie nicht wusste, wie lange es noch dauern würde, bis sie ihn wiedersah, ihn riechen, ihn berühren konnte. Dieses Verlangen, das sie verschlang, ein Verlangen, stärker als Hunger und quälender als Durst. Und schließlich, letztendlich, die absolute Glückseligkeit, wenn er ihr gab, was sie brauchte, wonach sie sich sehnte, die Intensität des Orgasmus, der ihr Blut und ihre Nerven durchtoste, der sie überrollte und sie geradewegs ins Nirwana schickte.

»Bist du sicher, dass es sich bei deinen Gefühlen um Sucht handelt? Nicht um etwas anderes?«

»Ich weiß nicht, was es sonst sein sollte.« Sie rieb sich die Arme in dem halbherzigen Versuch, sich zu wärmen. »Diesen Hunger vergisst man nie. Das verzweifelte Sehnen. Und dann erkenne ich, dass diese Verzweiflung das Gleiche ist, was ich für Kane fühle – fühlte. Ich brauche ihn so sehr, dass es weh tut. Ich bin süchtig nach ihm, und das kann einfach nicht gut sein. Nicht für mich. Oder?«

Siobhan drückte erneut ihre Hand. »Ich muss dir etwas zeigen. Hol mal mein Tablet aus der obersten Schublade, ja?«

Nadia öffnete die Schreibtischschublade und zog Siobhans Tablet heraus. Sie reichte es ihr und wartete, während die Blondine durch ihre Dateien scrollte.

»Daran erinnerst du dich doch, oder?« Sie schob ihr das Tablet über den Tisch. Nadia nahm es in die Hand. Es zeigte einen Publicity-Schnappschuss von *Die Würze des Lebens,* ihrer alten Koch- und Lifestyle-Show. Sie trug nicht ihre weiße Koch-Kluft, sondern ein bernsteinfarbenes Partykleid für einen ihrer Beiträge in der Stadt. Das Kleid betonte ihre Kurven, ihr dunkles Haar fiel in weichen Wellen ihre Schulter hinab, ihr Make-up war einer Schönheitskönigin würdig. Sie sah bezaubernd aus, aufgeschlossen und sexy, eine Mischung, die ihre Sendung so beliebt gemacht hatte.

Sie war damals auch eine Bitch gewesen und vollkommen high.

Nadia musterte den Schnappschuss kritisch und im Nachhinein sehr klarsichtig. Ihr Lächeln war zu gewollt, ihre Augen benebelt und leuchtend, fast manisch, aber sie konnte darin die Bitte um Hilfe lesen.

Sie machte mehrere Ansätze, um zu sprechen. »Ja, ich erinnere mich dran. Ich weiß nicht, wie viele Pillen ich damals täglich nahm, aber auf jeden Fall war ich ein wandelnder Apothekerschrank.« Sie legte das Tablet auf den Tisch. »Das könnte ich nie vergessen, nicht mal, wenn ich wollte.«

Siobhan blätterte wieder durch ihre Galerie auf dem Tablet, bis sie ein anderes Bild fand: »Und jetzt schau dir das hier an.«

Nadia warf einen Blick darauf. Sofort begannen ihre Hände zu beben. Es war eine Aufnahme von ihr und Kane, die gemacht worden war, ohne dass sie es merkten. Die Menschen in ihrer Umgebung sah man nur verschwommen, der Fokus war nur auf sie beide gerichtet. Sie trug ein blutrotes, asiatisch anmutendes Korsett und einen kurzen schwarzen Rock. Er ein passendes rotes Hemd unter einer schwarzen Streifenweste, und plötzlich fiel ihr wieder ein, wo sie damals gewesen waren. Sie hatten eine von Siobhans Burlesque-Shows besucht, und jemand hatte sie dabei fotografiert, wie sie einander anlächelten. Sie konnte sich nicht daran erinnern, worüber sie gesprochen hatten, aber sie lachte, und ihre Wangen waren gerötet vor Freude.

Nadia schüttelte den Kopf. »Merkst du, wie ich ihn ansehe? Als ob ich den Boden anbete, auf dem er geht. Als ob ich vollkommen süchtig nach ihm bin.«

»Und wie sieht er dich an?«

Sie blinzelte, besah sich das Foto näher. »Er sieht aus …« Sie holte tief Luft. »Als sei ich das Wichtigste auf der Welt, das Einzige auf der Welt. Als sei er süchtig nach mir.«

»Das ist keine Sucht, Nadia«, erwiderte Siobhan leise. »Das ist Liebe. Du liebst ihn, und zwar sehr. Und seinem Gesichtsausdruck nach zu urteilen, verwette ich die Hälfte meines Cafés, dass er für dich genauso empfindet.«

Nadia betrachtete die beiden Bilder. Der Unterschied war verblüffend, fast als ob die Frau auf den Fotos nicht ein und dieselbe war.

»In der Nacht, als ich angegriffen wurde, habe ich dir gesagt, dass der Professor so vernarrt in dich ist, dass er niemand anderen wahrnimmt«, sagte Audie. »Das habe ich ernst gemeint. Jede Frau würde sich wünschen, dass der Mann, den sie liebt, sie auf diese Weise ansieht, sie so sehr haben will.«

»Denk dran, wir haben mit eigenen Augen gesehen, wie er sich in deiner Gegenwart verhält«, fügte Vanessa hinzu. »Er ist beschützend, dominant. Er macht sich Sorgen um dich, lässt dir aber auch die Zügel über dein Leben in der Hand.«

»Er ist nicht Gary«, sagte Siobhan in die Stille hinein. »Sullivan missbraucht dich nicht. Er hat viel für dich übrig, auch wenn du dir dessen nicht bewusst bist. Er liebt dich. Ich kenne diesen Blick. An meinem Hochzeitstag wurde ich genauso angesehen.«

»Er hat mir gesagt, dass er mich liebt«, bekannte Nadia, und das Schlucken fiel ihr schwer. »Aber jedes Mal, wenn ich ihm von Gary zu erzählen versuchte, damit er versteht, warum ich vor meinen Gefühlen für ihn solche Angst habe, hat er mir das Wort abgeschnitten. Er sagte, dass ihm meine Vergangenheit egal sei.«

»Er hat nicht kapiert, wie wichtig sie für dich ist. Ich habe versucht, es ihm zu erklären.«

»Wirklich?« Nadia runzelte die Stirn. »Wann hast du mit ihm gesprochen?«

»Am Montag nach eurer Trennung«, antwortete Siobhan. »Er hat mir erzählt, was passiert ist, und mich gebeten, auf dich aufzupassen und mich darum zu kümmern, dass es dir gutgeht. Ein paar Tage später bat er mich um Informationen, wie Angehörige Suchtkranken bei der Genesung helfen können.«

Nadia vergaß zu atmen, und der Raum um sie herum schwankte. »Das hat Kane getan?« Obwohl sie ihn mit ihrer Zurückweisung so verletzt hatte?

Siobhan nickte. »Ich glaube, er erkennt jetzt, dass er einen Fehler gemacht hat, als er deine Vergangenheit achtlos vom Tisch wischte. Ich glaube, er möchte gern verstehen, was mit dir passiert ist, damit er dir helfen kann, wenn du es brauchst.«

Nadia lehnte sich auf ihrem Stuhl zurück. Sie war wie betäubt. Versuchte Kane wirklich, sie besser zu verstehen, damit er mit ihr zusammen sein konnte, sie unterstützen konnte? War das der ultimative Beweis für seine Liebe?

»Liebst du ihn, Nadia?«, fragte Audie.

»Keine Ahnung. Ich bin nicht sicher.«

»Denk darüber nach. Denk dran, wie deine Väter füreinander empfinden, und daran, dass du alles für sie und deine Brüder tätest«, sagte Audie. »Vergleich das mit deinen Gefühlen für Kane.«

Nadia wusste, dass sie ihre Familie liebte. Sie hätte alles für sie getan, damit sie niemals Schmerzen leiden müssten – auch wenn sie das ihren Brüdern nie gesagt hätte. Als sie über Kane nachdachte, drohte ihr Herz ihre Brust zu sprengen. Der Gedanke, dass er ihretwegen verletzt war, tat ihr körperlich weh. Einige der glücklichsten Augenblicke der letzten paar Wochen hatte sie mit Kane erlebt, ob sie nun zusammen Ramen-Nudeln gekocht hatten, in San Francisco shoppen gewesen waren, sich Shows angesehen oder sich einfach nur auf der Couch zusammengekuschelt und Musical-Filme aus den Fünfzigern und Sechzigern angesehen hatten. Davon wollte sie mehr.

Sie wollte ihn.

»Ich liebe ihn«, sagte sie mit klarer, sicherer Stimme. »Aber das spielt doch eigentlich gar keine Rolle, oder? Selbst wenn wir zu dem Schluss kommen, dass wir ohneeinander nicht leben können, bleibt immer noch die Tatsache, dass sein Zusammensein mit mir bei seinen Kollegen nicht allzu gut ankommt? Wäre das Kane gegenüber fair?«

»Da fragst du die Falschen, das weißt du«, sagte Audie. »Das muss er selbst entscheiden.«

»Der Professor ist ein kluger Mann«, erklärte Siobhan. »Er unternimmt jetzt schon Schritte, um dich zu unterstützen. Ich glaube, wenn du zu ihm gehst und ihn noch einmal darum bittest, mit dir zu reden, wird er bereitwillig zuhören. Sag ihm, dass du ihn liebst. Alles andere folgt dann automatisch.«

Zum ersten Mal seit Tagen erwachte die Hoffnung in ihrem Herzen. Wenn Kane sich bemühte, das eine Thema zu verstehen, das ihr am wichtigsten war, dann konnte sie ihm auch auf halbem Wege entgegenkommen. Mehr als auf halbem Wege.

Sie sprang auf die Füße. »Ich gehe nach oben. Ich muss mich umziehen.«

»Was hast du vor?«

»Wenn die Liebe eines Mannes durch den Magen geht, muss ich erst mal was kochen. Ich habe immer noch den Schlüssel zu Kanes Wohnung. Ich glaube, es wird Zeit, dass ich ihn benutze.«

KAPITEL 29

»Sullivan!« Simon Mayhew kam rein und klopfte Kane auf den Rücken. »Ich würde ja sagen, dass es schön ist, dich zu sehen, aber das wäre gelogen. Du siehst scheiße aus, Mann!«

»Danke. Ich freu mich auch, dich zu sehen, Simon.« Er deutete auf die Hausbar. »Willst du was trinken?«

Simon sah ihn prüfend an. »Bisschen früh zum Saufen, findest du nicht?«

»Nein.« Kane kippte seinen Scotch runter und goss sich einen weiteren ein. »Ich will nur nicht nachdenken müssen.«

»Wer ist sie?«

»Wer ist wer?«

»Lass den Scheiß, Sullivan.« Simon kam zur Bar hinüber und füllte die Kaffeekanne mit Wasser. »Wenn Männer sich vollkommen untypisch verhalten, steckt meist eine Frau dahinter.«

»Keine Ahnung.« Kane hielt sein Glas in die Höhe, so dass das Licht sich in der bernsteinfarbenen Flüssigkeit fing. »Ich glaube, es war meine verdammte Schuld.«

»Also habe ich recht?« Mayhew riss eine Packung Kaffeepulver auf und begann, welchen zu kochen.

»Ja.« Kane setzte sich an einen Tisch am Fenster, durch das er einen überraschend klaren Ausblick auf Los Angeles hatte. Gott, wie er diese Stadt hasste. Sie war viel zu hektisch, zu voll, zu künstlich. Nicht wie Crimson Bay. Doch er würde sich mit L.A. wohl anfreunden müssen. Immerhin bestand die Möglichkeit, dass er aus beruflichen Gründen, und um seine geistige Gesundheit wiederzuerlangen, herziehen musste.

»Wie heißt sie?«, fragte Simon leise und stellte eine Tasse schwarzen Kaffee vor ihn hin.

»Nadia.« Kane zögerte, dann stellte er das leere Scotch-Glas ab. Simon war seit Jahren ein wirklich guter Freund gewesen. Wenn er mit ihm nicht sprechen konnte, konnte er es mit niemandem. »Nadia Spiceland.«

Simon runzelte die Stirn. »Warum kommt mir dieser Name so bekannt vor?«

Kane seufzte. »Sie hatte vor ein paar Jahren eine Kochshow mit dem Titel *Die Würze des Lebens*. Jetzt führt sie ein Café in Crimson Bay. Wir waren ein paar Monate zusammen.«

»Ist das die Beziehung, über die du dich so bedeckt gehalten hast?« Simon pfiff durch die Zähne. »Du machst es dir aber auch nicht leicht, was?«

»Leicht ist langweilig.«

»Stimmt schon, aber dann beißt man sich auch nicht in den Hintern.« Simon blickte nachdenklich drein. »Tragisch, was ihr passiert ist. Gut zu wissen, dass sie ihre Probleme überwunden zu haben scheint, besonders den Skandal.«

»Skandal? Du meinst ihre Tablettensucht?«

»Oh, es steckte mehr dahinter als nur eine Sucht nach verschreibungspflichtigen Medikamenten.«

»Wovon sprichst du?«, fragte Kane stirnrunzelnd.

»Du weißt es gar nicht?« Simon rieb sich das Kinn. »Ich verstehe, warum sie es dir nicht sagen wollte, obwohl das ein Riesen-Warnsignal ist. Besonders, da es allgemein bekannt ist. Ihr musste doch klar sein, dass du es früher oder später erfahren würdest.«

»Was erfahren?«

»Sie wurde in einen Autounfall mit ihrem Manager verwickelt, der zugleich ihr Liebhaber war. Sie waren beide sternhagelvoll und wurden aus dem Wagen geschleudert. Sie überlebte, er nicht.«

»Das ist entsetzlich, aber wohl kaum ein Skandal«, meinte Kane.

»Doch. Ihr Manager war nämlich verheiratet und hat seine schwangere Frau angeblich wegen seiner jungen Klientin verlassen. Es ging das Gerücht um, dass sie am Steuer saß und sie in Streit gerieten, weil er sie verlassen und zu seiner Frau zurückkehren wollte. Wenn ich mich recht erinnere, besagte das Gutachten, das Auto wäre plötzlich von der Fahrbahn abgekommen. Es wurde behauptet, dass sie den Unfall bewusst provoziert hatte.«

»Das glaube ich nicht.« Er konnte es nicht glauben. Es sah Nadia so überhaupt nicht ähnlich, der Verdacht war vollkommen lächerlich. »Wer zum Teufel sind *sie*, und warum sollte die Welt so was Glauben schenken? Nur weil es für Schlagzeilen sorgt, auf die die Öffentlichkeit abfährt, muss es noch lange nicht stimmen.«

»Ich wiederhole nur, was damals in den Medien zu lesen war«, antwortete Simon und hob abwehrend die Hände. »Natürlich gab es während ihres Krankenhausaufenthaltes eine Untersuchung, aber sie blieb ohne Ergebnis, und Nadia behauptete, sich nicht daran erinnern zu können, was passiert war. Da es sich um sein Auto handelte, kam man zu dem Schluss, dass er wohl am Steuer gesessen hatte, also wurde Nadia nicht angeklagt. Nach ihrer Entlassung aus dem Krankenhaus kam sie umgehend in die Entzugsklinik. Das hielt die Witwe aber nicht davon ab, sie zu verklagen, als sie aus der Reha entlassen wurde.«

»Sie wurde angeklagt?« Es nahm einfach kein Ende.

»Totschlag«, bestätigte Simon. »Du weißt ja, dass die Beweispflicht dann geringfügiger ist als bei einem strafrechtlichen Ermittlungsverfahren. Doch die Staatsanwaltschaft kam zu dem gleichen Ergebnis. Es gab keinen eindeutigen Beweis, dass Nadia für den Tod des Managers verantwortlich war.«

Kane lehnte sich zurück. Er war sprachlos. »Das wusste ich nicht.«

»Sie hat es dir nicht gesagt«, meinte Simon. »Was denkst du, warum nicht?«

»Fuck.« Die Erkenntnis traf ihn wie ein Schlag ins Gesicht. »Sie hat es versucht. Sie hat mehrfach versucht, mir von ihrer Vergangenheit zu berichten, aber ich habe sie immer abgewimmelt. Ich habe gesagt, es würde keine Rolle für mich spielen.« Er raufte sich die Haare. »Ich habe ihr gesagt, dass ich sie nicht mit dieser Brille sehe«, erklärte er. »Ich habe sie als Menschen angesehen, der das alles überwunden und hinter sich gelassen hat. Und als sie immer wieder darauf zu sprechen kam, beschuldigte ich sie, ihre Geschichte als Vorwand zu benutzen, um noch mehr Nähe zwischen uns zu verhindern.«

»Das wäre vielleicht auch ganz gut so«, entgegnete Simon. »Ein paar dieser Geschichten von damals deuten darauf hin, dass sie ein eher unsympathischer Mensch war. Wo Rauch ist, gibt es auch Feuer.«

»Alles, was du mir erzählt hast, beschreibt die Frau, die sie war, nicht diejenige, die sie ist«, erwiderte Kane. »Du weißt doch am besten, welche Auswirkungen Rauschmittel haben können. Immerhin musstest du mit einer gemeinen Säuferin als Mutter klarkommen.«

»Du hast recht … ich weiß es wirklich«, antwortete Simon knapp. »Und ich will nie wieder mit so was zu tun haben. Woher willst du wissen, dass sie nicht wieder rückfällig wird? Willst du dich dann wirklich damit herumschlagen?«

»Ich weiß nicht, ob sie wieder rückfällig wird. Ich weiß nicht, wie ich damit klarkomme, wenn es passiert, aber ich habe mir ein paar Broschüren der Narcotics Anonymous durchgelesen und mit Leuten gesprochen, die so etwas aus erster Hand erlebt haben. Ich kann dir nur sagen, was ich weiß. Ich weiß, dass sie seit über vier Jahren clean ist. Ich weiß, dass sie anderen Menschen bei der Genesung hilft, dass sie in ihrem Café Selbsthilfegruppen betreibt, weil es keine anderen Versammlungsorte in der Stadt dafür gibt. Ich weiß, dass sie auf ein unterstützendes Netzwerk aus Familienangehörigen und Freunden zurückgreifen kann, die sie lieben und die wollen, dass sie in ihren Bemühungen erfolgreich ist.« Er sah blicklos aus dem Fenster. »Vor allem aber weiß ich, dass sie ein großes Herz hat. Dass sie sich um andere Menschen kümmert, und mir ihre Empathie zu zeigen, war eines der schönsten Erlebnisse meines Lebens.«

»Hört sich an, als liebtest du sie.«

»Das tue ich.« Ohne weiter nachzudenken, ging er zum Schrank hinüber, nahm seinen Koffer und begann zu packen.

»Wo willst du hin?«, fragte Simon mit allzu selbstgefälligem Grinsen.

»Wage es ja nicht, dir das als Verdienst anzurechnen.«

»Was?«

»Ich werde mir jetzt meine Frau holen.«

Er nahm den ersten Flug nach Hause, den er kriegen konnte. Ein Teil von ihm wollte sofort in Nadias Wohnung fahren, an ihre Tür pochen und sich Zutritt verschaffen. Der etwas vernünftigere Teil sagte sich, dass er erst einmal duschen sollte, bevor er sie zu überreden versuchte, ihm noch mal eine Chance zu geben.

Der Duft von Gebackenem erfüllte das Treppenhaus. Er erinnerte ihn sofort an Nadia, an Zucker und Gewürze und daran, wie behaglich sie es immer machte. Er war plötzlich voller Sehnsucht. Irgendwie musste er eine Möglichkeit finden, sie davon zu überzeugen, dass er mehr als nur eine Sucht war, dass das, was sie miteinander hatten, besser als gut sein konnte.

Als er seine Wohnung betrat, blieb er abrupt stehen, blinzelte ungläubig. Das Aroma von frisch gebackenen Zimtschnecken traf ihn direkt ins Gesicht. Jemand buk in seiner Küche Zimtschnecken? Nein, nicht irgendjemand.

»Nadia?«

Da sah er sie, die Augen voller Unsicherheit, und ein vorsichtiges Lächeln auf den Lippen. »Hi.«

»Du bist hier. In meinem Haus.«

Das Lächeln erstarb auf ihren Lippen. »Ich wollte mit dir reden. Und ich wollte dir ein paar Zimtschnecken backen, weil du ja jetzt schon eine ganze Weile keine mehr bekommen hast.« Sie wischte sich die Hände an dem Handtuch ab, das sie sich über die Schulter geworfen hatte. »Aber so langsam glaube ich, dass das keine gute Idee war, also mache ich mich gleich wieder vom Acker, sobald ich ... Ooooh!«

Er presste sie an sich, sog den Duft nach Honig, Vanille und Zimt ein, der ihr stets anhaftete. »Nadia. Nadia, Baby. Es tut mir leid. Es tut mir so leid.«

Sie klammerte sich ebenso heftig an ihn, heiße Tränen trafen seinen Hals. »Es tut mir auch leid, Kaname.«

Es dauerte eine ganze Weile, bis sie sich voneinander lösten. »Ich kann kaum glauben, dass du da bist. Eigentlich sollte ich erst morgen wieder zurückkommen.«

Sie wischte sich die Augen. »Du warst verreist?«

»Ich habe meine Eltern besucht, und ich habe ihnen alles von dir erzählt. Außerdem bin ich nach Los Angeles geflogen, um das Profiling abzuschließen und die Buchserie zu planen, von der ich dir erzählt habe. Und ich habe von einer Universität gehört, die ihre Online-Kurse ausbauen will. Sie wollen, dass ich ihr Programm überwache. Ich könnte von zu Hause aus arbeiten. Ich habe behauptet, das erst einmal mit meiner Familie durchsprechen zu müssen. Dann hatte ich ein nettes Gespräch unter vier Augen mit dem Dekan der Herscher University.«

»Du gehst?«, fragte sie offensichtlich bestürzt. »Aber du arbeitest doch an der Herscher …«

»Das ist nicht so wichtig, wie du es bist«, schnitt er ihr das Wort ab. »Ich werde auch ohne Festanstellung überleben, wenn es so weit kommen sollte, aber davon gehe ich gar nicht aus. Sie brauchen mich mehr als ich sie, und ich habe ihnen gesagt, dass du mich auf jedes Fakultätsevent begleiten wirst, an dem ich teilnehmen muss, und dass ich darauf pfeife, wer damit ein Problem hat.«

»Aber, Kaname …«

»Ich will nicht ohne dich leben, Nadia«, beharrte er. »Jener Abend war von Anfang an ein Fehler, weil ich es falsch angegangen bin. Du hast versucht, es mir zu sagen, aber ich habe mich geweigert, dir zuzuhören. Offen gestanden, dachte ich, jeder würde dich so sehen, wie ich es tue – als die wunderschöne, erfolgreiche Frau, in die ich mich verliebt habe.«

Nadia hörte seine Worte. Sie kamen ihm so leicht über die Lippen, dass sie es kaum glauben konnte. Kaum zu glauben wagte.

»Ich bin bereit, um dich zu kämpfen, Nadia Spiceland«, erklärte er. »Ich tue, was immer nötig ist, um dich davon zu überzeugen, dass ich dich liebe und mit dir zusammen sein will. Ich will dir beweisen, dass das, was uns verbindet, keine Sucht oder Obsession ist, sondern etwas Wertvolles, Wirkliches und Richtiges.«

Die Hoffnung drohte sich ihren Weg an die Oberfläche zu bahnen, doch das konnte sie nicht zulassen. Noch nicht. Nicht, bevor er alles wusste. Sie ergriff seine Hand, drückte ihm einen Kuss auf die Knöchel. »Kaname, ich muss mit dir darüber reden, was mit mir und Gary war. Du sollst erst einmal erfahren, was mir passiert ist.«

»Du musst mir nichts erzählen, das du mir nicht erzählen willst.«

»Vielleicht will ich es nicht, aber ich muss. Es soll zwischen uns keine Geheimnisse mehr geben, okay?«

»Okay.«

Sie führte ihn zu der Couch mit dem wunderbaren Blick über die Bucht. »Ich habe dir gegenüber schon angedeutet, dass ich früher kein besonders toller Mensch war. Jetzt bemühe ich mich allerdings, einer zu sein. An manchen Tagen fällt es mir schwerer, an manchen leichter.« Sie wandte den Blick ab. »Aber du hast es verdient, alles zu erfahren, was damals geschehen ist, zumindest soweit ich mich noch daran erinnere. Ich will nicht, dass deine Gefühle für mich auf Halbwahrheiten basieren. Das wäre dir gegenüber nicht fair.«

»Okay, Nadia.« Er nahm wieder ihre Hände. »Du erzählst mir, was du willst, wie du es willst. Ich höre dir zu.«

»Ich war jung und naiv«, begann sie. »Außerdem spann ich Intrigen und manipulierte andere Menschen. Ich ließ mir nichts sagen, noch nicht mal von meinem Manager. Er war derjenige, der mich angefixt hat.«

»Dein Manager ist für deine Sucht verantwortlich?«

Sie nickte. »Die Mittel, die Gary mir gab, machten es mir leichter, dieser Mensch zu sein, denn die Tabletten blendeten alles andere aus, sogar meinen gesunden Menschenverstand. Sie machten mich ihm auch … gefügiger. Ich habe Dinge für ihn getan, seinetwegen, an die ich nie wieder denken will. Ich stand unter seinem Bann, was er bewusst herbeigeführt hatte. Ich glaubte, ihn zu lieben. Doch es war nur eine Art Besessenheit, eine andere Form von Sucht, denn er war älter, weltgewandt und aufregend, und ich brauchte das Gefühl, das er mir vermittelte. Ich vertraute ihm, und deshalb überließ ich ihm die Kontrolle über mich und mein Leben. Er hat dieses Vertrauen missbraucht. Er hat mich missbraucht.«

»Mein Gott, Nadia.« Sein Griff wurde fester.

»Vornehmlich psychisch, nicht physisch. Aber das macht keinen Unterschied«, fuhr sie fort. »Ich habe es nie jemandem erzählt, nicht mal meiner Therapeutin. Siobhan hat es erst vor zwei Jahren von mir erfahren. Ich kam damit klar, indem ich noch mehr Pillen nahm, um den Schmerz zu betäuben. Ich hoffte, sie würden die Leere füllen, die sich unmerklich durch das Zusammensein mit ihm in mir gebildet hatte. Dann sah ich eines Tages in den Spiegel, und was ich sah, gefiel mir gar nicht – ich erkannte mich nicht mehr wieder. Und in diesem Augenblick wusste ich, dass es aufhören musste.«

»Gut so.«

»Das war gleichzeitig der schönste und der schlimmste Tag in meinem Leben. Ich fand den Mut, ihm zu sagen, dass es vorbei war, dass er gefeuert war, aus meinem Geschäft, aus meinem Leben, aus meinem Bett. Er reagierte ziemlich heftig. Er sagte, so leicht käme ich ihm nicht davon. Dann fuhr er uns gegen einen Baum.«

Sie hörte, wie er scharf die Luft einsog, spürte, wie seine Hände die ihren noch fester umfassten. Aber sie konnte ihm nicht in die Augen sehen. Sie wollte weder sein Mitleid noch seinen Abscheu sehen. Oder sein Bedauern darüber, dass er Dinge gesagt hatte, die er am liebsten zurückgenommen hätte.

Schließlich sprach er. »Warum hast du nie jemandem die Wahrheit gesagt? Du hättest dir jede Menge Herzschmerz ersparen und den ganzen Spekulationen Einhalt gebieten können.«

»Was hätte das für einen Sinn gehabt?« Sie zuckte die Achseln und seufzte. »Er war tot, ich nicht. Außerdem begann während meines Krankenhausaufenthalts die Entgiftung. Ich wusste, dass es nicht meine Schuld gewesen war, aber trotzdem fühlte es sich so an. Es spielte keine Rolle, was andere von mir hielten, denn es konnte nicht schlimmer sein als das, was ich selbst über mich dachte.«

Erschöpft lehnte sie sich zurück. »Ich bekam eine zweite Chance, die ich gar nicht verdient hatte. Schließlich ging das Leben weiter, ich wurde clean und verließ L. A., damit es auch so blieb. Dann gab es einen neuen Skandal, der durch die Presse ging, wie das eben immer so ist, und die Leute vergaßen den Medienrummel um meine Person. Ich konnte innerlich und äußerlich heilen, und schließlich war ich so weit, mich wieder auf intime Beziehungen einlassen zu können, und du warst so freundlich, mir diesbezüglich deine Hilfe anzubieten.«

Sie lächelte ihn an, dann wurde sie wieder ernst. »Ich glaubte, wenn ich meine Gefühle raushielte, eine rein sexuelle Beziehung zu dir hätte und mich ausschließlich auf den *Duftenden Garten* konzentrierte, würde ich mich dabei nicht verlieren. Ich habe nicht damit gerechnet, dass du anders bist, so ganz anders als jeder Mann, den ich bislang kennengelernt habe. Ich habe nicht erwartet, dass ich mich so schnell so sicher und behütet fühlen würde. Ich wollte dir gestehen, was wirklich mit Gary passiert war, damit du verstehst, wie wichtig das, was wir hatten, für mich war. Du aber hast mir immer wieder nur versichert, wie du mich sahst, was du von mir dachtest, und ich wollte unbedingt dieser Mensch für dich sein, deinetwegen. Ein Mensch, der nicht benutzt wird, der sich nicht ausbeuten lässt.«

»Bis zu der Party.« Seine Stimme zitterte, und sein Gesicht war voller Selbstekel. »Bis ich alles tat, wovor du Angst hattest.«

»Ich weiß, dass das nicht deine Absicht war, aber so empfand ich es nun mal. An jedem anderen Tag wäre Sex in einer Abstellkammer wirklich heiß gewesen. Ich wäre voll darauf abgefahren, deinen hochnäsigen Kollegen eine lange Nase zu drehen, die sich doch eigentlich nur wünschen, ebenfalls regelmäßig solchen Sex zu haben. Aber an diesem Tag?«

Sie schüttelte langsam den Kopf, und Tränen brannten in ihren Augen. »Ich machte mir Sorgen, dass ich deine berufliche

Entwicklung behindern würde. Darüber, wie deine Kollegen wohl reagieren würden, wenn sie von mir erfuhren. Und ich fragte mich, warum du unbedingt mit mir auf diese Party gehen wolltest. Ich kam mir wie ein Schmuckstück vor und nicht wie eine Partnerin, ein hübsches Anhängsel, das du herumzeigen konntest und das dir gefügig war. Ich hatte das Gefühl, wieder falsche Entscheidungen zu treffen. Das konnte ich nicht zulassen, Kaname. Ich musste etwas dagegen unternehmen.«

»Du musstest dich von mir lösen. Ich verstand es damals nicht, aber ich tue es jetzt.«

»Wirklich?«, fragte sie, und ihre Stimme brach voller Hoffnung.

»Nicht vollständig, aber ich bemühe mich. Ich habe mit deinen Eltern gesprochen und mit Siobhan.« Er lächelte kläglich. »Tatsächlich hat Nicholas mir gründlich den Kopf gewaschen, und bei Siobhan musste ich förmlich um Gnade winseln. Sie gab mir Infobroschüren der Narcotics Anonymous, die ich mir durchlesen sollte, und ich glaube, deine Väter werden mich jetzt vielleicht so gerade tolerieren.«

Er hob ihre Hände an die Lippen und küsste ihre Knöchel. »Ich lerne, Nadia, aber ich brauche eine Lehrerin. Und es gibt nur einen Menschen auf der Welt, der für diese Position in Frage kommt.«

Sie schluckte den Kloß in ihrem Hals herunter, wünschte sich so sehr, ja zu diesem Mann zu sagen, der sie wirklich wollte, trotz aller Ecken und Kanten. »Ich weiß, ich habe Probleme, aber ich will es versuchen, Kaname. Ich will es mit dir versuchen, wenn du mich lässt.«

»Pst.« Er löste seine Hände von den ihren und wischte ihr die Tränen fort. »Ich will nicht, dass du es mit mir versuchst, Nadia«, flüsterte er. »Ich will einfach nur, dass du mit mir zusammen bist. Sag ja, und wir schaffen das gemeinsam.«

»Bist du ganz sicher, Kaname?«, fragte sie. »Und zwar nicht aus einem schlechten Gewissen heraus oder weil du fälschlich das Gefühl hast, es mir schuldig zu sein?«

Er sah auf sie herab, seine mitternachtsblauen Augen sanft und zärtlich. »Ich will es von ganzem Herzen. Möchtest du wissen, warum?«

»I-Ich glaube schon.«

»Weil ich dich liebe, Nadia Spiceland. Nicht irgendein Ideal von dir, das ich im Kopf habe, nicht den Hollywood-Star. Ich liebe dich so, wie du bist, den Menschen, der du bist und der du sein wirst. Ich liebe die Überlebende, die wunderschöne Frau, die so heftig weinen kann. Ich will diesen Weg mit dir gehen, und wenn du bereit bist, möchte ich unseren Spaziergang durch den *Duftenden Garten* mit dir vollenden. Wie auch immer, ich will, dass wir zusammen sind. Ich erwarte nicht, dass es leicht wird, aber das sind wertvolle Dinge nie. Solange ich weiß, dass es eine Chance gibt, dass du meine Liebe erwiderst, bin ich ein glücklicher Mann.«

»Dann sei ein glücklicher Mann«, sagte Nadia. »Aber eine Bedingung habe ich doch noch.«

»Welche?«

»Ich will dein Rezept für Ramen-Nudeln.«

Er lächelte sie an. »Dieses Familienrezept kann nur mit viel Liebe zubereitet werden. Meinst du, das kriegst du hin?«

»Ich glaube, ich bin bereit, dir zu beweisen, dass ich alle Fähigkeiten habe, die dazu erforderlich sind, einschließlich Liebe«, antwortete sie mit breitem Lächeln. »Insbesondere die Liebe zu einem gewissen sexy Professor. Das nämlich ist die Würze des Lebens, weißt du.«

»Dann ist es ja gut, dass ich zufällig etwas für Gewürze übrighabe.«

ANMERKUNG DER AUTORIN

Der duftende Garten – oder die Liebeskunst im Orient ist eine arabische Abhandlung über Sex, verfasst von Scheich Nafzawi Anfang des fünfzehnten Jahrhunderts. Hier finden sich zum einen Geschichten, zum anderen Anleitungen, wie man besonderen Genuss aus diesem intimsten Beisammensein schöpft. Anfang des neunzehnten Jahrhunderts übersetzten französische Soldaten den kurzen Ratgeber als Erste. Im Jahre 1886 schuf Sir Richard Burton eine kunstvoll verzierte Ausgabe für seine Kama Shastra Society.

DANKSAGUNGEN

Ich muss so vielen wunderbaren Menschen danken, die mir bei dieser Geschichte vom Anfang bis zum Ende geholfen haben. Meiner Agentin, Jenny Bent, und ihrem Team – für eine neurotische Schriftstellerin wie mich seid ihr einfach die Besten. Ein herzliches Dankeschön auch an meine Lektorin, Cindy Hwang, und die Mitarbeiter von Berkley dafür, dass ihr meine Geschichte noch besser gemacht habt. Auch möchte ich der Mannschaft von Friday Night Writes und den Damen der Mastermind Writers Group danken – ich bin dankbar, so hilfsbereite und anregende Menschen zu kennen.

Und schließlich wende ich mich an alle, die an einer Sucht leiden: Wenn ihr bereit seid, dann gibt es da draußen Hilfe für euch. Ihr müsst da nicht allein durch.

LESEPROBE AUS BAND 2 DER **SUGAR & SPICE**-REIHE

SUGAR & SPICE

Wildes Verlangen

Aus dem Amerikanischen
von Christiane Sipeer

KAPITEL 1

Charlie O'Halloran hatte einen Plan, und nun war der Tag gekommen, ihn in die Tat umzusetzen.

Er wollte Siobhan Malloys Aufmerksamkeit auf mehr als nur seine Sandwich-Bestellung lenken.

Seit dem Tag, als er einen seiner Kuriere wegen einer Verletzung vertreten und eine Blumenlieferung im Café abgegeben hatte, musste er ständig an sie denken. Die Blumen waren glücklicherweise für ihre Geschäftspartnerin und nicht für Siobhan gewesen. Die bildschöne Blondine in ihrem T-Shirt mit der Aufschrift »Alles heiß!« hatte ihm mit ihrem Anblick sofort die Sprache verschlagen. Nachdem er festgestellt hatte, dass das Café, dessen Miteigentümerin sie war, sich ganz in der Nähe seines Arbeitsplatzes im Zentrum befand, hatte er sich etwas angewöhnt, was er seit beinahe drei Jahren nicht getan hatte: seine Mittagspause außerhalb des Büros zu verbringen.

Er ging zwar nicht jeden Tag ins Café, denn das wäre dann doch etwas stalkermäßig gewesen. Aber ein- oder zweimal die Woche reinschauen und die Tagesgerichte probieren, die Lage sondieren und insgeheim einen Blick auf die Frau werfen, die er unbedingt besser kennenlernen wollte, das ging schon in Ordnung.

Nicht, dass es Siobhan aufgefallen wäre. Sie hatte nie etwas gesagt, was über die übliche Konversation zwischen Gast und Bedienung hinausging, doch das machte ihm nichts aus. Schließlich behandelte sie alle gleich – die Kunden freundlich und die Kollegen herzlich. Sie flirtete nicht, wollte keine Aufmerksamkeit auf sich ziehen. Einen Ehering trug sie auch nicht, was allerdings vielleicht an ihrem Job lag. Dass kein Mann in Sicht war, erstaunte ihn. Er fragte sich, ob es da wirklich niemanden in ihrem Leben gab und ob sie sich das so ausgesucht hatte. Ihn interessierte, ob ihre Entscheidungen und Beweggründe seinen eigenen ähnlich waren.

Ohne ihre Kolleginnen, die Bäckerin Nadia und die Kassiererin Rosie, hätte er seine Mission, Siobhans Beziehungsstatus herauszufinden, längst ganz abgebrochen. Seiner Meinung nach hatte er sich unauffällig verhalten, aber offensichtlich nicht unauffällig genug. Eines Morgens hatte Nadia eine Catering-Bestellung für ihn verpackt – dabei ging es ihm einzig und allein um Marktforschung –, dann gelächelt, ihm Siobhans vollen Namen genannt und ihm erklärt, dass ihre Freundin sich um das Mittagsgeschäft kümmerte und hervorragende Menüs aus Suppen und Sandwiches anbot, die sich gut als Gruppenlunch machen würden.

Gleich in der nächsten Woche hatte er das empfohlene Mittagscatering bestellt, und während Siobhan alles einpackte und Rosie abkassierte, hatte Letztere ihm heimlich zugeflüstert, dass Siobhan Single war. Mit dieser Information, also quasi Rosies Segen und einer Mahlzeit in der Hand, hatte er sich strategisch zurückgezogen. Strategisch, weil er seine Hausaufgaben gemacht hatte. Das Café *Sugar & Spice* war seit knapp vier Jahren geöffnet und hatte auf verschiedenen sozialen Plattformen größtenteils positive Bewertungen von Geschäftskunden und Studenten bekommen. Das Geschäftsmodell hatte allerdings eine große Lücke, aber darum konnte er sich kümmern. So würde er wenigstens etwas Zeit mit Siobhan verbringen können. Im Idealfall würde er die Frau und den Business-Deal bekommen.

Ein anderes Resultat kam gar nicht in Frage. Mit Grips und Charme würde Charlie schon kriegen, was er wollte. Beides hatte bei ihm noch nie versagt. Und auch jetzt hatte er nicht vor, zu versagen. Nicht bei der umwerfenden Frau, die es ihm unmöglich machte, auch nur an eine andere zu denken.

Ja, sie war blond und blauäugig, doch ähnlich treffend könnte man das Meer als Wasser beschreiben. Sie war so schön wie ein Pin-up-Model, hatte den passenden Look, um auf einer Rakete sitzend von einem Retrokalender zu zwinkern. Ihr Haar schimmerte wie gesponnenes Gold mit sonnengeküssten Platinfäden darin. Ihre Augenfarbe schien sich ihrer Kleidung anzupassen und reichte vom tiefen Blau eines wolkenlosen Sommerhimmels bis zum dunklen Ton der Abenddämmerung. Der Farbunterschied war so erstaunlich, dass er sich fragte, ob sie manchmal Kontaktlinsen trug. Falls dem so war, passte es zu ihr.

Er stieß sich vom Schreibtisch ab und schaute betreten auf seinen Schoß. Yep, sein kleiner Freund meldete sich für gewöhnlich zu Wort, wenn er an Siobhan dachte. Also ständig. Daran war er ganz allein schuld, weil er sich so sehr in seiner Arbeit vergrub, dass er für nichts anderes Zeit hatte, schon gar nicht für eine Frau. Erst recht nicht für eine Frau, die fälschlicherweise davon ausgehen würde, in seinem Leben an erster Stelle zu stehen.

Dieser Erwartung konnte er nicht gerecht werden. Statt jemanden an der Nase herumzuführen, wollte er sich lieber gar nicht erst auf Dates einlassen. Selbst wenn er eine Frau finden würde, der ihre Karriere ebenso wichtig war wie ihm seine eigene, gab es noch weitere Faktoren, weshalb seine Beziehungen nie lange hielten. One-Night-Stands und kurze Affären hatten eine Weile seine Bedürfnisse befriedigt, aber selbst das kam ihm irgendwann monoton vor. Da war es besser, es ganz seinzulassen.

Er spürte einfach, dass das mit Siobhan anders war, anders sein könnte. Ihr war der Job als Unternehmerin genauso ernst wie ihm. Trotzdem nahm sie sich auch Zeit für ihre Freunde. Sie war ehrgeizig, aber nicht um jeden Preis. Ihre Fürsorglichkeit war offensichtlich und ließ darauf schließen, dass sie mitfühlend und verständnisvoll sein konnte. Obendrein war sie unabhängig genug, um nicht jede Minute mit ihm verbringen zu müssen. Außerdem war ihr Körper mit seinen Wahnsinnskurven wie gemacht für Sex, und aufgrund ihres Lifestyles konnte er ohne große Verpflichtungen mit ihr ins Bett gehen. Sie war perfekt für ihn.

Davon musste er sie nur noch überzeugen.

* * *

Neid konnte ein richtig fieses Gefühl sein.

Siobhan versuchte, ihn zu unterdrücken, während Nadia pfeifend Teig knetete. Nach allem, was ihre Freundin die letzten Jahre durchgemacht hatte, hatte sie es verdient, mit ihrem sexy Professor Kane Sullivan glücklich zu sein. Die beiden waren jetzt seit zwei Monaten wieder zusammen, und Siobhan wusste, dass Nadia ebenso viel Zeit in seiner Wohnung am Strand verbrachte wie in ihrem Apartment über dem *Sugar & Spice*.

Es war nicht einmal die Tatsache, dass Nadia den Richtigen gefunden hatte, die einen derart bohrenden Neid in ihr auslöste. Allein schon die Vorstellung, dass ihre Freundin offenkundig und immer wieder umwerfende Orgasmen beschert bekam, versetzte Siobhan einen Stich.

Sie konnte sich nicht einmal erinnern, wann sie zum letzten Mal mit jemandem im Bett gewesen war. Auf jeden Fall, bevor Nadia und sie das Café in Crimson Bay eröffnet hatten, so viel stand fest. Das war vor vier Jahren gewesen. Davor hatten sie beide Zeit in einer Entzugsklinik in Los Angeles verbracht und versucht, sich über ihre nächsten Schritte klarzuwerden. Kein Sex während der Therapie. Was hatte sie vor der gerichtlich angeordneten Entziehungskur gemacht?

Sich inmitten einer Abwärtsspirale befunden, an deren Ende sie ihrem Mann das Herz gebrochen, ihre Tochter vergrault und dafür gesorgt hatte, dass keiner aus ihrer Familie jemals wieder mit ihr reden würde.

Siobhan atmete geräuschvoll aus. Ja, sie war ziemlich sicher, dass sich ihre Vagina verengt hatte und sie im Grunde wieder Jungfrau war. Nach einer Durststrecke von so langer Zeit vergaß der Körper eben manches. Wie sich das Gewicht eines Mannes auf einem anfühlte. Oder dessen Finger, die einen erschauern und erbeben ließen. Die Hitze eines warmen Mundes, der über ihre Brüste wanderte, über ihre Klitoris.

Gut, sie hatte es nicht vergessen. Erinnerungen und Phantasien hielten sie in den meisten Nächten einigermaßen auf Trab. Wenn sie etwas Nervenkitzel brauchte, dann boten ihr die monatlichen Auftritte mit ihrer Burlesque-Truppe mehr als genug Gelegenheit dazu. Sie genoss es, sich von der Musik mitreißen und in die Stimmung versetzen zu lassen, in der sie die Sexbombe in sich freilassen konnte. Nur leider gab es unter der Schar an Bewunderern, die nach den Shows auf sie warteten, keine aussichtsreichen Kandidaten.

»Was hast du?«

Siobhan blinzelte und konzentrierte sich wieder auf die Küche. Nadia knetete den Teig nicht mehr, sondern formte ihn nun zu Brotlaiben. »Gar nichts. Wie findest du das neue Biomehl?«

»Ganz gut. Es verbindet sich prima mit dem Matcha-Pulver, und die Leute sind begeistert von dem grünen Teegebäck. Ich finde, wir sollten die Mühle zu unserem Stammlieferanten machen.«

»Hört sich super an. Die machen auch echt guten Sauerteig. Für unser Sandwich mit Bacon, Salat und Tomate, das Crimson Bay-L-T, kriegen wir dauernd Komplimente.«

Nadia wischte sich die Hände an dem Tuch ab, das sie sich über die Schulter geworfen hatte. »Sugar, du willst mich mit dem Geschäftsgerede doch nur ablenken«, sagte sie. »Du hast jetzt schon zum zweiten Mal in zwei Minuten geseufzt. Sag mir, was los ist.«

»Nichts, wirklich.«

Nadia musterte Siobhans Züge mit ihren dunklen Augen, und die gab sich alle Mühe, völlig unbekümmert dreinzublicken. Dafür kannte Nadia sie allerdings zu gut. »Genau das ist das Problem, oder? Es passiert nichts, obwohl das anders sein sollte. Mal ganz unter uns, du hattest mehr Gelegenheiten, einen abzuschleppen, als ich. Du solltest vielleicht das eine oder andere Angebot annehmen, das die Typen dir bei deinen Shows machen.«

»Die Typen, die nach den Burlesque-Shows zu mir kommen, sind entweder alte Lüstlinge oder noch grün hinter den Ohren«, gab Siobhan zurück. »Und solche Typen stehen beide nicht besonders weit oben auf meiner Wunschliste. Ich bin vielleicht solo, aber bestimmt nicht verzweifelt.« Noch nicht.

»Also heißt das, dass du eine Wunschliste hast?« Nadia strahlte. »Ich dachte schon, ich muss dich und die anderen Mädels beim Bitch-Talk nächsten Dienstag Stäbchen ziehen lassen. Nicht, dass ich will, dass Audie im Moment auch nur an Männer denkt.« Sie schüttelte sich.

Sehr gut, Themawechsel. »Wie geht es Audie eigentlich?«

»Sie hält sich wacker. Der stellvertretende Staatsanwalt hat ihr den Termin für die Anklageverlesung in ihrem Verfahren wegen Körperverletzung mitgeteilt. Ich habe ihr gesagt, dass ich sie begleite.«

»Wir kommen alle mit.« Äußerlich schien Audie sich von dem Vorfall erholt zu haben, bei dem einer ihrer willkürlich ausgewählten Sexpartner über sie hergefallen war und den sie mit Gewalt von sich fernhalten musste. Aber Siobhan wusste, wie tief verletzend so etwas war und dass es verborgene Narben hinterlassen konnte. Audie hatte im Anschluss erst einmal vorübergehend den Kontakt zu ihren Freunden abgebrochen, aber dann war sie zur Krisenberatung gegangen, und seitdem ging es ihr vielleicht sogar besser als vorher. »Wir sind für sie da.«

»Das weiß sie. Und ich bin auch für dich da, deshalb werde ich dich nicht weiter das Thema wechseln lassen.«

»Das tue ich doch gar nicht«, widersprach Siobhan, aber sie merkte selbst, wie wenig überzeugend das klang. »Es gibt kein Thema, das ich wechseln müsste.«

»Und wessen Schuld ist das?« Nadia stemmte die Hände in die Hüfte. »Du bist unglücklich, Sugar. Und daran bist du selber schuld.«

Rosie streckte den Kopf zur Schwingtür herein. »Hier draußen fragt ein scharfer Typ nach der Eigentümerin.«

»Damit bist du gemeint«, sagte Nadia und schob Siobhan in Richtung Tür. »Ich weiß ganz sicher, dass mein scharfer Typ noch bei der Arbeit ist. Wenn du dich um den geheimnisvollen scharfen Typen kümmerst, kann ich die Brote hier fertigmachen.«

Siobhan ging durch die Schwingtür, blieb wie angewurzelt stehen und konnte die Tür gerade noch auffangen. Doppelter Espresso-Shot, Crimson Bay-L-T war wieder da. Das erste Mal hatte sie ihn gesehen, als er vor vier Monaten Blumen für Nadia vorbeigebracht hatte, und der Anblick seiner langen, muskulösen Beine, die durch die dunkelblauen Bikeshorts perfekt zur Geltung kamen, hatte einen bleibenden Eindruck bei ihr hinterlassen – und war ihr auch vorm Einschlafen nicht aus dem Kopf gegangen. Seitdem war er mehrmals wiedergekommen, wenn auch leider nicht in Fahrradmontur. Diesmal trug er eine dunkle Khakihose und ein hellgrünes Hemd mit dem Logo seiner Firma anstelle der aerodynamischen Sportklamotten. Außerdem hatte er eine Aktentasche aus Leder dabei und keine Gürteltasche. Sie versuchte, nicht enttäuscht zu sein, dass sie so nicht in den Genuss kam, einen Blick auf seine Muskeln zu werfen. Schließlich war er immer noch verdammt gutaussehend, ein Mann, der mit seinem kantigen Kinn, ausdrucksstarken blaugrünen Augen und kunstvoll verwuschelten honigblonden Haaren jede Art von Kleidung tragen konnte.

Obwohl der Business-Casual-Aufzug es verbarg, wusste sie noch sehr gut, wie sein durchtrainierter Körper in Shorts und T-Shirt gewirkt hatte. Anscheinend war er gerne aktiv, und das in jeder Hinsicht, privat und im Berufsleben. Außerdem jung genug, dass er in der Freizeit wahrscheinlich mit Jetskis, Bier und Stripteasetänzerinnen zu tun hatte.

Siobhan strich ihre Schürze glatt, ging um den Tresen herum und war zu ihrer eigenen Verblüffung froh darüber, dass sie statt der normalen Arbeitskleidung aus *Sugar & Spice*-T-Shirt und Jeans die Fifties-Schürze in Rosa, Türkis und Weiß trug, die sie entworfen hatte und die perfekt zu ihrer rosa Retro-Caprihose, der türkisfarbenen Bluse über dem weißen Top und den türkisfarbenen Sneakers passte.

Einen Moment lang starrte er sie wie versteinert an. Dann lächelte er. Verdammt, dieser Mund versprach alle möglichen verbotenen Freuden. So ein Mund konnte küssen und einer Frau auf jede erdenkliche andere Art Lust machen. Er verkündete: Der Kerl hier und ich, wir wissen, wo es langgeht beim Sex, und wir halten alle unsere Versprechen.

Mein Gott. Siobhan blinzelte und versuchte, ihre Fassung wiederzuerlangen. Sie hatte einfach zu lange keinen Sex mehr gehabt - außer mit sich selbst.

Vielleicht lag es an der Unterhaltung, die sie gerade mit Nadia geführt hatte. Vielleicht auch an ihrem eigenen inneren Monolog, der seit Monaten andauerte. Oder konnte es womöglich sein, dass der Mann, der da mit einem verheißungsvollen Lächeln vor ihr stand, ihre Rettung war?

»Hallo, Siobhan Malloy, *Sugar & Spice*. Was kann ich für Sie tun?«

KAPITEL 2

Hallo«, sagte er und streckte die Hand aus, als Siobhan auf ihn zukam. »Ich bin Charlie O'Halloran von Crimson Bay Couriers. Und die Frage lautet eher, was kann *ich* – oder besser meine Firma – für *Sie* tun?«

»Was glauben Sie denn, wa-« Sie verstummte, als sich seine Hand um ihre schloss. Die Wärme, die sich den Weg über ihren Arm bis in ihre Brust bahnte, verschlug ihr den Atem. Fühlte sich so ein Herzinfarkt an? Das Kribbeln, die Kurzatmigkeit, die schmerzhaft harten Brustwarzen? Na gut, das mit den Brustwarzen vielleicht nicht, aber alles andere.

»Haben Sie kurz Zeit, Ms. Malloy?« O'Halloran lächelte schon wieder so. Ihm musste klar sein, dass das eine Wunderwaffe war. Nicht einmal sie mit ihrem vernarbten Herzen und der eingeschlafenen Libido war immun gegen seinen Charme.

Sie sah sich kurz im Café um. Er hatte sich eine gute Zeit für seinen Besuch ausgesucht; ihre Stammkunden wussten, wann der Laden zumachte, und die Nachzügler, die noch hereinkamen, bestellten, was noch übrig war, und nahmen es mit.

»Natürlich, Mr. O'Halloran«, antwortete sie und deutete auf den Tisch an der Seite, den sie für ihre Dienstagsrunden nutzten. »Und nennen Sie mich bitte Siobhan. Wir haben es hier nicht so mit Förmlichkeit.«

»Siobhan. Was für ein schöner Name.« Er rückte ihr den Stuhl zurecht, dann setzte er sich auf den gegenüberliegenden Platz. »Ich heiße Charlie.«

»Charlie.« Wenigstens kam er nicht mit der ausgeleierten Bemerkung über schöne Namen für schöne Frauen. Punkt für ihn. Andererseits hatte er wahrscheinlich gar keine Anmachsprüche nötig. Er brauchte sich nur nach vorn zu beugen, der Frau in die Augen zu sehen, als sei sie der Nabel der Welt, und sie anzulächeln, als würde er ihr ein Geheimnis verraten wollen.

Siobhan hatte nicht vor, eine weitere seiner Eroberungen zu sein. Sie war ja keine Studentin mehr und auch kein Unschuldslamm. Sie hatte schon zu viel erlebt und war jetzt vorsichtig geworden. Sein Charme würde bei ihr nicht ziehen, und wenn er sich noch so viel Mühe gab. Vielleicht sollte sie ihm stattdessen lieber zeigen, dass eine erfahrene Frau ihre ganz eigenen Reize hatte.

Sie strahlte ihn an und war sich bewusst, dass ihr freches Grinsen ihre unübersehbaren Grübchen zum Vorschein brachte. »Wie kann ich Ihnen helfen, Charlie?«

Sein Lächeln verblasste etwas, blieb aber ebenfalls deutlich sichtbar. »Ich möchte Ihnen gern ein Angebot unterbreiten. Ein Geschäftsangebot.«

Das war ja klar. Der Kurier war ein Vertreter, und ein gerissener noch dazu. Sie unterdrückte die minimale Enttäuschung darüber, dass er nur geschäftlich etwas von ihr wollte, und legte den Kopf schief. »Sie interessieren sich also für meine kulinarischen Spezialitäten, Charlie?«

Er blinzelte einen Moment, dann fing er sich wieder. »Allerdings. Ihr Café ist von mehreren Unternehmen und Ämtern umgeben, und da kommen sicher auch Ihre meisten Kunden her. Ein Umsatzplus machen Sie wahrscheinlich durch Studenten in der Prüfungszeit.«

Dumm war er also nicht. Aber sie genauso wenig. »Fahren Sie fort.«

»Ich habe gesehen, dass Sie kleinere Catering-Aufträge annehmen, wenn sie vierundzwanzig Stunden im Voraus eingehen«, erklärte Charlie weiter und zog eine *Sugar & Spice*-Broschüre aus seiner Mappe. »Aber man muss sich die Bestellung selbst abholen. Ich glaube, da entgeht Ihnen eine Möglichkeit, und genau dabei kann Crimson Bay Couriers helfen.«

Siobhan beugte sich vor, denn mit seinem Angebot hatte er ihr Interesse geweckt. Catering spielte bisher in ihrem Betrieb nur eine geringe Rolle, was jedoch nicht an mangelndem Interesse lag. Laufkundschaft machte den Großteil ihres Umsatzes aus, und sie gaben sich Mühe, zu ihr ein gutes Verhältnis aufzubauen und so Stammkunden zu gewinnen. Von manchen wussten sie, dass sie wöchentliche Meetings abhielten, außerdem machten sie immer auf den Cookie genau Inventur, damit sie mitbekamen, an welchen Tagen sie mehr Umsatz machten und warum. Nadia lieferte manchmal mit ihrem Mini Cooper Gebäck an Stammkunden aus, doch das kam nicht oft vor und beinhaltete auch keine Mittagsangebote.

»Sie wollen mit Ihrem Kurierdienst Auslieferungen für *Sugar & Spice* machen?«

»Ja, am Anfang.« Er reichte ihr eine Präsentationsmappe mit dem Logo *OBS* in stilisierten Buchstaben, dem Slogan *Schnelle Hilfe für Ihr Business* in Rot und Marineblau sowie der Zeile *Sugar & Spice-Lieferangebot* in fetter schwarzer Schrift. »So etwas haben wir auch schon für andere Restaurants in der Stadt gemacht. Wir würden *Sugar & Spice* in unser Liefersystem aufnehmen und unsere Website mit Ihrer verknüpfen. Der Kunde bestellt dann über unsere Website, und wir leiten die Bestellung nach Zahlungseingang an Sie weiter. Zu den Preisen, die Sie normalerweise berechnen, kämen durch Crimson Bay Couriers noch zwei Posten hinzu: einmal die Liefergebühr, um die Betriebskosten zu decken, außerdem die Trinkgeldpauschale für unseren Kurier. Die Einzelheiten dazu, wie die Zahlungen verteilt werden, stehen in dem Angebot, das ich Ihnen gegeben habe. Wir bieten auch noch andere Services an, die sich bei kleinen Unternehmen in der Gegend bewährt haben.«

Neugierig blätterte sie das Angebot durch. Seine Vorgesetzten hatten sich nicht lumpen lassen. Sie hatten ihre Kundenliste als Referenz beigefügt, detailliert die erwarteten Einnahmesteigerungen des Cafés ausgerechnet, eine Gewinn- und Verlust-Prognose erstellt und noch weitere Leistungen wie Webdesign und Social-Media-Marketing aufgeführt.

»Das ist ein beeindruckendes Angebot, Mr. – entschuldigen Sie bitte – Charlie«, sagte sie, schloss die Mappe und legte sie auf den Tisch. »Ich muss mit meiner Geschäftspartnerin darüber reden, bevor ich Ihnen eine Antwort geben kann.«

»Selbstverständlich. Das habe ich nicht anders erwartet. Meine Kontaktdaten stehen in der Angebotsmappe. Wenn Sie Fragen zu unseren Services oder irgendetwas anderem haben, rufen Sie einfach an.«

»Das werde ich.« Sie schüttelte ihm noch einmal die Hand, und es fühlte sich an, als würde ein Blitz einschlagen und ihren Körper elektrisieren.

Charlie drehte sein Handgelenk und hielt ihre Hand fest, verschränkte seine Finger locker mit ihren. Starke, rauhe Finger, die auf einen Mann hindeuteten, der es gewohnt war, mit den Händen zu arbeiten, hart zu arbeiten. Würde sie diese Elektrizität auch spüren, wenn er mit seinen Fingern andere Stellen ihres Körpers berührte, zum Beispiel ihre Brüste oder ihren Rücken, gerade oberhalb ihres Hinterns?

Schockiert über die Richtung, die ihre Gedanken einschlugen, versuchte sie, ihm ihre Hand zu entziehen. Aber er verstärkte nur seinen Griff. »Charlie?«

»Sie sind unfassbar schön«, sagte er in benommenem, erstauntem Tonfall. »Ich glaube, ich bin noch nie so einer schönen Frau wie Ihnen begegnet.«

»Bei wie vielen Frauen haben Sie den Spruch schon benutzt?«, wollte sie wissen, doch sie schaffte es nicht, so herausfordernd zu klingen, wie sie wollte. Dazu sah er sie einfach zu sehr an, als sei sie gerade einer Phantasie entsprungen. Seiner Phantasie.

»Bei ein paar«, gab er zu, »aber bis eben wusste ich nicht, was er bedeutet. Ich hätte ihn mir für Sie aufsparen sollen.«

Sie war auch nur ein Mensch. Es war völlig in Ordnung, dass sie es als Frau genoss, dass sie einen derart gutaussehenden Mann nicht kaltließ, auch wenn nichts daraus werden würde. Nichts daraus werden *konnte.*

Trotzdem musste sie es wissen, also fragte sie: »Schmeicheln Sie sich so bei allen Ihren Kundinnen ein, mit einer Mischung aus cleverer Geschäftsstrategie und Flirt?«

Sein Lächeln war gutmütig und bescheiden zugleich. »Aber Sie sind doch noch gar nicht meine Kundin, Siobhan.«

Sie holte tief Luft. Er war ein Fremder. Sicher, er kam durchschnittlich einmal die Woche vorbei, doch bis jetzt hatten sie kaum zwei ganze Sätze miteinander gewechselt. Er hätte ihren Namen nicht so aussprechen sollen, so sanft und zärtlich, als wären sie gerade nach einer erschöpfenden Liebesnacht wieder aufgewacht. Als würde er sie kennen und mögen und ihr am liebsten noch näherkommen. Nein, so hätte er nicht reden sollen, und sie hätte nicht so reagieren sollen, bei dem Klang seiner Stimme und der dadurch ausgelösten Sehnsucht nicht so dahinschmelzen sollen.

»Sie denken also, dass ich Ihre Kundin werde?«

»Ich glaube, Sie erkennen eine gute Geschäftsgelegenheit, wenn sie sich Ihnen bietet«, meinte er und grinste breiter. »Ich bin mir sicher, Sie werden zumindest mit Ihrer Geschäftspartnerin darüber sprechen und alles mit der erforderlichen Sorgfalt prüfen. Das *Sugar & Spice* schreibt seit fast vier Jahren schwarze Zahlen, für ein Restaurant ist das eine Ewigkeit. Das sagt einiges aus über das Unternehmen und die Menschen, die es führen.«

Seine Zuversicht nahm sie ihm zu ihrem eigenen Erstaunen ab. Bei jedem anderen hätte sie das abgeschreckt, aber von seinem offenen, natürlichen Lächeln, dem vertraulichen Tonfall und seiner Selbstsicherheit fühlte sie sich angezogen.

»Das mag ja sein, aber finden Sie Ihr übertriebenes Flirten nicht beleidigend?«

»Sie wirken nicht beleidigt.« Er drückte ihre Hand und erinnerte sie so daran, dass er sie immer noch festhielt. »Sie sind neugierig, vielleicht sogar fasziniert. Sie fragen sich, ob bei der ganzen Flirterei auch was dahinter ist.«

»Und, ist es?«, fragte sie und wünschte sich sofort, sie könnte ihre Worte zurücknehmen.

»Das müssen Sie schon selbst herausfinden.« Er beugte sich vor und sprach leiser. »Gehen Sie mit mir aus.«

Ein wohliger Schauer jagte ihr durch die Blutbahn. Doch das war ein Verrat an ihrem Entschluss, sich nur einen einzigen Wunsch zu erfüllen, nämlich ihre Tochter zurückzubekommen. »Tut mir leid, Charlie. Ich trenne Geschäftliches und Privates.«

»Das ist nicht wahr«, beharrte er. »Hier sind Sie doch von Freunden umgeben. Ihre Geschäftspartnerin ist Ihre beste Freundin.«

»Das ist was anderes.«

»Was ist daran anders? Weil Sie Ihre Freunde nicht ansehen und sich dabei vorstellen, sie zu küssen, so wie bei mir?«

Ihre Nippel zogen sich zusammen. Gott, wann hatte sie zum letzten Mal so etwas empfunden? Auch nur annähernd? Sie wusste es nicht mehr.

»Charlie, das ist völlig unangemessen. Was würde denn Ihr Chef dazu sagen?«

»Ich glaube nicht, dass er damit so ein großes Problem hätte, wie Sie denken. Und was die Unangemessenheit angeht … kann schon sein. Aber finden Sie, dass es falsch ist?«

Und ob es falsch war! Auf so vielen Ebenen. Denn jetzt konnte sie seinetwegen nur noch daran denken, ihn zu küssen, ihn zu berühren, *sonst was* mit ihm zu machen.

Sie schüttelte den Kopf und versuchte, etwas Abstand zu ihm und den Bedürfnissen zu gewinnen, die er in ihr wiedererweckte. Bedürfnisse, mit denen sie vielleicht nicht mehr umgehen konnte, falls sie überhaupt jemals dazu in der Lage gewesen war.

»Siobhan, nennen Sie mir einen guten Grund, abgesehen von der möglichen Geschäftsbeziehung, warum Sie nicht mit mir ausgehen sollten.«

»Da fällt mir gleich einer ein.«

»Der da wäre?«

Sie seufzte innerlich. »Ich bin älter als Sie.«

»Na und?«

»Na und?«, wiederholte sie. »Was meinen Sie mit *na und*? Das ist doch ein Problem!«

Er schüttelte den Kopf. »Für mich nicht.«

»Aber für mich schon!«

»Das sind doch nur Zahlen«, entgegnete er. »Wie alt sind Sie denn?«

»Ich bin fünfunddreißig.«

»Und ich bin dreißig«, meinte er schulterzuckend. »Das sind doch nur fünf Jahre Unterschied. Bei Ihnen hört sich das so an, als wären Sie schon alt und gebrechlich und hätten die besten Jahre hinter sich.« Er musterte sie eingehend, wobei seine blaugrünen Augen anerkennend leuchteten. »Was meiner Meinung nach absolut nicht der Fall ist.«

Dem konnte sie nichts entgegensetzen. »Was bin ich dann?«, fragte sie, um herauszufinden, wie er sie wahrnahm. Auch wenn seine Meinung von ihr natürlich keine Rolle spielte.

»Ich finde Sie retromäßig sexy, wie ein Pin-up«, sagte er mit aufrichtiger Stimme. »Sie erinnern mich an Zuckerwatte – eine verlockende, süße Verführung. Aber ich wette, darunter verbirgt sich auch noch eine Chili, eine scharfe Habanero. Genau, Sugar & Spice, wie Ihr Café.«

Sie konnte nur noch perplex und verlegen dasitzen und ihn anstarren. Warum sie und warum jetzt? Sie war nicht bereit für so etwas. Würde es wahrscheinlich nie sein. Obwohl sie erst Nadia und dann Charlie vorgejammert hatte, dass sie zu alt für das ganze Liebesdrama war, war sie ehrlich genug, um sich selbst einzugestehen, dass sie nicht das Gefühl hatte, eine richtige Beziehung zu verdienen, auch wenn sie es sich sehnlichst wünschte. Aber nicht mit Charlie. Nicht direkt.

Sie hatte ihr Leben schon einmal ruiniert. Sie hatte die Kindheit ihrer Tochter versaut und die Ehe mit ihrem Highschool-Freund zerstört. Hatte sie nach alledem wirklich eine Chance auf eine neue Beziehung verdient?

»Siobhan.« Er drehte ihre Hände so, dass er ihr einen Kuss auf den Handrücken geben konnte. Ein zahmer, geradezu keuscher Kuss, aber sie spürte ihn bis in die Zehenspitzen.

Er stand auf. »Egal ob aus beruflichen oder privaten Gründen, ich freue mich, von Ihnen zu hören. Wie Sie mich erreichen können, steht in der Angebotsmappe.«

Dann ging er. Sie blieb sprachlos, erregt und sehr durcheinander sitzen.

SUGAR & SPICE – *Wildes Verlangen*
ist ab dem 15.11.2017 als eBook
und ab dem 01.12.2017 als Buch erhältlich.

SERESSIA GLASS

SUGAR & SPICE-Reihe

Große Gefühle, heiße Leidenschaft und drohende Enthüllungen

Sexy, aufregend und intensiv erzählt Seressia Glass in der *Sugar & Spice*-Reihe von vier Freundinnen – Nadia, Siobhan, Audie und Vanessa –, die Grund haben, ihre Vergangenheit zu fürchten, und entschlossen sind, ihre Zukunft mit allen Sinnen zu genießen und die Liebe zu feiern.

Band 1: SUGAR & SPICE – *Glühende Leidenschaft*
Nadias und Kanes Geschichte,
erhältlich ab dem 02.11.2017.

Band 2: SUGAR & SPICE – *Wildes Verlangen*
Siobhans und Charlies Geschichte,
erhältlich ab dem 15.11.2017 (eBook) bzw. 01.12.2017 (Buch).

Band 3: SUGAR & SPICE – *Entfesselte Begierde*
Audies und Josés Geschichte,
erhältlich ab dem 03.04.2018.

Band 4: SUGAR & SPICE – *Gefährliche Versuchung*
Vanessas und Sergeys Geschichte,
erhältlich ab dem 01.06.2018.